# DE JAKOBS LADDER

# DE JAKOBS LADDER

DIRK VANDERLINDEN

RESEARCHER/REDACTRICE: BEATRIJS VERMAERCKE

Voor mijn mama,
die er altijd was voor mij

***Well, heaven and hell came together that night***
***Only for you this time***

*'Going to the Run'*

Golden Earring

## HARTELIJK DANK...

Dit boek speelt zich af in Brussel en Bath.
De inspiratie kwam tijdens een 'museum-matinee' in het Koninklijk Museum voor Kunst en Geschiedenis (waar ik als gelegenheidsgids mocht optreden) en een trip vorige zomer naar de Cotswolds.

Ik wil heel graag Alexandra en Britt van het Koninklijk Museum voor Kunst en Geschiedenis bedanken voor hun enthousiasme en medewerking. Zij krijgen dan ook allebei een leuke rol in dit boek.
Ik zou het niet beter kunnen schrijven en daarom citeer ik, maar als eerbetoon, hun introtekst:

"Maak een wereldreis door de geschiedenis! Wandel van prehistorische vuistbijlen naar Egyptische mummies. Snuister tussen betoverend glas en zet een stap achteruit om de indrukwekkende Brusselse wandtapijten te bekijken. Ga de oosterse toer op tussen de Aziatische boeddha's en steek de Atlantische Oceaan over om Kuifjes 'beeldje met het gebroken oor' te bewonderen. En dan is er nog de mooie collectie van Belgische art nouveau... U komt ogen tekort!"

Daarnaast kon ik, dankzij de bijzondere medewerking van Katja Borgerhoff, een deel van de ontknoping in een tweede ongelooflijk decor laten plaatsvinden, namelijk De Warande, dé ontmoetingsplek voor Vlamingen in Brussel.
Al 30 jaar verbindt ze Vlaanderen met de rest van de wereld, een visie en missie waarin de auteur, zijn entourage en de hele Vandiesel Company zich volledig thuisvoelen en graag in onderdompelen.
Mijn Raad der Wijzen was eveneens weer present. Dank aan Sam Vanderlinden, Sam Raeves, Jan Van Cutsem, Patrick Moerkerke, Daniël Biltereyst, Luc Hellemans, Tom Pannecoucke en Patrick Coomans. Hun inbreng zette me op weg en was zeer waardevol.

Een bijzonder woord van dank aan mijn zoon Sam. De manier waarop hij meedenkt over de Vandiesel-verhalen is te omschrijven als een zalige vader-zoonrelatie.

Dank aan Chris Hellemans voor de kritische blik op het manuscript en de goede raad.

Dank aan Marc Van Staen voor zijn steun en de extra kennis over Brussel die hij zomaar meebrengt, elke keer weer.

Tot slot een welgemeend woord van dank aan Beatrijs, met wie ik opnieuw mocht samenwerken om van deze zevende thriller een knaller van een verhaal te maken.
Ze was mijn kritische sparringpartner tijdens het schrijven en haar niet-aflatende inbreng op het vlak van research en redactie was voor mij van onschatbare waarde.

Dank jullie wel allemaal!
Veel leesplezier
Dirk

# THE VANDIESEL COMPANY

The Vandiesel Company is een supranationaal team dat door verschillende overheden ingehuurd wordt om kritieke situaties en problemen op te lossen waarvoor officieel geen leger- of politie-eenheid kan of mag ingezet worden.
Het team bestaat uit drie vrouwen en vijf mannen. De teamleden zijn van verschillende nationaliteiten en hebben allen een andere achtergrond. De zin voor avontuur, onverschrokkenheid, inventiviteit en het gevoel voor humor zijn kenmerken die elk lid van the Vandiesel Company intrinsiek in zich heeft.

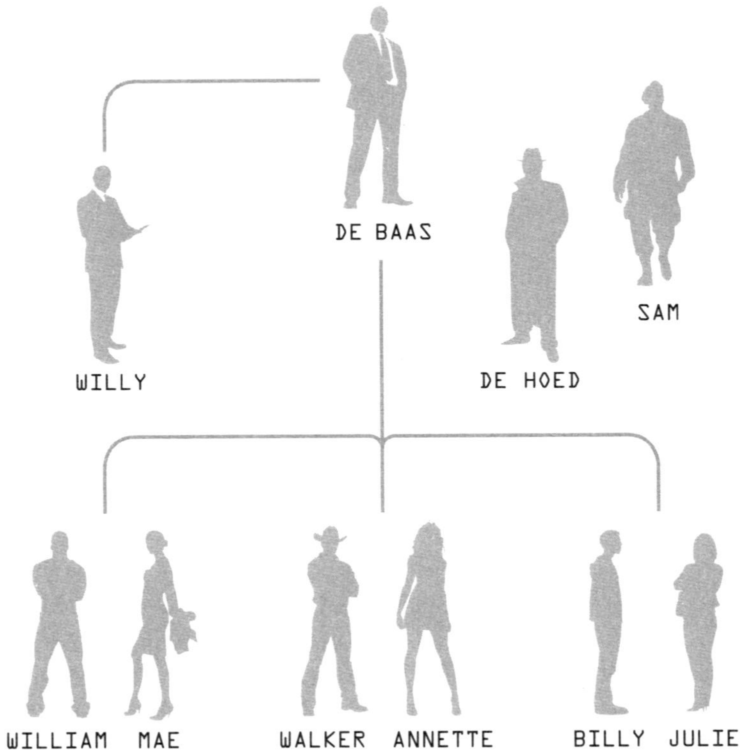
DE BAAS
WILLY
DE HOED
SAM
WILLIAM
MAE
WALKER
ANNETTE
BILLY
JULIE

## WILLIAM VANDIESEL

William Vandiesel is de spilfiguur van The Vandiesel Company. Hij is de nazaat van de legendarische piraat Jack Vandiesel en als dusdanig zijn enige echte erfgenaam.
William is een levensgenieter, maar toch is hij een keiharde werker die altijd in de *line of fire* staat en vooral een teamgenoot op wie iedereen altijd kan rekenen. Hij voelt intuïtief zaken aan waar anderen geen voeling mee hebben.
Hij heeft al een paar keer een goede klik gehad met een vrouw, maar op liefdesvlak wil het maar niet echt lukken voor hem.

## DE BAAS

Jack Winters, beter bekend als 'de baas', is een voormalige CIA-topman en is ook de contactpersoon van de officiële instanties in de verschillende landen.
Hij leidt The Vandiesel Company vanuit de *Operations Control Room* (OCR) in de Brusselse Marollen. Tijdens een operatie eist hij ijzeren discipline en onvoorwaardelijke opvolging van zijn bevelen, maar daarbuiten als hij als een vader voor zijn team.

## WILLY

Willy is een Amerikaan en ex-CIA-agent met heel wat ervaring op het terrein. Hij is de logistieke verantwoordelijke bij The Vandiesel Company. Zijn werkterrein is de *Operations Control Room* (OCR). Hij komt nog slechts af en toe op het terrein, maar is wel alomtegenwoordig door zijn centrale rol in de activiteiten. Willy is getrouwd met Mae. Ze verloren hun eerste kindje tijdens de zwangerschap. Sindsdien zijn ze kinderloos gebleven.

## MAE

Mae is een bijzonder knappe, Aziatische vrouw. Zij is getrouwd met Willy. Ze wilden samen graag een kind, maar Mae kreeg een miskraam.
Op het terrein vormt ze meestal een team met William Vandiesel. Ze is een experte op het gebied van oosterse gevechtskunsten. Ze is ingenieur van opleiding en heeft een grote technische kennis. Haar oosterse roots, maar vooral haar pittig karakter, speelt ze vaak uit om haar doel te bereiken in volle actie.

## WALKER

Jacques Vanderstappen is een Belgische politieagent die gedetacheerd is bij The Vandiesel Company. Zijn naam is een typisch Belgische combinatie van een Franstalige voornaam met een Vlaamse familienaam. Omdat dat te moeilijk in de mond ligt voor William, werd hij binnen het team omgedoopt tot Jack Walker. De meesten noemen hem gewoonweg 'Walker'.
Walker was al sinds de eerste dag helemaal weg van Annette, die ook deel uitmaakt van het team. Op professioneel vlak vullen ze elkaar perfect aan. Privé hebben ze samen al heel wat woelige wateren doorzwommen.

## ANNETTE

Annette Spijker is een Amsterdamse die door de Nederlandse overheid is gedetacheerd bij The Vandiesel Company.
Ze is een roodharige, wulpse vrouw die niet op haar mondje gevallen is.
Sinds het eerste boek heeft ze een klik met Walker. Zowel professioneel als op liefdesvlak delen ze dezelfde passie.

## BILLY

Billy is een jonge Zweed, die bij The Vandiesel Company terechtgekomen is na een korte carrière bij de Zweedse marine, waar zijn vader opperbevelhebber is.
Hij heeft een grote kennis van het maritieme gebeuren en is gepassioneerd door de natuur in het algemeen.
Billy is binnen het team de expert in survivaltechnieken.
Meestal vormt hij een duo met Julie, met wie hij getrouwd is en sinds kort een dochtertje, Dagne, heeft.

## JULIE

Julie Townsend is een jonge, Britse vrouw. Ze heeft zich gespecialiseerd in grime en maquillage en kan daarmee iemand een ware gedaanteverwisseling laten ondergaan.
Ze is onverschrokken en vooral spontaan. Daardoor komt ze soms in situaties terecht die niet altijd even veilig zijn, maar ze slaat zich er altijd doorheen.
Samen met haar grote liefde Billy vormt ze een niet te onderschatten duo waar The Vandiesel Company heel wat aan heeft.

## SAM

Sam, 'de Bonsaiman', is een Belgische militair die als gelegenheidsagent voor The Vandiesel Company werkt. Hij is getraind in Special Ops en gespecialiseerd in overlevingstechnieken.
Waar anderen afhaken, begint de fun pas voor Sam. Zijn oosterse kennis wendt hij met precisie aan voor zowel het cultiveren van bonsaiboompjes als het uit de weg ruimen van lastposten. Zijn hoge zengehalte zorgt voor een unieke band met William.

## DE HOED

'De Hoed' is een personage dat een geringe, maar vaak cruciale rol speelt in The Vandiesel Company. De man is een goud- en muntenhandelaar die zijn hoofdkwartier in Brussel heeft, vlak bij de thuishaven van The Vandiesel Company. Het team kan een beroep doen op hem als ze een expert nodig hebben in delicate zaken. Ze weten dat ze altijd op hem kunnen rekenen.

## 1969_ CIRENCESTER_ JAN-PIETER UYTENDAELE

19 juli 1969. Jan-Pieter Uytendaele had net ingecheckt onder een valse naam en glimlachte vriendelijk naar de eigenares van het Stratton House Hotel in Cirencester.

"Welkom in Stratton House, meneer Palmer", zei de eigenares.

"Zegt u maar gewoon John", antwoordde hij gehaast.

De eigenares kreeg een blos op de wangen. Ze was gewoon om haar gasten altijd met de familienaam aan te spreken.

"Uw kamer bevindt zich op het gelijkvloers. Als u hier door de hal de gang in loopt, vindt u kamer 12 aan uw rechterkant. Hebt u hulp nodig met uw bagage, meneer..."

"John."

"Juist," reageerde de eigenares van Stratton House Hotel snel, "euh... John."

"Neen," antwoordde hij, "dat lukt wel."

Hij draaide zich om, pakte zijn koffer en liep weg.

"Het diner is om 19u30, ontbijten kan tussen 7u00 en 10u00."

Hij stak zijn duim op zonder om te kijken.

Op een paar passen van zijn kamer bleef hij stokstijf staan en haalde geluidloos adem. Hij spitste zijn oren om er zeker van te zijn dat hij helemaal alleen was.

Na ongeveer een minuut stapte hij verder en stak de sleutel in het slot. Hij opende de deur, scande de kamer en wachtte vijf tellen voor hij stilletjes naar binnen stapte. Voorzichtig legde hij zijn koffer op het bed, en liep naar de badkamer om te controleren of die veilig was.

Daarna slaakte hij een zucht, zette een paar stappen achteruit en liet zich uiteindelijk op het bed vallen.

Zijn treinreis van Brussel naar Oostende was rustig verlopen. Het was pas in de ferryterminal dat hij het gevoel gekregen had dat hij gevolgd werd. Hij had een paar pogingen gedaan om te ontdekken of dat al dan niet echt het geval was. Zo was hij een paar keer naar het toilet gelopen en ook een telefooncel ingedoken om te doen alsof hij telefoneerde. Maar geen enkele keer had hij een verdachte beweging gezien noch iemand ontdekt die speciale aandacht aan hem geschonken had. En toch had hij zich niet van het gevoel kunnen ontdoen dat hij geschaduwd werd.

In Dover had hij eerst aanstalten gemaakt om midden in de massa te ontschepen, maar net voor de deur had hij rechtsomkeer gemaakt. Hij had tegen een van de stewards op luide toon gezegd dat hij iets vergeten was en was teruggelopen. Er was niemand die opgekeken had toen hij dat gezegd had en er was niemand achter hem aan gekomen. Uiteindelijk was hij als allerlaatste van de ferry gestapt en had, als een verdwaalde toerist, getalmd tot de eerstvolgende trein naar Londen vertrokken was. Daarna was hij naar het loket gegaan, had een kaartje gekocht en was met de volgende trein vertrokken.
In Londen had hij een treinticket gekocht voor Swindon, en van daaruit was hij met de bus naar Cirencester gereisd.

Nu lag hij op bed in zijn kamer in het Stratton House Hotel. Hij was, in vogelvlucht, 40 kilometer verwijderd van zijn eindbestemming. Hij voelde de spanning en onrust door zijn aderen stromen. Hoewel hij geen enkele concrete aanwijzing had dat hij gevolgd werd, kon hij toch het gevoel niet van zich afzetten. Hij nam een sigaret, stak ze op en blies de rook in de richting van het plafond.

## BRUSSEL_ DE OCR[1]_ WILLY EN WALKER

Willy keek Walker bezorgd aan. Die was de laatste tijd al erg stil en teruggetrokken geweest, maar nu leek hij zelfs bijna depressief. Nadat Walkers relatie met teamlid Annette enkele maanden geleden bruusk geëindigd was, had hij troost gevonden in de armen van verpleegster Louise, die kort daarna tragisch om het leven kwam in een brand.[2] Sindsdien was hij slechts een schim van zichzelf geweest.
Willy vond dat hij iets moest doen om zijn vriend uit die put te trekken

1 De OCR = de Operations Control Room, het zenuwcentrum van het hoofdkwartier van The Vandiesel Company in de Blaesstraat (Rue Blaes) in hartje Brussel.
2 Het hele verhaal kan je lezen in het boek 'De Zevende Macht'.

en stapte naar het bureau van de baas.
“Ja, Willy?” antwoordde de baas toen hij op de openstaande deur klopte.
“Neem jij de telefoons over vanavond, alsjeblieft? Ik pak Walker even mee, als het goed is. Of heb jij nog wilde plannen?”
“Neen, geen probleem, ik neem wel over. Ga maar”, stelde de baas hem gerust.

De twee mannen stapten zwijgend naast elkaar door de Rue Haute. Willy wilde wel iets zeggen, maar hij wist niet goed hoe hij moest beginnen.
“Nog iets van Annette gehoord?” probeerde hij dan maar voorzichtig.
Walker draaide zijn hoofd en keek Willy droevig in de ogen.
“Ik ben haar kwijt, Willy”, zuchtte hij.
“Hoe weet je dat zo zeker? Heeft ze dat zo tegen je gezegd?”
“Ze heeft niets gezegd, ze heeft gewoon niets meer van zich laten horen. Da’s toch duidelijk genoeg!”
“Weet je waar ze op dit moment zit?”
Walker schudde zijn hoofd, maar zei dat ze volgens hem bij haar tweelingzus in Amsterdam was.
“Heb jij haar opgebeld of een bericht gestuurd?”
Walker zweeg. Willy wist genoeg.
“Volgens mij heb je schrik om haar onder ogen te komen. Natuurlijk ga je dan zelf geen contact met haar opnemen. Maar denk je niet dat zij daar net op zit te wachten?”
Walker zweeg. Hij wist dat Willy gelijk had.
“Kom,” wees Willy naar een gezellig terrasje, “we zullen hier een frisse pint drinken, dan zal je het leven misschien iets minder somber zien.”
Hij zag zowaar een kleine glimlach op Walkers gezicht verschijnen en wist dat zijn missie een kans op slagen had.

Enkele pinten en een warme dagschotel met stoofvlees en frieten later, herkende Willy zijn maat weer.
“Ik heb een Cadillac Fleetwood Series 75 uit 1970 op de kop kunnen tikken.”
“Een wat?”
“Je weet toch dat ik schaalmodellen van Amerikaanse auto’s verzamel”,

zei Walker.
Willy knikte en vroeg hoe zo'n Cadillac er dan precies uitzag. Walker liet hem trots meteen een foto van het schaalmodel zien. Willy vertelde daarna een paar door en door versleten moppen en Walker schoot zelfs een paar keer in de lach. Als afsluiter dronken ze allebei nog een Irish coffee en keken rustig naar de mensen die langskwamen op straat.

Plots draaiden ze hun hoofd allebei in dezelfde richting. Het onmiskenbare getik van stiletto's aan de overkant van de straat trok meteen hun aandacht.
"Jawadde", was het enige wat Willy kon uitbrengen.
"Knap ding", voegde Walker eraan toe.
"Maar is dat niet…?" vroeg Willy verbaasd.
"Inderdaad," zei Walker, "dat is 'm."
Naast de knappe vrouw met gitzwart haar, zwarte outfit en dito stiletto's liep de baas.
"De baas heeft het toch eerder voor de mannen, niet?" vroeg Walker recht voor de raap.
"Hij is misschien van gedacht veranderd en als ik haar eens goed bekijk, kan ik hem geen ongelijk geven", grinnikte Willy.
Ze zagen het koppel al lachend binnengaan in een chic restaurant iets verderop.
"En tegen mij zegt hij dat hij niets speciaals te doen heeft vanavond", zei Willy bedenkelijk.
"Waarom zou hij daarover liegen?" vroeg Walker zich luidop af.

## 1969_ CIRENCESTER_ JAN-PIETER UYTENDAELE

Jan-Pieter opende voorzichtig de deur van zijn hotelkamer en wachtte bijna een hele minuut voor hij naar buiten stapte. De gang was halfdonker, er brandde enkel een klein lampje bij de overloop. Hij sloot stilletjes de deur en bleef staan terwijl hij zijn adem onder controle probeerde te krijgen. Zijn hart bonsde in zijn keel.
Toen hij niets verdachts zag of hoorde, kwam hij los van de deur en liep behoedzaam naar de huiselijke hal met ouderwetse schommelstoel.

“Welkom”, begroette de eigenares hem terwijl ze zich meteen omdraaide en voorliep naar de tafel die ze voor hem gereserveerd had.
Jan-Pieter schraapte even zijn keel.
“Is er iets niet in orde?” vroeg de dame.
“Zou ik aan die tafel mogen zitten, alstublieft?” vroeg hij beleefd.
De dame knikte met lichte tegenzin, maar ze begeleidde hem ernaartoe.
Jan-Pieter zette zich aan de rechterkant van de tafel. Vanuit die positie kon hij zowel de ingang van het hotelrestaurant als de doorgang van en naar de keuken in de gaten houden.
Hij bestelde een Guinness Rye Pale Ale en een stukje lamsvlees. Ondanks het onrustige gevoel kon hij toch wel genieten van deze Engelse homemade maaltijd, die hem deed mijmeren over zijn allereerste vakantie samen met zijn vrouw. De gedachte aan haar deed hem zachtjes glimlachen.

Na het eten liep hij naar zijn kamer en nam zijn overjas.
“Gaat u nog naar buiten?” vroeg de eigenares toen hij terug in de lobby kwam.
“Ja,” antwoordde hij, “thuis ga ik ’s avonds altijd hardlopen, maar hier zal ik het bij een fikse wandeling houden.”
“Ik zal u een sleutel geven, want om tien uur sluiten wij de deur”, vertelde ze. “Omdat er vandaag geen gasten meer komen, ben ik van plan om snel onder de wol te kruipen.”

De Royal Agricultural University van Cirencester lag op net geen vier kilometer van het Stratton House Hotel. Toen hij zag dat de Old Tetburry Road versmalde tot een wandelpad, herinnerde hij zich dat het nu niet ver meer lopen was.
Hij kwam bij een natuurstenen muur die de parking van de Royal Agricultural University afbakende. Opnieuw keek hij behoedzaam rond en liep daarna naar een witmetalen bord dat in het midden van de muur zat. Hij stak zijn vinger in de brede gleuf ongeveer in het midden van het witte bord en viste er een autosleutel uit.

Een paar minuten later verliet een donkerblauwe Volvo 164 de parking van de Royal Agricultural University aan de rand van Cirencester, en reed in de richting van Bath.

## BRUSSEL_ METROSTATION SCHUMAN_ BRITT

Britt stapte die ochtend, net als altijd als het niet regende, uit in het metrostation Schuman en liep het Jubelpark in. Ze hield ervan om 's ochtends in het midden van het grasveld recht op de majestueuze triomfboog, die ooit ter ere van het vijftigjarig bestaan van België gebouwd was, af te lopen. Om er zeker van te zijn dat ze haar dagelijkse aanbevolen hoeveelheid stappen zou halen, liep ze elke dag tot onder de triomfboog en keerde dan terug in de richting van het Koninklijk Museum voor Kunst en Geschiedenis. Ze wist perfect hoeveel zuilen er aan elke kant stonden, maar telde ze voor de lol elke dag opnieuw.

Ze liep langs het imposante gebouw dat in het verlengde van de triomfboog annex zuilengalerij lag en draaide links de hoek om. Ze was zo diep in gedachten verzonken dat ze bijna tegen de ladder aanliep die net achter de oude ingang stond.
"Verdomme," gromde ze terwijl ze eromheen liep, "wie zet er hier van 's morgens vroeg een ladder?"

Een paar seconden later drong het tot haar door dat er iets niet klopte. Ze was inmiddels om de hoek van het gebouw gelopen in de richting van de hoofdingang. Daar draaide ze zich om met de bedoeling om de werklui even duidelijk te gaan maken dat ze alle richtlijnen inzake veiligheid moesten respecteren. Ze zag de ladder, liep er in een grote bocht omheen en bekeek ze van alle kanten. Er was niemand te zien.
Daarna keek ze omhoog en zag dat een van de ramen van de grote zaal van het museum openstond. Ze stapte achterwaarts zonder het raam uit het oog te verliezen. Plotseling claxonneerde een auto zeer agressief. Ze bleef abrupt staan en draaide haar hoofd boos in de richting van het geluid. Ze zag een chauffeur die druk gesticuleerde en naar haar voeten wees.
Pas toen merkte ze dat ze op de rand van het hoge trottoir stond. Nog een

paar centimeter en ze zou een lelijke val gemaakt hebben.
Ze liep rood aan en wuifde vriendelijk naar de chauffeur. De man knikte glimlachend, opende zijn raam en zei dat ze toch maar voorzichtig moest zijn.
Nadat de auto uit het zicht verdwenen was, keek ze weer in de richting van het raam.
"Stond daar nu iemand of was het mijn verbeelding?"

## BRUSSEL_ DE OCR_ ODILE DELARIVIÈRE

"Goeiemorgen, jongens," groette Mae vrolijk, "fijne avond gehad samen?"
Willy en Walker stonden wat suf naast elkaar naar de koffiemachine te staren.
"En dan brengt hij haar al meteen mee naar kantoor", fluisterde Willy tegen Walker.
"Wie?" wilde Mae meteen weten.
"Zijn nieuwe vlam", antwoordde Walker droog.
"De baas? Een vriendin? Niet zeveren, hè, Walker", lachte ze.
"'t Is gene zever," antwoordde Willy, "we hebben ze gisteravond samen gezien, op restaurant. En nu is ze hier."
Mae keek de twee mannen vragend aan, ze begreep er niets van.
"Wacht even. Jullie? Op restaurant? Samen met de baas en zijn nieuwe vriendin?"
Nog voor iemand al haar vragen kon beantwoorden, zwierde een kleine dame met kort, zwart haar en gitzwarte ogen gezwind de keuken binnen op hoge hakken.
"Kan iemand me een koffie brengen? Espresso, zwart, geen suiker. Ik zit in het bureau van de baas."
En weg was ze. Het trio keek elkaar met grote ogen aan.

Even later kwam de baas uit zijn kantoor en vroeg Willy, Mae en Walker of ze even tot bij de grote tafel wilden komen. Ook Billy, die net binnengekomen was, werd erbij gevraagd. Achter de baas stond de onbekende dame in het zwart.
"Ik heb een mededeling", zei de baas.

Iedereen zweeg en keek hem gespannen aan.
"Dit is Odile Delarivière."
Mae monsterde Odile van kop tot teen en terug. Ze knikte kort met een koude blik in de ogen en nam toen een slok van de hete koffie die ze net uit de keuken meegebracht had.
"Odile werkt voor de DCRI[3]", zei de baas, "en is tijdelijk bij ons gedetacheerd."
Iedereen zweeg.
"Mae, wil jij Odile even rondleiden en haar alle praktische informatie geven?"
Mae had daar helemaal geen zin in, maar ze knikte en nam Odile mee naar de keuken.
Willy, Walker en Billy keken de baas vragend aan.
"Oké," zei de baas, "Odile is misschien een beetje verbrand in Parijs en moet een tijdje uit beeld verdwijnen en…"
"… vermits Annette vertrokken is, besluit jij zomaar op je eentje om haar door de eerste de beste verbrande Française te vervangen", gromde Walker terwijl hij opstond en wegliep.
De baas keek Willy aan en wilde iets zeggen, maar Willy's lichaamstaal gaf aan dat het niet het juiste moment was.
"Dus," probeerde de baas naar Billy toe, "Julie werkt van thuis vandaag. Dat is nog eens een primeur voor The Vandiesel Company."
Billy knikte alleen maar.
"Is William al terug in het land?" ging de baas verder.
Willy haalde zijn schouders op en antwoordde dat hij het niet wist.
De baas wilde meteen reageren door Willy te vragen hoe het mogelijk was dat hij niet op de hoogte was, maar besefte dat dat de sfeer nog verder zou vertroebelen.

Mae en Odile kwamen na de rondleiding de OCR terug in en Mae droeg haar weer over aan de baas.
"Rondleiding gedaan", zei ze kortaf.

---

3 DCRI: Direction centrale du Renseignement intérieur (Centrale Directie van Interne Inlichtingen).

De baas schraapte zijn keel. Hij had gedacht dat de introductie van Odile vlotter zou verlopen.
"Zijn er dringende zaken?" vroeg Odile strak.
Willy schudde zijn hoofd.
"Mag ik dan eerst snel mijn valies gaan afzetten in mijn appartement?"
"Ja," antwoordde de baas snel, "doe maar."
"En haast je vooral niet om snel terug te zijn", mompelde Mae binnensmonds.
De baas draaide zijn hoofd met een ruk in de richting van Mae.
"Oeps," zei Mae, "dat was dan toch luider dan ik gehoopt had."
"Kunnen we even overleggen?" vroeg Billy in een poging om de ijzige sfeer te ontdooien.
Mae knikte en ging aan de grote tafel in het midden van de OCR zitten, terwijl de baas naar de keuken liep om ook een koffie te halen.
Willy keek Mae met grote ogen aan, maar kreeg de kans niet om iets te zeggen, want de baas kwam al terug.
Billy en Willy namen ook plaats aan de grote tafel.

## 1969_ BATH_ JAN-PIETER UYTENDAELE

20 juli 1969. De klok had net middernacht geslagen en de straten rond Bath Abbey waren verlaten. Jan-Pieter had de Volvo in Camden, bij de London Road, geparkeerd. Van daaruit zou hij snel kunnen vertrekken naar Cirencester.
Hij stapte van de auto weg en ging in de schaduw van een grote boom staan. Daar keek hij voor de zoveelste keer rond om zich ervan te vergewissen dat niemand hem gezien had.
Na exact drie minuten wandelde hij de anderhalve kilometer tot aan Bath Abbey. Hier en daar brandde er nog licht, maar de meeste huizen waren donker en hun bewoners lagen in bed.

De lucht was halfbewolkt, zodat er hier en daar een ster te zien was. De maan, hoofdrolspeler in het wereldnieuws dezer dagen, had bijna de stand van het eerste kwartier bereikt. De combinatie van voorbijglijdende wolken en de maan die meer licht uitstraalde dan normaal, zorgde voor een bizar weerkundig fenomeen dat hij nog nooit gezien had. Op sommige momenten kwam het licht van de maan door een gat in de wolken als een felle lichtbundel op de toren van de abdijkerk van Bath terecht.

“Een jakobsladder bij nacht”, mompelde hij, omdat het even leek dat de engelen echt naar boven klommen.

Hij liep om de abdijkerk heen. Daar stopte hij bij de linkerachterdeur en ging in de donkere portiek staan. Hij controleerde zijn ademhaling en keek nog eens van links naar rechts.

Toen hij er helemaal zeker van was dat er niemand anders in de buurt was, pakte hij een loper uit zijn zak en opende de zware deur.

Even later stond hij in de middenbeuk van de gotische kerk. Als een panter sloop hij langs de stenen preekstoel in de richting van de graftombe van James Montague.

Toen hij bijna halverwege was, hoorde hij plotseling een paar stemmen. Hij dook tussen de eeuwenoude houten banken, ging plat op zijn buik liggen op de ijskoude vloer en hield zijn adem in. Er flitsten allerlei gedachten door zijn hoofd, maar geen enkele hield steek.

Na ongeveer een kleine minuut opende hij zijn mond en haalde diep, maar zo stil mogelijk adem. Daarna hield hij zijn adem in en luisterde opnieuw aandachtig. Niets meer. Het was muisstil.

Hij kroop voorzichtig tot bij de rand van de houten banken en stak zijn hoofd voorzichtig in de gang. Niets. Hij trok zijn knieën op, kantelde zijn bekken en liet zijn romp als een cobra omhoogkomen. Op die manier kwam zijn hoofd boven de houten banken uit, zodat hij kon rondkijken en opspringen als dat nodig zou zijn. Niets. Niemand. Geen geluid, geen beweging. En toch was hij er zeker van dat hij stemmen gehoord had.

## BRUSSEL_ KMKG_ BRITT

“Alexandra!” riep Britt toen ze die ochtend zonder kloppen het bureau van de directrice binnenstormde. “Je moet meteen meekomen!”

De directrice was in gedachten bij de lastige e-mail die ze vandaag naar de minister moest sturen. Ze schrok toen Britt als een wervelwind kwam

binnengestoven.
"Wat is er met jou aan de hand?!" vroeg ze verbaasd.
"Met mij is alles oké," antwoordde Britt, "maar u moet dringend meekomen."
De directrice stond op en kwam achter haar bureau vandaan.
"Rustig, rustig," suste ze, "vertel eerst even waarover het gaat."
"Er staat een ladder tegen de buitenmuur."
"Dat is logisch," antwoordde Alexandra rustig, "we hebben twee klusbedrijven en een renovatiebedrijf die hier momenteel aan het werk zijn. Ik heb zeker al duizend keer aan de projectleider gezegd dat zijn mensen hun spullen moeten opbergen voor ze naar huis gaan, maar blijkbaar hebben ze dat toch niet gedaan."
"Neen," reageerde Britt, "neen, daar heb ik het niet over."
De directrice keek haar vragend aan.
"Waarover dan wel?"
"Wel, je weet dat ik elke dag graag eens onder de triomfboog wandel en daarom helemaal om het museum heen loop."
Alexandra knikte, maar begreep nog steeds niet wat het probleem was.
"Er staat een ladder aan de zijkant waar helemaal geen werken zijn, en het raam erboven staat open", vertelde Britt.
"Wat?!"
"Kom zelf maar kijken."
De directrice volgde Britt naar buiten en even later moest ze toegeven dat er iets niet koosjer was. Ze nam haar gsm en belde een vriend bij de federale politie.
"Ze komen meteen", zei ze nadat ze opgehangen had.
Britt knikte.
"Jij blijft hier bij de ladder staan," zei de directrice, "ik ga boven kijken hoe het zit met dat open raam."
"Alexandra," zei Britt, "het is nog vroeg, en behalve jij en ik is er nog niemand van het personeel."
De directrice wuifde het bezwaar weg terwijl ze zich omdraaide en naar de grote ingang van het gebouw liep.

Het duurde net iets minder dan een kwartier voor er twee anonieme

wagens met een blauw zwaailicht onder de triomfboog kwamen gereden. Britt begon zich zorgen te maken, want Alexandra was nog steeds niet voor het raam verschenen.
"Als haar maar niets overkomen is", mompelde ze toen een van de auto's vlak voor haar voeten tot stilstand kwam.
*"Madammeke,"* zei een van de agenten in burger, *"ge wet toch dagge in t midde van t stroet stot. Au milieu de la rue."*[4]
"Oei!" riep Britt. "Sorry, maar ik wacht op de directrice die normaal gezien al voor dat raam had moeten verschijnen."
"*C'est donc vous qui avez appelé Mike*?" vroeg een van de andere mannen.[5]
"Jaja!" riep Alexandra plots vanuit het raam. "Ik heb gebeld met Mike!"
"Alexandra, je gaat toch niet springen, hè!" riep een man die uit de tweede auto stapte.
"Mike!" riep Alexandra. "Wat ben ik blij jou te zien!"
Mike stond glimlachend naar Alexandra te kijken. Britt begreep er niets meer van.
"Britt!" riep Alexandra. "Breng Mike en zijn mannen naar mijn kantoor!"
"En de ladder?!" vroeg Britt verward.
"Mille en Jeanke," zei Mike, "*deij lier es voejaale*."[6]
"Kom," zei Mike tegen Britt, "mijn mannen ontfermen zich wel over die ladder. Breng me nu maar gauw naar het bureau van Alexandra."

## BRUSSEL_ DE OCR_ ODILE DELARIVIÈRE

"Baas," zei Mae, "ben je niet…"
"… een beetje onbezonnen te werk gegaan?"
De baas knikte en probeerde bij Willy en Billy steun te zoeken, maar die keken allebei staalhard de andere richting uit.
"Hoe gaan we dit oplos…"
Mae stond met een ruk op en sloeg met haar beide handen op tafel.

---

4 "Mevrouw," zei een van de agenten in burger, "je weet toch dat je in het midden van de straat staat? In het midden van de straat."

5 "Dat was u dus die Mike gebeld heeft?" vroeg een van de andere mannen.

6 "Mille en Jeanke", zei Mike, "die ladder is voor jullie."

"Rustig aan", reageerde Willy met de nodige autoriteit in zijn stem.
Mae haalde ostentatief diep adem en ging weer zitten.
"Krijgt Annette dan geen kans meer?" vroeg Billy.
De baas legde zijn voorarmen op tafel en liet zijn hoofd zakken.

Op dat moment zwaaide de deur van de OCR open en stapten Walker en Odile binnen. De blik in Walkers ogen gaf aan dat voor hem de temperatuur al onder nul zat.
"Bon," zei Odile, "wie brengt me een kop koffie?"
Walker, die toch op weg was naar de keuken om koffie te halen, draaide zich meteen om en liep terug naar de grote tafel in het midden van de OCR.
"Heeft er iemand al iets van William gehoord?" vroeg hij.
Het antwoord was negatief, maar Willy zei dat hij normaal gezien over een halfuur zou landen.
"Oké," besloot Walker meteen, "ik ga hem oppikken bij de luchthaven."
Voor de baas ook maar iets kon zeggen, was Walker al verdwenen.

"William," zei Anastasia[7] terwijl ze bij de bagageband stonden te wachten, "ik..."
"Zeg maar niets", antwoordde hij.
Haar gedachten gingen terug naar de twee heerlijke weken die ze samen doorgebracht hadden op Ibiza. Er verscheen een glimlach om haar lippen terwijl ze een stap naar voren zette, dan vliegensvlug om haar as draaide en hem in de vlucht een kus gaf.
"Geslaagde huwelijksreis", zei een oudere man die amper een meter van hen vandaan stond binnensmonds met jaloerse blik.
"Wat mompel je nu weer allemaal?" vroeg zijn vrouw terwijl ze zonder opkijken verder in haar handtas naar iets zocht.
"Niets", gromde de man.
William keek de man met een weemoedige glimlach aan. Anastasia pakte haar koffer van de bagageband en draaide zich om. Twee koffers later had

---

7 Anastasia is de persoonlijke lijfwacht van de kroonprinses. Het hele verhaal kan je lezen in 'De Zevende Macht'.

William de zijne ook.
“William,” zei Anastasia opnieuw, “ik…”
“Zeg maar niets,” herhaalde hij terwijl ze naar buiten liepen om een taxi te zoeken, “ik ben gedoemd om eeuwig vrijgezel te blijven.”
Anastasia boog haar hoofd. Ze wilde iets zeggen, maar begreep wat hij bedoelde.
“Taxi?”
William herkende de stem en draaide zich om.
“Walker!”
“Adres?” vroeg Walker.
“Waar woon jij eigenlijk?” vroeg William fluisterend.
Anastasia schoot in de lach.
“Simonisplein”, antwoordde ze.
“Koekelberg”, gromde Walker.
Anastasia knikte en keek William recht in de ogen.
“Maak je maar geen zorgen,” zei hij, “ik ben een gentleman. Ik wil je graag thuisbrengen, maar zal niet aandringen om mee naar binnen te komen.”
Anastasia legde haar hoofd op zijn schouder en slaakte een diepe zucht.

Anderhalf uur later liepen William en Walker samen de OCR in.
“Aha!” riep Willy in een poging om de gespannen sfeer te doorbreken. “Casanova is terug.”
William keek hem doordringend aan en wilde iets zeggen, maar op dat moment ging zijn gsm over. Hij zag dat het Annette was en liep naar de keuken om haar oproep te beantwoorden.
“Met William…”
“William.”
“Hé,” fluisterde hij, “hoe gaat het met je?”
“Waar is Walker?”
“Hier in de OCR”, antwoordde William. “Ik ben net terug uit…”
“Waar ben je geweest?”
“Ik ben met Anastasia naar Ibiza geweest.”
Het werd stil aan de andere kant.
“Annette, ben je daar nog?”
“Jaja”, antwoordde ze.

"Waar ben jij?"
"Ik ben in Amsterdam," fluisterde ze, "maar ik wil Walker spreken."
William trok een pijnlijk gezicht.
"Walker is op dit moment niet bereikbaar", loog hij.
Annette zweeg.
"Ben je daar nog?" vroeg William.
"Ik wilde graag dat Walker me kwam ophalen in Amsterdam", zei Annette met een krop in de keel.
"Zal ik je komen halen?" vroeg hij lief.
Stilte aan de andere kant van de lijn.
"Annette?"
"Ja," antwoordde ze zachtjes, "het is goed. Kom me maar halen."

## 1969_ BATH_ JAN-PIETER UYTENDAELE

Het was bijna drie uur in de ochtend toen Jan-Pieter Uytendaele de Volvo terug op de parking van de Royal Agricultural University parkeerde. Hij stapte uit, ging een paar meter bij de auto vandaan en dook snel het struikgewas in. Hij haalde diep adem en probeerde zo stil mogelijk te zijn. Een minuut later stak hij de sleutel terug in de voeg achter het witte bord op de muur naast de inrit en liep naar het Stratton House Hotel.

De volgende ochtend ging hij het restaurant binnen en zette zich weer aan dezelfde tafel. De eigenares kwam naar hem toe en vroeg minzaam glimlachend of hij een goede nachtrust gehad had.
Jan-Pieter antwoordde dat hij bijzonder goed geslapen had.
"Thee?" vroeg ze.
"Kan ik koffie krijgen?"
De eigenares maakte een grapje over *continentals* en liep om de koffie.
"Heb je een leuke tijd gehad bij Sally?" vroeg ze fluisterend terwijl ze de koffie inschonk.
"Sally?"
"Komaan," zei de eigenares met een samenzweerderige knipoog, "ik heb je vannacht pas laat horen terugkomen. Ik heb trouwens een deal met Sally. Zij ontvangt mannen zoals jij en zorgt ervoor dat ze als nette

zakenmannen in mijn hotel verblijven. Ik noem dat leven en laten leven. We moeten toch allemaal onze boterham verdienen."
Jan-Pieter begreep wat de dame bedoelde en besloot het spel mee te spelen, want de komende nacht zou hij namelijk weer op pad moeten.
"Bedoel je dat…"
"Natuurlijk", lachte de eigenares. "We wonen wel op het platteland, maar we zijn niet achterlijk."
Jan-Pieter boog zich lichtjes voorover en wenkte de dame.
"Mag ik je dan om een kleine gunst vragen?"
"Natuurlijk", antwoordde de eigenares met een glimlach om de lippen.
"Mag ik de sleutel nog een nachtje bijhouden?"
De eigenares bleef hem recht in de ogen kijken en zei dat hij wel een uitzonderlijk man moest zijn.
"Waarom?" vroeg Jan-Pieter glimlachend.
"Twee nachten op rij met Sally," fluisterde ze, "dan moet je meer dan getalenteerd zijn."
Jan-Pieter speelde het spel mee en deed alsof hij in verlegenheid gebracht was.
"Je gaat toch niet…"
"O neen," reageerde de eigenares, "discretie is mijn handelsmerk. Sally en ik praten nooit over klanten."
"Echt niet?"
Jan-Pieter keek haar strak in de ogen.

De eigenares van het Stratton House Hotel had Jan-Pieter gedurende de hele maaltijd glimlachend aangekeken. Hij had zelfs even het gevoel gehad dat ze stiekem jaloers was en het als een risico ingeschat dat ze toch met de beruchte Sally zou gaan praten.
"Ik mag er dus gerust in zijn dat jij pas over zes maanden weet hoe goed of slecht ik ben…", fluisterde hij toen ze kwam afruimen.
"Inderdaad," antwoordde ze, "wij hebben een '*gentle agreement*'."
"Een wat?"
"De vrouwelijke variant van een *gentlemen's agreement*."
Jan-Pieter glimlachte even en wilde zeggen dat zij er ook best mocht zijn, maar kon zich bedwingen.

"Ben je tijdig terug voor de live-uitzending vannacht?"
"De wat?" vroeg Jan-Pieter verwonderd.
"De live-uitzending van de maanlanding", antwoordde de eigenares.
"Is dat vannacht?" vroeg Jan-Pieter met gespeelde verbazing.
"Wauw," zei de eigenares spontaan net iets luider dan ze zelf wilde, "als Sally je zelfs dat kan doen vergeten..."
"Ik zal wel terug zijn, want Sally zal dat ook willen zien", antwoordde hij snel.
"Dat hangt van jou af", zei de eigenares. "Maar geen probleem, je hebt de sleutel en we laten de deur naar ons privévertrek openstaan, zodat iedereen bij ons naar de televisie kan komen kijken."
"Dank je wel", antwoordde Jan-Pieter.

## BRUSSEL_ KMKG_ MIKE, ALEXANDRA EN BRITT

"Goed," zei Mike in het kantoor van Alexandra, "vertel eens wat er aan de hand is."
Britt wilde meteen van wal steken, maar Alexandra blokte haar vriendelijk maar gedecideerd af.
"We zijn in volle verbouwing", begon ze. "Afin, in een groot gebouw als dit is er altijd wel iemand aan het werk."
Mike knikte. Britt schuifelde ongemakkelijk heen en weer op haar stoel.
"We... euh, ik bedoel Britt, heeft die ladder deze morgen tegen de muur gevonden toen ze aankwam, maar ik ben dan naar boven gelopen en ik heb niets ongewoons gezien", zei Alexandra snel.
Mike nam ostentatief een slok van zijn koffie en keek Alexandra recht in de ogen.
"Alexandra," vroeg hij traag, "is er ingebroken of niet?"
"Volgens mij niet", antwoordde ze.
Het ontging Mike niet dat Britt haar directrice met een frons aankeek.
"En die ladder? En het openstaande raam?"
"Ach," wuifde Alexandra die vraag weg, "je weet wel hoe dat gaat met al die werklui die hier continu aan de slag zijn."
Mike knikte en dronk zijn koffie op.
"Mag ik zelf een kijkje gaan nemen bij het raam waar jij daarnet stond?"

"Ja, euh... natuurlijk," antwoordde Alexandra, "ik loop wel even met je mee."
Net op dat moment kwam Alexandra's secretaris het kantoor binnen met de melding dat hij de Brusselse minister van Cultuur aan de lijn had voor haar.
Alexandra stond even in vertwijfeling, want ze wilde zelf met Mike naar die vleugel van het museum lopen, maar de minister laten wachten kon evenmin.
"Kan jij met mij even naar dat raam lopen?" vroeg Mike aan Britt.
Britt knikte.
"Neem jij nu maar dat telefoontje van de minister aan," knipoogde hij, "ik handel dit wel even met haar af en kom straks nog eens langs."
Alexandra keek Britt en Mike met een gespannen trek om de lippen aan, maar besefte dat ze op dit moment geen andere keuze had.
"Oké", zei ze terwijl ze zich omdraaide en naar haar bureau liep zonder hen nog aan te kijken.
"Zo ken ik haar helemaal niet", zei Mike verwonderd terwijl hij met Britt naar het bewuste raam liep.
"Inderdaad," beaamde Britt, "zo heb ik haar nog nooit gezien."
"Is die ladder daar volgens jou ook achtergelaten door de werklui?"
"Neen," antwoordde Britt stellig, "dat slaat echt nergens op, want bij die vleugel zijn er helemaal geen werken bezig."
"Ben je zeker?" vroeg Mike.
"Ja," antwoordde Britt, "maar ik stel voor dat we voor alle zekerheid even langslopen bij de onderhoudsdienst. Pierre stelt de planning rigoureus op en ik zou niet graag in de schoenen staan van de onderaannemer die zich daar niet aan houdt."
"Een *bien*[8], dus", lachte Mike.
"Een wat?"
"Dat is Brussels voor iemand die het been stijf houdt."
Britt schoot in de lach en herhaalde het woord.
"Mmm," zei Mike lachend, "er is nog wat werk aan je accent, maar het zit in de goede richting."

8 een been / een stijfkop

"Goed," zei Mike toen ze even later terugliepen, "er waren geen sporen van braak."
"Niks", zei ook een van de politiemannen toen die Mike en Britt bij de ingang van het museum tegen het lijf liep.
"*Comment*, niks?" vroeg Mike.[9]
"*Awel, gelek as dakket zeg,*" antwoordde de man, "niks, *rien, nada*."[10]
"*Bon*, Mille en Jeanke," zei Mike, "*gijle got nog ne ki tot baa de patron van de service d'entretien. Vroagt em de planning van gistere... enfin, van gans de weik da veurbaa es. Britt zal aale wel meipakke. Compris?*"[11]
De mannen knikten bevestigend en vertrokken met Britt. Mike draaide zich om en liep terug naar het bureau van Alexandra.

## BRUSSEL_ DE OCR_ ODILE DELARIVIÈRE

"Baas," zei Billy, "ik moet nog een paar administratieve zaken in verband met de geboorte van Dagne in orde brengen. Is het oké als ik dat nu snel even doe?"
De baas knikte. Billy stond op en snelde de OCR uit.
"Het is kalm, niet?"
De baas keek Mae met grote ogen aan, want hij voelde de bui al hangen.
"Moet jij ook nog iets doen?"
"Is het oké als ik even naar Julie ga?"
De baas knikte. Willy kreeg een staalharde blik in de ogen en leek Mae wel neer te kogelen met zijn blik, maar ze negeerde hem volledig.
"*All right*," reageerde Willy met uitgesproken Italo-New Yorks accent, "toen waren ze nog met drie."
"Ach ja", zuchtte de baas.

"Aha, al klaar met uitpakken?" vroeg de baas toen Odile terug binnenkwam.

---

9 "Hoezo, niks?" vroeg Mike.

10 "Welja, zoals ik zeg," antwoordde de man, "niks."

11 "Goed, Mille en Jeanke," zei Mike, "jullie gaan nog eens tot bij de baas van de onderhoudsdienst. Vraag hem naar de planning van gisteren... afin, van de hele vorige week. Britt zal jullie wel brengen. Begrepen?"

Ze knikte met een zuur gezicht en liep naar de keuken om zelf een koffie te halen. Walker was aan de tafel gaan zitten en staarde naar de muur.
"Walker?"
"Euh… wat, baas?"
"Wil jij met Odile even naar Mike lopen, bij wijze van kennismaking? Het is beter dat we dit officieel doen eerder dan dat Mike en zijn team haar ergens tijdens een crisissituatie voor de eerste keer ontmoeten."
"Alsof dit geen crisissituatie is", mompelde Willy tussen zijn tanden terwijl hij zijn ogen strak op een van de monitoren gericht hield.
De baas draaide zijn hoofd met een ruk om en keek hem strak aan. Willy verroerde geen vin en liep een beetje rood aan.
"Kom", zei Walker terwijl hij opstond.
Odile keek hem vragend aan.
"Komaan," drong Walker aan, "we gaan naar Mike."
"Wie is Mike?" vroeg ze.
"Mike is onze liaison bij de federale politie," antwoordde hij, "het is blijkbaar belangrijk dat je hem ontmoet."

"Iemand had me tenminste een kop koffie kunnen brengen", klaagde Odile toen Walker de deur van het hoofdkwartier in de Rue Blaes achter zich dichttrok.
Walker reageerde niet en keek uit gewoonte even naar links en rechts.
"Heb je gehoord wat ik gezegd heb?"
"Wat?" vroeg Walker oprecht verbaasd.
"Ik zei dat iemand me tenminste een kop koffie had kunnen brengen."
"We zijn geen kelners", gromde hij.
"Als we goed willen samenwerken, dan zal er toch een en ander moeten veranderen", ging ze verder terwijl ze Walker probeerde bij te houden op haar stiletto's.
Walker haalde zijn schouders op en liep door.
"Hé…", protesteerde ze. "Hé, kan je een beetje trager lopen?"
Walker stopte abrupt en draaide zich met een ruk om. Dat had ze niet zien aankomen en botste pardoes tegen hem aan. Hij bracht zijn neus tot vlak tegen de hare.
"De baas heeft me gevraagd om je voor te stellen aan Mike en dat is wat

we gaan doen. Als je me niet kan volgen, doe dan andere schoenen aan."
Odile kneep haar ogen samen en hield haar adem in tot haar neusvleugels gingen trillen.
"Ik..."
"Wat?" sneerde Walker ijskoud.
Odile voelde een onaangename rilling over haar rug lopen toen ze Walkers kille blik zag.
"Luister nu eens naar mij, madam Odile," zei hij onverstoorbaar, "jij bent hier omdat de baas medelijden had en je wou opvangen. Wíj hebben daar niet om gevraagd, dus wíj hoeven helemaal niets te veranderen."

## 1969_ BATH_ JAN-PIETER UYTENDAELE

21 juli 1969. Jan-Pieter verliet het hotel om middernacht en volgde dezelfde routine als de vorige avond.
Toen hij door de straten van Bath liep, merkte hij op dat er deze keer in heel wat meer woningen nog licht brandde.
De abdijkerk stond er maar donker en doods bij in het midden van de nacht die de geschiedenis zou ingaan als de nacht waarin de brug tussen hemel en aarde voor de eerste keer concreet gesmeed zou worden.
Hij liep in de schaduw van de kerk met een hand in de rechterzak van de overjas die hij droeg. Voortdurend keek hij om zich heen, want hij had, meer nog dan de vorige nacht, het gevoel dat hij in de gaten gehouden of gevolgd werd.

Een paar minuten later sloot hij de zware deur zorgvuldig van binnenuit af en liep vanuit de sacristie naar de biechtstoel aan de rechterkant van de middenbeuk.
Plots hoorde hij een schuifelend geluid. Hij dook weer weg tussen de zitbanken. Hij bracht zijn hoofd net boven de rand van de zitbanken en probeerde iets of iemand te ontdekken in de duisternis, maar zijn ogen hadden zich nog niet genoeg aangepast aan de donkere kerk.
Toen hij hetzelfde schuifelende geluid dichterbij hoorde komen, dook hij snel weer weg. Hij hield zijn adem in en voelde zijn hart in zijn keel kloppen. Hij ademde geluidloos uit en luisterde tegelijkertijd aandachtig.

Het geluid verwijderde zich opnieuw en plots werd een deur dichtgetrokken.
Hij bleef nog even zitten en kwam toen weer met zijn hoofd boven de zitbanken uit. Zijn ogen hadden zich intussen aan het duister aangepast, maar er was niets of niemand te zien.
Hij bleef nog even zitten. Hij had zijn kleine notaboekje met lederen kaft tevoorschijn gehaald. Daarin schreef hij een boodschap voor zichzelf, in codetaal:

21 juli 1969

Deze wolf is vannacht alleen op pad, omdat de anderen allemaal zitten te huilen naar de maan. Ze zijn onwetend en huilen naar Iets waarvan ze denken dat het de maan is, maar jij en ik weten dat de dingen niet altijd zijn wat ze lijken.

Het pad van de krijger slingert over berg en dal, door wouden en velden en brengt hem naar de oase waar hij zijn soortgenoten ontmoet.

Imaginatio Semper Patria Nostra.

Hij stond op en liep, conform de instructies die hij gekregen had, naar de graftombe van James Montague, bisschop van Bath en Wells. Hij sprong behendig over het puntige hek dat eromheen stond en hoorde opnieuw het schuifelende geluid nadat hij neergekomen was. Daarom ging hij onmiddellijk plat op zijn buik tegen de donkere graftombe liggen en pakte een scherpe commandodolk uit een van zijn binnenzakken.

Hij hield zijn adem in en luisterde gespannen. Hij hoorde twee stemmen die dichterbij kwamen. Plots waren ze heel dichtbij en het volgende moment waren ze weer verdwenen.
Hij wachtte nog een minuut en kwam dan voorzichtig rechtop zitten. Dit was het moment om zijn opdracht af te werken. Hij keek naar het beeld van de liggende bisschop en zag op de linkerschouder het embleem met het rode kruis. Hij stak zijn hand uit en voelde een duidelijk niveauverschil. Snel haalde hij zijn gevechtsmes uit de zak van zijn overjas en zette het tussen het embleem met het rode kruis en de mantel van de bisschop.
"Komaan," gromde hij, "dit moet het zijn."
Op het moment dat hij meer druk zette op het mes, voelde hij dat het onder het embleem schoof. Na een paar keer heen en weer wrikken kwam het schouderembleem los en kon hij het vastnemen. Hij legde het op het granieten blad achter het hoofd van het beeld van James Montague en keek naar de nis die in het schoudergedeelte zichtbaar was.
"Verdorie," mompelde hij, "het klopt."
Hij stak het mes weg en pakte een kleine zaklamp waarmee hij in de nis scheen. Voorzichtig haalde hij drie filmspoelen uit de rechterzak van zijn overjas en legde die in de nis. Hij pakte zijn Agfa Clack-fototoestel, dat uitgerust was met een Clibo-flitser, en nam een foto van de drie filmspoelen die hij in de nis gelegd had. Toen hij een tweede foto wilde nemen, realiseerde hij zich plots dat hij daarvoor het flitslampje moest vervangen. Hij pakte het lampje vast en trok het uit de flitser, maar in zijn haast was hij vergeten dat zo'n lampje na de ontbranding gloeiend heet was. Hij slaakte een korte kreet, liet het lampje vallen en stak zijn vingers in zijn mond.
Hij hoorde plots weer geschuifel verder weg en ook dezelfde stemmen. Hij stak het fototoestel snel in zijn linkerjaszak en liep naar de biechtstoel aan de overkant van de middenbeuk.

## AMSTERDAM_ THE DYLAN_ WILLIAM EN ANNETTE

William reed de parking vlak naast het Centraal Station van Amsterdam in. Van daaruit was het slechts een tiental minuten lopen tot bij hotel The Dylan.
Toen hij de lobby van het hotel in liep, zag hij Annette in de bar zitten.
"William," zuchtte ze toen ze hem zag, "ik..."
Hij legde zijn hand op de hare en ging recht tegenover haar zitten.
Annette voelde de tranen over haar wangen lopen en wist plots niet meer of ze nog steeds boos was of niet. Tot een paar seconden voor zijn aankomst was ze nog heel zeker van zichzelf geweest. Ze zou met William terugkeren naar Brussel, maar niet naar het appartement dat ze met Walker deelde. Ze had zelfs al een speech voorbereid die ze zonder onderbreking en zonder enige tegenspraak te dulden zou afratelen.
Nu zat ze daar als een klein meisje dat helemaal verloren was. Ze was blij William te zien, maar ze had zo graag gehad dat Walker haar was komen ophalen.
William stond op, liep naar de bar en kwam met een hagelwit servet terug. Hij gaf het haar zonder een woord te zeggen en ging weer tegenover haar zitten.
"Wil je nog iets eten?"
Ze schudde haar hoofd.
"Liggen je spullen nog in je kamer?"
Ze schudde opnieuw haar hoofd.
"Heb je al uitgecheckt?"
"Ja", snikte ze.
Hij wist met zichzelf geen blijf. Hij was dolblij om bij Annette te zijn, maar geraakte stilaan met zichzelf in de knoei, omdat hij een paar uur geleden nog tegen haar gelogen had. Dat slechte gevoel was tijdens de rit naar Amsterdam beginnen te borrelen en werd nu alleen maar erger.
"Oké," zei hij, "zullen we dan vertrekken?"
Ze knikte.
"Waar staat je bagage?"
Ze wees naar de receptiebalie. Hij stond op en liep ernaartoe.

Een paar minuten later was hij terug in de bar met Annettes bagage.

"De auto staat bij het Centraal Station geparkeerd."
Annette knikte opnieuw, stond op en volgde hem naar buiten.
"Annette, ik…"
"William," sneerde Annette, "ik ben heel blij dat je meteen naar Amsterdam gekomen bent om me op te halen. Ik wil zoveel zeggen en vertellen, maar..."
William keek haar aangeslagen aan. Hij werd overvallen door het gevoel dat Annette dwars door hem heen kon kijken en zijn smerige spelletje doorhad.
"… wil je me alsjebieft de ruimte geven om tot mezelf te komen?"
Hij stond daar maar te staren.
"William," smeekte Annette, "beloof me dat je me met rust laat. Beloof me dat je niet zal proberen een gesprek aan te knopen tijdens de rit naar Brussel."
Hij wist nog steeds niet wat hij moest zeggen.
"William," herhaalde ze, "reageer nu toch eens."
"Maar ik meende te hebben begrepen dat ik helemaal niets mocht zeggen", antwoordde hij.
"Zeg nu gewoon dat je me begrepen hebt, dat je dat zal respecteren en zwijg dan maar voor de rest van de tijd", verduidelijkte Annette door haar tranen heen.
"Ik heb je begrepen en zal je wens respecteren", antwoordde hij.
Ze draaide haar hoofd en keek hem aan. Hij bleef recht voor zich uit kijken, startte de auto en reed de parkeergarage uit. Hij was totaal in de war.

## BRUSSEL_ DE FEDERALE POLITIE_ MIKE EN ZIJN TEAM

Anderhalf uur later liepen de mannen van de federale politie terug hun kantoor in.
*"Een roer affaire as ge 't ma vroegt"*, zei de Mille toen ze met hun drieën

bij de koffiemachine stonden.[12]

*"Volges maa eit daane Pierre ne steik loete valle en wiltem ni da de directrice da te weite komt"*, reageerde Jeanke.[13]

"*Zorret paase?*" vroeg Mike.[14]

"*Mais oui,*" reageerde de Mille, "*ik paaser 't zelde over as Jeanke.*"[15]

"*Das ni moeilijk...*", begon Mike.[16]

"*... want me zen alle twie amoureus van dezelde stammeneibozinne.*"[17]

Ondanks het feit dat die mop zo oud en versleten was als de oudste straat van Brussel, schoten de drie mannen in de lach.

"*Ik zal fleus nog ni ki tot baa Alexandra goen*", zei Mike.[18]

"*En wa moete me zegge as madam belt?*" vroeg Jeanke.[19]

Mike keek zijn mannen met gespeeld boze blik aan toen Walker met Odile aankwam.

"Walker..."

"Mike, Mille, Jeanke," zei Walker afgemeten, "dit is Odile."

De mannen knikten beleefd.

"Ik ben Michel Van Geyte, aka Mike", zei Mike terwijl hij zijn hand uitstak.

Odile hield haar handen diep in de zakken van haar dure haute-couturejas en keek Mike venijnig aan.

"Odile Delarivière is een nieuwe collega", ging Walker verder.

"Vervangt ze..."

Mike draaide zijn hoofd met een ruk naar Jeanke en keek hem strak aan.

"*Oui chef,*" zei Jeanke, "*just... ik moen da rappoar nog moeke van deij*

---

12 "Een eigenaardige zaak als je het mij vraagt", zei de Mille toen ze met hun drieën bij de koffiemachine stonden.

13 "Volgens mij heeft die Pierre een steek laten vallen en wil hij niet dat de directrice dat te weten komt", reageerde Jeanke.

14 "Denk je dat?" vroeg Mike.

15 "Maar ja," antwoordde de Mille, "ik denk net hetzelfde als Jeanke."

16 "Dat is niet moeilijk...", begon Mike.

17 "... want we zijn allebei verliefd op dezelfde cafébazin."

18 "Ik zal straks nog eens tot bij Alexandra gaan", zei Mike.

19 "En wat moeten we zeggen als mevrouw belt?" vroeg Jeanke.

*roer affeire.*"[20]

"Als mevrouw een nieuwe collega van Walker is, dan ga ik ervan uit dat dit een officieel kennismakingsbezoek is", richtte Mike zich weer naar Odile en Walker.

Walker knikte.

"Jeanke," zei Mike, "neem mevrouw even mee en leid haar rond in het gebouw."

Jeanke wilde tegenpruttelen, maar wist dat hij deze opdracht helemaal aan zichzelf te danken had en deed wat hem opgedragen werd.

"*Ik zallem effekes elpe*", zei de Mille.[21]

"*Da zou wel ne ki vandoen kunne zen*", gromde Walker.[22]

"Heb je even tijd?" vroeg Mike.

Walker knikte.

"*Mille*," riep Mike net voor die uit het zicht verdween, "*ik moen me Walker efkes in de goei locht luupe.*"[23]

De Mille begreep de hint en zei dat ze mevrouw de grote rondleiding zouden geven.

"Begrijp ik het goed dat jij me hier gaat achterlaten bij die twee…? schreeuwde Odile. "Aaarrgghh! *Ce n'est pas possible*![24]"

"Bij die twee wat?" reageerde Jeanke.

"*Imbéciles*!" ging Odile door.[25]

"*Excusez-moi*?" zei Jeanke nu verbouwereerd en hij keek meteen naar Mike.[26]

Die deed stilzwijgend teken dat ze er niet op moesten reageren en gewoon vertrekken. Jeanke besefte dat het een lastige bevalling zou worden.

---

20 "Ja, chef," zei Jeanke, "het is waar… ik moet dat rapport nog maken van die vreemde zaak."

21 "Ik zal hem even helpen", zei de Mille.

22 "Dat zou weleens nodig kunnen zijn", gromde Walker.

23 "Mille," riep Mike net voor die uit het zicht verdween, "ik ga met Walker even een luchtje scheppen."

24 Het is niet mogelijk!

25 "Idioten!" ging Odile door.

26 "Wat zegt u?" zei Jeanke nu verbouwereerd en hij keek meteen naar Mike.

"Kom," zei Mike, "*doe zedde effekes vanaf.*"[27]

Ze liepen naar buiten en zaten een tiental minuten later aan de toog bij blonde Jeanine in 'In den Blauwen Lemmen'.

"*Vertel ne ki*", zei Mike.[28]

"*Woe moenek beginne*?" vroeg Walker.[29]

"*Woe dagge wilt.*"[30]

Walker slaakte een diepe zucht, nam een flinke slok van zijn pint en keek Mike recht in de ogen.

"Ik wil Annette terug."

Mike knikte.

"Goh, Mike, ik mis haar zo."

"Waar wacht je dan nog op?"

"Ik weet niet of ze me nog terug wil. Ze was zó kwaad toen ze vertrok..."

"En intussen heb je iets gehad met Louise", vulde Mike aan.

Walker keek hem wanhopig aan.

"Ik weet niet of ik mijn stommiteit kan goedmaken, maar ik wil de kans krijgen en wil er absoluut voor gaan."

"*Den moette da doen, eh ket*", antwoordde Mike.[31]

Walker knikte opnieuw en bestelde nog twee pinten.

"Waar is Annette?"

"Ik denk dat ze nog in Amsterdam is", antwoordde Walker.

"*Woe moette gaa den zijn*?"[32]

Walker staarde voor zich uit en knikte.

"*Wa dode gaa den hie baa maa me deij trut*?"[33]

"Wauw", reageerde Walker "Tja, de baas heeft me de opdracht gegeven om met haar naar jou te komen."

"*Volontaire Chinois*", lachte Mike.[34]

---

27 "Kom," zei Mike, "daar ben je even van verlost."

28 "Vertel eens", zei Mike.

29 "Waar moet ik beginnen?" vroeg Walker.

30 "Waar je wil."

31 "Dan moet je dat doen, hè jongen", antwoordde Mike.

32 "Waar moet jij dan zijn?"

33 "Wat doe je dan hier bij mij met die trut?"

34 "Chinese vrijwilliger", lachte Mike.

"Billy moest nog wat papieren in orde brengen in verband met de geboorte. Mae ging op bezoek bij Julie en William was plots verdwenen."

"En Willy en de baas konden niet weg uit de OCR", begreep Mike.

"Juist", antwoordde Walker.

"*Lank geleije dak William nog ni kie gezeen em*", gromde Mike.[35]

"*Ik uuk*," merkte blonde Jeanine ongevraagd op terwijl ze de lege glazen wegnam, "*il y a longtemps… lank geleije.*"[36]

Mike wilde nog wat zeggen, maar had het gevoel dat er iets niet snor zat bij de Company en hield zijn gedachten wijselijk voor zich.

"*De leste?*"[37]

"*Jamais,*" lachte Walker, "*toujours l'avant-dernier, mais oké… voe vandoeg de leste.*"[38]

## 1969_ BATH_ JAN-PIETER UYTENDAELE

Jan-Pieter was zo snel hij kon de biechtstoel ingedoken en had in zijn haast niet gezien dat er twee in het zwart geklede mannen uit de sacristie kwamen.

Hij botste tegen de achterwand van de biechtstoel en voelde het hout kraken. Hij pakte zijn notaboekje en begon snel te schrijven.

21 juli 1969

Als niemand weet wie ik ben, dan heb ik een betekenis.

Als iemand weet wat ik ben, kan ik niet meer bestaan.

Wat ben ik?

---

35 "Het is lang geleden dat ik William nog eens gezien heb", gromde Mike.

36 "Ik ook," merkte blonde Jeanine ongevraagd op terwijl ze de lege glazen wegnam, "een hele tijd… lang geleden."

37 "Nog een laatste?"

38 "Nooit," lachte Walker, "altijd de voorlaatste, maar oké… voor vandaag de laatste."

*De ridder draagt zijn kruis.*
*Imaginatio Semper Patria Nostra.*

Nu hoorde hij plots luide voetstappen en de snelle ademhaling van personen die kwamen aangelopen door de middenbeuk. Hij klapte het notaboekje dicht en keek naar de achterwand die hij daarnet had voelen kraken. Hij zag een barst in het hout, pakte zijn gevechtsmes en wrikte het net ver genoeg open tot hij het notaboekje ertussen kon schuiven. Dan drukte hij het hout met zijn vingers krachtig aan, zodat de barst bijna onzichtbaar werd.
De voetstappen waren nu vlakbij. Hij hield onmiddellijk zijn adem in en dook in elkaar in de biechtstoel. Toen werd alles zwart voor zijn ogen…

## BRUSSEL_ TEMPELSTRAAT_ WILLIAM EN ANNETTE

Twee en een half uur later reden William en Annette het nieuwe NAVO-gebouw voorbij aan de Leopold III-laan.
“Kom je mee naar de OCR?” vroeg William heel voorzichtig en zonder haar aan te kijken.
“Neen.”
Hij pijnigde zijn hersenen, want hij wilde niet nog eens de verkeerde vraag stellen. Net op het moment dat hij iets wilde zeggen, vroeg ze of ze een paar dagen bij hem mocht logeren. Hij keek haar geschrokken aan.
“Heb ik iets verkeerds gevraagd?” vroeg ze onthutst.
“Neen, neen,” antwoordde hij snel, “ik wilde net hetzelfde voorstellen en ik kreeg heel even het gevoel dat je mijn gedachten aan het lezen was. Ik werd er zowaar bang van.”
“Jij, bang?” lachte ze.
Hij knikte.
“Dus,” zei ze, “het is oké?”
“Natuurlijk is het oké”, reageerde hij snel.
“Ik blijf liever nog een paar dagen uit beeld”, legde ze uit.
William wist niet goed hoe hij daarop moest reageren, hield zijn blik strak op de weg gericht en deed alsof hij uitermate geconcentreerd bezig was.

"Hoe wil je dat doen?" vroeg hij als een kat die om de hete brij heen probeert te lopen.
"Gewoon," antwoordde ze, "door in jouw loft te blijven."
"Euh… oké", gromde hij.
"Jij neemt zelden of nooit iemand mee naar jouw loft, toch?"
Hij knikte.
"Ik kan me trouwens niet herinneren dat ik er ooit al geweest ben", ging ze verder.
"Zelfs Walker is nog niet in mijn loft geweest", antwoordde hij zonder haar aan te kijken.
"Niemand dus."
"Inderdaad," zei hij, "er is nog niemand van de Company in mijn loft geweest."
"Waarom niet?"
"Ik ben nogal op mijn privacy gesteld."
"Ik denk veeleer dat jij een sloddervos bent", lachte ze.
William reed de auto tot vlak voor een oude, verweerde garagepoort.
"Woon jij in dit sjofele pand?!" riep ze.
William knikte, pakte zijn smartphone en opende een app waarmee hij heel wat domotica in zijn loft kon aansturen. Annette zag de poort vlot opendraaien en wist met haar verbazing geen blijf.
"Jij hebt… de garagepoort gewoon met je smartphone geopend..."
Hij knikte opnieuw en reed de wagen naar binnen.
"Wat ga ik hier nog allemaal beleven?" stamelde ze zachtjes.
Ze stapten uit en William nam Annettes bagage uit de kofferruimte van de auto.
Toen ze merkte dat dat een beetje tegenviel, gaf ze op subtiele wijze aan dat ze in Amsterdam een paar souvenirtjes gekocht had.
"Kom", zei hij terwijl hij via een beveiligd sas doorliep naar een oude goederenlift van het pand met nummer 19.
Hij trok een oud uitziend traliewerk open, stapte op een verweerd industrieel laadplatform en gebruikte opnieuw zijn smartphone om het ding aan te sturen.
Annette kon haar ogen niet geloven toen hij de deur van zijn loft openmaakte en haar hoffelijk als eerste naar binnen liet gaan.

"Jij, ongelooflijke stiekemerd…"
"Wat?" vroeg hij.
"Iedereen laten geloven dat je een ongelooflijke kluns bent en zie dat hier nu eens."

## BRUSSEL_ KMKG_ MIKE EN ALEXANDRA

"Alexandra," zei Mike toen hij met de directrice van het KMKG aan de grote vergadertafel in haar kantoor zat, "moet ik me zorgen maken over jou?"
Ze keek hem met grote ogen aan en schudde haar hoofd.
"Zorgen maken?"
Hij keek haar rustig aan en bestudeerde haar lichaamstaal, omdat hij daaruit vaak meer informatie haalde dan uit wat er gezegd werd.
Alexandra schoot in de lach.
"Oké," zei ze, "ik denk dat ik het begin te begrijpen."
"O ja?"
"Ik liep er deze morgen een beetje gestresseerd bij wegens het overleg dat ik met de minister van Cultuur zou hebben, en heel dat gedoe met die ladder was er even te veel aan."
Hij knikte.
"Weet je," ging ze verder, "Britt is een prima kracht en ik waardeer haar enorm, maar de timing met die ladder was gewoon ongelooflijk slecht. Ik ga me trouwens later op de dag nog even excuseren bij haar, want ik besef nu dat mijn reactie overdreven was."
"Dat zou getuigen van echt leiderschap", antwoordde hij.
Ze knikte.
"Toch denk ik dat je nog steeds een beetje in de war bent, niet?" vroeg hij plagerig.
"Wat nu weer?"
"Je hebt me nog geen koffie aangeboden en je weet dat ik jouw koffie zo graag drink", lachte hij.
"Deugniet", reageerde ze. "Kom, we lopen naar de kitchenette. Daar kan je zelf je koffie maken."
"Ben je zeker dat er geen inbraak geweest is?" vroeg Mike uiteindelijk

toen hij zijn Nespresso naar de mond bracht.
"Maar natuurlijk," antwoordde Alexandra, "er is niet ingebroken. Mocht er een incident geweest zijn, dan had ik wel een rapport of, in extremis, een telefoontje gekregen."
"Dat dacht ik ook."
"Hebben jullie de informatie gekregen van Pierre?"
"Pierre wie?" vroeg Mike.
"Pierre," zei Alexandra, "de verantwoordelijke van de onderhoudsdienst. Hij houdt zijn planning met de grootste precisie bij. Hij is vroeger nog adjudant of commandant bij het leger geweest en alles is bij hem strak georganiseerd en opgevolgd. Soms word ik er gek van, want hij rapporteert elke afwijking, tot in het kleinste detail."
Mike glimlachte even.
"Zou het kunnen dat Pierre een steek laten vallen heeft en dat wil verdoezelen?"
"Onmogelijk," reageerde Alexandra snel, "onmogelijk. Pierre zou liever ontslagen worden dan zoiets te doen."
"Je hebt wel veel vertrouwen in die man", zei Mike.
"Vertrouwen, ja, maar ik hou hem ook in de gaten, vandaar dat ik zo zeker ben", antwoordde Alexandra.
"Wat bedoel je precies?" vroeg Mike.
"Ik laat mijn secretaris regelmatig een controle doen," zei ze, "zowel tijdens de werkuren als erbuiten. We hebben nog nooit een onregelmatigheid ontdekt in het werk van Pierre."
"Zijn er dan anderen bij wie dat wel het geval is?"
"Zeker weten", reageerde Alexandra snel.
"Moet ik iemand door de molen halen?"
"Mike," zuchtte Alexandra, "laat het nu rusten. Er is niets gebeurd behalve dat Britt deze ochtend een ladder tegen de muur gevonden heeft."
"En een raam dat zomaar openstaat", herinnerde Mike haar.
"Ja," antwoordde ze, "een open raam, maar je zou eens moeten weten hoe vaak een vakman een raam laat openstaan 's avonds. Ik kan je tonnen rapporten geven van de nachtwakers die 's nachts tijdens hun ronde een raam moeten sluiten en dat rapporteren. Ik nodig je uit om er eens bij te zijn als zo'n onderaannemer het mag komen uitleggen bij Pierre. Weet

je, ik lees die prullen allang niet meer."
"Oké, als jij er zeker van bent," besloot Mike, "dan ga ik maar weer eens terug naar kantoor. Ik mag mijn mannen ook niet te lang alleen laten."
"Mannen", lachte Alexandra.
Mike gaf zijn goede vriendin een knuffel en liep het museum uit.

## BRUSSEL_ DE OCR_ THE VANDIESEL COMPANY

Toen Walker na zijn babbel met Mike terug de OCR binnenkwam, voelde hij dat de sfeer helemaal onder het vriespunt zat.
"Hij heeft me daar met die twee mannen van de federale politie opgezadeld en is er met hun baas vandoor gegaan!" riep Odile terwijl ze op haar stiletto's door de OCR ijsbeerde.
Iedereen probeerde ernstig en supergeconcentreerd met iets bezig te zijn.
"Twee uur heb ik daar gewacht bij die twee mannen die van geen kanten wisten wat ze met mij moesten aanvangen!"
"En denk je dat wij dat wel weten?" gromde Willy net iets te luid, want iedereen keek ostentatief in zijn richting en daarna draaiden alle hoofden zich naar de deur.
"Waar heb jij gezeten?" vroeg de baas.
Walker voelde de bui al hangen, maar was niet van plan om zich zomaar te laten slachtofferen.
"Mike wilde mij spreken over een belangrijke zaak…", antwoordde hij, "… onder vier ogen…"
"In 'In den Blauwen Lemmen', zeker?" voegde Mae eraan toe.
Billy kon zich niet meer bedwingen. De lachtranen liepen al uit zijn ogen en hij kon elk moment uitbarsten in een schaterlach. Hij stond op en liep snel naar het toilet.
"Wat heeft die?" vroeg de baas.
"Ik denk dat hij iets verkeerds gegeten heeft en nu moet…", antwoordde Willy met een uitgestreken gezicht in een poging om zijn opmerking van een halve minuut voordien te doen vergeten.
Op dat moment hoorden ze allerlei rare geluiden vanuit de toiletten komen.
"Zie je wel," zei Willy, "het komt er allemaal uit."

Mae keek hem met dwingende blik aan. Willy begreep de hint en hield zijn mond.
"Waar wilde Mike je dan over spreken?" ging de baas verder.
"Hij was net terug van het museum aan de Cinquantenaire," antwoordde Walker in alle eerlijkheid, "maar hij wilde me vooral spreken over Annette."
"Willen jullie nu eens Frans spreken, zodat ik er ook iets van begrijp?" klaagde Odile.
"Zitten en zwijgen", zei de baas kortaf.
Odile had het misschien niet letterlijk begrepen, maar de boodschap was desalniettemin aangekomen. Ze ging zitten, beet op haar lip en staarde strak voor zich uit.
"Laten we even een kop koffie halen in de keuken", zei de baas tegen Walker.
"Mae," zei de baas, "ga jij even poolshoogte nemen bij Billy in het toilet?"
"Euh..."
"We doen dat samen wel even", zei Willy snel voor Mae ook maar iets anders kon zeggen.
De baas knikte en liep achter Walker aan naar de keuken.

Een paar minuten later zaten Billy, Mae en Willy terug in de OCR. Het hek was helemaal van de dam, want nu hadden ook Willy en Mae alle moeite van de wereld om zich te beheersen. Ze zaten alle drie op hun lip te bijten om niet opnieuw in de lach te schieten.
Odile beet ook nog steeds op haar lip, maar dan wel uit pure frustratie.
"Goed," zei de baas terwijl hij met Walker terug de OCR in kwam, "blijkbaar is er vanmorgen een incident geweest in het Koninklijk Museum voor Kunst en Geschiedenis."
"Dan is het aan de politie om dat uit te zoeken", kwam Odile ongevraagd tussen.
"De politie heeft dat uitgezocht, Odile," zei de baas geërgerd, "maar als de directrice van het museum geen klacht neerlegt, kunnen ze verder niets doen."
"Maar als er geen klacht neergelegd is...", begon Mae.
"... wil dat niet automatisch zeggen dat er niets aan de hand is, Mae",

reageerde de baas. “Mike is daarjuist nog met de directrice gaan praten en volgens haar gaat het om een vergetelheid van een werkman. Mike heeft er een slecht gevoel bij, maar kan zelf niets meer uitzoeken. Daarom…”
“… heeft hij aan Walker gevraagd of wij eens een kijkje kunnen gaan nemen?” veronderstelde Billy.
“Inderdaad”, antwoordde Walker.
“Oké,” ging de baas verder, “Walker, dan stel ik voor dat jij met Odile naar het museum gaat om discreet een kijkje te gaan nemen.”
“Als bezoekers van het museum, dus?” vroeg Walker heel meegaand.
De drie anderen keken Walker en de baas vragend aan. Ze begrepen er niets meer van.
“Inderdaad,” antwoordde de baas, “als nieuwsgierige toeristen.”
“Kom,” zei Walker tegen Odile, “tijd om aan de slag te gaan.”
Odile keek hem boos aan en maakte geen aanstalten om op te staan.
“Kom,” zei Walker opnieuw, “tijd om aan de slag te gaan.”
“Maar…”, reageerde ze, “zo kan ik toch niet…”
“Jawel,” antwoordde Walker, “dat is de perfecte outfit om undercover als toeriste met mij naar het museum te gaan.”

## BRUSSEL_ TEMPELSTRAAT_ WILLIAM EN ANNETTE

Annette liep Williams loft in en kon haar ogen niet geloven.
“Wauw,” zei ze, “een oldskool museum waar je in de sofa mag neerploffen, een eeuwenoud manuscript kan openslaan met je ene hand terwijl je met de andere de gigantische flatscreen aanzet.”
William keek haar niet-begrijpend aan. Toen ze zich zomaar in de sofa liet vallen, zag ze vanuit haar ooghoek iets wegflitsen en schrok zich een ongeluk.
“Je was bijna op Flodder gaan zitten”, lachte William.
“Flodder?!”
William liep naar de andere ruimte en kwam terug met een zwarte poes in zijn armen.
“Heb jij een kat?”
“Dit is Flodder,” zei William, “mijn steun en toeverlaat in goede en kwade

dagen."
"Dat..."
"... wist je niet, hè?" lachte hij.
"Mag ik..."
"Geef haar even de tijd om aan jou te wennen."
Annette begreep perfect wat William bedoelde. Ze had zelf ook nog wat tijd nodig om te wennen.
"Kom," zei William, "ik zal je even rondleiden."
Hij opende een raam en zette Flodder buiten. Annette stond op en liep naar hem toe.

Een halfuur later zaten ze aan de grote, massiefhouten keukentafel en dronken een glas wijn. Annette was sprakeloos. Ze had zich tot nu toe nooit afgevraagd waar en hoe William woonde. Voor haar was hij altijd de kluns van de bende geweest en de beste vriend van Walker.
Ze overliep in gedachten de toer die William haar net gegeven had en kwam tot een bizarre conclusie, of beter gezegd tot een vraag, maar kreeg de kans niet om ze te stellen.
"Wil je iets eten?" vroeg hij.
"Eigenlijk heb ik wel honger", antwoordde ze.
William schonk haar glas nog eens vol en stond toen op. Ze haalde diep adem en probeerde in gedachten een antwoord voor te bereiden, zodat het heel natuurlijk en heerlijk nonchalant zou klinken als hij zijn telefoon zou nemen en haar zou vragen wat ze wilde bestellen.
"Waar heb je zin in?"
"Wat ga je bestellen?" flapte Annette er zonder wachten en nadenken uit.
William schoot in de lach.
"Bestellen?"
"Ja," zei ze, "wat ga je bestellen? Pizza, chinees of..."
"Annetje," antwoordde William met een pruillip, "je bent te gast 'chez William Vandiesel'. Hier komen geen afhaalmaaltijden binnen."
Nu was ze helemaal de kluts kwijt en keek hem als een onnozele geit aan.
Hij knipte, net als een hypnotiseur, even met zijn vingers om haar terug naar de realiteit te brengen.
"Euh... sorry."

“Vertel me nu gewoon wat je graag wil eten”, lachte hij.
“Ik… euh… wat stel je voor?”
William pakte haar bij de hand en leidde haar als een volleerde gentleman naar de salon. Hij stopte de afstandbediening van de grote televisie in haar handen en verdween naar de keuken.

Een halfuurtje later stak hij zijn hoofd in de deuropening en zag dat ze in slaap gevallen was. Hij legde zijn hand op haar schouders, maar trok ze snel terug toen ze met een ruk wakker schoot.
“Rustig,” zei hij zacht, “je was in slaap gevallen.”
“Euh?”
“Het eten is klaar”, zei hij.

Annette stond lichtjes wankelend op en liep naar de keuken. William hield haar stoel klaar, zodat ze meteen kon plaatsnemen, en liep toen snel even naar de salon om haar wijnglas te halen. Op tafel stond een grote wok.
“Brusselse stoemp van groene kool met boerenworst van beenhouwer Herman”, presenteerde hij terwijl hij Annettes verwarmde bord volschepte.
Annette boog een beetje voorover en voelde een heerlijke geur haar neus prikkelen die ze niet kon thuisbrengen. Ze kon niet wachten. Ze nam haar vork en stak een veel te grote hap van de warme brij in haar mond. William zag hoe ze rood aanliep en haar mond wijd opende om zo veel mogelijk koude lucht naar binnen te happen. Hij schoot in de lach en schonk zich ook een glas wijn in.
Daarna aten ze zwijgend hun bord leeg en keken elkaar nagenoeg niet aan. Annette wist niet goed hoe ze haar vraag moest stellen en vooral niet hoelang ze er nog mee kon wachten.

## BRUSSEL_ VOSSENPLEIN_ WALKER EN ODILE

“We nemen de 27 aan het Vossenplein en stappen af bij Nerviërs”, zei Walker.
Hij trok er zich geen fluit van aan of Odile hem gehoord had of niet en

stapte rustig door in de Rue Blaes. Achter zich hoorde hij het getik van de hakken van de stiletto's en kreeg weer een glimlach om de lippen.
"Is het goed dat ik even andere schoenen ga aantrekken?"
Eindelijk, dacht Walker bij zichzelf en hij had zin om eraan toe te voegen dat ze haar hele outfit mocht veranderen, maar plots kreeg hij een ander idee.
"Eigenlijk zou het ideaal zijn als jij als een kunstkenner uit de Franse beau monde naar het museum gaat", antwoordde hij.
"Dus?"
"Ik denk niet dat het een goed idee is dat je van schoenen gaat wisselen", zei Walker.
"Chique kunstkenners uit de Franse beau monde op stiletto's gaan niet met de bus naar een museum", sneerde Odile.
"Oké," gaf Walker toe, "1-0 voor Odile."
"Wat mompelde je daar?"
"Ik zei dat het oké is dat je andere schoenen gaat aantrekken", gromde hij.
"Ik ben zo terug", zei ze opgelucht.
"Ik zie je op het Vossenplein."
"Waar?"
"Ginder op het grote plein", antwoordde Walker terwijl hij recht voor zich uit wees.
Odile knikte. Net op het moment dat ze naar binnen wilde lopen, ging haar telefoon over.
"Telefoon", gromde Walker.
Odile pakte de gsm uit haar handtas, keek naar de display en liep toen een paar meter bij Walker vandaan voor ze de oproep beantwoordde.
Walker zag haar lichaamstaal veranderen en voelde dat ze plots gespannen was.
"Alles oké?" vroeg hij toen ze even later de verbinding verbroken had en haar gsm weer opborg in haar handtas.
Ze knikte en wuifde zijn bezorgdheid met een gespeeld nonchalant gebaar weg. Hij haalde zijn schouders op.

Tien minuten later stond ze naast hem in een strakke jeans, een losse sweater en met gemakkelijke pumps aan. Walker keek haar met grote

ogen aan.
"Is mijn outfit niet oké?"
"Jajaja", stotterde hij terwijl hij voor zichzelf moest toegeven dat ze er best oké uitzag.

Toen even later bus 27 kwam aangereden, stapten ze zwijgend op.
"*Ik zeg a dakda nog nuut em meigemokt*," zei een man achter hen luidop, "*jamais de ma carrière je n'ai pas vu ça*."[39]
"*Vertelt da na nog ni ki*", reageerde zijn kompaan.[40]
"*Tu ne m'as pas compris ? Gè weij ni geluisterd, tiens. Toujours la même chose asser e skuu mokke den bus opkomt*."[41]
"*Surtout quand elle est accompagné par un villain sjnok*," antwoordde de tweede man, "*ik geivet toe*."[42]
Walker draaide zich met een ruk om.
"*Monsieur*," antwoordde de eerste man rustig, "*on ne parlait pas de vous*."[43]
"*Non, non*," viel de tweede man hem bij, "*da gink ni over aa of over aa madam*."[44]
Walker draaide zich opnieuw om en keek strak voor zich uit. Odile keek hem vragend aan en begreep totaal niet waarom hij zich zo bruusk omgedraaid had naar de twee oudere mannen.
"*Bon*," ging de eerste man verder, "*k zalt nog ne ki vertelle*."[45]
De andere knikte terwijl hij Walker strak in de gaten hield.
"*Donc, j'arrive à six heure et demi pil. Gelek as altaijd kommek oem zesenalf*

---

39 "Ik zeg je dat ik dat nog nooit meegemaakt heb," zei een man achter hen luidop, "in mijn hele carrière heb ik dat nog niet gezien."

40 "Vertel dat nu nog eens", reageerde zijn kompaan.

41 "Heb je het niet begrepen? Je hebt ook niet geluisterd. Het is ook altijd hetzelfde als er een mooie vrouw op de bus stapt."

42 "Zeker als er een oude vent bij haar is," antwoordde de tweede man, "ik geef het toe."

43 "Mijnheer," antwoordde de eerste man rustig, "we hadden het niet over u."

44 "Neen, neen," viel de tweede man hem bij, "het ging niet over u of over uw vrouw."

45 "Goed," ging de eerste man verder, "ik zal het nog eens vertellen."

*toe.*"[46]
"*Philip, da weitek,*" reageerde de andere man, "*das al joere azuu.*"[47]
"*Comme d'habitude je fais mon tour du site.*"[48]
De andere man knikte.
"*En den zienek doe in iene kie ne peij in e zwet kostuum van deij lier komme gelupe,*" zei de eerste man, "*incroyable. Ongeluuflijk. Souple comme une panthère noire.*"[49]
"*Mo*", vroeg de andere man, "*vanwoe kwam daane peij den?*"[50]
"*Il sortait du musée. Hij kwamp uit de musée.*"[51]
"*Alors,*" reageerde de andere man, "*si je comprends bien. Asseket goe verstoen, kwampem uit... allez, je veux dire qu'il sortait donc par la fenêtre.*"[52]
De eerste man knikte.
"*Mais*", ging de tweede man verder, "*les fenêtres oen daane kant, das toch op de twiede stojje?*"[53]
"We zijn er", zei Odile plots.
Walker schrok, want hij was geconcentreerd de conversatie van de beide mannen aan het volgen.

## BRUSSEL_ DE FEDERALE POLITIE_ MIKE EN ZIJN TEAM

Mike zat aan zijn bureau en keek naar de foto die de Mille stiekem genomen had van Odile.
"Heb je al kunnen achterhalen wie ze is?"

---

46 "Ik kwam dus aan om half zeven, zoals altijd."

47 "Philip, dat weet ik," reageerde de andere man, "dat is al jaren zo."

48 "Zoals gewoonlijk doe ik mijn ronde op de site."

49 "En dan zie ik daar ineens een vent in een zwart kostuum van die ladder komen kruipen," zei de eerste man, "ongelooflijk, ongelooflijk. Lenig als een zwarte panter."

50 "Maar", vroeg de andere man, "waar kwam die vent dan vandaan?"

51 "Hij kwam uit het museum."

52 "Wel dan," reageerde de andere man, "als ik het goed begrijp, kwam hij uit... je weet wel, uit het raam."

53 "Maar", ging de tweede man verder, "de vensters aan die kant, die zijn toch op de tweede verdieping?"

De Mille knikte.

*"Je suis une poupée de cire*
*Une poupée de son*
*Mon cœur est gravé dans mes chansons…"*

Mike keek de Mille strak aan.
"Mille," vroeg hij, "*zingde gaa geire*?"[54]
De Mille knikte.
"*Woeroem lierdet den ni*?"[55]
"*Moenek na direk lache of kunde z'emballeren zudak ze kan meipakke*?" antwoordde de Mille.[56]
Mike rolde met zijn ogen.
"Dus," zei Mike, "Odile is een zangeres uit Luxemburg, maar met Franse roots."
"*Woe komde gaa na meij af*?"[57]
"Ken je geschiedenis, Mille."
"*Comment*?"[58]
"Niets, laat maar," antwoorde Mike, "vertel me nu gewoon wat je over haar te weten gekomen bent."
"Bon," zei de Mille, "Odile Delarivère is…"
Mikes telefoon ging over, hij pakte het ding en stak zijn hand op naar de Mille. Mike luisterde naar wat de persoon aan de andere kant van de lijn te melden had en bevestigde een paar keer door gewoon 'oké' te zeggen.
"*Bon Mille*," zei Mike nadat het telefoongesprek afgelopen was, "*pakt Jeanke baa z'n schabbernak en me zen weg.*"[59]
De Mille knikte en liep naar het andere kantoor om zijn collega te verwittigen.
Een kwartier later kwamen ze met loeiende sirene en flikkerende

---

54 "Mille," vroeg hij, "zing jij graag?"

55 "Waarom leer je dan niet hoe het moet?"

56 "Zal ik nu meteen lachen of kan je de mop inpakken zodat ik ze kan meenemen?" antwoordde de Mille. Dit is een typische Brusselse uitdrukking om aan te geven dat het een flauwe mop was.

57 "Waar kom jij nu mee af?"

58 "Wat bedoel je?"

59 "Goed, Mille," zei Mike nadat het telefoongesprek afgelopen was, "ga Jeanke halen, want we moeten weg."

zwaailichten onder de triomfboog van het Jubelpark doorgereden. Walker, Odile en nog twee andere mannen stonden vlak achter de triomfboog en zagen de auto voorbijflitsen.
"Dat was nu ook niet echt nodig", gromde Walker terwijl hij zijn telefoon pakte om Mike op te bellen.

Een paar minuten later stapte Mike uit en liep naar Walker en de anderen.
"Mike," zei Walker, "deze meneer heeft iets interessants gezien."
Het viel Walker op dat de man het verhaal op exact dezelfde manier vertelde zoals hij het op de bus aan zijn kompaan verteld had.
"Je hebt een scherp observatievermogen en een goed geheugen", zei Walker.
"Eerste bataljon para", antwoordde de man, "*who dares, wins.*"
Walker knikte.
"Mag ik je telefoonnummer?" vroeg Mike.
"*Kem giene gsm, mo ge kunt ma elken dag in de musée doe vinne*", antwoordde hij.[60]
"In het Museum voor Kunst en Geschiedenis?"
Hij schudde zijn hoofd en wees in de richting van het legermuseum.
Mike knikte.
"Wat is jouw naam?"
"Philip", antwoordde hij terwijl hij zich omdraaide en naar het legermuseum liep. "*Je suis un des volontaires.*"[61]

"Bon," zei Mike, "Mille, jij gaat naar het legermuseum en trek onze vriend daar maar even na. Ik ga ervan uit dat hij effectief is wie hij zegt dat hij is, maar ik wil zekerheid."
De Mille knikte en vertrok.
"Jeanke," zei Mike, "buurtonderzoek."
Jeanke trok een ongelukkig gezicht.

---

60 "Ik heb geen mobiele telefoon, maar je vindt me elke dag in het museum", antwoordde hij.

61 "Philip", antwoordde hij terwijl hij zich omdraaide en naar het legermuseum liep. "Ik ben een van de vrijwilligers."

"*Das alle stammeneis voe te beginne*", lachte Walker.[62]
Jean zijn gezicht klaarde op en ook hij ging ervandoor.
"Ik ga nog even naar Alexandra", zei Mike. "En jullie?"
"Wij gaan zoals voorzien de toerist uithangen in het museum", antwoordde Walker.
Mike bekeek Odile van kop tot teen en gaf Walker toen een vette knipoog.

## BRUSSEL_ TEMPELSTRAAT_ WILLIAM EN ANNETTE

"Is er...", begon William.
"Waar ma...", zei Annette op hetzelfde moment.
Ze keken elkaar aan en schoten in de lach.
"Jij eerst", zei Annette toen ze allebei hun gezicht weer in de plooi hadden.
William trok een beteuterd gezicht en zei dat hij niet meer wist wat hij wou vragen.
"Oké," zuchtte Annette, "dan zal ik het er maar uitgooien."
"Wat?"
"Wel, euh...", ging Annette verder, "je had me in de auto gezegd dat het goed was dat ik hier een paar dagen zou logeren, maar tijdens de rondleiding heb ik maar één slaapkamer gezien."
William was even uit zijn lood geslagen.
"Juist," antwoordde hij net iets te snel, "daar had ik nog niet bij stilgestaan."
"Neen?"
"Neen, echt niet", reageerde hij opnieuw sneller dan ze van hem gewoon was.
Ze stond op, schonk zich nog wat wijn in en liep met haar glas naar de leefruimte.
"Je hebt er dus geen probleem..."
William pakte de borden en zette ze bij de vaatwasser, waardoor hij slechts een flard hoorde van wat Annette zei. Hij pakte snel zijn wijnglas, schonk zich ook nog wat wijn bij en liep tot bij haar in de leefruimte. Annette had intussen ruim de helft van de immense sofa ingenomen, nam een

62 "Je kan beginnen met alle cafés", lachte Walker.

slok wijn en keek hem met pretoogjes aan.
"En?"
"Ik heb niet gehoord wat je daarnet zei", mompelde William als een bedeesde schooljongen.
"Daar geloof ik niets van", schaterde Annette.
"Neen," antwoordde William, "echt niet. Ik had net de borden in elkaar gezet en door het gerammel van het bestek heb ik niet gehoord wat je zei."
"Wel," zei Annette, "ik zei…"
Ze laste bewust een pauze in en nam een slok.
"Lekker wijntje."
"Annette," vroeg hij ongeduldig, "wat wil je zeggen?"
Ze stond op en kwam vlak voor hem staan. Ze bracht haar hoofd dicht bij het zijne, keek hem strak in de ogen en krulde haar lippen in een geheimzinnig glimlachje.
"Je hebt er dus geen probleem mee dat ik de komende dagen met jou het bed deel?"
William wist niet wat hem overkwam. Enerzijds leek het alsof een klein kaboutertje ergens diep in zijn buik een hele rits vuurpijlen in alle richtingen tegelijkertijd afgeschoten had en anderzijds was het net alsof hij door een golf ijswater overspoeld werd. In amper één seconde zag hij een hele reeks beelden voor zijn ogen verschijnen die zijn emoties in alle richtingen stuurden.
"William?"
"Ja," antwoordde hij, "ik ben er."
"Dat zie ik", lachte Annette.
William schraapte zijn keel.
"Snurk jij?"
Die vraag bracht hem terug naar de werkelijkheid. Hij was even het noorden kwijt en wist niet goed hoe hij dit verder zou moeten aanpakken.
"Nog een slokje wijn?" vroeg hij.

## HERNE_ LEENSTRAAT_ CASPER

Casper opende de deur van de oude boerderij die hij helemaal zelf opgeknapt had. Hij slaakte een zucht, pakte de fles single malt en ging zitten.

"Op mezelf", zei hij terwijl hij het glas meer dan halfvol schonk. Vandaag had hij, na lange onderhandelingen, zijn bedrijf finaal met veel winst verkocht. Nu was het eerst tijd voor een feestje, en daarna voor een andere passie: natuurbeheer en brabanders.

Een uur later zag hij zijn zus, haar echtgenoot, hun kinderen en kleinkinderen aankomen en liep naar de voorkant van de boerderij. Hij had geld noch moeite gespaard om er een echt feest van te maken.
"Wat is dit hier allemaal?" vroeg zijn zus toen ze de twee ingehuurde clowns zag.
"Ach," zei hij, "de kleintjes mogen toch ook plezier hebben?"
"Wat willen jullie drinken?" vroeg de dame van het cateringbedrijf dat instond voor de hele organisatie van het familiefeest.
Zijn zus keek Casper met een ruk aan.
"Ik wist niet…"
"Ik ben van het cateringbedrijf, mevrouw", antwoordde de dame snel.
"Ah…", stotterde zijn zus terwijl ze rood aanliep.
"Het komt wel vaker voor dat onze klanten hun gasten niet van tevoren op de hoogte brengen dat ze niet zelf gaan koken", lachte de dame vriendelijk.
Casper schoot in de lach.
"Jij…", lachte zijn zus terwijl ze hem een por gaf. "Ik dacht dat jij een vriendin had zonder mij op de hoogte te brengen."
"Maar, zus," reageerde Casper fijntjes, "ik heb vele vriendinnen van wie jij niet op de hoogte bent."
"Ik denk dat ons mama dat eigenlijk niet wil weten", kwam zijn oudste nichtje diplomatisch tussenbeide.
Het gesprek verstomde en ging over in goedkeurend gemompel toen een jongedame iedereen een glas rosé champagne kwam brengen.
"Mmmm," zei het oudste nichtje, "lekkere champagne."
"Dizy Terres Rouges 2011 van het huis Jacquesson", antwoordde Casper met een geheimzinnig glimlachje.
"Ik denk dat jij op vele vlakken een stille genieter bent", fluisterde zijn nichtje hem in het oor.
"Wat is dat daar allemaal?" vroeg zijn zus met een boze blik.
"Dat is iets tussen ons", zei Casper.

Op dat moment kwam een andere jongedame met warme hapjes.
"Olala," reageerde zijn zus, "mijn broertje heeft geld noch moeite gespaard."
Casper tikte even tegen zijn glas.
"Ik heb jullie iets te vertellen."
"Dus toch een vriendin", gromde zijn zus tussen haar tanden.
Het leverde alleen maar een boze blik op van haar oudste dochter.
"Ik heb vanmorgen mijn bedrijf verkocht en ben dus nu officieel met pensioen."
"Jij had toch een IT-bedrijf, hè?" zei zijn schoonbroer.
Casper knikte gewoon, want hij had zijn corebusiness altijd goed verborgen gehouden en wilde niemand de gelegenheid geven om meer vragen te gaan stellen.
"Nonkel Casper," vroeg het jongste nichtje, "jij met pensioen? Daar geloof ik niets van."
"Ik heb deze oude boerderij gekocht omdat ik brabanders ga houden en daarnaast ook aan natuurbeheer ga doen", antwoordde hij.
Iedereen keek hem vragend aan.
De dames van het cateringbedrijf schonken intussen de glazen nog eens vol en brachten nog meer hapjes.
"Ben je zeker dat die dame niet zijn nieuwe vriendin is?" vroeg zijn zus aan haar oudste dochter terwijl Casper de anderen in geuren en kleuren vertelde over zijn plannen met de brabanders.
"Maar, mama," antwoordde de dochter, "hou daar nu eens mee op. Het is toch zijn leven?"
"Hij is wel mijn broer, hè."
"Geef hem liever het cadeau dat je meegebracht hebt."
"Aha, een cadeau? Voor mij?" klonk het plots.
Zijn zus schrok enorm en morste daardoor champagne op haar blouse.
"Kom," lachte hij, "ik zal je even naar de badkamer brengen."
"Kan jouw vr…"
"Zus," zuchtte hij, "die dame is van het cateringbedrijf. Ik heb helemaal geen vriendin."

Tien minuten later kwam zijn zus terug naar buiten met een stralende

glimlach om de lippen. Haar oudste dochter keek haar met een strakke blik aan.
"Je hebt toch niet..."
"Jawel," antwoordde ze, "ik ben even een kijkje gaan nemen in zijn slaapkamer en nu ben ik zeker."
"Hoezo?"
"Omdat de boel niet opgeruimd is en er zeker wel vijf broeken op de stoel naast mijn kast liggen?" vroeg Casper lachend toen hij plots achter hen stond.
"Awel ja," antwoordde zijn zus boos omdat ze zich terecht betrapt voelde, "het is waar. Zijn kamer ligt erbij als die van een alleenstaande man."
"Ben je nu tevreden?" vroeg haar oudste dochter boos.
Casper voelde dat het hoog tijd was om in te grijpen, want de situatie tussen moeder en dochter dreigde gevaarlijk te escaleren.
"Krijg ik mijn cadeau nu?" vroeg hij terwijl hij naar zijn oudste nichtje knipoogde.
Zijn zus pakte een plastiekzak en haalde er een pakje uit.
"Mag ik het meteen openmaken?"
"Wij willen helpen!" riepen de kleinkinderen van zijn zus, die samen met de clowns binnengekomen waren.
"Dit is een cadeautje dat nonkel Casper zelf moet openmaken," antwoordde zijn zus, "maar ik heb voor jullie ook nog een paar pakjes."
Casper opende zijn cadeau en bekeek het met verwondering. Het was een oud fotoalbum met lederen kaft.
"Het is een fotoalbum met vooral foto's van onze papa tijdens zijn legerdienst", zei zijn zus.
Casper knikte. Hij was sprakeloos.
"Ik heb het een paar maanden geleden gevonden in een oude kist op zolder en ik dacht dat jij het wel wilde hebben, omdat je toch ook jaren beroepsmilitair geweest bent."
"Ja", antwoordde hij zacht.
"We kunnen het straks samen even bekijken, als je wil?" stelde ze voor.
Casper knikte opnieuw. Hij kon even niets zeggen.

## BRUSSEL_ TEMPELSTRAAT_ WILLIAM EN ANNETTE

De volgende ochtend duwde William de slaapkamerdeur met zijn voet open en liep met een dienblad de kamer in.

“Goedemorgen”, zei hij met een glimlach om de lippen.

Annette strekte zich als een krolse poes uit en probeerde zo veel mogelijk onder de donsdeken te blijven.

“Goed geslapen?”

Haar rode haren leken met elkaar in de clinch te gaan en staken in alle richtingen. Ze steunde op haar ellebogen, waardoor haar volle borsten duidelijk afgetekend werden in de donsdeken. William deed veel moeite om niet te kijken, maar hij moest wel, omdat hij anders niet zag waar hij het ontbijt moest neerzetten. Annette maakte er een spelletje van en haalde net op dat moment diep adem, zodat het beeld nog duidelijker was.

“Zal ik je ontbijt hier neerzetten?” vroeg hij zenuwachtig.

“Mmm… ja”, giechelde ze.

“Ik ben deze morgen al naar de bakker geweest…”

“… en je kon duidelijk niet kiezen,” lachte ze, “want zoveel verschillende soorten ontbijtkoeken heb ik nog nooit aangeboden gekregen.”

“Je kent me, hè.”

“Ik heb je sinds gisteren in ieder geval al wat beter leren kennen…”, antwoordde ze met een lach.

“Ja”, was Williams enige reactie terwijl hij op de rand van het bed kwam zitten.

“Ik hou wel van ontbijt, en vanochtend kan ik er best wel een gebruiken.”

William zat zo dicht bij Annette dat hij er opnieuw helemaal in de war door geraakte.

“Wil je koffie of thee?”

“Ben je vergeten wat ik graag drink?” lachte ze terwijl ze er meteen aan toevoegde dat ze toch niet zo lang weggeweest was.

“Juist,” zei William met gesloten ogen en in gedachten met Annette helemaal alleen op een verlaten strand met wuivende plambomen en hemelsblauw water, “een latte.”

Annette schoot in de lach en gaf hem een por die hem helemaal terug naar de realiteit bracht.

"Maar neen," gierde ze, "dat zal wel de lievelingsdrank van een andere babe zijn. Voor mij een dubbele espresso."
"Juist," stamelde William, "hoe kon ik dat nu vergeten?"
"Doordat je te lang op vakantie geweest bent met die zwartharige panter", lachte Annette terwijl ze zich achterover liet vallen, waardoor de donsdeken wegzakte.
Ze kwam op haar rug terecht en stak haar boezem extra omhoog. William voelde zowel het vuur in zijn onderbuik als het schuldgevoel in zijn hoofd en hartstreek opnieuw aanwakkeren.
"Een dubbele espresso", herhaalde hij terwijl hij overeind sprong.

Een paar minuten later kwam William de slaapkamer weer in met een dubbele espresso.
"Ik ga douchen en dan vertrek ik naar de OCR", meldde hij.
"Ben jij naar de bakker geweest zonder je te douchen?" vroeg Annette guitig terwijl ze haar tweede koffiekoek verslond.
"Euh… ja," stotterde hij.
"Ga nu maar gauw douchen dan!"

Twintig minuten later kwam hij terug de kamer in en zag Annette met enkel haar slipje aan voor het raam staan. Ze probeerde haar weerspannige haren met beide handen onder controle te krijgen.
"Ah," zei ze terwijl ze zich omdraaide, "daar ben je. Twintig minuten in de badkamer, amai!"
William wou antwoorden, maar kon zijn ogen niet afhouden van haar blote lichaam. Annette kwam heel traag en overdreven heupwiegend op hem af.
"Ik moet dringend vertrekken…"
"Je weet toch nog dat ik nog een paar dagen uit het zicht wil blijven?" zei ze.
William knikte en zette een stap achteruit. Maar tegelijkertijd zette zij een stap naar voren, waardoor Williams beweging totaal zinloos was.
"Ga je me missen?"
William voelde vuur en schuldgevoel door zijn hoofd en lichaam razen.
"Euh… jaja."

"Jij bent ongelooflijk," zei Annette, "het ene moment ben je een tijger, het andere moment een gentleman en dan meteen weer de eeuwige kluns."
"Ik?"
"Ja," lachte Annette terwijl ze nu heel erg dichtbij kwam en haar armen rond zijn nek sloeg, zodat haar naakte bovenlichaam tegen het zijne kwam, "jij."
Ze gaf hem een guitig kusje op zijn neus en liet hem toen los.
"Ik moet nu… nu… echt gaan."
"Niet te laat thuis, hè schat!" riep ze hem achterna. "Ik wil snel terug onder die donsdeken met jou."
"Euh… jaja", antwoordde hij terwijl hij de deur achter zich dichttrok en een zweetdruppel van zijn voorhoofd veegde.

Annette liep terug naar de slaapkamer, zette het dienblad met de overgebleven ontbijtkoeken op de vensterbank en trok de donsdeken naar achteren om het bed op te maken. Ze bleef plots stokstijf staan en keek nog eens. Ze kon haar ogen niet geloven.

## BRUSSEL_ KMKG_ WALKER EN ODILE

Walker en Odile liepen de trappen van het museum op en kochten een kaartje, terwijl Mike om het gebouw heen liep om zich bij de aparte bezoekersingang aan te melden.
"Moeten we onze aandacht op iets specifieks richten?" vroeg Odile.
Walker schudde zijn hoofd en vertelde haar dat ze gewoon het museum gingen verkennen.
"Spreken we een code af voor het geval we iets verdachts zien?" vroeg ze.
Hij had alle moeite van de wereld om niet in de lach te schieten.
"Goed idee", antwoordde hij met uitgestreken gezicht. "Wat stel je voor?"
Odile zei dat ze haar zakdoek uit haar broekzak zou halen en discreet haar neus zou snuiten terwijl ze zich in de richting van het verdachte item en/of de persoon zou draaien. Walker wilde antwoorden dat ze te veel naar tweederangsspionagefilms gekeken had, maar hield wijselijk zijn mond.
"Is het oké voor jou?"
Hij knikte.

"Wat ga jij doen als je iets verdachts ziet?"
"Hetzelfde", gromde hij.
"Heb je wel een zakdoek bij je?" vroeg ze achterdochtig.
Hij stak zijn handen in zijn zakken en moest toegeven dat hij er geen had.
"Je neemt me niet serieus", sneerde ze terwijl ze heupwiegend het atrium met infobalie uit liep in de richting van de vrouwentoiletten.
"Pas maar op of ik zal je eens serieus nemen", gromde Walker.
Een ouder echtpaar dat de tijdelijke tentoonstelling kwam bekijken, liep net voorbij en de dame bekeek hem met een uitnodigend glimlachje.
"Verdomme," mompelde Walker, "het gaat snel bergaf met mij als ik nu al indruk begin te maken op 65-plussers."
Toen kwam Odile terug uit het sanitaire blok en stopte hem een papieren zakdoek in de handen.
"Hier, je zakdoek!"
Hij stak hem in zijn broekzak en slaakte een diepe zucht.
"Kom," zei ze, "we gaan aan onze tour beginnen."
Walker knikte en zette een stap in de richting van de museumshop.
"Neen," siste Odile met het museumplan in haar handen, "we gaan de andere kant uit."
Hij draaide met zijn ogen, keerde zich om en liep de andere kant op. Odile kwam even later toch naast hem lopen en schoof haar arm onder de zijne. Hij voelde een lichte tinteling in zijn onderbuik. Maar dan moest hij plots terugdenken aan de trap die Annette hem gegeven had en meteen erna aan Louise. Hij draaide zijn hoofd naar links, keek Odile aan en vroeg zich af hoe het zou zijn als deze vrouw geen rotkarakter zou hebben.
"Kom," zei ze terwijl ze hem mee naar links trok, "ik wil dit even bekijken."
"Dit lijkt wel een klooster", zei Walker met verbazing.
Odile nam de museumgids en vond in een mum van tijd de toelichting over dit deel van het museum.
"Dit is een replica van de kapel op de Kunstberg", las ze. "De hele site is een eerbetoon aan het vijftigjarige bestaan van België."
Walker was onder de indruk en vast van plan om dit later aan de anderen te vertellen. Hij was ervan overtuigd dat niemand dit wist.
"Dat wist je niet, hè", zei ze op belerende toon.

"Neen", gaf hij toe.
"Maak je maar geen zorgen," antwoordde ze, "het is overal hetzelfde. Ik heb nog nooit een museum in Parijs bezocht."
"Ook het Louvre niet?" vroeg Walker.
Odile schudde haar hoofd.
"Dat kan toch niet?" zei hij.
"Jij had dit museum toch ook nog niet bezocht?"
Walker moest haar gelijk geven.
"Het is overal hetzelfde", herhaalde Odile.
Ze liepen door de grote historische zaal tot ze bij de trap kwamen en vervolgden dan hun weg naar beneden.
"Ik wil eerst naar de schatkamer", zei Odile terwijl ze opnieuw zonder op een antwoord te wachten aan zijn arm trok, waardoor hij bijna vooroverviel.
Ze liepen via de brede trap naar beneden en kwamen zo bij de schatkamer. Walker wilde iets zeggen, maar Odile pakte plots haar zakdoek. Ze draaide zich een kwartdraai naar rechts en snoot haar neus zo discreet mogelijk. Walker was het hele gedoe met de voorgestelde code al vergeten en keek verveeld de andere kant op.
"Walker," siste ze dan maar, "15 uur."
Hij hief zijn linkerarm op zodat zijn Breitling Navitimer 01, een erfstuk van zijn vader, zichtbaar werd.
"Bijlange nog niet", gromde hij.
"Walker," siste ze opnieuw terwijl ze nog eens deed alsof ze haar neus snoot, "15 uur!"

## HERNE_ LEENSTRAAT_ CASPER

Het cateringbedrijf dat Casper ingehuurd had, was na de barbecue vertrokken. Zijn nichtjes hadden aanwijzingen gekregen om zelf het dessert verder af te werken en op te dienen.
Toen zijn zus even later haar lievelingsdessert aangereikt kreeg, schoot ze in de lach en verscheen er een lieve glimlach op haar gezicht.
"Helemaal zoals onze mama het maakte."
"Ik heb het zelf gemaakt", bekende hij.

"Echt?"
"Jaja, ik heb nog een oud schriftje liggen waarin mama een aantal recepten opgeschreven had."
"Ik heb dat nooit gezien", antwoordde zijn zus verbaasd.
"Natuurlijk niet," lachte Casper, "ze kende die dingen gewoon uit het hoofd en had dat boekje niet nodig, maar ooit heeft ze ze toch opgeschreven."
"Mag ik dat schriftje eens zien?" vroeg zijn zus nieuwsgierig.
"Meer nog," zei Casper terwijl hij opstond en naar de buffetkast liep, "je mag het hebben. Ik heb het toevallig teruggevonden in de kast toen ik alle papieren voor de verkoop bij elkaar zocht."

Een paar uur later wuifde Casper zijn zus en de hele familie uit. Hij liep naar binnen en slaakte een zucht. Hij hield van zijn familie en hij vond het geweldig als ze op bezoek kwamen, maar hij was elke keer weer net zo blij na hun vertrek. Hij was een eenzaat en zou dat altijd blijven.
Hij nam een wijnglas, schonk nog een scheut sauternes in en ging met het fotoboek dat hij cadeau gekregen had op het terras zitten. Hij sloeg het boek open en herkende meteen het handschrift van zijn vader. Op de tweede bladzijde zat een krantenknipsel.
"Mmm...", mompelde hij, "wat is dat?"
Hij nam het eruit en bekeek het zorgvuldig. Het was een artikel van 20 mei 1969.
"Openbare omroep krijgt gloednieuw onderkomen", las hij luidop.
Hij las het bizarre artikel met gefronste wenkbrauwen. Het ging erover dat men in 1963, na heel veel gepalaver, besloten had om op de site van de oude Tir National het militaire complex te slopen en zo plaats te maken voor de nieuwe gebouwen van de openbare omroep. In 1968 heeft men het Amerikaans Theater achtergelaten om de studio's aan de Reyerslaan in gebruik te nemen. Het gebouw zou van 1968 tot begin 1970 officieel gesloten worden voor renovatie en herstellingen.
Casper slaakte een zucht. Wat was er nu zo belangrijk aan dit artikel om het als knipsel in een fotoboek te steken?
Hij bladerde verder en keek naar de foto's van de jonge mannen die er in een kazerne in Duitsland het beste van maakten, maar de sfeer van de

roaring sixities droop eraf.
Helemaal achteraan in het album stak een enveloppe met daarin nog een reeks foto's. Hij haalde ze er voorzichtig uit.
"Wat is dat allemaal?" vroeg hij zich luidop af terwijl hij de foto's een voor een met verbazing bekeek.
Hij fronste zijn wenkbrauwen opnieuw, legde de foto's op de salontafel en liep naar de keuken om nog een glas wijn in te schenken.
"Dat kan toch niet?" mompelde hij terwijl hij de foto's weer in zijn handen nam en ze nog eens nauwgezet bekeek.
Daarna liep hij naar zijn bureau en startte zijn laptop op, want dit was een mysterie dat hij nu meteen wilde oplossen.

## BRUSSEL_ TEMPELSTRAAT_ ANNETTE

"Dat kan toch niet?" mompelde Annette terwijl ze om het bed heen liep en het schilderdoek vastnam.
Ze liep ermee naar de woonkamer, zette het voorzichtig in de sofa en deed een paar stappen achteruit om het goed te kunnen bekijken.
"Zou William dat echt zelf getekend hebben?" vroeg ze zich vol verbazing af.
Ze zette een stap naar links en bekeek het in houtskool getekende portret vanuit die hoek. Daarna liep ze naar de andere kant en bekeek het van daaruit.
"Ik lijk wel de Mona Lisa," mompelde ze, "maar dan helemaal naakt en wulps."
Ze was totaal van haar melk. Ze voelde zich vereerd en beledigd tegelijkertijd. Er raasden allerlei gevoelens door haar. Ze wreef met haar vinger over een van de lijnen en merkte dat de tekening nog niet gefixeerd was.
"Heb jij dat deze nacht nog getekend?" vroeg ze zich af terwijl er een glimlach om haar lippen verscheen.

Een paar minuten later stond ze onder de regendouche en liet het hete water over haar lichaam stromen. Haar geest ging even snel en veelvuldig stromen als het water en ze kon er niet tegenop. Ze dacht terug aan het heerlijke gevoel dat ze had toen ze in bed gekropen was bij William, de

warmte die hij uitgestraald had. Meteen erna kwam er weer boosheid op toen ze zich inbeeldde dat hij even later zomaar in de eenpersoonszetel bij de deur van de slaapkamer was gaan zitten met zijn tekengerei. Ze zag in gedachten hoe hij de donsdeken een stukje weggetrokken had zodat haar bovenlichaam helemaal zichtbaar werd.
"Verdomme!" riep ze terwijl het water in haar mond stroomde. "Misschien heeft hij wel foto's van mij genomen terwijl ik sliep en daarna die tekening in de woonkamer gemaakt met een glas whisky in de hand."
Ze schudde haar hoofd, zodat haar rode krullen nog meer water opnamen en zwaar over haar schouders naar beneden hingen. Dat gevoel bracht haar om een onduidelijke reden weer bij Walker. Ze miste hem meer dan ze wilde toegeven en tegelijkertijd wilde ze hem nog niet zien.

Zodra ze klaar was met douchen, trok ze Williams ruime badjas aan en liep naar de keuken om een kopje thee te zetten. Toen ze in de woonkamer kwam, kon ze niet aan de drang weerstaan om nog eens naar de tekening te kijken vanuit verschillende invalshoeken.
"Hmm…", zei ze zachtjes, "hij heeft best wel talent."
Terwijl de thee stond te infuseren, liep ze naar zijn dressing en ging voor de grote spiegel staan. Ze liet de badjas langs haar schouders naar beneden glijden en keek naar haar naakte zelf.
"Hmm," mompelde ze, "het was duidelijk dat het donker was toen hij de tekening maakte. Bij daglicht zou het er heel anders uit gezien hebben."
Ze trok de badjas weer aan en liep naar de keuken.
"Verdomme…", gromde ze, "hij had dat toch niet zomaar mogen doen. Hij had eerst toestemming moeten vragen."
Ze verwijderde het theezakje en nam een slokje van de warme thee.
"Misschien is het wel een verrassingsgeschenk", lachte ze.
Ze dronk haar thee, liep naar de slaapkamer om zich aan te kleden en besloot om een poging te doen om de stemmingswisselingen onder controle te krijgen.
"Zou ik een bipolaire stoornis hebben?" vroeg ze zichzelf luidop af.
"Maar neen," antwoordde ze aan zichzelf, "je hebt gewoon een moeilijke periode achter de rug en je hebt wat tijd nodig om weer jezelf worden."
Ze draaide even om haar as om te controleren of William er niet was,

want ze wilde niet dat iemand zou weten dat ze tegen zichzelf praatte. "Verdomme," gromde ze, "ik heb hem geen boodschappenlijstje meegegeven en ik kan zelf nog niet naar buiten zonder het risico te lopen gezien te worden."
Ze pakte haar iPad, surfte naar de website van Delhaize en plaatste haar bestelling. Ze nam haar gsm en stuurde William een bericht.

> [Annette]
> Hey Tijger, kan je straks mijn boodschappen oppikken bij de Delhaize in de Rue Haute?
> Kusje, A

## BRUSSEL_ KMKG_ WALKER EN ODILE

Walker draaide nu toch zijn hoofd naar rechts en zag een man die helemaal in het zwart gekleed was. Hij stond met een bijzondere aandacht te kijken naar een specifiek religieus artefact. Odile liep als een nonchalante toeriste in zijn richting en pakte haar museumgids in de hand.
Walker deed alsof hij zich concentreerde op een artefact in een van de vitrinekasten. Maar eigenlijk hield hij in de reflectie van het glas in het oog wat er achter hem gebeurde. Hij zag dat Odile bijna als een panter dichter en dichter bij de man in het zwart kwam en voelde de dreiging die ze uitstraalde.
Hij kon de spanning bijna niet meer aan, want de man in het zwarte pak moest de aanwezigheid van Odile toch ook voelen? Hij draaide zich om toen Odile zich ook net omdraaide.
"Chérie", zei ze terwijl ze Walker wenkte.
Walker schrok en zonder het te beseffen slaakte hij een zucht die duidelijk hoorbaar was in de schatkamer. De man in het zwart draaide zijn hoofd in Walkers richting en keek hem glimlachend aan. Walker trok een verontschuldigend gezicht en liep naar Odile. De man knipoogde samenzweerderig en richtte zijn blik meteen terug op het artefact.
"Dit is verdacht", fluisterde Odile.
Walker wist niet goed wat gedaan en draaide een beetje stuntelig om zijn as, want de man maakte eigenlijk geen slechte indruk op hem. Hij wist

niet goed wat hij ervan moest denken.
Plots zoemde Odile haar telefoon. Ze haalde hem snel uit haar handtas en liep de schatkamer uit. Ze bekeek het bericht dat net binnengekomen was met strakke blik en merkte niet op dat ze een man en een vrouw kruiste.

> [Nanna]
> Goed aangekomen in Brussel? Al een beetje aan sightseeing gedaan?

Ze las het bericht een tweede keer, stopte haar gsm snel terug in haar handtas en liep met een wrang gevoel terug naar de schatkamer. Daar zag ze Walker, de onaangename politieman en een dame met de man in het zwart praten in een ontspannen sfeer.
Toen ze dichterbij kwam, ging ze schuin achter Walker staan.
"Ha," zei Walker terwijl hij Odile bij de arm pakte en naar voren trok, "daar ben je."
Mike knikte minzaam.
De directrice van het museum stak haar hand uit net op het moment dat Odiles gsm opnieuw zoemde. Odile draaide zich abrupt om, liep de schatkamer uit en pakte opnieuw haar gsm uit haar handtas.

> [Nanna]
> Heb je Enoema Elisj en Nippur al ontmoet?

Ze trok wit weg, stak haar gsm snel terug in haar handtas en probeerde zo ontspannen mogelijk terug te lopen naar de schatkamer.

## HERNE_ LEENSTRAAT_ CASPER

Een halfuur later klapte Casper zijn laptop met een diepe zucht weer dicht. Hij had niets bruikbaars kunnen vinden.
"Wat dacht je nu?" gromde hij luidop tegen zichzelf terwijl hij opstond en naar het grote raam met uitzicht op de tuin en weide liep. Zijn gedachten dwaalden af naar vroeger.

Hij had een moeilijke jeugd gehad en was op zijn achttiende bij het leger gegaan. Daar had hij vanaf de eerste dag in de spotlights gestaan. Eerst was hij een onhandelbare rekruut geweest.
Maar een van zijn leidinggevenden had de rebellie van de getalenteerde jongeman doorzien en had hem onder zijn hoede genomen. Zo had hij de kans gekregen om naar de Koninklijke Militaire School te gaan en die had hij met beide handen gegrepen. Vanaf dat moment was hij een voorbeeldige militair en student geweest.
"Laat de natuurlijke leider in jou op een positieve manier naar boven komen", had zijn overste gezegd toen hij aan zijn opleiding begonnen was. Hij was uiteindelijk de primus van zijn jaar geworden. Hij was bij de Karpatten ingedeeld geweest en had daar alle mogelijke disciplines doorlopen. Hij was verkenner geweest, sniper, stormfuselier en aanvoerder van een SPIKE-team.
Na zijn tijd bij de Koninklijke Militaire School had hij zijn commandobrevet gehaald en had zich bewezen bij de paracommando's. Daarna was hij aan een uitzonderlijk sollicitatieproces onderworpen geweest om uiteindelijk bij de Special Forces ingelijfd te worden.
Hij herinnerde zich nog goed die bewuste vrijdagavond. Hij was, net op het moment dat hij vertrekkensklaar stond, bij de kolonel geroepen en had er te horen gekregen dat twee mannen van zijn peloton opgepakt waren voor dronkenschap.
"Je kan de zaak minder erg maken door hun weekend over te nemen", had zijn overste gezegd.
Casper was in houding gesprongen en had meteen gezegd dat dat voor hem geen enkel probleem was.
Later die avond, toen hij wachtliep, was er een poging tot inbraak in de kazerne geweest. Twee mannen waren tot bij het eerste gebouw geraakt, maar waren dan op Casper gebotst. Hij had het gevecht van zijn leven geleverd, maar uiteindelijk had hij de twee mannen kunnen uitschakelen. Toen hij het commando via de radio verwittigde, waren alle lichten op het terrein aangefloept en als uit het niets waren er drie voertuigen komen aanrijden. Een van de voertuigen was vlak voor zijn voeten tot stilstand gekomen. Er was een grijzende man met een verbazingwekkende soepelheid uit gesprongen.

"Als je wil, mag je vanaf volgende week bij ons aan de slag."
"Oké, waar moet ik tekenen?" had Casper geantwoord, omdat hij het embleem van de Special Forces herkend had.
"Wij hebben lak aan de papiermolen," had de man gezegd, "je hebt daarnet de test afgelegd en je bent geslaagd."
Casper had geknikt.
"Dat wil alleen maar zeggen dat je bij ons mag beginnen aan je opleiding."
Casper had gezien dat de twee mannen, allebei Special Forces, met een ambulance naar het militaire hospitaal afgevoerd werden voor verzorging.
"Moet ik…"
"Neen, ze kennen allemaal de risico's en blijkbaar hebben ze je onderschat", had de kolonel gelachen.
Tien jaar later had hij ontslag genomen bij het leger. Hij had de Special Forces van succes naar succes geleid en nu was de tijd gekomen om plaats te maken voor de nieuwe generatie.
Hij had zijn eigen hooggespecialiseerde en vooral discrete beveiligingsbedrijf opgericht. Dankzij zijn ervaring bij de Special Forces, zijn knowhow en de juiste contacten was ook dat een enorm succes geworden.

Daar had hij vandaag dus afscheid van genomen. Maar zijn reflex om een vraagstuk op te lossen als het zich aandiende, was hij uiteraard niet zomaar kwijt. Hij kon niet loslaten wat hij gezien had in het fotoalbum, hij voelde dat er iets niet klopte. Hij moest en zou dat verder uitzoeken.

## BRUSSEL_ KMKG_ WALKER EN ODILE

"Alles oké?" vroeg Walker toen hij Odile terug zag binnenkomen.
"Jaja", antwoordde ze net iets te snel.
"Ben je zeker?" vroeg de directrice van het KMKG.
"Ja en neen," zuchtte Odile, "het is de dochter van mijn broer."
"Toch niks ergs?" vroeg Mike.
"Neen," zuchtte ze, "weer zo'n typische aanval van puberteit en mijn broer staat er alleen voor. Mannen en puberende dochters, hè."
Alexandra en de man in het zwart knikten begrijpend. Mike keek Walker met betekenisvolle blik aan, maar die schonk er geen aandacht aan.

"Goed," zei de man in het zwart, "dan ga ik maar eens."
"Ik bel je morgen", zei de directrice. "Ik moet eens nadenken over je vraag."
"Wie is die man en waar ging dat over?" vroeg Walker.
"Die man is de bisschop van het bisdom van Rotterdam", verklaarde Alexandra.
"De bisschop van Rijsel?" echode Walker.
"Wat komt die hier doen?"
"Dat is een lang verhaal," lachte Alexandra, "maar kort samengevat komt het erop neer dat hij claimt dat dat artefact eigendom is van zijn bisdom."
"En hij wil het terug", begreep Mike.
"Inderdaad", antwoordde Alexandra.
"Kan hij dat bewijzen?"
"Elk artefact in dit museum komt ergens vandaan, toch?"
Walker knikte en zei dat hij het begreep.
"*Un dur de comprenure*", lachte Mike.[63]
"Zoiets, ja."
"De bisschop van Rijsel?" vroeg Odile.
Alxandra knikte.
"Wat heeft die hier verloren?"
"Maar, Odile," zei Mike honend, "je hebt toch gehoord wat Alexandra net vertelde?"
Odile keek hem scherp aan en beet op haar lip.
"O ja," zei Alexandra, "*et pour la petite histoire…*"[64]
"Vertel," zei Mike met een gemeen glimlachje om de lippen.
"… hij spreekt hier vaak af met een vriend."
"Een vriend?" echode Mike.
"Ja," zei Alexandra, "ik weet niet precies wie dat is, maar ze spreken altijd Engels als ze samen zijn."
"Mag een geestelijke dan geen vriend hebben?" vroeg Walker ernstig.
Mike schoot in de lach en moest zich omdraaien omdat het niet netjes overkwam.

---

63 Iemand die iets niet wil begrijpen en volhardt in de boosheid.

64 "O ja," zei Alexandra, "en nog een weetje…"

“Foei, Mike”, lachte Alexandra.
“Foei, Mike?” vroeg die terwijl hij naar Walker keek.
“Kom,” zei Alexandra, “we gaan een koffie drinken in de cafetaria.”
“Misschien zit hij daar wel met zijn vriend”, lachte Mike.
“Opnieuw: foei, Mike”, lachte Alexandra.
Op dat moment greep Odile weer naar haar gsm in haar handtas en verwijderde zich van de anderen.

> [Nanna]
> Heb je Enoema Elisj en Nippur al ontmoet?

Ze bekeek het bericht en kreeg een zure trek om de lippen.
“Wat is dat toch met haar gsm?” vroeg Mike.
Walker haalde zijn schouders op en zei dat hij trek had in koffie.

## BRUSSEL_ DE OCR_ CASPER

Een uur later parkeerde Casper zijn auto in de parking Poelaert vlak bij het Justitiepaleis en nam de lift naar beneden, tot in de Zwaardstraat. Hij liep langs de Havana Club, genoot van de vele herinneringen die spontaan opborrelden en belde even later aan bij het gebouw van The Vandiesel Company.
“Kijk eens aan, wie we daar hebben, onze rentenier!” begroette Willy hem toen hij de OCR binnenkwam.
Casper glimlachte en begroette Billy, Mae, Willy en de baas.
“Kom je eindelijk solliciteren?”
“En wat met de tradities zoals ‘Wil je een kop koffie?’?” zuchtte Casper gespeeld.
“Wegens drastische besparingen hebben wij alle niet-geregistreerde en illegale werknemers uit ons gebouw verbannen en moeten zowel werknemers als bezoekers zelf hun koffie halen bij het Nespressotoestel in de keuken”, antwoordde Mae met uitgestreken gezicht.
“Oeps,” reageerde Casper, “ook een schaduwcompany als die van jullie ontsnapt blijkbaar niet aan de wetten van de wereldeconomie.”
“Kom,” zei de baas lachend, “voor jou maak ik graag een uitzondering

en loop even mee naar de keuken."
Iedereen schoot in de lach.

Een paar minuten later zaten ze allemaal aan de grote tafel in het midden van de OCR.
"Wat kunnen we voor jou doen?" vroeg Willy.
"Is het zo duidelijk?"
"Zou de ex-baas van een van de betere beveiligingsfirma's van het land naar ons komen om gewoon even goeiedag te zeggen en een kop koffie te drinken?" vroeg Billy.
Casper schraapte zijn keel en zei dat hij hun hulp nodig had.
"Zit je in de problemen?" vroeg Willy plots ernstig.
Casper schudde zijn hoofd. Hij vertelde over het oude fotoalbum dat hij van zijn zus gekregen had met achteraan de enveloppe met foto's erin.
"Jij bent toch de geestelijke vader van IMREC[65]?" vroeg Willy.
Casper knikte.
"Dus...", ging Willy verder.
"Ik heb mijn bedrijf verkocht..."
"... en ook alle rechten op IMREC", begreep Billy.
"Dus," zei Mae plots, "je bent naar hier gekomen met de vraag of Willy die foto's door IMREC wil halen."
Casper knikte.
"Natuurlijk wil ik dat doen", antwoordde Willy. "Waarom ben ik daar zelf niet opgekomen?"
"Omdat je best wel intelligent bent, maar af en toe een beetje wereldvreemd en vooral gewoon een man", lachte Mae.
Willy keek zijn echtgenote boos aan, maar besefte dat hij nu het best kon zwijgen.
"Kom op met die foto's", zei de baas terwijl hij Willy wenkte om mee te komen.

---

65 IMREC = Image Recognition.

## BRUSSEL_ KMKG_ MIKE EN ZIJN TEAM

Mike, Walker en Alexandra hadden een koffie gedronken in de cafetaria van het KMKG en meer dan een kwartier tevergeefs op Odile gewacht. Na haar laatste sms'je had ze zich afgezonderd en hadden ze haar niet meer teruggezien.

"Heren," zei Alexandra, "mijn excuses, maar ik heb zo meteen de ambassadeur van Jordanië op bezoek om een mogelijke tentoonstelling met unieke artefacten te bespreken."

Beide mannen bedankten haar voor haar tijd en stonden ook op om te vertrekken.

"Ben je er nu van overtuigd dat het voorval met die ladder een bagatel is?" vroeg ze.

Mike knikte.

"*Case closed*", antwoordde Walker met een glimlach.[66]

"Waar is jouw vriendin?" vroeg Mike.

Walker draaide zich met een ruk om.

"Euh… sorry," zei Mike, "ik had het over Odile."

Walker haalde zijn schouders op en zei dat het hem geen moer kon schelen.

"Ze wist dat we een koffie gingen drinken in de cafetaria," ging hij verder, "ze had hier al kunnen zijn. Kom, we zijn weg."

Mike pakte zijn jas en liep met Walker naar buiten.

"Jeanke, Mille!" riep Mike door de gang van het verouderde kantoor van de federale. "*Gedoen mèj aale kluute te schure… Ik wil weite wagge gevonnen et en gien flouskes.*"[67]

"*Ik zen no de musé geweist*", begon de Mille, "*et tout klopt. Le mec est vraiment un ancien du régiment para en em es volontaire in de musé. Ien van de beste volges de chef van de musé.*"[68]

---

66 "Zaak gesloten", antwoordde Walker met een glimlach.

67 "Jean, Mille!" riep Mike door de gang van het verouderde kantoor van de federale. "Gedaan met luilakken… Ik wil weten wat jullie ontdekt hebben en ik wil geen excuses."

68 "Ik ben naar het legermuseum geweest", begon de Mille, "en alles klopt. Die vent is echt een oude para en hij werkt als vrijwilliger in het museum. Een van de besten, volgens de directeur van het museum."

Mike knikte.
"*Et son histoire du mec en costume noire die gelek as une panthère van deij lier kwamp geluupe*?" vroeg Mike.[69]
"*Em blaaift baa son histoire*," antwoordde de Mille, "*gelek assem den ieste kie oent vertelle was teige Walker*."[70]
Mike wreef over zijn kin. Er zat hem iets dwars. Hij voelde intuïtief aan dat de gepensioneerde para nooit zoiets zou verzinnen.
"*Volges maa es daane peij ni zuu mo gewuun van zaanen tek ont moeke*", zei de Mille.[71]
Mike vroeg zich af of Alexandra dan toch iets te verbergen zou hebben en nam zich voor het persoonlijk uit te zoeken.
"*En gaa, Jeanke?*"[72]
"*Niks speicioel*," begon Jeanke, "*sauf qu'il y un peij qui a quand même vu un personage comme décrit par l'ancien para*."[73]
"*Wa zegde*?" riep Mike.[74]
"*Awel*," herhaalde Jeanke, "*doe es ne peij da a peu près op dezelde moment in den environ van den boog un personage similair au personage van den aaven para gezeen eit*."[75]
"Aha," zei Mike, "dus toch."
"Hij zit binnen", antwoordde Jeanke.
"Hoe, binnen?" vroeg Mike.
Jeanke legde uit dat die getuige hem belangrijk leek en dat hij hem meegenomen had voor verhoor.

---

69 "En dat verhaal van die gast in zwarte outfit die als een panter van die ladder kwam?" vroeg Mike.

70 "Die man blijft bij zijn verhaal," antwoordde de Mille, "zoals hij het die eerste keer aan Walker vertelde."

71 "Volgens mij heeft die vent dat niet maar gewoon uit zijn duim gezogen", zei de Mille.

72 "En jij, Jeanke?"

73 "Niks speciaals," begon Jeanke, "behalve dan dat er iemand is die hetzelfde personage gezien heeft als de para beschreef."

74 "Wat zeg je?" riep Mike.

75 "Awel," herhaalde Jeanke, "daar is iemand die ongeveer op hetzelfde moment in de omgeving van de triomfboog een gelijkaardig personage gezien heeft als de oude para."

"*Sur base de quoi?*"[76]
"*C'est un sans-abri en kemmem tien en tander moete belove*", antwoordde Jeanke.[77]
Mike knikte.
"Kom," zei hij, "*we goen ne ki klappe mè daane sans-abri.*"[78]

## BRUSSEL_ DE OCR_ THE VANDIESEL COMPANY

"Waar heb jij gezeten?" vroeg Mae toen William al fluitend de OCR binnenkwam.
"Ik… euh…"
"Oké," zei Mae, "ik denk dat ik het niet wil weten."
"Helemaal juist," mompelde William terwijl hij naar de keuken liep om een kop koffie te halen, "je wil het niet weten."
Mae had de opmerking gehoord en wilde opstaan om hem achterna te lopen, maar Billy hield haar tegen.
"Laat hem even", zei Billy. "Hij zal het ons wel vertellen, je kent hem toch?"
Mae knikte en moest toegeven dat Billy best wel inzicht had in mensen.

Net op dat moment kwam Walker de OCR in en plofte neer op een stoel aan de grote tafel bij Billy en Mae.
"Alles oké?"
Walker keek Mae boos aan en slaakte een zucht.
"Neen", zuchtte Walker. "Neen, alles is verre van oké."
"Vertel", zei Mae bezorgd.
"De baas stuurt me op pad met dat Frans kieken en ik moet al haar grillen zomaar tolereren", ratelde hij. "Bovendien kan ik Annette niet bereiken en is William, mijn beste vriend, ook nergens te bespeuren. Verdomme."
Walker zat met zijn rug naar de deur en had nog niet in de gaten dat Odile

---

76 "Op basis waarvan?"
77 "Het is een dakloze en ik heb hem een en ander moeten beloven", antwoordde Jeanke.
78 "Kom," zei hij, "we gaan eens praten met die dakloze."

daar stond en dat William met een kop koffie uit de keuken gekomen was. Toen de baas met Casper en Willy uit de IMREC-room[79] kwam, werd het plots heel stil in de OCR. De spanning was te snijden en niemand wilde als eerste een move maken.
Casper knikte naar de aanwezigen en maakte aanstalten om naar buiten te gaan.
"Willy maakt er werk van en we bellen je in de komende dagen", zei de baas.
Casper antwoordde dat het niet superdringend was, omdat hij de volgende week zijn jaarlijkse trip naar Bath zou maken.

Odile haar gsm trilde opnieuw in haar handtas. Ze pakte het toestel en keek naar de display.

> [Nanna]
> Mardoek vraagt of je Enoema Elisj en Nippur al ontmoet hebt.

Ze wiste snel het bericht, stopte de gsm snel terug in haar handtas en zette een stap naar voren.
"Verdomme, Walker!" riep ze plots. "Kan je niet langer dan een uur in het gezelschap van een vrouw vertoeven?! Dat is verdorie al de tweede keer dat je me gewoon laat stikken!"
De baas keek Walker vragend aan.
"Ja!" riep Odile uitzinnig van woede. "Hij heeft me daar in het museum gewoon achtergelaten!!"
"Is dat zo?"
Walker haalde zijn schouders op en richtte zijn blik op William.
"Waar heb jij gezeten?"
"Walker," zei de baas, "ik heb je een vraag gesteld."
"En ik heb mijn beste vriend, soulmate en partner net een vraag gesteld",

---

79 De IMREC-room is een beveiligde ruimte met een aparte, extreem versleutelde verbinding met verschillende neurale netwerken voor beeldherkenning door middel van artificiële intelligentie.

reageerde Walker scherp. "Of heeft hij jullie al verteld waar hij gezeten heeft?"
"Daar gaat het nu even niet..."
"Het kan me niet schelen waar het over gaat!" riep Walker terwijl hij overeind sprong en de OCR verliet.
De baas keek Mae en Billy verslagen aan terwijl Odile naar de grote tafel liep.
"Ik denk dat ik hem het best even achternaga", zei William voorzichtig terwijl hij zijn kop koffie op tafel zette en ook naar buiten liep.

## BRUSSEL_ DE OCR_ WILLIAM

Net toen hij de voordeur van het gebouw aan de kant van de Rue Blaes wilde openen, voelde William zijn gsm trillen. Hij pakte het toestel en las het bericht van Annette. Hij tikte meteen een antwoord, herlas het nog snel even voor hij op de verzendknop drukte en besefte dat die verwoording niet goed zou aankomen bij Annette. Hij deed enkele aanpassingen en herlas het nog eens.

> [William]
> Wil je de bestelling bij Rue Haute annuleren
> en ze bij de Proxy Rue Dejoncker plaatsen? Ik
> kom daar straks langs en dan haal ik ze op. W

Hij verzond de boodschap, stak zijn gsm terug op zak en liep naar buiten.
"Waar zou Walker nu heen zijn?"
Hij stond daar maar wat te dralen op de stoep en besloot om naar 'In den Blauwen Lemmen' te lopen.
"Daar zal hij wel zitten", gromde hij.
Zijn gsm trilde weer.

> [Annette]
> Oké, zal ik zo meteen doen. Tot strakjes. A

William liep het café op de hoek van het Vossenplein in, maar zijn vriend

was nergens te bespeuren.
"Ah," zei blonde Jeanine, "*je pensais que tu étais mort. Ik zeg teige men eige, il a eu quelque chose, want da kan toch ni dattem gesteurven es van keuten oesem.*"[80]
In normale omstandigheden zou William het gesprek aangegaan zijn, maar dit was niet het goede moment.
"*Edde Walker gezeen?*"[81]
Blonde Jeanine schudde haar hoofd.
"*Non*", zei ze. "*Allez, tes te zegge… kem em zeen veurbaa goen et peu après il y avait cette dame avec les cheveux noires, ge wet wel, da mokke da goo verzeen van es uure en puute… eh bain awel, deij kwamp een kotier acher em uuk verbaa geluupe.*"[82]
William knikte en begreep dat dit het moment geweest moest zijn waarop Walker alleen terugliep naar de OCR.
"*Godde nog iet drinke of edde een aate bakkes gekreige?*" vroeg blonde Jeanine. "*On n'est pas un bureau d'information ici, tiens.*"[83]
"Ik heb geen tijd vandaag", antwoordde William terwijl hij naar buiten liep.
Blonde Jeanine keek hem met een boze blik na en vroeg aan de vaste stamgasten die aan de toog zaten of ze wisten wat er met hem aan de hand was.
"*Ik paas dattem zen brollen eit*", gromde een van de mannen.[84]
De anderen schoten in de lach en doken behendig weg toen blonde Jeanine de vaatdoek in zijn richting gooide. Net op dat moment kwam William terug naar binnengelopen en kreeg de vaatdoek recht in zijn gezicht. Hij legde de vaatdoek op de toog, vroeg Jeanine om uit te kijken

80 "Ah," zei blonde Jeanine, "ik dacht dat je dood was. Ik dacht al bij mezelf dat er iets mis moest zijn, want dat het niet kon dat je je laatste adem uitgeblazen had."

81 "Heb je Walker gezien?"

82 "Neen," zei ze, "allee, het is te zeggen… ik heb hem zien voorbijlopen en even later was er die dame met zwart haar, je weet wel, die vrouw met prominente vrouwelijke kenmerken… enfin, awel, die kwam een kwartier na hem ook voorbijgelopen."

83 "Ga je nog iets drinken of heb je een houten mond gekregen?" vroeg blonde Jeanine. "Het is hier geen informatiebureau, hè."

84 "Ik denk dat hij ongesteld is", gromde een van de mannen.

naar Walker en liep terug naar buiten.
Toen hij weer op de stoep stond, nam hij zijn gsm.
"Mike, ik moet je dringend spreken", zei hij toen er aan de andere kant opgenomen werd.

## DOVER_ FERRY_ CASPER

De veerboot die uit Calais vertrokken was, was begonnen aan het aanmeermanoeuvre in Dover. Casper, die rustig zat te genieten van een koffie in de viplounge, zag de witte krijtrotsen prominent opdoemen.

Twintig minuten later reed hij als een van de eersten van boord en vertrok via de M20 in de richting van Londen. Het was altijd weer een beetje wennen om aan de linkerkant van de weg te rijden, maar na enkele kilometers was dat vreemde gevoel weg.

Anderhalf uur later reed hij de M3 richting Salisbury op voor zijn jaarlijkse obligate stop bij Stonehenge. Hij zocht het beroemde nummer van Peter Gabriel in zijn Spotifyfavorieten en speelde het een paar keer na elkaar door de verfijnde geluidsinstallatie van zijn SQ8. Van Chertsey, waar hij de M3 genomen had, was het nog een uur rijden tot aan Stonehenge en hij glimlachte goedgemutst, want ook deze keer zat het weer opnieuw mee.
Hij hield ervan om er in de late namiddag aan te komen op de parking en dan rustig in de richting van het monument te wandelen.
Hij stapte uit, trok zijn zwart windjack aan en liep in de richting van het grote, megalithische monument. Daar bleef hij, zoals elke keer als de zon van de partij was, zitten tot zonsondergang om te genieten van de vele taferelen die zich in zijn hoofd elke keer weer afspeelden.
Hij was ervan overtuigd dat de spirituele krachten die er in de lucht hingen telkens voor een nieuwe ervaring en een nieuw inzicht zorgden.
Toen de zon helemaal onder was en druïdes, Romeinen en Kelten in zijn verbeelding een heel spektakel opgevoerd hadden, liep hij samen met enkele overjaarse hippies terug naar de parking.
Zij stapten in hun gerenoveerde, helemaal met bloemen beschilderde

Volkswagen T1 en hij liep naar zijn SQ8. Het leverde hem een paar meelijwekkende blikken op. Hij trok er zich geen bal van aan. Hij wuifde hartelijk naar hen en bedacht dat zij mogelijk meer tot het establishment behoorden dan hij, want een auto was voor hem geen statement, enkel een vervoersmiddel.
Het was al helemaal donker toen hij de parking van Stonehenge verliet en aan de laatste vijftig mijl in de richting van Cirencester begon.

Net voor de overname van zijn bedrijf had een van zijn mannen tijdens een discrete audit van het digitaliseringsproces van de VRT ontdekt dat zijn vader een documentaire over de Cotswolds gemaakt had. De man had in een oude map met documenten krabbels en hotelrekeningen gevonden die aangaven dat de hele filmcrew in het Stratton House Hotel gelogeerd had in het jaar 1967. De documentaire hadden ze jammer genoeg niet teruggevonden en er waren ook verder geen sporen of informatie van gevonden.

Casper was op zoek gegaan naar meer informatie, maar had tot nu toe niets meer kunnen vinden. Het enige was hij ontdekt had, was dat het Stratton House Hotel in de zomer van 2016 door de huidige eigenaars gekocht was en dat ze volop bezig waren met de renovatie om het in zijn oude glorie van statig landhuis in de Cotswolds te herstellen. Dat stond uitvoerig beschreven op de website van het hotel. Hij besloot dat hij de gebruikelijke planning van zijn jaarlijkse trip naar Bath zou aanpassen en dat hij dus, voor de eerste keer in al die jaren dat hij naar de Cotswolds ging, niet in Bath zou logeren, maar in Cirencester.

## BRUSSEL_ DE FEDERALE POLITIE_ WALKER EN MIKE

Mike zei dat het goed was, verbrak de verbinding en keek Walker aan.
"Dat was William", legde hij uit. "Hij komt naar hier."
Walker stond op en wilde Mike de hand schudden.
"Blijf je niet?"
"Neen", antwoordde Walker vastberaden. "Ik weet niet wat er aan de hand

is, maar er klopt iets niet."
Mike schudde van neen.
"Jawel, Mike," reageerde Walker, "hij is een paar dagen geleden zonder enige uitleg verdwenen en nu ontwijkt hij me."
"William verdwijnt weleens vaker, toch?"
"Ja," zei Walker, "maar nooit met de SQ5 van de Company. Als hij even onder de radar gaat, dan is het meestal om..."
Mike wilde antwoorden dat William misschien een vriendin had, maar kon zich tijdig inhouden, want hij kreeg een vreselijk vermoeden.
"Bon," zei hij terwijl hij opstond en aanstalten maakte om naar de deur te lopen, "als je uit William zijn buurt wil blijven, dan denk ik dat je nu moet gaan."
Walker knikte. Hij was zodanig in gedachten verzonken dat hij de verandering in Mikes attitude en lichaamstaal niet opmerkte.

Een paar minuten nadat Walker de deur uit was, trilde Mikes telefoon.
"Ik sta aan de achterdeur", zei William.
"*Kunde ni gewuun langs va veuij komme?*" gromde Mike.[85]
"Ik sta aan de achterdeur", herhaalde William.
Mike stond op, liep naar beneden en opende de achterdeur.
"*Hoe zedde...? Lot mo*", gromde hij terwijl hij William binnenliet.[86]
"*Edde Walker gezeen*?" vroeg William.[87]
Mike knikte.
"Echt?"
"Hij was net hier", bekende Mike.
William boog het hoofd en keek naar de grond.
"Zeg me dat het niet waar is, hè", zei Mike, die zag dat zijn vermoeden van daarstraks juist was.
"Wat?"
"William," herhaalde Mike, "zeg me dat het niet waar is."
"Annette logeert bij mij," gaf William schoorvoetend toe, "maar dat is

85 "Kan je niet gewoon via de voordeur komen?" gromde Mike.
86 "Hoe ben je...? Laat maar", gromde hij terwijl hij William binnenliet.
87 "Heb je Walker gezien?" vroeg William.

alles."
Mike liep naar een oude archiefkast en trok ze open.
"Normaal zou ik je een koffie aanbieden, maar nu hebben we iets sterkers nodig", zuchtte hij terwijl hij een fles cognac vanachter de classeurs haalde.
"*As den oeil stoet, zakt 't verstand in de kluute*", gromde Mike terwijl hij twee glazen pakte en de fles openmaakte.[88]
"*Mais non,*" probeerde William, "*tes ni waddagge paast…*"[89]
"*William,*" zei Mike scherp, "*ge moet maa gien bloskes wijsmoake… Ge zet e poer doage weggeweist me ien van de voiture. Zuuiet doeije gaa normoel toch ni?*"[90]
William pakte het glas en dronk het in één teug leeg. De cognac brandde in zijn keel en maag.
"Hoe…", wilde William vragen, maar toen besefte hij dat Walker hem dat verteld moest hebben.
"*Paasde…*"[91]
Mike schudde van neen. Hij zei dat hij er zeker van was dat Walker nog niet tot die conclusie gekomen was, maar dat dat niet lang meer zou duren.
William stond op en liep naar de deur. Mike zat met zijn ellebogen steunend op zijn knieën en het hoofd gebogen.
"Wil je mij helpen?"
Hij hief zijn hoofd op en keek zijn vriend met vermoeide ogen aan.
"Wil je me helpen?" vroeg William opnieuw.
Voor Mike kon antwoorden, werden ze gestoord door de Mille, die iets wou komen vragen. Maar die voelde instinctief aan dat er iets aan de hand was.
"*Kzal fleus ni ki weijkomme*", zei hij terwijl hij zich subtiel omdraaide en

---

88 "Als een man opgewonden is, kan hij niet helder meer denken", gromde Mike terwijl hij twee glazen nam en de fles openmaakte.

89 "Maar neen," probeerde William, "het is niet wat je denkt…"

90 "William," zei Mike scherp, "je hoeft me niets wijs te maken… Je bent een paar dagen weggeweest met een van de auto's van de Company. Zoiets doe je normaal toch niet?"

91 "Denk je…"

weer wegliep.[92]

Mike stond op en zei dat hij hem morgen wel zou opbellen.

"*William*," sneerde hij daarna, "*klapt efkes teige ma gat want maane kop doo zie*."[93]

William knikte en wilde vertrekken.

"*Nog ien dinge*", zei Mike.[94]

William draaide zich om en keek hem recht in de ogen.

"*Puute van de koesj, want Walker es keut van oesem*."[95]

William draaide zich om en liep naar buiten.

## CIRENCESTER_ STRATTON HOUSE HOTEL_ CASPER

Casper had Swindon achter zich gelaten, reed de afslag richting het centrum van Cirencester voorbij en nam de Gloucester Road om net voorbij het dorpscentrum de ruime parking van het hotel op te rijden. Het statige landhuis lag een eindje van de straat verwijderd, maar toen hij het zag, was hij meteen weg van de charme en authenticiteit die het hotel uitstraalde.

"Hm…", mompelde hij terwijl hij zijn koffer uit de auto nam, "hier heeft mijn pa dus gelogeerd toen hij die documentaire over de Cotswolds maakte."

Hij had een kamer in de categorie 'Splendid Rooms' geboekt en was aangenaam verrast toen hij ze zag. Behalve het klassieke, grote bed, twee comfortabele eenzits en een grote flatscreentelevisie stond er een koperen badkuip in het midden van de kamer, inclusief koperen pootjes en vintagekraan.

Hij schoot in de lach terwijl hij eromheen liep en vaststelde dat je vanuit het bad zowel naar de televisie als rustig door het venster naar de weidse natuur kon kijken.

---

92 "Ik zal straks eens terugkomen", zei hij terwijl hij zich subtiel omdraaide en weer wegliep.

93 "William," sneerde hij daarna, "laat me nu even met rust."

94 "Nog één ding", zei Mike.

95 "Houd je handen thuis, want Walker is kortaangebonden."

Hij legde zijn koffer op het bankje, nam de afstandsbediening van de televisie en zette ze aan. Hoewel het al laat op de avond was en de eigenares van het hotel hem gezegd had dat hij zich zou moeten haasten om in het dorp nog iets te eten te vinden, nam hij toch snel een ontspannend bad.

Een halfuur later stapte hij 'Stoneys' binnen in Castle Street, zette zich aan de toog met zicht op de originele wurlitzer van Paul Spurr en bestelde een Hightower en een Budweiser.
Hij keek rustig rond en genoot van de gezellige drukte in deze op-en-top Amerikaanse bar op het Engelse platteland.
Nadat hij zijn burger op had, bestelde hij nog een Budweiser en draaide een kwartdraai naar links om het televisiescherm te kunnen zien waarop intussen iedereen gefixeerd was.
"Welke match gaat er nu beginnen?" vroeg hij aan een jongedame die zich prominent in zijn gezichtsveld gewrongen had.
"Manchester City tegen United!" schreeuwde ze.
Hij knikte.
"Vanavond is het Lukaku tegen Kompany en De Bruyne!" riep ze door het gewoel rond de toog. "Maar dan hier bij ons!"
Hij glimlachte en heel even bekroop hem de neiging om de jongedame te vertellen dat hij Belg was, maar hij bedacht zich tijdig, omdat hij wist dat er dan helemaal geen houden meer aan zou zijn.
Zijn gedachten dwaalden af naar de documentaire – waar hij nota bene nooit iets over gehoord had en die hij nog nooit gezien had – die zijn vader met Cirencester als uitvalsbasis gedraaid zou hebben.
"Verdomme," gromde hij plots, "waarom heb ik daar niet eerder aan gedacht?"
Hij rekende af en reed terug naar het hotel.

## BRUSSEL_ DE FEDERALE POLITIE_ WILLIAM

William liep tussen het gebouw van de federale politie en het justitiepaleis en ging instinctmatig naar links, richting de Marollen.
"Verdomme," gromde hij, "ik moet eerst nog naar de winkel."

[William]
Heb je de boodschapjes laten klaarzetten? XXX
W

Hij stopte zijn gsm terug in zijn broekzak, maar voelde het ding al meteen trillen.

[Annette]
Hey Tijger, ben jij nu pas op weg naar huis?
Kusje, A

William keek verbaasd naar het scherm van zijn gsm en vroeg zich af wat dat te betekenen had.
"Wij zijn toch niet getrouwd?" gromde hij terwijl hij zijn gsm terug in zijn broekzak stopte en er meteen weer uithaalde.

[William]
Ik moest nog onverwachts bij Mike zijn voor een dringende en belangrijke zaak. Vertel het seffes.
XXX W

[Annette]
Oké, haast je...
Kusje, A

William kwam een goed halfuur later thuis met de boodschappen die hij opgepikt had in de buurt van de Place Louise.
"Ziezo", zei hij terwijl hij de zak op de keukentafel zette.
"Neen," zei Annette, "niet op tafel. Je weet helemaal niet waar die gestaan heeft en hoeveel vieze bacteriën eraan hangen."
William keek haar niet-begrijpend aan. Annette pakte de boodschappentas, stak ze in de lucht en wees met haar vrije hand naar de onderkant ervan.

“Hier,” zei ze, “onderaan, bacteriën.”
“Oeps,” zei hij, “nog nooit aan gedacht.”
“Kom,” lachte ze, “ga naar de woonkamer of waar je maar wil, kom niet voor mijn voeten lopen in de keuken.”
Hij knikte, haalde zijn schouders op en liep zijn keuken uit.
“Ik ga even douchen”, zei hij.
“Waaaat?!” riep ze. “Ik hoor je niet als ik hier bij het fornuis en de dampkap sta!”
Hij draaide zich om en probeerde haar met gebarentaal duidelijk te maken dat hij ging douchen, maar ze had zich al omgedraaid naar het aanrecht om groenten te snijden.
Hij zette de kraan van de inloopdouche open en ging onder het warme water staan.
“Verdomme,” vloekte hij in zichzelf, “is die altijd zo pietje-precies en zo eigenzinnig?”
Zijn gedachten dwaalden af en hij dacht aan Walker en alle anderen die er totaal geen idee van hadden waar hij mee bezig was. Hij wist het zelf ook niet zo goed. Hij dacht ook aan Mike, en hoopte vurig dat die hem zou helpen.
“Hoe moet ik dit nu verder afhandelen?” vroeg hij zich luidop af terwijl het water over hem stroomde en hij zich meer en meer bewust werd van het feit dat hij verkeerd bezig was.
“Waar staan de kruiden?!” riep Annette plots vanuit de openstaande badkamerdeur.
“In de keuken”, antwoordde hij geschrokken.
“Waar in de keuken?” vroeg ze op zeurderige toon en met een overduidelijke zucht.
“In de kast naast de frigo”, gromde hij.
“Waar?”
“In de kast naast de frigo!” riep hij.
“Wat is dat nu voor een plaats om kruiden te zetten?” reageerde Annette terwijl ze zich omdraaide en terugliep naar de keuken.
“Wat is dat nu voor een plaats om kruiden te zetten?” echode William onder de douche. “Wel, het is verdomme de plaats die ik leuk vind om kruiden te zetten.”

## CIRENCESTER_ STRATTON HOUSE HOTEL_ CASPER

Casper parkeerde vlotjes zijn spierwitte SQ8 onder de bewonderende blikken van twee mannen die met hun vrouwen naar de ingang van het hotel gingen en liep meteen de bar in.
"Knappe kar", zei een van de mannen toen Casper de eigenaar van het hotel net een vraag wilde stellen.
Casper knikte.
"Zo rijden er nog niet veel rond volgens mij", ging de man verder.
Casper besefte dat hij de man niet zomaar zou kunnen afschepen en besloot om er een kort gesprek van te maken.
"Neen," antwoordde hij, "behalve de topman van Audi in Duitsland ben ik de enige die er zo al een heeft."
De man floot bewonderend en draaide zijn hoofd in de richting van de parking.
"Zou ik…?"
Casper begreep het signaal van de man en zocht snel een adequaat antwoord om de man met een kleine toegeving tevreden te stellen.
"Ik wil hem even tonen," zei Casper met een zucht, "maar een ritje maken zit er helaas niet in, want ik moet nog werken vanavond. Ik kan zelfs niet naar het voetbal kijken."
"Geen probleem, geen probleem," reageerde de man, "als ik snel even de sfeer van dat pareltje mag opsnuiven, ben ik al heel tevreden."
"Dus," zei zijn vrouw lachend, "geen voetbal dan vanavond."
"Jawel," antwoordde de man ernstig terwijl hij bij zijn kompaan ging staan, "wij kijken in onze kamer naar het voetbal en jullie…"
"… genieten van een triootje met deze man in zijn kamer", antwoordde zijn echtgenote ad rem.
De man draaide zijn hoofd plots met een ruk om naar zijn echtgenote en vernauwde zijn ogen tot spleetjes waar nog net een boze blik doorheen kon.
Casper bekeek de twee dames en dacht bij zichzelf dat dat wel een fijne avond zou kunnen opleveren, maar hij zweeg wijselijk terwijl hij opstond om met de man naar de auto te lopen.
"Vrouwen…", zei hij terwijl hij de auto ontgrendelde en de man liet plaatsnemen achter het stuur.

"Soms begrijp ik ze niet", gromde de man terwijl hij het interieur van de SQ8 grondig bekeek.
"Dan kan ik nog wat van je leren," lachte Casper, "want ik begrijp ze helemaal niet."
"Ervaring...", mompelde de man terwijl hij zijn hoofd vooroverboog en het dashboard nauwkeurig inspecteerde.

Een paar minuten later liepen ze terug naar binnen. Casper beantwoordde beleefd nog een paar vragen van de man. Hij probeerde de onvermijdelijke vraag zo veel mogelijk uit te stellen en zo mogelijk helemaal te ontwijken, maar er was geen ontkomen aan.
"Zou ik er morgen een ritje mee mogen maken?"
Casper had geleerd om altijd rustig en beleefd te blijven zodat de vijand nog een kans krijgt om geen totaal gezichtsverlies te lijden. Hij zocht naar een manier om deze hachelijke situatie zo snel mogelijk te beëindigen, maar werd door de echtgenote van de man in snelheid gepakt.
"Je hebt toch niet gevraagd om een ritje te mogen maken, hè?" sneerde ze plots vanuit de deuropening van het hotel.
De man zocht naar een steen om onder weg te kruipen, maar vond er geen en moest de confrontatie met bijbehorende nederlaag wel aangaan.
"Misschien...", begon hij terwijl hij naar de dame knipoogde.
"Juist," zei ze, "misschien moeten we het toch even hebben over dat triotje terwijl jij naar de voetbalmatch kijkt. Op die manier kan ik voor jou ook nog eens iets betekenen."
De man liep rood aan, keek zijn vrouw met woedende blik aan en ging de bar binnen.
Casper schoot in de lach en liep, rakelings langs de knappe vrouw, ook het hotel in.
"Zelfs zonder die voetbalmatch en mijn vriendin zie ik een moment met jou wel zitten", fluisterde ze terwijl hij haar voorbijliep.
Ze draaide zich om, waardoor haar linkerborst zijn arm zachtjes raakte en knipoogde snel even. Casper voelde een aangename tinteling in zijn onderbuik en pakte zijn sleutel zo uit zijn broekzak dat het nummer op de sleutelhanger duidelijk zichtbaar was.
"Voor God en vaderland", mompelde hij met een glimlach om de lippen

terwijl hij de trap opliep en zich probeerde voor te stellen wat er zich nu in de bar afspeelde.

## BRUSSEL_ DE FEDERALE POLITIE_ MIKE EN ZIJN TEAM

"*Bon*," zei Mike tegen zijn twee agenten, "*ik wil dagge Alexandra en da joenk mokke ne ki deuij de meule droaijt.*"[96]
De Mille en Jeanke knikten en maakten zich zo snel mogelijk uit de voeten, want de gelaatsuitdrukking van hun baas stond op onweer.
Mike liep naar de koffieautomaat en vloekte onderweg zo hard dat alle aanwezigen hun hoofd in de gang staken om te zien wat er aan de hand was. Hij pakte zijn telefoon en belde de OCR.
"Willy," zei hij, "ik wil de baas spreken."
"De baas is even bezig," antwoordde Willy luchtig, "zeg het maar en ik geef de boodschap wel door."
"Willy!" brieste Mike. "*As ge ma de patron ni binne de menuut geift, kommek op aa bakkes kloppe.*"[97]
"Oké, oké," antwoordde Willy snel, "een momentje. Ik geef hem meteen door."
De baas kwam snel aan de lijn en vroeg of alles oké was.
"Neen," antwoordde Mike, "alles is niet oké en daarom wil ik je spreken. Nu!"
"Kan het eventueel later op de..."
"Jack," onderbrak Mike hem, "nu!"
"Oké," zei de baas, "ik kom meteen naar je toe."
"Kunnen we een wandeling maken?" vroeg Mike. "Ik heb behoefte aan een beetje frisse lucht."
"Waar zien we elkaar?"
"Laten we aan de Beurs afspreken en vandaar rustig terugwandelen naar het justitiepaleis", stelde Mike voor.

---

96 "Goed," zei Mike tegen zijn twee agenten, "ik wil dat jullie Alexandra en die jongedame eens goed doorlichten."

97 "Willy!" brieste Mike. "Als je mij de baas niet onmiddellijk doorgeeft, kom ik op je gezicht slaan."

"Dat klinkt serieus."
"Dat is het ook", gromde Mike.
"Over een halfuur?"
"Prima", zei Mike.

Een halfuur later stond Mike op het verkeersvrije plein voor het majestueuze gebouw van de Beurs. Hij bekeek de voorzijde en kreeg het gevoel dat hij zich ergens in de oudheid bevond, aan de ingang van een antieke tempel die bewaakt werd door twee leeuwen.
"Indrukwekkend gebouw, hè?" klonk het plots achter hem.
Hij draaide zich om en keek de baas in de ogen.
"Jack," zei Mike, "dank je wel dat je zo snel wilde komen."
"Had ik een keuze?" vroeg de baas lachend.
Mike keek naar de grond en sloot even de ogen, want hij duizelde zowaar van dat statement.
"Gaat het?" vroeg de baas.
"Jaja," antwoordde Mike snel, "het gaat."
"Zullen we onze wandeling maken?" vroeg de baas.
Mike knikte en ze liepen zwijgend langs de Ancienne Belgique om uiteindelijk in de Eikstraat uit te komen.
"Ga je me nog lang in spanning houden?" vroeg de baas.
"Ongelooflijk hoeveel toeristen dat kleine mannetje willen zien, hè?" mompelde Mike toen ze het kruispunt met de Stoofstraat overstaken.
De baas stopte abrupt ter hoogte van de 'Poechenellekelder' en pakte Mike bij de arm.
"Kom op, man, vertel het nu gewoon, zodat ik je kan helpen."
Mike keek hem serieus aan en zei hem dat het net omgekeerd was. De baas was daardoor even uit zijn lood geslagen, want hij begreep niet goed wat Mike hem wou zeggen.
"Wat bedoel je?" vroeg de baas.
"Laten we hier iets gaan drinken in 'Het Goudblommeke'", stelde Mike voor.

## CIRENCESTER_ STRATTON HOUSE HOTEL_ CASPER

Het was halfvijf in de ochtend toen Casper vanuit zijn ooghoek de deur van zijn hotelkamer zachtjes zag dichtgaan. Hij strekte zich even, draaide zich op zijn linkerzij en viel in een diepe, gelukzalige slaap.

Even voor zevenen liep hij al de ontbijtzaal in, schonk zich een lekkere kop koffie in en bestelde een omelet. De gastvrouw van het hotel kwam een paar minuten later de ontbijtzaal binnen en begroette hem glimlachend.

"Goedemorgen," zei Casper, "mag ik u wat vragen?"

"Nog een beetje koffie?" probeerde de vriendelijke vrouw.

"Neen, bedankt", lachte Casper. "Ik heb een andere vraag."

De vrouw glimlachte verlegen en kreeg een lichte blos op haar wangen.

"Ga even zitten," zei Casper.

"Neen," antwoordde ze nadat Casper zijn vraag gesteld en toegelicht had, "daar kan ik je niet bij helpen. Ik heb er geen idee van wat de vorige eigenares van het hotel met haar archief gedaan heeft."

Casper knikte en begreep dat het een dood spoor was.

"Maar misschien kan ze het je zelf vertellen."

Casper keek hem niet-begrijpend aan.

"Ze verblijft in een ouderlingentehuis in Bath", zei ze, en ze zag Caspers gezicht helemaal opklaren. "Maar ik wil je niet te veel hoop geven. Ze heeft de ziekte van Alzheimer."

"Denk je dat ik haar nog kan spreken?"

Ze stond op, liep naar de receptiebalie en kwam even later terug met een post-it met het adres van het ouderlingentehuis en het telefoonnummer van de zoon van de vorige eigenares erop.

Casper stond op en bedankte haar. Toen hij de ontbijtzaal wilde verlaten, schoof ze haar arm in de zijne en liep zo met hem naar de lobby.

"Komt u even mee", zei ze.

Casper begreep het niet, maar hij volgde haar naar haar kantoor achter de receptiebalie.

"Ik wil me niet met uw leven bemoeien," zei ze vriendelijk terwijl ze naar de monitor wees met verschillende camerabeelden erop, "maar u moet weten dat ik liever geen echtelijke drama's meemaak in mijn hotel."

Casper knikte. Ze keken allebei naar de monitor en zagen op een van de beelden een echtpaar dat net de slaapkamer verliet.
"Ik denk dat ik beter ga", begreep Casper.
De gastvrouw knikte en wenste hem een prettige dag.

Een uur later reed Casper Bath in, richting de parking waar hij zijn auto altijd parkeerde.
"Verdomme," gromde hij toen hij zag dat de parking een bewonersparking geworden was, "dat begint hier goed."
Zijn eerste stopplaats was 'Sally Lunn's'. Hij hield ervan om zijn jaarlijkse bezoek aan Bath elke keer weer te beginnen met een lekker kopje thee in het oudste eet- en theehuis van Bath. Hij bestelde Marokkaanse Nana Mint en Chinese Gunpowder 'Temple of Heaven' in een grote pot. Terwijl de mix onder de afkeurende blik van de theesommelier aan het infuseren was, belde hij de zoon van de vorige eigenares van het Stratton House Hotel.

## BRUSSEL_ HET GOUDBLOMMEKE IN PAPIER_ MIKE EN DE BAAS

"Cuvée René", bestelde Mike toen ze achteraan in het café plaatsgenomen hadden.
De baas knikte, want ook hij was verzot op dat unieke, zurige bier.
"Maar goed," zei de baas nadat ze allebei een gulzige slok van het koude, goudgele bier genomen hadden, "vertel me nu eens wat er aan de hand is."
Mike slaakte een zucht.
"Komaan," drong de baas aan, "je hebt me lang genoeg in spanning gehouden."
"Annette logeert bij William."
Het was eruit. De baas keek Mike met grote ogen aan.
"Hoe weet jij dat?"
Mike nam een slok van zijn geuze, veegde zijn mond droog met de rug van zijn hand en slaakte opnieuw een zucht.
"Walker is zijn hart komen luchten bij mij en net toen hij vertrok, belde William me met de dringende vraag om mij te kunnen spreken."

De baas keek hem nog steeds verwonderd aan.
“Je hebt een ernstig probleem”, zei Mike. “Eigenlijk meer dan één.”
Nu was het aan de baas om een zucht te slaken.
“Hoe kon ik zo dom en blind zijn?”
“Je hoeft jezelf de schuld niet te geven”, stelde Mike hem gerust. “Jouw mensen zijn meesters in de kunst van het schaduwwerken en jij zit er middenin. Daarenboven is dat, volgens mij, niet jouw enige probleem.”
De baas keek hem met geschrokken blik aan.
“Die Odile?”
“Wat is daar mis mee?”
“Mijn intuïtie zegt me dat er iets niet in orde is. Elke keer als ik bij haar in de buurt ben, krijg ik buikkrampen.”
“Mike,” zei de baas, “ik kan wel tegen een grapje, maar dit is er een heel eind over. Odile zat in een langetermijnoperatie en is verbrand geraakt door een stom toeval. Ze hebben haar uit Frankrijk moeten weghalen.”
“En Brussel is ver genoeg om haar helemaal uit het zicht te houden?” vroeg Mike.
De baas zweeg.
“Of was de druk zo groot om haar onderdak te verschaffen?”
De baas knikte.
“Maar”, zei Mike, “los van Odile zit je sowieso met een torenhoog probleem. Ik wil niet in de buurt zijn als Walker ontdekt dat William naar Amsterdam gereden is om Annette op te pikken en…”
“En wat?”
Mike nam een slok van zijn geuze en zweeg.
“En wat?” vroeg de baas opnieuw.
“Hoeveel slaapkamers heeft William in zijn loft, denk je?”
De baas begreep het plots helemaal, slaakte een diepe zucht en legde zijn hoofd in zijn handen.
“Mike, zeg me alsjeblieft dat dit een nare droom is.”
Mike legde zijn hand op de schouder van de baas en verklaarde dat hij dat wel zou willen bevestigen, maar dat het helaas niet zo was.
“Het is de keiharde realiteit en de ketel begint aardig onder druk te staan.”
Ze dronken hun geuze op en vertrokken.

Een paar minuten later lieten ze de Kapellekerk achter zich en liepen de Rue Blaes in.
"Kom je even mee naar de OCR?"
"Ik denk", antwoordde Mike in eer en geweten, "dat dit niet het goede moment is."
"Hoe moet ik dit in hemelsnaam aanpakken, Mike?"
"Ik denk dat jij dringend een serieus gesprek moet hebben met Annette", floepte Mike er zonder nadenken uit.
"Denk je?"
"Jack," antwoordde Mike, "ze is enkele maanden geleden zonder enige waarschuwing zomaar vertrokken, heeft niets meer van zich laten horen en komt nu terug, zonder je ook maar iets te laten weten. Je bent nog altijd haar baas, hè baas."
"Oké," zei de baas, "vraag William om naar jou te komen, zodat ik naar de loft bij Annette kan."
"Wat moet ik hem vertellen?"
"Praat met hem over je vermoeden rond Odile en hou hem aan het lijntje tot ik je een seintje gegeven heb dat de kust vrij is."
Mike slaakte opnieuw een zucht en zei dat hij dat zou doen.

## BATH_ HET OUDERLINGENTEHUIS_ CASPER

Een klein uur later kwam de zoon van de vorige eigenares van het Stratton House Hotel 'Sally Lunn's' binnen.
"Mr Uytendaele?"
Casper zette zijn leesbril af, stond op en bedankte de man voor het feit dat hij tijd had willen vrijmaken.
"Ik wil u graag meenemen naar het ouderlingentehuis," zei de man, "maar ik wil u tegelijkertijd niet veel hoop geven. Mijn moeder lijdt aan een zeer zware vorm van dementie en er zijn momenten dat ze zelfs mij niet meer herkent."
Casper knikte en zei dat hij het begreep.
"U moet me wel beloven dat u weggaat als ik het zeg."
"Natuurlijk", beloofde hij. "Dit betekent heel veel voor mij, want het is de eerste keer dat ik hier in Bath iemand zal ontmoeten die mijn vader

gekend heeft…"
"Ik wil u toch…"
"… en die misschien ook weet wat er hem exact overkomen is", ging Casper verder.
"Ik wil u toch behoeden voor een grote ontgoocheling", waarschuwde de man nogmaals.
Casper rekende af en liep samen met de man naar buiten. Het ouderlingentehuis was op loopafstand van 'Sally Lunn's'. Hij liep achter de man aan en voelde enige spanning, net zoals tijdens de vele operaties in het veld die hij uitgevoerd had.

"Mama," zei de man toen ze de kamer van de oude vrouw binnengingen, "ik heb een bezoeker meegebracht voor jou."
De oude vrouw bleef gewoon voor zich uit staren en reageerde helemaal niet op de woorden van haar zoon.
"Ze heeft geen goede dag vandaag", zei een van de verplegers vanuit de deuropening.
"Mag ik toch even binnenkomen?" vroeg Casper voorzichtig.
De zoon keek de verpleger aan en die knikte.
"Oké," zei de zoon, "maar als ze niet reageert, mag u niet aandringen."
Casper knikte en zette een stap naar voren.
"Wat is de naam van uw moeder?" vroeg hij zachtjes.
"Eliza."
Casper liep de kamer in, pakte een stoel en ging vlak voor de vorige eigenares van het Stratton House Hotel zitten.
"Goedemiddag, Eliza", begroette hij haar.
De oude vrouw knipperde plots met haar ogen en kreeg een glimlach om de lippen.
"Jan-Pieter", zei ze zacht, "hoe was je dag?"
De zoon en de verpleger keken elkaar verbaasd aan. Casper was even uit zijn lood geslagen en wist niet meteen wat te antwoorden. De oude vrouw boog zich een beetje voorover, legde haar hand op de zijne en keek hem recht in de ogen.
"Hier," zei Eliza, "ga even in de schommelstoel zitten en rust wat uit. Ik haal je een drankje. Heb je gevonden wat je zocht?"

Casper keek de vrouw in de ogen en raakte helemaal in de war. Hij verplaatste zijn blik naar de zoon en de verpleger.
"Speel het spel mee", fluisterde de verpleger bijna onhoorbaar.
Casper slikte even en probeerde zich in te leven in de situatie.
"Nog niet alles", antwoordde hij.
"Moet je morgen terug?" vroeg Eliza.
"Ja," antwoordde Casper, "ik moet morgen terug."
"Wat zegt de pastoor?"
"Hij zegt dat het goed is", zei Casper aarzelend.
"Echt?"
Casper knikte.
"Dat had ik niet verwacht", zei Eliza.
Casper keek snel terug naar de zoon en de verpleger en zag dat ze een paar stappen achteruit gezet hadden.
"Wat ga je hem vertellen?" vroeg Eliza met pretoogjes.
Casper zweeg en sloeg de ogen even neer, want hij wist niet wat te antwoorden.
"Jan-Pieter," zei Eliza terwijl ze plots harder in zijn hand kneep, "je mag niet opgeven."
"Ik geef niet op", stamelde Casper.
"Prima", zei ze. "Nu moet je gaan, want ik heb nog veel werk. Ik zie je vanavond of morgenvroeg wel weer, maar dat zal van Sally afhangen, toch?"
De oude vrouw liet Caspers hand los en staarde plots weer in het ijle.
"Ik denk dat het beter is dat we haar nu weer wat rust gunnen", zei de verpleger.

## BRUSSEL_ TEMPELSTRAAT_ WILLIAM, ANNETTE EN DE BAAS

William kwam uit de badkamer met een handdoek om zijn lenden en liep nietsvermoedend de keuken in om een Jupiler uit de frigo te nemen.
"Het eten is…", begon Annette.
Haar woorden bleven in haar keel steken toen ze William met open mond aankeek.
"Verdomme," mompelde William terwijl hij zich wilde omdraaien,

"helemaal vergeten dat jij hier logeert."
Annette zette een stap naar voren. Ze gaf hem een speelse klets op zijn billen, maar net op dat moment draaide William zich om en kreeg het tafereel een heel andere wending. Haar hand kwam in de vouw van de badhanddoek vast te zitten. William voelde dat de badhanddoek begon te spannen rond zijn lenden en probeerde een stap opzij te zetten. Daardoor kwam het enige stuk textiel dat hij om zijn lichaam had los en kwam haar hand pal op zijn lid terecht.
Ze stonden heel even in mekaars fysieke comfortzone. Er was passie, gêne en de gsm van William die plots zoemde.

> [Mike]
> William, ik moet je dringend spreken. Odile. Classified. The Company loopt gevaar. Mijn kantoor. Nu.

"Ik moet naar Mike", stamelde William. "Nu meteen."
Annette zette een stap naar achteren en keek hem met een vlammende blik aan.
"Wat kan er in hemelsnaam nu zo dringend zijn?"
"Wij zijn The Vandiesel Company," herinnerde William haar terwijl eraan hij de handdoek opraapte en hem weer om zijn middel knoopte. "Wij schieten in actie als er zich ergens een crisis voordoet."
"Dat weet ik wel," zei Annette, "maar ik heb zo lekker gekookt en heb zo uitgekeken naar een gezellige avond met jou."
William voelde zich even draaierig worden, want nu zijn wildste dromen van de voorbije jaren eindelijk werkelijkheid konden worden, hing daar een onvermijdelijk wagonnetje met schuldgevoel aan vast.

> [William]
> Ik kom eraan.

William liep naar de slaapkamer, trok zijn kleren aan en kwam terug naar de leefruimte.
"Ik hou je op de hoogte en kom zo snel mogelijk terug."

Annette trok een pruillip, draaide zich om en liep schouderophalend naar de keuken.
"Vrouwen...", mompelde hij terwijl hij de deur achter zich dichttrok en naar beneden liep.
Hij liep de trap op aan het doodlopende einde van de Tempelstraat en kwam zo in de Minimenstraat, de kortste weg naar Mikes kantoor.
Een eindje verderop, amper dertig meter in de Samaritanessestraat, stond de baas in de schaduw op de uitkijk en zag William vertrekken.
Hij wachtte een minuut en haalde toen zijn gsm uit zijn broekzak.

> [Jack]
> Mike, William is net vertrokken. Please check & confirm dat hij op weg is. Jack

Mike zag het bericht van de baas binnenkomen en belde William.
"Ben je onderweg?" vroeg hij toen William opnam.
"Jaja," antwoordde William, "ik ben er bijna. Zet maar een Jupiler klaar, want ik heb de mijne moeten laten staan."
"Wilco[98]", zei Mike.

> [Mike]
> Oké, William op weg naar hier.

De baas kwam uit de schaduw, liep naar de deur en belde aan.
"Hé, Tijger," zei Annette door de parlofoon, "ben je al terug?"
"Annette," zei de baas, "maak nu maar snel open en laat me binnen. Ik moet dringend met je praten. Nu!"

## BATH_ HET OUDERLINGENTEHUIS_ CASPER

Casper en de zoon van de vorige eigenares van het Stratton House Hotel liepen samen naar buiten.
"Wat was dat allemaal?" zei de man. "Zo heb ik haar nog nooit gezien."

---

98 Wilco = will comply = ik zal het uitvoeren/doen.

Casper knikte.
"Wie is Jan-Pieter?"
"Dat was mijn vader", antwoordde Casper.
De zoon van Eliza keek Casper met vragende blik aan.
"Zullen we samen een hapje eten?"
"Prima, dan kunt u me intussen een en ander uitleggen", antwoordde de zoon lachend.
"Ik heb vooral veel vragen", reageerde Casper.

"Dus," vatte de zoon van Eliza het als volgt samen, "uw vader is in 1969 in Bath overleden en u hebt nog maar recent ontdekt dat hij in 1967 een documentaire in de Cotswolds gedraaid heeft waar niemand iets van schijnt te weten."
Casper knikte.
"Er is meer," ging hij verder, "ik heb recent ontdekt dat hij zowel in 1967 als in 1969 in het hotel van uw moeder gelogeerd heeft."
"Daar is niets vreemds aan", antwoordde de zoon. "Kijk maar eens naar uzelf, u keert toch ook terug naar plaatsen die u leuk vindt?"
Casper knikte.
"Uw vader moet nogal een indruk gemaakt hebben op mijn moeder…"
"Wat bedoel je?" vroeg Casper.
"Ik bedoel wat ik zeg", antwoordde de zoon. "Het is vijftig en meer jaren geleden dat uw vader in het hotel van mijn moeder logeerde en ze herkende u meteen."
"Ze herkende mijn vader", zei Casper.
"Dat wil zeggen dat u sprekend op uw vader lijkt en dat die een ongelooflijke indruk op mijn moeder nagelaten heeft."
"Mijn vader was een man met charisma", antwoordde Casper.
"Net zoals u", lachte de zoon.
Casper knikte.
"Wat doet u van werk?" vroeg de zoon.
"Ik heb mijn bedrijf net verkocht en wil me gaan bezighouden met natuurbeheer en het kweken van brabanders."
"Het kweken van wat?"
"Brabanders," verklaarde Casper, "Belgische trekpaarden."

De zoon zei dat hij het begreep. Hij vertelde dat hij neurochirurg was en dat het zijn grootste frustratie was dat hij zijn moeder niet kon helpen. Daarna aten ze zwijgend hun dessert en herbeleefden elk vanuit hun eigen invalshoek de ontmoeting in het ouderlingentehuis van even tevoren.
“U lijkt me oprecht”, zei de zoon van Eliza plots.
Casper keek hem geschrokken aan.
“Ik ben oprecht en op zoek naar antwoorden”, antwoordde Casper.
“Ziehier mijn voorstel”, zei de zoon.
Casper luisterde aandachtig naar wat de man te zeggen had.
“Goed,” zei hij, “dan zien we elkaar morgen.”
Casper pakte zijn ongebruikte servet en schreef er een adres op.
“Ik moet er nu vandoor”, zei de zoon.
Casper bedankte de man en zei dat hij de rekening wel zou betalen.
De volgende ochtend begaf Casper zich naar het adres dat hij gekregen had.
“Goedemorgen”, zei de zoon van Eliza toen Casper uitstapte. “Kom maar mee.”
Casper volgde de man naar een oude schuur achteraan in de grote tuin.
“Daarboven op de zolder staan mama’s spullen”, zei hij toen hij de poort openmaakte.

## BRUSSEL_ DE OCR_ THE VANDIESEL COMPANY

“Oké,” zei de baas toen hij na zijn gesprek met Annette terug in de OCR kwam, “Walker is weer nergens te vinden…”
“Geen probleem,” zei Billy, “ik neem Odile wel onder mijn hoede en zal haar niet zomaar laten stikken.”
De baas knikte. Odile keek Billy met dichtgeknepen ogen aan.
“Moet ik jou op je woord geloven?”
“Ja,” antwoordde Billy, “dat moet je.”
Odile voelde de kracht die Billy uitstraalde en besloot wijselijk om er niet tegenin te gaan.
“Is die poespas met het museum opgelost?” vroeg Billy.
“Duik even in die foto’s van Casper”, zei de baas.
Billy begreep de hint en besloot de baas niet teleur te stellen.

"Komt in orde," zei hij, "we lossen dat mysterie wel op."
Hij stond op en nam Odile mee naar de IMREC-room.

"Zo," zei de baas tegen Willy en Mae, "ik heb jullie hulp even nodig, want deze situatie is me te complex."
"Een situatie die te complex is," lachte Mae, "dan moet er een vrouw in het spel zijn."
De baas knikte en boog zijn hoofd. Willy gooide Mae een boze blik toe als wilde hij zeggen dat ze zich weer als een olifant in een porseleinkast gedragen had.
"Ik haal een kop koffie", zei Willy.
"Geef mij maar iets sterkers", antwoordde de baas.
Willy keek Mae met grote ogen aan. Misschien had ze toch gelijk. Mae pakte drie kleine, houten doosjes gemaakt uit Japans cederhout, drie schoteltjes waarop de vierkante houten doosjes perfect pasten en een fles Genshu-sake.
Ze schonk het vierkante doosje van de baas vol tot het helemaal overliep en een deel van het schoteltje gevuld was. Daarna deed ze hetzelfde met dat van Willy.
"Drink jij niet mee?" vroeg de baas.
Willy besefte plots dat men, volgens de traditie, niet voor zichzelf mag inschenken en haastte zich om Mae's masu[99] vol te schenken.
"*Kanpai*", zei Mae.
"*Kanpai*", echode Willy.
De baas nam zijn masu en het schoteltje. Hij slurpte eerst de sake uit het schoteltje op en dronk dan de masu in één teug leeg. Hij zette het schoteltje met vierkant bakje terug op de tafel terwijl er tranen uit zijn ogen liepen.
Mae wilde vragen of dat door de sake kwam, maar Willy gaf haar discreet een teken dat ze even moest zwijgen.

---

99 Een masu is een vierkant houten doosje, gemaakt uit Japans cederhout. Het volume van een masu is precies 180 ml. Het is de traditie dat de masu tot op de rand gevuld wordt met sake. Soms zet men de masu op een schoteltje en schenkt men de sake tot de masu overloopt en het schoteltje vult als teken van vrijgevigheid.

"Nog een?"
De baas keek Mae aan terwijl hij met zijn hand zijn tranen wegveegde en schudde zijn hoofd.
"Neen," antwoordde hij, "niet nodig."
Hij haalde diep adem en veegde nog eens alle resterende vocht rond zijn ogen weg.
"Straf spul", zei hij.
"Vertel", zei Mae, die zich niet langer kon beheersen.
"Annette…"
"Wat is er met Annette?" vroeg ze zonder de baas te laten uitspreken.
"Laat hem nu toch even uitspreken", gromde Willy.
Mae negeerde hem volledig en concentreerde zich op de baas.
"Wat is er met Annette?" vroeg ze opnieuw.
"Annette logeert bij William."
Mae sloeg haar hand voor haar mond, stond op en liep één keer rond de grote tafel.
"Ben je zeker?"
De baas knikte.
"Annette logeert bij William zonder dat wij daar iets vanaf weten", antwoordde hij.
"Hoe weet je dat?"
De baas vertelde dat Mike naar hem gekomen was met de melding dat zowel Walker als William hem als biechtvader gebruikten.
"O neen", reageerde Mae, "Mike tussen twee vuren en nu ben jij er ook bij betrokken. Ik ga onmiddellijk naar Annette. Allee… ik wil zeggen: naar William."
"Jij gaat helemaal niets", zei Willy plots op strenge toon.
"Maar Walker…"
"Mae," zei de baas op een rustige toon, "het is beter dat je nu even niet meteen in actie schiet. Ik heb jullie allebei nodig om deze zaak rustig te ontmijnen."
"Logeert Annette alleen bij William omdat ze terug wilde komen en niet goed wist waarheen of…?"
"Ik heb haar even gesproken en ze was heel erg verward", antwoordde de baas.

## BATH_ DE ZOLDER_ CASPER

De zoon van Eliza zei dat Casper zijn tijd mocht nemen om de spullen te doorzoeken.
“Ik moet nu weg”, zei hij.
Casper knikte, pakte de eerste doos en zette die op de grote tafel in het midden van de zolder.
Na de zesde doos liep hij naar het kleine tafeltje waar de zoon van Eliza een kan met water gezet had en schonk zich een glas in. Hij bekeek de oude houten schommelstoel die ernaast stond en waagde het om er even in te gaan zitten. Toen het ding niet begaf onder zijn gewicht, durfde hij het zelfs even aan om heen en weer te schommelen. Hij sloot zijn ogen en ging in gedachten terug naar de periode dat zijn vader hier minimaal twee keer geweest was.
“Verdomme,” zei hij toen hij een paar minuten later zijn ogen weer opende en de hele huisraad van Eliza bekeek, “er moet hier toch iets te vinden zijn.”
Hij stond op en liep terug naar de stapel dozen.
“Mocht ik nu de archiefdozen van het hotel vinden,” mompelde hij, “dan zou ik misschien wel iets wijzer kunnen worden.”
Hij liep rond de stapel dozen en zag plots achterin een aantal dozen van een ander type met een opschrift waarvan hij alleen het bovenste deel van de letters kon zien.
“Daar lijkt ‘hotel’ op te staan”, mompelde hij terwijl hij de voorste dozen begon te verzetten.

Een halfuur later had hij een hele reeks dozen versleept en zag hij het hele Stratton House Hotel-archief in lichtblauwe dozen staan. Op elke doos stond ‘HOTEL’ en een jaartal.
“Laat ik maar beginnen met 1967”, zei hij tegen zichzelf terwijl hij de muur van dozen afspeurde en zag dat er een doos per jaar en trimester was.
Een paar minuten later vond hij de doos met opschrift ‘HOTEL-1967-Q2’.
“Natuurlijk staat die helemaal onderaan”, gromde hij.
Hij identificeerde de vier dozen uit 1967 en 1969 en begon opnieuw met dozen te sleuren.

Een uur later stonden er acht dozen naast de grote tafel in het midden van de zolder.
"Nu eerst even pauzeren", gromde hij terwijl hij naar het kleine tafeltje liep en zich opnieuw een glas water uitschonk.
Hij zette zich weer neer in de schommelstoel, nam een flinke slok en sloot even zijn ogen.

Plots voelde hij een hand op zijn schouder en schoot wakker.
"Blijf je eten?" vroeg de zoon van Eliza.
Hij opende zijn ogen.
"Ik heb net de dozen gevonden die ik wil doorzoeken..."
"Net gevonden...", lachte de zoon. "Ik ben anderhalf uur geleden thuisgekomen en toen lag je hier al zalig te snurken in de oude schommelstoel die ooit in de hal van het hotel gestaan heeft."
"Hoe laat is het dan al?"
"Het is nu halfacht en het avondmaal is zo goed als klaar", antwoordde de man. "Ik dacht dat je vertrokken was zonder ons te storen, maar toen zag ik je auto nog staan."

## BRUSSEL_ TEMPELSTRAAT_ WILLIAM EN ANNETTE

"Annette," zei William toen hij terug thuiskwam, "ik denk dat het beter is dat je in de komende dagen ergens anders gaat logeren."
Ze keek hem geschrokken aan en kwam heupwiegend naar hem toe gestapt.
"Is er iets mis met mij?" vroeg ze met zwoele stem terwijl ze haar armen om zijn nek legde.
William maakte zich snel los en zette een stap achteruit.
"Neen," antwoordde hij, "er is niets mis met jou. Er is iets mis met heel deze situatie."
Ze keek hem beteuterd aan.
"Is het daarom dat je gisterennacht..."
"Annette," viel hij haar in de rede, "begin daar alsjeblieft niet over."
Ze draaide zich om en liep met gebogen hoofd naar de keuken.
"Annette," zei hij plots met harde stem, "je hoort bij Walker. Jij weet dat,

ik weet dat en Walker weet dat ook."
"Ben je daar zeker van?" vroeg ze terwijl ze zich omdraaide en hem met betraande ogen aankeek.
"Ja, ik ben daar zeker van", mompelde hij, hoewel hij zich plots niet meer zo zeker voelde als een paar momenten ervoor.
"Heb je Walker gesproken?"
Hij schudde zijn hoofd.
"Neen," antwoordde hij, "hij ontwijkt me."
"Dus…", fluisterde ze, "hij weet het…"
"Hij weet wat?" vroeg hij geschrokken.
"Dat ik hier logeer en dat wij…"
"Dat jij hier logeert, weet hij volgens mij nog niet, want anders zou hij hier al gestaan hebben", reageerde hij snel. "En wij…"
Ze keek hem met betekenisvolle blik aan.
"… zijn collega's."
Ze stond perplex en had het gevoel dat ze plots een emmer ijskoud water over zich heen gekregen had.
"Meen je dat nu?" vroeg ze.
Hij keek haar recht in de ogen en knikte.
"Ik denk dat je beter teruggaat naar Walker."
Haar lip trilde en er vloeiden tranen over haar wangen.
"William," snotterde ze, "ik weet niet hoe ik dit moet aanpakken. Wat als hij me wegstuurt? Wat als hij me niet wil aankijken? Wat als hij geen woord tegen me zegt?"
"Annette," sprak hij, "ofwel vertrek je voorgoed en laat je alles achter ofwel ga je terug naar Walker, want hij houdt nog zielsveel van jou."
Ze stortte helemaal in, zakte op haar knieën en liet haar hoofd hard op de vloer terechtkomen. Haar bovenlichaam schokte op en neer terwijl ze haar tranen de vrije loop liet. William had oprecht medelijden met haar, maar besloot haar even te laten doen.

Na een paar minuten ging hij naast haar staan, pakte haar bij de schouders en trok haar overeind.
"Kom," zei hij, "ga even zitten in de sofa en probeer rustig in en uit te ademen, zodat je je rustpunt kan terugvinden."

Ze snikte onophoudelijk en haar schouders gingen bijna spastisch op en neer.
"Ik weet niet of ik het aankan", snikte ze.
"Dat zal je aan den lijve moeten ondervinden", antwoordde hij.
"Wanneer moet ik vertrekken?"
"Vandaag nog", antwoordde hij kortaf.
Ze keek hem geschrokken aan, maar ze besefte dat het niet anders kon.
"Mag ik een sleutel bijhouden?"
William schudde zijn hoofd.
"Je hebt mijn telefoonnummer voor het geval er een probleem is," antwoordde hij, "maar een sleutel bijhouden is geen goed idee."
"Zou Walker het slot van onze loft vervangen hebben?" vroeg ze zich plots af.
"Ik denk het niet."
Ze knikte.
"Mag ik nog even douchen voor ik vertrek?" vroeg ze.

## BRUSSEL_ DE OCR_ BILLY EN ODILE

Billy en Odile kwamen uit de IMREC-room.
"Hebben jullie iets interessants ontdekt?" vroeg de baas.
"We hebben de foto's door verschillende algoritmes gehaald, maar dat heeft niet veel opgeleverd. Toen kwam Odile op het idee om een aantal foto's van verschillende historische gebouwen op te zoeken en die mee in het vergelijkende algoritme te steken met de foto's van Casper..."
"... en er was een match met een paar foto's van het Koninklijk Museum voor Kunst en Geschiedenis", vervolledigde Willy.
"Ik stel voor dat we zelf een aantal foto's gaan nemen in het museum en dan het algoritme nog eens laten lopen", zei Billy.
Odile hield zich opvallend op de achtergrond. De baas stond op, liep naar haar toe en gaf haar een complimentje en schouderklopje.
"Doe dat nu maar even", zei hij terwijl hij terugliep naar zijn bureau.
"Wist je dat er zich een atoomschuilkelder onder het museum bevindt?" vroeg Odile zachtjes aan Billy.
Billy keek haar vragend aan.

“Hoe weet jij dat?”
“Gewoon op Google gevonden”, loog Odile zonder ook maar een spier te vertrekken.
“Wie weet wat we daar allemaal nog kunnen vinden”, zei Billy enthousiast.
“En fotograferen”, vulde Odile aan.
Billy pakte de digitale reflexcamera met zoomlens en gaf hem aan Odile. Hij nam er zelf ook één.
“Bel jij de directrice even met de melding dat we om het dossier af te ronden nog een aantal foto’s moeten maken?”
Willy knikte en zei dat hij Mike ook zou inlichten.
“Kom,” zei hij tegen Odile, “we zijn ermee weg.”
“We gaan toch niet met de bus, hè?” zuchtte Odile.
“Neen,” lachte Billy, “met de motor. Dat gaat sneller.”
Odile knikte.
“Rij je zelf of zit je achterop?”
“Mmm…”, antwoordde Odile, “ik heb wel zin om zelf te rijden vandaag, maar dan moet ik thuis snel nog iets anders gaan aantrekken. Vertrek jij alvast, ik kom wel achter.”
“Euh?”
“Wat is er, Billy?”
“Wel… euh… weet je,” begon hij aarzelend, “als Julie zegt dat ze maar even…”
“Oké,” zei ze, “ik heb het begrepen. Je bent bang dat ik veel tijd nodig heb om me om te kleden.”
Hij knikte en keek haar met een licht schuldgevoel aan.
“Maak je geen zorgen”, antwoordde ze, “ik zal je niet te lang laten wachten in het museum.”

Een kwartier later reed Billy met de spiksplinternieuwe BMW R1250 GS de Rue Blaes uit, richting Jubelpark. Hij genoot van de soepelheid van het vernieuwde motorblok en trok het gas een paar keer rijkelijk open waardoor de motor als een pijl uit een boog vooruitschoot. Hij dacht aan Julies armen, stevig om zijn middel, en de kleine kneepjes die ze hem elke keer gaf op het moment dat hij optrok.
“Jammer dat je niet kan meerijden op dit moment”, mompelde hij in

gedachten tegen haar.
Hij genoot van het rollercoastergevoel toen hij met de motor door de tunnels scheerde. Bij het kruispunt van de Brusselse kleine Ring en de Belliardstraat sloeg hij rechtsaf. Het geluk was aan zijn kant, want alle verkeerslichten stonden op groen, zodat hij het gashendel nog eens kon opentrekken.

Amper tien minuten later parkeerde hij de motor voor de trappen van het KMKG en liep naar binnen.
"Ik kom voor Alexandra en Britt", zei hij bij de ticketbalie.
De man achter de balie haalde zijn schouders op, zei dat hij van niets wist en dat bezoekers moesten omlopen via de bezoekersingang.
"Oké," zei Billy vriendelijk, "dan doe ik dat. Geen probleem."
"Wacht," reageerde de man die duidelijk meer tegenkanting en discussie gewoon was in zulke gevallen, "ik zal even bellen en dan kunt u gewoon door de grote zaal naar beneden lopen."
Billy knikte en glimlachte vriendelijk naar de man.
"U mag doorlopen", zei de man nadat hij de hoorn terug op het verouderde telefoontoestel gelegd had. "In de hal gaat u meteen naar rechts. Daar zal Britt u opwachten bij de bezoekersbalie."
"Mijn collega komt zo meteen ook", zei Billy.
"Hoe ziet hij eruit?" vroeg de man.
"Kort, zwart haar, slank en ze rijdt ook met de motor", antwoordde Billy terwijl hij naar zijn motorvest wees.
De man aan de ticketbalie stak zijn duim op en zei dat hij ook een motard was.
Billy liep door, maar werd meteen tegengehouden door iemand van de security bij de deur naar het atrium. De man achter de balie kwam naar buiten en stak zijn duim op naar de securityvrouw. Billy mocht daarna meteen doorlopen.

## BATH_ DE ZOLDER_ CASPER

Casper had de vorige avond genoten van de heerlijke maaltijd bij de zoon van Eliza en ging nu weer aan de slag op de zolder met de dozen die hij wilde doorzoeken.

Hij keek naar de schommelstoel, kreeg een vreemd gevoel en voelde plots de drang om er weer in te gaan zitten.

"Zou mijn vader ook ooit in deze stoel gezeten hebben?" vroeg hij zich luidop af terwijl hij plaatsnam en zachtjes begon te schommelen. Hij nam zich voor zijn ogen deze keer niet te sluiten en hield zijn blik strak op de acht dozen gericht.

"Wel verdomme," zei hij terwijl hij de schommelstoel tot stilstand bracht en tot de conclusie kwam dat zijn blik steeds bij de twee zelfde dozen bleef hangen, "zou hij me een hint willen geven?"

Hij stond op, pakte de doos met het opschrift 'HOTEL-1967-Q2' en zette die op de tafel.

"Welwel," mompelde hij terwijl hij een heel pak foto's uit de doos pakte en ze allemaal op de grote tafel uitspreidde, "kijk eens aan, mijn vader heeft hier blijkbaar een hele tijd gelogeerd en een goede tijd gehad."

De foto's straalden een ongelooflijke tijdsgeest en veel plezier uit. Hij herkende zijn vader, soms met en vaak ook zonder camera, op heel veel foto's. Daarnaast herkende hij nog een aantal personen die ook vaak bij hen thuis gekomen waren toen hij een kleine jongen was. Maar van de afwezigheid van zijn vader in 1967 herinnerde hij zich niets meer.

Hij pakte alles wat in de doos zat en begon de verschillende documenten zorgvuldig te sorteren tot hij bij een dun boekje met zwartlederen kaft kwam waar een middelgrote enveloppe in zat. Hij opende het boekje op de plaats met de enveloppe en begon te lezen.

*Wat een gezellige bende was me dat.*
*maar slordervossen... zo nonchalant.*
*Ik vraag me af of die Jan-Pieter wel*
*echt getrouwd is... hij zegt van wel.*
*maar het is me zo'n flierefluiter.*
*slordervos en charmeur...*

*ongelooflijk... Maar ik moet wel bekennen dat ik hem nog niet op een obscene of schunnige daad kunnen betrappen heb... Volgens mij... welnu... Het zijn mijn zaken niet...*

*Hij heeft ook wel een ernstige kant. Zo stond hij erop om in kamer 7 te kunnen logeren. Tja. sommige mensen hebben zo hun voorkeuren. geloof of bijgeloof...*

*Vanavond zijn ze allemaal naar Stonehenge. het is immers Zonnewende. Ik weet niet hoe laat ik ze zal horen thuiskomen...*

*E.. 21 juni 1967*

Casper moest even glimlachen en pakte de enveloppe uit het boekje. Hij zag er het cijfer 7 op staan en wilde hem openmaken, maar zag op dat moment nog een aantekening van Eliza op de andere bladzijde.

*Gevonden in kamer 7 op 23 juni 1967*

*De filmploeg is vertrokken. Ze hebben netjes betaald en iedereen verzekerde me dat ze nog eens zouden terugkomen.*

*Jan-Pieter heeft me een zalige knuffel gegeven en uitvoerig bedankt voor de gastvrijheid. Hij is een echte gentleman. maar slordig en vergeetachtig.*

*Ik heb immers een brief... of toch... de aanzet van een brief gevonden naar zijn vrouw en zijn zoon. Ik vermoed dat hij de brief aan het schrijven was. dat ze plots moesten vertrekken en dat hij hem daarna gewoon vergeten is... Hij is in het Nederlands geschreven. ik begrijp er niets van. Ik steek de brief in een enveloppe en geef hem terug als hij. zoals hij plechtig beloofd heeft. terugkomt.*

*E. 23 juni 1967*

Casper pakte de enveloppe en maakte hem open.

## BRUSSEL_ TEMPELSTRAAT_ WILLIAM

[William]
Heb je Walker nog gehoord of gezien?"

Mike zag het bericht van William op het scherm van zijn telefoon en slaakte een zucht.

[Mike]
Nope

Hij wilde zijn telefoon net terugleggen op zijn bureau toen William antwoordde met een vraag.

[William]
Mag ik nog even langskomen?

Mike had er even genoeg van, maar William drong aan. Hetzelfde bericht kwam een tweede keer binnen met een paar uitroeptekens erbij.

> [Mike]
> Oké, ik heb nog even. Kom maar via de achterdeur.

Een kwartier later liet Mike William via de achterdeur van het gebouw van de federale binnen.
"Ze is vertrokken", zei hij zonder Mike te begroeten.
Mike keek hem met een frons aan.
"Ze is vertrokken", herhaalde hij zonder enige emotie in zijn stem.
William knikte.
"Ja," zei hij, "ze is vertrokken… terug naar Walker."
"Dan heeft ze een leuke reis voor de boeg", mompelde Mike.
"Wat zeg je?" vroeg William.
"Waar is ze naartoe?" vroeg Mike.
William haalde zijn schouders op en zei dat hij het niet wist en er ook niet naar gevraagd had.
"Heb je Walker nog gezien of gehoord?"
Mike schudde van neen.
William slaakte een zucht en ging tegen de deurstijl leunen.
"*Gomme in de rapte iene scheppe baa blonde Jeanine?*" vroeg William.[100]
"Sorry, William," antwoordde Mike, "geen tijd."
William knikte en wilde zich omdraaien om te vertrekken toen Mikes telefoon overging. Hij hief zijn hand op om William duidelijk te maken dat hij nog even moest wachten.
"*Nondedju,*" vloekte Mike terwijl hij opstond en achter zijn bureau om liep, "*waddes da doe allemoe op de Cinquantenaire*?"[101]
William keek Mike niet-begrijpend aan.

100 "Gaan we snel een pint drinken bij blonde Jeanine?" vroeg William.

101 "Verdorie," vloekte Mike terwijl hij opstond en achter zijn bureau om liep, "wat is me dat daar allemaal aan het Jubelpark?"

"*Viens,*" zei Mike, "*kem wel taijd voe een zjat kafféij.*"[102]
Hij liep eerst met William naar de koffiemachine en nam hem daarna mee naar het archief, waar hij recht naar een oude archiefdoos liep. Hij pakte de doos, opende ze en haalde er een halfvolle fles cognac uit.
"*Das beiter as melk in aave kafféij, n'est-ce pas?*"[103]
William knikte en nam een slok. Hij moest even slikken en voelde tranen in zijn ogen opwellen, want Mike was erg royaal geweest met de cognac.
"*Goeget? Ça va?*"[104]
William knikte en zei dat hij toch een beetje verdrietig was door het vertrek van Annette. Ze schoten allebei in de lach.
"*Wa wasda van de Cinquentenaire doejust?*" vroeg William net voor hij vertrok.[105]
"*Encore une connerie entre le musée de l'armée, le musée des arts en den deij klette van de musée des voitures,*" lachte Mike, "*niks speisijoel. Klaan kadeije.*"[106]
"Oké dan," zei William, "ik denk dat het tijd is dat ik eens naar de OCR ga."
Mike knikte en zei dat hij dacht dat dat het beste was wat hij kon doen.

## BRUSSEL_ KMKG_ BILLY EN ODILE

> [Odile]
> We hebben de foto's door het IMREC-algoritme gehaald en er is een link met het KMKG. Ik ga er nu heen.
> O

Odile stak haar gsm in de rechterbovenzak van de motorvest, pakte de

102 "Kom mee," zei Mike, "ik heb wel tijd voor een kop koffie."
103 "Dat is beter dan melk in je koffie, niet?"
104 "Gaat het? Alles oké?"
105 "Wat was dat van het Jubelpark daarnet?" vroeg William net voor hij vertrok.
106 "Nog iets kleins tussen het Legermuseum, het Kunstmuseum en dan die lui van het Automuseum," lachte Mike, "niks speciaals. Kleine kinderen."

helm en startte de motor. Toen ze zag dat Billy intussen het adres van het museum al naar haar gps gestuurd had, verscheen er een glimlach op haar gezicht.

Twintig minuten later had ze de motor al geparkeerd en liep ze het museum binnen, waar Billy op haar stond te wachten.
"Zijn jullie daar weer?" zei Alexandra met een zucht toen ze Billy en Odile haar grote bureau in zag lopen en Odile met doordringende blik aankeek.
"Het heeft helemaal niets met die inbr…", begon Billy.
"Er is helemaal geen inbraak geweest", onderbrak Alexandra hem net iets te snel naar zijn mening, maar hij ging er niet op in.
"Zouden we wat foto's mogen nemen?"
"Foto's?"
"Welja," antwoordde Billy, "het is eigenlijk op vraag van onze baas."
Alexandra keek hem met bedenkelijke blik aan.
"Vertel."
"We hebben een nieuw programma voor fotoherkenning op basis van artificiële intelligentie", zei Billy terwijl hij naar Odile wees, "en Europol heeft ons gevraagd om deel te nemen aan een grootschalige test."
Alexandra keek hem achterdochtig aan.
"En ik moet dat zomaar geloven?"
"Kijk," zei Billy, "ik heb begrepen dat mijn collega hier al geweest is voor heel dat gedoe met die ladder, maar daar heb ik niets mee te maken. Ik ben verantwoordelijk voor dat nieuwe programma en toevallig is mijn collega een heel goede fotografe. Het doel is dat we, bij wijze van test, historische gebouwen vergelijken. Meer is het niet."
"Dus," snoof Alexandra, "geen gedoe meer over die zogenaamde inbraak en geen gezaag over die ladder?"
Billy knikte en beloofde Alexandra dat dat niet meer ter sprake zou komen.
"Bon," zei ze met oprechte fierheid, "oké dan, foto's dan maar voor de goede zaak. En musea zijn uiteraard de beste referentiepunten om geschiedenis vast te leggen en vergelijkingspunten op te bouwen."
Ze stond op en liep met hen mee naar de uitgang van haar ruime kantoor.
"Britt zal jullie begeleiden", zei ze. "Wacht hier maar even, ik haal haar

erbij."
"Zouden we de atoomschuilkelder ook eens mogen zien?" vroeg Odile voorzichtig.
Alexandra draaide haar hoofd met een ruk in Odiles richting en zei dat er helemaal geen atoomschuilkelder was.
"Nochtans," probeerde Odile, "ik had op Google..."
"Geloof jij alle onzin die op Google te lezen staat?" sneerde Alexandra, terwijl ze Britt probeerde te bereiken.
Odile gaf Alexandra gelijk en bracht haar op die manier tot bedaren.

Een paar minuten later kwam Britt aangelopen.
"Alexandra," zei ze, "zocht je mij?"
"Kan jij deze twee mensen even begeleiden zodat ze een paar foto's van het museum kunnen nemen?" vroeg Alexandra terwijl ze Britt een aantal signalen met haar ogen probeerde te geven.
Britt knikte een paar keer en gaf Alexandra het gevoel dat ze de boodschap begrepen had.
Alexandra draaide zich om en liep terug naar haar bureau terwijl Britt, Billy en Odile de andere kant uit liepen.
"Ik stel voor", zei Britt, "dat we beneden beginnen en straks het gelijkvloers doen. Is dat oké?"
"Wat bedoel je precies met beneden?"
"Ah ja, de meeste mensen weten dat niet, maar het hele museum is onderkelderd, hè. Het heeft ook lang geduurd voor ik dat wist, want normaal hoeft niemand daar te zijn. Nu is die ruimte heel handig als stockageruimte, maar vroeger..."
Britt aarzelde even om verder te vertellen.
"Vroeger was er een atoomschuilkelder, niet?" hielp Odile haar.
"Oef, jullie weten daarvan", reageerde Britt opgelucht. "Ik vreesde al dat ik te veel gezegd had."
Odile keek Billy triomfantelijk aan.

## BRUSSEL_ LOKSUMSTRAAT_ ANNETTE

Annette liep, met haar koffer achter zich aan, via de Minimenstraat en de Rue Lebeau naar de Keizerslaan. Bij de Kunstberg botste ze zowaar op een groepje Aziatische toeristen, die abrupt stopten om een foto te nemen van de toren van het Brusselse stadhuis.

Een paar minuten later stond ze voor de ingang van de loft die ze met Walker deelde, of gedeeld had. Ze wist het niet zo goed meer. Ze keek even rond en stak toen de sleutel in het slot. Ze draaide de sleutel om en hoorde een zachte, vertrouwde klik. Ze duwde de deur open en stapte naar binnen. In de hal zag ze dat hun postbus slechts een paar brieven en wat reclame bevatte.
“Hm…”, mompelde ze terwijl ze in de lift stapte.
Ze trok het traliewerk van de oude lift dicht en werd plots overvallen door het beeld dat de lift haar rechtstreeks naar de hel zou brengen in plaats van naar de loft. Ze kreeg het benauwd. Ze hapte naar adem en wilde het traliewerk weer opentrekken, maar de lift was al in beweging gekomen. Haar hart bonsde in haar keel. Ze wist niet wat te doen. Aanbellen of haar sleutel gebruiken.
“Stel dat hij het slot laten vervangen heeft”, zei ze hardop tegen zichzelf. Ze keek angstig naar de voorbijglijdende tegels. Het kleine schokje waarmee de lift op de hoogste verdieping tot stilstand kwam, voelde als een heuse aardbeving.
Ze haalde diep adem, wachtte een paar seconden en trok toen het traliewerk open. Ze zette voorzichtig een voet uit de lift en trok de andere aarzelend bij tot ze helemaal uit de lift was. Daarna pakte ze haar valies en rolde ze de hal in.
Ze bleef staan, hield haar adem gespannen in en luisterde aandachtig. Amper een halve minuut later kon ze het niet meer houden en ademde met een diepe zucht uit.
Uiteindelijk liep ze naar de deur en klopte zachtjes aan. Ze wachtte opnieuw zeker een minuut en klopte nog eens. Toen ze helemaal niets hoorde, pakte ze haar sleutel, stak hem in het slot en wilde hem omdraaien.

Plots werd ze overvallen door herinneringen. Ze beleefde opnieuw het moment waarop ze de confrontatie met Walker aangegaan was. Ze voelde, net als toen, de wanhoop door haar lichaam razen. Elke spier leek zich op te spannen tot een waanzinnige kramp en de muren en het plafond kwamen op haar af. De ruimte begon te draaien en allerlei geluiden drongen tot in het diepst van haar botten door.
Ze liet de sleutel los, zette instinctief een stap naar achteren en probeerde in evenwicht te blijven. Ze sloot haar ogen, haalde diep adem en bleef roerloos staan.
Ze slaagde erin om geleidelijk aan weer in harmonie te komen met de omgeving en hoorde de droge klik van het sluiten van het metalen hek van de lift een paar verdiepingen lager.
Nog even bleef ze staan met gesloten ogen en luisterde nu aandachtig. De lift kwam in beweging en stopte op de eerste verdieping. Het metalen hek werd opengetrokken, er weerklonken voetstappen en het droge kenmerkende geluid van de liftkooi die een paar centimeter naar omhoog kwam nadat een of meerdere personen uitgestapt waren.

Ze zette weer een stap naar voren, nam de sleutel vast en draaide hem resoluut naar links. Op de tweede verdieping werd er op dat moment ook een deur geopend en ze hoorde Bette Midler 'The Rose' zingen.
"Je hebt het slot niet laten veranderen", mompelde ze terwijl de deur openzwaaide en de vertrouwde geur van hun loft haar tegemoetkwam.

## BATH_ DE ZOLDER_ CASPER

22 Juni 1967

My darling Maggy,
We draaien hier een nieuwe documentaire over de Cotswolds en specifiek over Bath.
Ongelooflijk wat een rijke

*historie hier, met die Romeinse baden en die abdijkerk met de Jakobsladder erop afgebeeld. Engelen die op en neer gaan tussen hemel en aarde. Er zijn er die daar nogal over fantaseren, vooral nu zonnewende geweest is en we naar Stonehenge geweest zijn. Ik moet morgen filmen… werken, dus.*

*Je weet dat ik niet zo'n grote fan ben van de katholieke Kerk, dus die Jakobsladder is voor mij…*

Casper zag dat de brief daar stopte en keek terug naar de passage die Eliza in het zwarte boekje geschreven had. Hij pakte de enveloppe, trok hem een beetje open om de nooit afgewerkte brief er terug in te stoppen en zag toen dat er nog een klein briefje in zat.

*Als niemand weet wie ik ben, dan heb ik een betekenis. Als iemand weet wat ik ben, kan ik niet meer bestaan. Wat ben ik?*

Hij herkende ook hier het handschrift van zijn vader en een van de vele raadsels die hij voor hem gemaakt had. Hij legde het schriftje en de enveloppe opzij, pakte alle andere papieren en legde ze zorgvuldig terug in de doos. De doos zette hij terug op de grond en hij nam de andere doos die zijn blik ook vastgehouden had.

## BRUSSEL_ VALKSTRAAT_ WILLIAM

William verliet het gebouw van de federale politie aan de Wolstraat en liep rondom het Justitiepaleis met de bedoeling om via de Valkstraat in de Rue Haute te belanden. Zo kon hij ofwel rechtstreeks naar de OCR gaan ofwel nog even naar huis om te checken of Annette wel degelijk vertrokken was.

Hij slaakte een zucht en stak de De Wynantsstraat schuin over, richting Valkstraat, toen een auto met hoge snelheid kwam aangereden en vlak voor hem met gierende banden stopte.

Het versuffende effect van de cognac in zijn koffie van daarnet was nog niet helemaal uitgewerkt en hij bekeek de twee inzittenden met boze blik. Een bejaarde dame die een praatje maakte met haar buurman zag het allemaal gebeuren.

Het rechterportier van de auto zwaaide open. Een rank gebouwde persoon met woestijnbeige vest en zwarte bivakmuts over het hoofd stapte uit en liep op William af. De persoon haalde een telescopische matrak uit de rechterjaszak van zijn vest, zwaaide er kort mee zodat ze gebruiksklaar was en sloeg zonder aarzelen keihard op Williams rechterbovenbeen.

William voelde een stekende pijn, zag alles zwart worden voor zijn ogen en zakte neer op de kasseien in het midden van het kruispunt.

De persoon liep daarna naar hem toe en gaf hem nog een paar welgemikte trappen in de ribben. Toen draaide hij zich om en wilde teruglopen naar de auto, maar bedacht zich. Hij draaide zich weer om naar William, boog voorover en trok de bivakmuts, waarin enkel twee gaten zaten voor de ogen, een klein beetje omhoog. William voelde niet meer dat er op hem gespuugd werd.

De persoon stapte terug in de auto en de chauffeur vertrok met gierende banden in de richting van de kleine Brusselse Ring.

"*Edde da gezeen?*" vroeg de bejaarde dame aan haar buurman.[107]

"*On doit appeler le 900*", antwoordde de man.[108]

De dame nam haar telefoon en belde het noodnummer.

---

107 "Heb je dat gezien?" vroeg de bejaarde dame aan haar buurman.

108 "We moeten de hulpdiensten bellen", antwoordde de man.

Een paar minuten later kwam de ziekenwagen vanuit het nabijgelegen ziekenhuis aangereden en een aantal voorbijgangers bleven op het kruispunt staan. Sommigen om hulp te bieden, anderen gewoon om te kijken. Op dat moment kwamen Jeanke en Mille het gebouw van de federale uit en wandelden naar de De Wynantsstraat, waar hun dienstwagen geparkeerd stond.
"*'t Es nondedju toch een kluuteraa*", gromde Jeanke. "*Wannie gomme ne ki een parking kraijge?*"[109]
De Mille haalde zijn schouders op en zei dat er niet veel hoop was, want dat zelfs Mike op de openbare weg moest parkeren.
"*Waddesda doe*?" vroeg Jeanke.[110]
Hij wees naar het midden van het kruispunt waar de ambulanciers een brancard naast een man zetten.
"*Daane zal iet gekreige emme*", veronderstelde de Mille.[111]
"*Viens,*" zei Jeanke, "*me goen ne ki zien.*"[112]
De Mille haalde zijn schouders op en wilde argumenteren dat ze hier geen tijd voor hadden, maar Jeanke was al vertrokken.

De ambulanciers pakten Willliam net vast en draaiden hem voorzichtig op zijn rug in een poging om hem veilig op de brancard te krijgen.
"*Merde,*" zei Jeanke, "*das William.*"[113]
"*Een loesj affeire, as ge't maa vroegt*", zei de man die het allemaal zien gebeuren had tegen de bejaarde dame met het hondje.[114]
De Mille had gehoord wat de man zei, zette een stap dichterbij en vroeg wat de man gezien had. De bejaarde dame nam resoluut het woord en deed het relaas van wat er zich zopas afgespeeld had.
"*Daane ket eit er serieus op gesloege,*" zei de vrouw, "*avec une matraque*

109 "Het is godgeklaagd", gromde Jeanke. "Wanneer krijgen we hier eens een parking?"
110 "Wat is dat daar?" vroeg Jeanke.
111 "Die zal iets gekregen hebben", veronderstelde de Mille.
112 "Kom," zei Jeanke, "we zullen eens gaan kijken."
113 "Verdorie," zei Jeanke, "dat is William."
114 "Een vreemde zaak, als je 't mij vraagt", zei de man die het allemaal zien gebeuren had tegen de bejaarde dame met het hondje.

*en me zan voete in de ventre van da menneke.*"[115]
"*Selon moi c'était une femme*", zei de man.[116]

## BRUSSEL_ DE OCR_ ANNETTE

Annette tikte haar code in op het klavier bij de deur van het hoofdkwartier van The Vandiesel Company en zag dat de ledverlichting rond de toetsen rood kleurde. De drie kleine camera's die strategisch opgesteld waren, sprongen aan en toonden Willy wie er aan het klavier aan het prutsen was.
"Annette?"
Annette schrok enorm, want ze had er nooit bij stilgestaan dat er van binnenuit ook gecommuniceerd kon worden met diegene die op de stoep stond.
"Ja," antwoordde ze zachtjes, "ik ben het."
Willy draaide zich om en gaf Mae en de baas een teken dat ze even moesten kijken naar de grote monitor.
"Ga je de deur nog openmaken?" sneerde Mae naar Willy.
Willy keek snel even naar de baas en drukte op de knop om de deur te ontgrendelen toen die knikte.

Even later ging de deur van de OCR zachtjes open en verscheen Annette in de deuropening.
Mae stond op, liep naar haar toe en trok haar naar binnen.
"Hoe gaat het, meid?"
Annette knikte, maar kreeg geen woord over haar lippen. De tranen rolden over haar wangen. Willy wist met zichzelf geen blijf en liep naar de keuken om een kop koffie. De baas stond op, liep naar Annette en nam haar in zijn armen.
"Welkom," zei hij, "ik ben heel blij dat je terug bent."
Annette bleef maar wenen. De baas liet haar los en zette een stap

---

115 "Die man heeft er serieus op geslagen," zei de vrouw, "eerst met een matrak en daarna met de voeten, recht in de buik van deze man."

116 "Volgens mij was de aanvaller een vrouw", zei de man.

achteruit, zodat Mae nu bij haar kon.
"Is Walker…", begon Annette.
"We weten op dit moment niet waar hij is," antwoordde Mae naar waarheid, "maar hij duikt wel snel op."
"En William?"
"William heeft weer zijn kuren en zit waarschijnlijk pinten te drinken bij blonde Jeanine", probeerde de baas zo luchtig mogelijk te zeggen.
Annette zweeg en keek hen allebei aan.
"Ben je al naar huis geweest?" vroeg Mae zachtjes.
Annette knikte.
"Ja," begon ze, "ik ben even naar binnen geweest, maar hij was er niet."
Mae knikte en ze begreep meteen ook dat Walker het slot dus niet laten veranderen had.
"Hij wacht ergens op jou," zei Mae, "maar dan wel weer op zijn typische Walker-manier."
Annette glimlachte flauw en wou dat maar al te graag geloven.
"Een kop koffie?" probeerde Willy voorzichtig.
"Mae," kwam de baas tussenbeide, "als jij nu eens met Annette rustig naar jullie thuis ging…"
Mae begreep de hint en pikte er meteen op in.
"Zie je dat zitten?" vroeg ze aan Annette. "De jongens hebben nieuw speelgoed en ze testen dat liever uit als er geen vrouwen in de buurt zijn."
Annette glimlachte opnieuw flauw en zei dat het goed was.

"Bon," zei de baas toen Mae en Annette vertrokken waren, "dit geeft ons een beetje tijd om Walker en William te vinden en de situatie hier terug op de rails te krijgen."
"Gelukkig zitten we op dit moment niet verwikkeld in een of andere internationale crisis", antwoordde Willy.
"Je weet toch dat in sommige culturen het geloof bestaat dat je onheil aantrekt door erover te praten?" gromde de baas.
Willy knikte en beet op zijn lip, want de opmerking van de baas wakkerde het bijgeloof, dat af en toe in zijn Italo-New Yorkse genen sudderde, aan.

## BRUSSEL_ VALKSTRAAT_ WILLIAM

"*Alletwie meij no den bureau*", zei de Mille tegen de twee bejaarde buren.[117]

"*Mo waijlle emme niks gedoen,*" antwoordde de vrouw bazig, "*on est des témoins.*"[118]

"*Just doeveuij*", antwoordde de Mille terwijl de ambulanciers de brancard met William erop in de ziekenwagen schoven.[119]

"*Quel hôpital*?" vroeg Jeanke aan de chauffeur.[120]

"*Saint-Pierre,*" antwoordde de chauffeur, "*just hie neffes.*"[121]

Jeanke en de Mille vroegen aan de kijklustigen of er nog iemand was die de aanslag op William zien gebeuren had, maar de twee bejaarden bleken de enigen te zijn.

"*Bon,*" zei de Mille terwijl hij de twee bejaarden aanmaande om hem naar het politiekantoor te volgen, "*agge gewuun alles direct vertelt op den bureau oen onze patron, den zedde der binnen een half euij vanaf.*"[122]

"*Et qui vas nous rammener ici?*" vroeg de man.[123]

"*Gien flouskes, eh,*" antwoordde Jeanke, "*c'est just derrière le coin ici, mo dat wette wel, tiens.*"[124]

Mike stond net bij de koffiemachine toen Jeanke en de Mille met de twee bejaarden binnenkwamen.

"*Alors,*" lachte Mike terwijl hij, ook een beetje onder invloed van de royale scheut cognac in zijn vorige kop koffie, een obsceen gebaar maakte, "*on*

---

117 "Allebei mee naar het bureau", zei de Mille tegen de twee bejaarde buren.

118 "Maar wij hebben niets gedaan," antwoordde de vrouw bazig, "wij zijn getuigen."

119 "Juist daarom", antwoordde de Mille terwijl de ambulanciers de brancard met William erop in de ziekenwagen schoven.

120 "Welk ziekenhuis?" vroeg Jeanke aan de chauffeur.

121 "Sint-Pieter," antwoordde de chauffeur, "hier vlakbij."

122 "Goed," zei de Mille terwijl hij de twee bejaarden aanmaande om hem naar het politiekantoor te volgen, "als u gewoon alles vertelt aan onze chef op het bureau, dan bent u er binnen een halfuur vanaf."

123 "En wie zal ons weer komen ophalen?" vroeg de man.

124 "Geen uitvluchten, hè," antwoordde Jeanke, "het is hier net om de hoek, maar dat weet u wel, uiteraard."

*embarque des jeunes amoureux? Woere z'oent…?*"[125]
"*Ni voe te lache*", antwoordde Jeanke bloedserieus.[126]
"Ah", zei Mike die meteen de knop omdraaide en met hen meeliep.
De Mille vertelde Mike intussen dat William in elkaar geslagen was en opgenomen in het ziekenhuis.
"Wat?!" riep Mike. "William is hier nog maar juist vertrokken."
De Mille knikte.

Een halfuur later verlieten de twee bejaarden het gebouw van de federale aan de Wolstraat. Mike ging zitten en keek zijn twee assistenten met zorgelijke blik aan.
"William," begon hij, "gewoon overdag in elkaar geslagen aan de achterkant van het Justitiepaleis."
De Mille en Jeanke knikten allebei.
"Puur toeval? Of was hij een doelwit? Wat hebben we aan informatie?"
De Mille vertelde dat de twee bejaarden tegengestelde verklaringen afgelegd hadden.
"Controle van de camerabeelden", beval Mike.
Jeanke zei dat dat wel even zou duren, want door heel het gedoe met die vernieuwde privacywetgeving was het bijna niet meer mogelijk om zonder al het papierwerk iets te weten te komen.
"Toch eerst even de verklaringen naast mekaar leggen", zei Mike.
"Bon," zuchtte de Mille, "de verklaring van madam."
Mike gaf hem een teken dat hij moest verdergaan.
"*Ze stond just bove op d'esplanade rond le palais en…*", begon de Mille.[127]
Hij schakelde plots over op algemeen Nederlands.
"Daar heeft ze gezien hoe een witte auto zeer snel kwam aangereden. Volgens haar reed de auto recht op William af en kwam met gierende banden tot stilstand. Er is meteen iemand uitgestapt die een matrak in de hand had en die persoon heeft William op het hoofd geslagen en

---

125 "Ach zo," lachte Mike terwijl hij, ook een beetje onder invloed van de royale scheut cognac in zijn vorige kop koffie, een obsceen gebaar maakte, "hebben we een verliefd koppeltje opgepakt? Waren ze aan het…?"

126 "Het is niet om mee te lachen", antwoordde Jeanke bloedserieus.

127 "Ze stond net boven op het espanadeplein rond het paleis en…", begon de Mille.

daarna, toen hij op de grond lag, op het been. Volgens haar was er veel bloed en lag het slachtoffer te sidderen en te beven. Volgens die dame had de man zwart haar."

"En die buurman?" vroeg Mike.

"De man had het over een zwarte auto die met hoge snelheid kwam aangereden, recht naar William toe en met gierende remmen tot stilstand kwam. Er is iemand met een beige vest en een zwarte bivakmuts uitgestapt. Die heeft een telescopische matrak uit jas- of broekzak gehaald en daarmee William aangevallen. De man spreekt niet van een slag op het hoofd, maar wel van een slag op het bovenbeen en verschillende trappen met de voet in de ribben. Hij heeft het letterlijk over een '*coup de jambon*' met de matrak. Volgens hem was er geen bloed te zien."

"Bon," zei Mike, "zoals gewoonlijk. Verschillende getuigen en verschillende versies."

Jeanke kwam terug binnen met de melding dat het inderdaad niet zo eenvoudig zou zijn om de camerabeelden te pakken te krijgen.

"Ik heb ook even met het ziekenhuis gebeld", ging hij verder. "William is binnengebracht op intensieve en ze zijn hem nu aan het onderzoeken."

"Heeft jouw zoon vandaag dienst?" vroeg Mike.

Jeanke knikte. Hij zei dat die William persoonlijk ging verzorgen en hem op de hoogte zou houden.

## BATH_ HET OUDERLINGENTEHUIS_ CASPER

"Zou ik je moeder nog eens mogen bezoeken?" vroeg Casper net voor hij afscheid nam van de zoon van Eliza.

"Natuurlijk," antwoordde de man die zich levendig herinnerde hoe zijn moeder opgefleurd was toen ze Casper gezien had, "wanneer zou je daarheen willen gaan?"

Casper zei dat hij het liefst de volgende ochtend wilde gaan, omdat hij in de namiddag terug naar België vertrok.

De volgende ochtend liepen ze naar de kamer van Eliza.

"Jan-Pieter," fluisterde de oude vrouw terwijl ze hem wenkte, "ik weet niet waar jij mee bezig bent, maar je moet voorzichtig zijn."

Casper keek Eliza verbaasd aan, maar speelde het spel mee.
"Ik ben gewoon hier op vakantie", antwoordde hij terwijl hij naar Eliza's zoon keek en knipoogde.
"Jan-Pieter," zei ze opnieuw, "er zijn hier gisteravond twee mannen met lange, grijze trenchcoats geweest en ze hebben naar jou gevraagd. Ze hebben zich gelegitimeerd als leden van MI6, maar ik weet wel beter."
Casper en Eliza's zoon keken elkaar vragend aan.
"Ze weten niet dat mijn man voor MI6 werkt," ging ze verder, "en ze weten ook niet dat ik perfect weet hoe de dienstkaart van MI6 eruitziet. De hunne was nagemaakt."
Casper keek haar verbaasd aan.
"Jan-Pieter," fluisterde ze, "ben je een spion?"
Casper schudde zijn hoofd.
"Neen," antwoordde hij, "ik ben geen spion."
"Ze zijn in elk geval op zoek naar jou."
"Als het geen Engelsen waren…", begon Casper.
"Dat weet ik niet", antwoordde Eliza. "Hun Engels was authentiek, maar toch kon ik zien dat het geen Engelsen waren."
"Russen misschien?" probeerde Casper.
"Die herken ik vanop een kilometer", snoof ze.
Casper en Eliza's zoon schoten in de lach.
"Je moet daar niet mee lachen," zei ze plots heftig, "het is gewoon zo."
Casper pakte de enveloppe met de brief en toonde hem.
"Ah," zei ze, "je hebt hem gevonden in je postbakje. Ik geef toe dat ik een poging gedaan heb om hem te lezen, maar…"
"… hij is in het Nederlands geschreven", begreep Casper.
"Ik denk dat jij een deugniet bent", grinnikte Eliza.
Casper knikte.
"Dat is waar," antwoordde hij, "ik geef het toe. Ik ben een deugniet en zal dat altijd blijven."
Hij wilde nog wat vragen, maar net op dat moment kwam een oude man met een looprekje de kamer binnen. Toen hij zag dat Eliza bezoek had, wilde hij zich omdraaien en terugkeren naar zijn kamer. Maar toen hij Casper zag, viel zijn mond eerst open van verbazing en daarna kreeg hij een glimlach om de lippen.

“Je bent terug”, zei hij.
Casper knikte.
“Ja,” antwoordde hij naar waarheid, “ik ben terug.”
“Ik dacht dat ze je te pakken hadden”, ging de oude man verder.
“Hoezo?”
“Welja,” ging de oude man verder, “die twee mannen met hun grijze jas.”
“Heb jij die ook gezien?”
“Maar, Jan-Pieter,” zei de oude man plots met felle stem, “ik denk dat jij de enige bent die hen niet opgemerkt heeft. Ze waren altijd in de buurt. Ze zijn zelfs in het hotel geweest, hè, Eliza?”
Eliza knikte.
“Wacht,” zei de oude man terwijl hij zijn looprekje draaide en zo snel als hij kon de kamer uit liep, “ik ben zo terug.”

## BRUSSEL_ DE OCR_ DE BAAS, WILLY EN MIKE

“Wat een zootje is me dit allemaal”, zuchtte de baas. “Ik heb liever met georganiseerde misdaad en zo goed als ongrijpbare criminelen te maken dan met wat we hier nu aan de hand hebben.”
Willy had oprecht medelijden met hem en wilde iets zeggen, maar zijn telefoon zoemde.

> [Mike]
> Ik ben over 2 min bij jullie.
> M

“Mike komt even langs.”
De baas wilde vragen wat die nu weer wilde, maar het geluid van de deurbel snoerde hem de mond.
“Mike”, zei Willy.
“Is dat 2 minuten?” gromde de baas toen Mike binnenkwam.
“Annette is vertrokken bij William”, begon Mike.
De baas zei dat ze al op de hoogte waren en dat Annette in de OCR geweest was.
“William is zonet opgenomen in de kliniek Saint-Pierre”, ging Mike

verder.
"Wat?!" riep Willy geschrokken.
"Hij is in elkaar geslagen op de hoek van de Rue du Faucon en de Rue de Wynants", ging Mike verder.
De baas kneep zijn ogen samen en keek Willy strak aan.
"Het is een raar verhaal", zei Mike.
"Vertel", zei Willy.
Mike gaf hen alle informatie die ze tot hiertoe verzameld hadden.
"Kan je die getuigen nog even op het bureau houden?" vroeg de baas.
Mike antwoordde dat hij ze al laten gaan had omdat hij geen enkele reden gevonden had om hen vast te houden.
"Ik ga nu meteen naar Saint-Pierre", zei de baas.
"Ik stuur Jeanke mee met jou", zei Mike en hij legde uit waarom.
"Dat is een goed idee," antwoordde de baas, "dank je wel."

Tien minuten later stond de baas bij de ingang van het Sint-Pieterziekenhuis bij de Hallepoort. Jeanke stond hem daar op te wachten en stak zijn hand op toen hij de baas zag aankomen.
"Hij wordt op dit moment geopereerd", informeerde hij hem meteen.
"Is het zo erg?"
"Hij heeft een paar rake klappen gekregen op het bovenbeen en het zag er niet goed uit op de beelden die ze gemaakt hebben", antwoordde Jeanke.
De baas vloekte hartsgrondig.
"We vinden ze wel", zei Jeanke geruststellend. "*By the way*, heeft Mike jullie gevraagd om even incognito een kijkje te nemen in de beelden van de camera die tegen de buitengevel van het paleis hangt aan de kant van de Rue de Wynants?"
De baas schudde van neen, pakte zijn telefoon en belde Willy meteen op.
"Ja," antwoordde Willy, "Mike is hier nog. Momentje, ik vraag het even."
De baas hoorde hoe Mike zichzelf een stomme ezel noemde en kreeg van Willy de bevestiging dat ze via IMREC snel even de beelden van de camera aan de Rue de Wynants zouden bekijken."
"Bon," zei de baas terwijl hij zijn telefoon wegstak, "ik wil William toch even zien."
"Als ze aan het opereren zijn, is dat niet mogelijk", antwoordde Jeanke.

De baas knikte, pakte zijn telefoon weer uit zijn zak en belde Mike nog eens op.
"Mike," zei de baas, "William wordt op dit moment geopereerd, maar ik maak me zorgen over zijn veiligheid als hij echt het doelwit was van een gerichte aanslag. Kan jij voor bewaking zorgen?"
Mike bevestigde dat Jeanke daar zou blijven tot er een paar POSA-mannen van de divisie Observatie zouden komen. De baas bedankte Mike en zei dat hij terugkwam naar de OCR.
"*Giene stress,*" zei Jeanke, "*William es in goei anne… C'est mon fils qui s'occupe de lui… en ik blaaf hie todas de POSA-boys hie zen.*"[128]

## BRUSSEL_ KMKG_ BILLY EN ODILE

Billy en Odile probeerden Britt bij te houden, maar moesten hun beste beentje voorzetten.
"Sorry," verontschuldigde Britt zich, "ik loop hier dagelijks mijn aantal kilometers en doe ook aan hardlopen."
Billy en Odile glimlachten even, maar waren toch blij dat Britt het tempo een beetje verlaagde.
"Hier is het", zei Britt. "Gaan jullie mee naar beneden?"
Ze liep gezwind de trap af en eenmaal beneden stak ze het licht aan. Billy en Odile wisten niet wat ze zagen. Een gigantische ruimte die volgestouwd was met allerlei oude meubelen.
"In de volgende ruimte is het een beetje beter, want de werklui deponeren vaak alles gewoon hier in de eerste zaal", legde Britt uit.
Ze nam hen mee naar de andere ruimtes en vertelde honderduit over de geschiedenis van de bunker, het mogelijke gebruik en vooral het feit dat hij nooit gebruikt geweest was voor het doel waarvoor hij ontworpen was.
"Ik denk dat hier vooral geheime vergaderingen en feestjes plaatsgevonden hebben", fluisterde ze.
"Waarom denk je dat?" vroeg Billy.
"Kom maar eens mee", antwoordde ze terwijl ze zonder aarzelen voorliep

128 "Geen paniek," zei Jeanke, "William is hier in goede handen… Het is mijn zoon die met hem bezig is… en ik blijf hier totdat de jongens van POSA hier zijn."

naar het gedeelte dat nog in het duister gehuld was.
“Wat ik jullie nu ga laten zien, moet onder ons blijven, hè”, zei ze plots terwijl ze zich abrupt omdraaide in het halfduister. Billy botste zowaar op haar.
“Sorry”, verontschuldigde hij zich.
“Geen probleem,” antwoordde ze, “maar hebben jullie me begrepen?”
“Jazeker”, zei Billy snel.
“Kijk,” zei ze terwijl ze haar gsm als zaklamp gebruikte, een sleutel uit haar broekzak opdiepte en een deur openmaakte die zo goed als onzichtbaar was, “hier staan een paar interessante spullen.”
Billy en Odile volgden Britt en wisten niet wat ze zagen.
“Wat is dit allemaal?”
“Volgens mij hebben ze hier een paar getikte kerels opgesloten gehouden”, zei Britt terwijl ze nu alle lichten aanstak in de ruimte.
“Mag ik foto’s nemen?” vroeg Billy.
“Enkel op voorwaarde dat Alexandra dit niet te weten komt”, zei ze ernstig.
“Waarom?”
“Wat niet weet, niet deert,” antwoordde ze, “en ze heeft al genoeg om haar hoofd. Dit is gewoon een leuk geheimpje dat ik tot nu toe voor mezelf gehouden heb.”
Billy keek naar een setting die een aantal planeten voorstelde en liep er rustig omheen.
“Dit lijkt wel opgezet als decor voor een fotostudio”, zei hij.
“Tiens,” zei Britt, “zo had ik het nog nooit bekeken. Maar je zou weleens gelijk kunnen hebben, want hiernaast is een doka.”
“Een wat?” vroeg Billy terwijl Odile de hele tijd foto’s nam.
“Een donkere kamer”, lachte Britt.
Ze opende een van de deuren en toonde Billy de restanten van wat ooit een professionele doka voor zwart-witfoto’s geweest was. Hij bekeek de oude spoelbakken en de waslijn met nog een paar knijpers eraan. Daarna draaide hij zich om en keek naar de setting in de andere ruimte.
“Wat is dat allemaal?” vroeg hij.
“Kom,” zei Britt, “hiernaast zijn de slaapvertrekken, de filmzaal en de grote werkruimte.”

Ze liepen door de verschillende ruimtes en Billy zag een paar oude borden met een vage schijn van uitgeveegde tekst. Hij nam een paar foto's in de hoop dat hij de tekst met Photoshopbewerking leesbaar zou kunnen maken.
"Er is nog meer", zei Britt enthousiast terwijl ze de trap naar de begane grond weer op liepen.

## BRUSSEL_ SAINT-PIERRE_ DE BAAS EN JEANKE

De baas was amper een uur terug in de OCR toen zijn telefoon overging.
"Alles komt goed", zei Jeanke meteen. "Hij zal wel een tijdje immobiel zijn, maar alles komt goed."
"Ik kom er meteen aan", antwoordde de baas.
Hij draaide zijn hoofd naar Willy, maar hoefde niets te zeggen, want die had de boodschap begrepen.
"Hou me op de hoogte."
De baas knikte, pakte zijn jas en liep de OCR uit.

"Hij ligt nog in de ontwaakkamer," zei Jeanke toen hij de baas de grote hal van het ziekenhuis in zag lopen, "maar alles is goed verlopen."
"Ben je zeker?"
"Jazeker," zei een dokter in groene outfit met een bekertje koffie in de hand, "alles komt goed. Ik heb hem geopereerd en kan je verzekeren dat het goed komt. Hij zal wel een tijdje immobiel zijn."
De baas stak meteen zijn hand uit.
"Jij moet wel de zoon zijn van mijn collega hier", zei hij terwijl hij even naar Jeanke knipoogde. "Hartelijk dank voor de goede zorgen."
"Het heeft niet veel zin dat u nu hier blijft", zei de arts. "Hij zal nog een tijdje slapen en ik heb van mijn vader begrepen dat er een paar mannen de wacht houden."
De baas knikte, keek even rond en zag twee mannen die hem discreet een signaal gaven.
"Beneden staan er nog vier collega's", zei Jeanke.
De baas knikte dankbaar.

"Mag ik hem even zien?"
De arts keek zijn vader aan en zei dan dat de baas heel even mee mocht tot bij de deur van de ontwaakkamer op voorwaarde dat hij geen woord zei.
"Ik wil niet dat hij in deze fase gestoord wordt door een bekende stem of wat dan ook", zei de arts.
"Ik beloof het", zei de baas.

Een paar minuten later stonden de baas en de arts terug boven bij Jeanke. De baas was zichtbaar gerustgesteld en bedankte de arts nog eens uitvoerig.
"Ik heb gewoon mijn werk gedaan, meneer", zei die.
Jeanke straalde en pinkte tegelijkertijd een traan weg.
"Kijk," zei de arts lachend terwijl hij zijn arm over Jeankes schouder legde, "zo heb ik mijn pa het liefst: een rots in de branding, maar altijd met een hart voor mensen."
"Je lijkt op je vader", zei de baas.
"Daar ben ik blij om," antwoordde de arts, "hij is een fantastische man."
Jeanke moest zich even omdraaien, want het werd hem even te veel.
"Bon," zei de arts, "ik moet weer aan de slag. Ik hou jullie persoonlijk op de hoogte. Ik hou hem vannacht nog even bij mij op intensieve, zodat ik er meteen ben als er iets zou zijn. Ik zal voortdurend communiceren met de POSA-mannen zodat jullie te allen tijde kunnen bellen."
"Het lijkt erop dat het niet de eerste keer is dat je zoiets meemaakt", merkte de baas op.
De arts zei dat hij al een tijdje meedraaide en dat het wel meer gebeurde dat er iemand binnengebracht werd die zowel zorgen als bewaking nodig had.

## BRUSSEL_ DE KLEINE ZAVEL_ MAE EN ANNETTE

"Kom," zei Mae tegen Annette terwijl ze door de Hoogstraat liepen, "we gaan hier naar rechts en steken door naar de Minimenstraat."
"Als je het niet erg vindt, zou ik liever doorlopen en verderop doorsteken", antwoordde Annette.

Mae kon zich wel voor het hoofd slaan, want ze besefte nu pas dat Annette liever niet langs Williams loft in de Tempelstraat wilde lopen.
"Sorry", mompelde Mae.
"Geen probleem", zei Annette terwijl ze doorliepen.
"Ik wil wel een gebakje van Wittamer", zei Annette met guitige blik toen ze onderaan de Grote Zavel stonden.
"Daar teken ik ook voor", lachte Mae terwijl ze overstaken naar de meest bekende en gerenommeerde bakker van Brussel.
Ze liepen de winkel in. Mae koos een Forêt Noire en Annette een Misérable.
"Wauw," lachte Mae, "een Misérable is lekker, maar brengt misschien in jouw toestand ongeluk, dus... moeten we er misschien nog eentje bijnemen?"
Annette schoot in de lach en gaf Mae gelijk.
"Een Macaron Joy of een Samba?"
"Doe maar meteen allebei, zou ik zo zeggen", lachte Mae.

Even later verlieten ze de winkel met vier taarten en schoten nog eens in de lach toen ze bij het kruispunt met de Regentschapstraat kwamen.
"Ik zet de sauna aan, zodat we even kunnen genieten van een beetje warmte", zei Mae. "En daarna vreten we ons te pletter."
"Zouden wij eigenlijk niet flink en gezond moeten eten?" vroeg Annette met een guitige glimlach.
"De volgende keer, de volgende keer."

Anderhalf uur later zaten ze allebei in badjas in de salon met de vier taarten en deden zich tegoed aan te veel suiker en chocolade.
"Ik hoop dat ik morgen geen last heb van mijn maag of lever", lachte Mae.
Annette haalde haar schouders op en zei dat er ergere dingen waren in het leven.
"Vertel eens," zei Mae dan, "hoe gaat het nu met jou?"
Annette slaakte een diepe zucht en vertelde dat ze Walker miste.
"Heb je hem vergeven?"
Annette knikte en zei dat het niet allemaal zijn schuld was.
"Maar nu heb ik ook wel een paar stommiteiten op mijn lijstje gezet",

zei ze.
Mae wist even niet wat gezegd.
"Kijk," zei Annette, "ik zat in Amsterdam. Ik was wanhopig en heb geprobeerd Walker te bereiken, maar toen hij mijn oproepen niet beantwoordde, heb ik William gebeld..."
"... in de hoop dat hij ervoor zou zorgen dat hij Walker zou sturen", vulde Mae aan.
Annette knikte.
"Maar William is me zelf komen oppikken in Amsterdam en is echt lief voor me geweest."
"Tja," zei Mae, "maar denk je echt dat dat de beste aanpak was?"
Annette schudde haar hoofd.
"Neen," antwoordde ze, "ik ben dom geweest."
"Hebben jij en William... euh?"
"Wat bedoel je?" vroeg Annette terwijl ze Mae geschrokken aankeek.
"Wel, euh... heb jij met William... allee, je weet wel?"
"Je wil weten of ik met William geslapen heb?"
Mae knikte.
"Ja," zei Annette, "maar..."
Mae sloeg geschrokken een hand voor haar mond en sprong overeind.
"... wat ik wil zeggen," ging Annette verder, "is dat ik met William in hetzelfde bed geslapen heb, omdat hij er maar één heeft."
"Maar?"
"Maar er is niets gebeurd tussen ons", zei Annette naar waarheid.
Ze verzweeg echter wel dat het kantje boordje geweest was en dat William diegene geweest was die de boot afgehouden had.
"Dan moeten we Walker snel vinden", zei Mae.
"Waarom?" vroeg Annette.
"Om jullie snel weer samen te brengen, natuurlijk!"

## BRUSSEL_ SAINT-PIERRE_ DE BAAS EN WILLIAM

De baas had met Jeanke afgesproken dat ze hem meteen moesten opbellen als er iets met William was.

“Ook als hij wakker wordt?” had Jeanke gevraagd.
“Zéker als hij wakker wordt”, had de baas geantwoord.

Om drie uur ’s nachts had de arts naar de baas gebeld met de melding dat William ontwaakt was en het goed stelde, maar erop aangedrongen had om de baas meteen te spreken.
“Wat heeft hij gevraagd of gezegd?” vroeg de baas halfwakker.
“Ik wil de baas nu meteen spreken. Maak hem wakker en zorg er verdomme voor dat hij meteen naar hier komt”, herhaalde de arts letterlijk.
De baas kreeg een glimlach om de lippen.
“Hij is inderdaad wakker en blijkbaar weer helemaal zichzelf”, gromde hij terwijl hij de arts bevestigde dat hij er meteen aankwam.
Hij trok zijn kleren aan, liep naar buiten en opende de Lime-app op zijn telefoon.
“Verdomme,” gromde hij, “die dingen worden tussen 22 en 7 uur opgeladen.”
Het was maar 250 meter lopen tot aan de dichtstbijzijnde taxistandplaats bij hotel Steigenberger Wiltcher’s. Hij liep erheen, stapte er in een van de taxi’s en liet zich naar het Sint-Pieter-ziekenhuis brengen.
“Voel je je niet goed?” vroeg de taxichauffeur oprecht bezorgd.
“Jawel,” antwoordde de baas, “ik ga iemand bezoeken.”
De chauffeur maakte elke nacht wel een of ander bizar verhaal mee en schrok dus niet van het feit dat iemand om drie uur ’s nachts een patiënt ging bezoeken in het ziekenhuis.

“William,” zei de baas, “alles oké?”
William keek de baas glimlachend aan.
“Ze zeggen dat er geen domme vragen bestaan,” lachte hij, “maar deze gaat toch in de richting van…”
De baas schoot in de lach en gaf hem gelijk.
“Hoe gaat het?”
“De dokter zegt dat alles in orde komt,” antwoordde William, “maar hij heeft me ook gezegd dat ik een tijd immobiel zal zijn.”
“Heeft Walker…”
William hief zijn hand op.

"Stop," zei hij, "voor zover ik weet, heeft Walker hier niets mee te maken. Enfin, wat ik zeker weet, is dat hij het niet was die me dit gelapt heeft."
"Wat is er dan toch gebeurd?"
William keek de baas rustig aan.
"Je weet dat ik af en toe een ezel ben…"
De baas knikte.
"… dus ik ben een paar dagen geleden Annette gaan oppikken…"
"… in Amsterdam en je hebt ze bij jou laten logeren, dat weet ik."
William keek de baas verbaasd aan.
"Mike heeft mij laten weten dat zowel jij als Walker hem als biechtvader gebruikten", legde de baas uit. "En ik heb intussen al een gesprek gehad met Annette."
William trok grote ogen.
"Weet Walker dat Annette bij mij…"
"Ik denk van niet", antwoordde de baas naar waarheid.
"Waar is hij nu?"
"Dat weet ik niet," zei de baas, "maar laten we het nu eerst even over jou hebben."
De arts kwam binnen en zei dat de patiënt zijn rust nodig had.
"Daar zal ik zelf wel over beslissen", sputterde William tegen.
De arts glimlachte vriendelijk en trok zich discreet terug. Hij had namelijk van zijn vader gehoord dat de patiënt '*giene gewuune*' was.
"Heb je er enig idee van wie je dit aangedaan heeft?"
William haalde zijn schouders op en zei dat hij er geen enkel idee van had. De baas vertelde hem dat er twee getuigen waren, maar ook twee verschillende versies.
"Kijk," zei William, "ik kwam net van bij Mike omdat ik even mijn verhaal kwijt moest nadat ik Annette aan de deur gezet had. Ik heb dat gedaan omdat dat het beste was voor ons allemaal. Ze hoort bij Walker."
De baas knikte. William vertelde dat Mike tijdens dat gesprek een flinke scheut cognac in de koffie gedaan had en dat hij daarna via de Rue du Faucon naar de Rue Haute willen lopen had.
"Ik wist nog niet zeker of ik eerst thuis nog even zou checken of dat ik meteen naar de OCR zou komen", zei William.
"En toen…"

"Toen stopte er vlak voor mij een auto met gierende banden", vertelde William. "Ik dacht eerst dat hij mij te laat gezien had en dat hij meteen daarna zou doorrijden. Maar ineens sprong er een persoon uit die onmiddellijk op mij begon te slaan. Ik herinner me nog dat het een slank gebouwde persoon was met een bivakmuts op. Het bizarre was dat er enkel twee gaten voor de ogen in waren."
De baas fronste even zijn wenkbrauwen.
"Die persoon haalde een telescopische matrak uit zijn jaszak, zwaaide ermee zodat ze volledig uitgetrokken was en sloeg er toen mee op mijn bovenbeen. Daarna weet ik niets meer."
"Die persoon," vroeg de baas, "was dat een man of een vrouw?"
"Waarom vraag je dat?"
"Omdat het volgens de ene getuige een man was en volgens de andere een vrouw", antwoordde de baas.

## BRUSSEL_ KLEINE ZAVEL_ MAE, WALKER EN ANNETTE

Annette was nog eens de sauna ingedoken en had zich daarna in de logeerkamer teruggetrokken. Mae had nog een stuk Forêt Noire gegeten en zat voor de televisie toen ze zich plots realiseerde dat Willy nog niet thuisgekomen was.

[Mae]
Waar zit je?

[Willy]
Ik ga net de OCR afsluiten en kom eraan.

[Mae]
Oké. Annette slaapt.

[Willy]
Dan zullen we stil moeten zijn

"Onnozelaar", gromde Mae terwijl ze naar het overschot van de taarten keek, maar wijselijk besloot er geen meer te eten.
"Bon," zei Willy tegen Walker in de achterkamer van 'In den Blauwen Lemmen', "je kan je niet blijven verstoppen. Bovendien logeert Annette vanavond bij ons."
"Ik weet het", antwoordde Walker.
Willy moest even glimlachen, want hij was helemaal niet verbaasd dat Walker uit het zicht verdwenen was, maar toch continu aanwezig geweest was.
"Ze is naar onze loft geweest," zei Walker, "maar ik was niet klaar om met haar te praten. Ze heeft bij William gelogeerd."
"Inderdaad," zei Willy, "maar ik ben er zeker van dat…"
"Dat doet er niet toe," zei Walker, "ik heb geen recht van spreken, maar William…"
"William ligt in het ziekenhuis."
"Wat?!"
"William ligt in het ziekenhuis," herhaalde Willy, "iemand heeft hem ferm toegetakeld."
"Je denkt toch niet dat ik…", zei Walker.
Willy schudde zijn hoofd.
"Neen," zei hij, "jij hebt dat niet gedaan."
Walker keek hem recht in de ogen.
"Het heeft wel door mijn hoofd gespeeld."
"Natuurlijk," antwoordde Willy, "dat is logisch, maar ik weet zeker dat jij het niet gedaan hebt."
"Wie heeft hem dan wel te grazen genomen en waarom?"
"Dat weet ik nog niet," antwoordde Willy, "maar ik zweer je dat ik erachter kom en dan…"
"… is het mijn beurt om mijn vriend te wreken", vervolledigde Walker.
Willy stond op, liep naar de toog en kwam terug met twee pinten.
"Akkoord," zei hij, "maar ik ben van mening dat je eerst iets anders te doen hebt."
Walker knikte.
"In welk ziekenhuis verblijft William?"
"Saint-Pierre", zei Willy. "Maar blijf er weg, want Mike heeft twee

POSA-teams ingezet met zeer duidelijke instructies."
Walker knikte en zei dat hij het begreep.
"Waar moet ik beginnen?" vroeg Walker met zijn handen in zijn haar.
"Ik denk dat je moet beginnen met Annette te vergeven en zelf vergiffenis te vragen", antwoordde Willy.
"Hoe moet ik dat doen? Ik ben daar niet goed in", reageerde Walker.
"Hier is mijn sleutel van ons huis", zei Willy.
Ze spraken af dat Willy het alarm niet zou activeren, zodat Walker in alle vroegte naar binnen zou kunnen met ontbijt voor Annette.
"Ik hou Mae wel even bezig," beloofde Willy, "maar verder sta je er alleen voor."

## BRUSSEL_ SAINT-PIERRE_ DE BAAS

De baas was na zijn bezoek aan William nog even binnengelopen bij de dokter en had zijn verontschuldigingen aangeboden voor het gedrag van William.
"Geen probleem," had de man lachend geantwoord, "als het dat maar is. Ik maak wel andere dingen mee."
Daarna was de baas te voet teruggekeerd naar zijn appartement aan de Louizalaan 109.

Terug thuis had hij eerst een verkwikkende douche genomen, een pot groene Gunpowder-thee gezet en een spiegelei gegeten.
Om 5u30 was hij in de A8 gestapt en in alle vroegte naar de OCR gereden. De rit had amper een paar minuten geduurd omdat er zo goed als geen verkeer was op dat vroege uur. Hij pakte een whiteboardstift en begon op het grote glassboard aan de muur een aantal aantekeningen te maken.

Een uur later kwam Willy binnengewaaid.
"Zo vroeg?"
"Heb jij er enig idee van hoe ingewikkeld het is met twee vrouwen in huis?" zuchtte Willy.
De baas schoot in de lach.
"Kom," zei hij, "laten we een beetje ons beklag doen bij de eerste kop

koffie van de dag."
Willy liep mee naar de keuken en vertelde dat Annette de nacht bij hen doorgebracht had.
"Nog steeds geen spoor van Walker?"
Willy schudde zijn hoofd.
"Hoe zou het met William gaan?"
De baas vertelde dat hij rond drie uur in de ochtend naar William geweest was omdat die wakker geworden was en meteen naar hem gevraagd had.
"En?"
"Hij weet alleen dat hij door een persoon met een bivakmuts neergeslagen is", antwoordde de baas.
Willy knikte en liep naar zijn werkplek.
"Zorg jij ervoor dat je de beelden van die camera aan de gevel van het Justitiepaleis aan de kant van de Rue de Wyants te pakken krijgt en analyseert?" vroeg de baas.
Willy stak zijn duim op als teken dat hij het zou doen. De stofzuigjongens[129] hadden hun werk gedaan en niets gevonden, maar je wist maar nooit.

Even voor zeven uur kwam Mae de OCR in en vroeg de baas waar Willy zat.
"In de IMREC-room", antwoordde die.
"Hoelang gaat hij zich daar nog verstoppen?" vroeg Mae kortaf.
"Geen idee," antwoordde de baas, "hij is bezig met…"
"Ik moet het al niet meer weten", sneerde ze terwijl ze naar de keuken liep en alle moeite van de wereld had om haar lach in te houden.
De baas had zin in een koffie, maar besloot even te wachten, want Mae op zo'n moment naar de keuken volgen was geen goed idee.

Rond halfnegen kwamen Walker en Annette de OCR binnen met een zak koffiekoeken. De baas stond als aan de grond genageld. Hij keek Walker

129 Stofzuigjongens = het team van de federale politie dat sweepings doet om afluisterapparatuur te ontdekken en te verwijderen. Zij doen dat normaal alleen voor de premier en de rest van de binnenste cirkel van de macht, maar voor Willy maken ze een uitzondering.

en Annette met open mond aan.
"Ik…"
"Ik leg het later wel uit", lachte Mae.
"Hoe gaat het ermee?" vroeg de baas.
"Prima", antwoordde Mae.
De baas keek haar met vragende blik aan.
"Sorry", zei Mae.
"Het gaat wel", antwoordde Annette. "Ik wil…"
"Later", zei de baas. "Je hoort erbij en de rest bespreken we later nog weleens."
Annette knikte. Dan keek hij Walker aan en stond op.
"Baas," begon Walker, "ik…"
"Heb je het bijgelegd met Annette?" vroeg de baas met herwonnen zelfvertrouwen.
Walker knikte. Annette kwam bij hem staan en legde haar arm om zijn middel. Willy kwam op dat moment uit de IMREC-room en wilde iets zeggen, maar zag plots Walker en Annette staan.
"Ik denk dat jij iets uit te leggen hebt, schatje", zei Mae poeslief tegen hem.
Willy probeerde iets te zeggen, maar kwam niet veel verder dan wat gestotter.
"Heb je iets ontdekt?" vroeg de baas dan maar over de foto.

## HERNE_ LEENSTRAAT_ CASPER EN DE BAAS

"Jack," zei Casper toen de baas de telefoon opnam, "kan ik je even spreken?"
"Zeg maar", antwoordde de baas.
"Liever niet over de telefoon."
"Oké, waar spreken we af?"
"Zou je het erg vinden om naar het platteland te komen?" vroeg Casper.
"Daar kan ik me in vinden", zei de baas. "Het is me hier even te hectisch. Een beetje frisse lucht zal me goeddoen."
"Prima," zei Casper, "ik haal snel een gerijpte entrecote bij de beenhouwer en leg die deze middag op de barbecue."
"Bij zo'n lekker stuk vlees is het altijd makkelijker praten", lachte de baas.

"Ik ben er over een goed uur."

"Wauw," zei de baas toen hij uitstapte, "je woont hier echt mooi."
"Mijn paradijs", lachte Casper.
"Ik heb wat meegebracht voor jou", zei de baas terwijl hij Casper een fles Primitivo di Manduria in de handen stopte.
"Hmmm...", zei Casper.
"Is het niet goed?" vroeg de baas.
"Ze is al een paar jaar over de houdbaarheidsdatum", grapte Casper terwijl hij naar het jaartal op de fles wees.
"Drink jij maar water," lachte de baas, "dan zal ik die fles wel alleen soldaat maken."
"Dat had je gewild", gromde Casper terwijl hij een kurkentrekker ging halen.
"Zo," zei de baas nadat ze een slok genomen hadden van de verrukkelijke rode wijn, "vertel op."
Casper schraapte zijn keel en richtte zijn blik op een punt ergens in de verte.
"Je weet dat ik elk jaar naar Bath ga..."
De baas knikte.
"Ik heb ontdekt dat mijn vader in 1967 naar de Cotswolds geweest is om een documentaire te maken."
"Dat lijkt me niet zo uitzonderlijk, aangezien hij camerman was voor de toenmalige BRT", antwoordde de baas.
"Klopt," reageerde Casper, "maar er is veel meer. Mijn vader is in 1969 nog eens naar daar geweest."
"De mens is een gewoontebeest en keert terug naar de plaatsen die leuk zijn."
"Dat zei de zoon van Eliza ook", mompelde Casper.
"Eliza?"
Casper legde uit dat hij de vorige eigenares van het Stratton House Hotel ontmoet had. Hij vertelde over de brief en het kattebelletje met het raadseltje.
"Typisch iets voor mijn vader", ging Casper verder, "we hadden onze eigen geheime code."

“Wat deden jullie daarmee?”
“Mijn vader gaf me opdrachten die ik eerst moest ontcijferen en dan binnen een bepaalde tijd moest uitvoeren”, antwoordde Casper.
“En?”
“Soms slaagde ik en soms ook niet”, zei Casper.
“Was dat nu het verhaal dat je me wilde vertellen?” vroeg de baas nadat ze de overheerlijke gerijpte entrecote gegeten hadden.
“O neen,” lachte Casper, “ik hoop dat je nog een paar uur hebt, want dat was slechts de inleiding.”
“Dan zal je toch een lekkere fles wijn uit je kelder moeten halen”, lachte de baas. “Ik hoor namelijk heel slecht als ik een droge keel heb.”
“Gelukkig hebben we dezelfde smaak”, zei Casper toen hij met een identieke fles Primitivo uit de keuken terugkwam.
De baas schoot in de lach.

“Kom”, zei Casper terwijl hij de baas meenam naar de kelder.
“Geen oneerbare voorstellen, hè”, lachte de baas.
“Blauwbaard bewaarde de lijken van zijn slachtoffers in de kelder,” zei Casper, “ik heb er alleen een werkruimte.”

“Kijk,” zei Casper toen ze in een ruimte kwamen waartegen Willy’s technologiehoekje in de OCR slechts een hobbykamer leek, “dit zijn de originele opnames van de documentaire uit 1967, gemaakt door mijn vader in de Cotswolds.”
De baas knikte.
“In het archief van de toenmalige BRT is er geen spoor van dit project te vinden.”
“Verklaar je nader”, zei de baas.
“Ik heb een paar oude vrienden gevraagd om er even in te grasduinen. Volgens de dienstroosters van toen was mijn vader bezig met de brand in de Innovation in de Nieuwstraat op 22 mei 1967 en met een reportage over de hippies, maar zijn naam is op geen enkele projectfiche te vinden en ook in geen enkele eindgeneriek.”
“Wat wil je me vertellen?” vroeg de baas.
“Er klopt iets niet”, zei Casper.

De baas pakte zijn glas en keek er bedenkelijk naar. Casper begreep de hint en schonk het nog eens vol met de overheerlijke Primitivo di Manduria.

## BRUSSEL_ KMKG_ BILLY EN ODILE

Britt nam Odile en Billy mee door de coulissen van het museum en bracht hen uiteindelijk naar een stoffige rotonde waar allerlei oude beelden en bizarre stukken opgesteld stonden.

"Hier zijn we boven het atrium waar de infobalie en de toegang naar de museumshop is", legde Britt uit.

"Wat zijn deze dingen?" vroeg Billy terwijl Odile quasi continu foto's nam.

"Ik weet het niet," zuchtte Britt, "oude rommel die iemand hier ooit gedumpt heeft."

Billy glimlachte en volgde Britt verder door het stoffige labyrint.

"Ik laat jullie het moulageatelier ook nog even zien," zei ze, "dat is een echte schatkamer."

Billy en Odile volgden haar naar buiten en liepen naar een grote loods naast het museum om daar via een kleine deur naar binnen te gaan.

"Wauw", zei Billy oprecht verbaasd toen ze het gigantische atelier in liepen en recht voor hen een bijna vier meter hoge replica van de David van Michelangelo zagen staan.

"Ons moulageatelier is sinds de jaren zestig wereldvermaard", zei Britt fier.

"Hoe komt dat?"

"Omdat we gewoon de besten zijn!"

"Jaja," lachte Billy, "dat geloof ik graag, maar hoe zijn jullie op dat niveau geraakt?"

"Ach," zei Britt, "ik weet er het fijne niet van, maar naar wat ik gehoord heb, is het allemaal begonnen met een paar hippies die rond 1967 hier neergestreken zijn en aan de slag gegaan zijn om toch iets te verdienen."

Ze liepen nu door de gangen met metershoge rekken vol oude mallen.

"Hier ligt heel wat geschiedenis", merkte Billy op.

"Inderdaad", antwoordde Britt. "Maar kom, ik laat jullie nog even iets speciaals zien."

Ze liep naar een rek waarin drie beelden stonden die net iets groter waren

dan twee meter.
"Grote jongens", floot Billy.
"Tja," zei Britt, "bij het maken van beelden is het de gewoonte om de realiteit altijd wat uit te vergroten. Maar dat is niet wat ik wou tonen."
Op dat moment wrong ze zich behendig tussen de twee beelden die net iets verder uit mekaar stonden. Billy en Odile konden niet anders dan haar te volgen.

Even later stonden ze alle drie in een muffe ruimte die enkel via die plaats in het rek toegankelijk was.
"Wat is dit hier?" vroeg Billy al fluisterend.
"Ssst," fluisterde Britt, "er zijn maar een paar mensen die weten dat deze ruimte bestaat."
Billy en Odile keken verbaasd rond.
"Dit was de geheime recreatieruimte van de hippies", fluisterde Britt.
"Mogen we foto's nemen?" vroeg Billy.
"Ja," antwoordde Britt, "maar op dezelfde voorwaarde als daarstraks in de atoomschuilkelder."
Billy liep rustig door de grote ruimte en bekeek alles met grote verbazing.
"Wauw," zei hij, "dit is ongelooflijk. Hier staan de gekste dingen. Die hippies moeten nogal straf spul gerookt of geslikt hebben."
"Of net niet", merkte Odile nuchter op.
"Wat bedoel je?" vroeg Billy.
"Ik weet het niet," antwoordde Odile geheimzinnig, "maar ik heb in mijn leven geleerd om niet altijd voor de meest voor de hand liggende antwoorden of gedachten te kiezen."
"Mmmm…", antwoordde Billy, "waar zou jij dan voor gaan als je dit alles hier ziet?"
"De kosmos", antwoordde Odile net iets te snel.
"De kosmos?" lachte Billy. "Heb jij ook aan de drugs gezeten?"

## BRUSSEL_ DE OCR_ THE VANDIESEL COMPANY

"Walker," vroeg Willy, "zou jij mij even willen helpen in de IMREC-room?"

Walker keek hem aan en zei dat hij daar niets van kende.
"Het gaat niet om de techniek," drong Willy aan, "ik heb je advies nodig."
"Oké", zei Walker terwijl hij overeind kwam en naar de nieuwe computerruimte liep.
"Je moet Annette toch nog een beetje ruimte geven", begon Willy meteen toen ze de deur van de IMREC-room achter zich gesloten hadden.
"Wat bedoel je?"
"Ik bedoel wat ik zeg", antwoordde Willy. "Zorg ervoor dat ze nog kan ademen."
Walker knikte, maar hij begreep het nog niet goed.

> [Jack]
> Willy, ik heb net telefoon gekregen dat ze daar met William geen blijf weten. Hij voelt zich goed en maakt het daar blijkbaar nogal bont.

"Hmm...", zei Willy, "hoe moeten we dat oplossen?"
"Wat oplossen?" vroeg Walker.
Willy toonde hem het bericht van de baas.
"Ik ga wel," antwoordde Walker, "dit is mijn kans om het goed te maken."
"Denk je?" vroeg Willy.
"Als ik het nu niet doe," antwoordde Walker, "dan zal ik het nooit meer kunnen."
"Ik verwittig Mike, zodat je niet opgepakt of neergeschoten wordt door de POSA-jongens", lachte Mike.
Walker knikte en liep de IMREC-room uit om Annette en Mae op de hoogte te brengen. Annette keek eerst Mae en daarna Walker met grote ogen aan.
"Annette," zei Walker, "je hoeft niet bang te zijn. Ik ben diegene die iets goed te maken heeft."
"Maar William..."
"Daarom ga ik alleen", zei Walker resoluut.
"Oké," antwoordde ze, "kan ik iets doen?"
Walker keek haar met guitige ogen aan.
"Wat is er?" vroeg ze met een mengeling van verbazing en een zekere

angst in haar stem.
"Wel," zei hij, "als jij nu met Mae je spullen gaat uitpakken in onze loft, dan ga ik bij William langs in het ziekenhuis en neem de nodige tijd om alles even met hem te bespreken."
Ze keek hem nog steeds met grote ogen aan.
"Echt?"
Walker knikte en zei heel zacht dat hij dat enorm zou waarderen. Mae stond op, nam Annette bij de arm en zei dat ze werk voor de boeg hadden.
"Hoezo?" vroeg Walker.
"Ik moet mijn vriendin terugbrengen naar de loft waar haar vent een tijdje alleen gewoond heeft", knipoogde Mae.
"En?" vroeg Walker.
"Heb je enig idee hoe een loft van een man alleen eruitziet?"
Walker liep rood aan en gaf toe dat misschien niet alles netjes op orde lag. Annette kwam naar hem toe, gaf hem een kusje en zei dat hij zich geen zorgen moest maken.
"Ik ga naar William", zei Walker terwijl Willy de telefoon nam om Mike op te bellen.
Tien minuten later liep hij de ingang van de universitaire kliniek Saint-Pierre in en botste er op Mike.
"Ben je zeker dat dit een goed idee is?"

## HERNE_ LEENSTRAAT_ CASPER EN DE BAAS

"Er is nog meer", zei Casper.
De baas knikte.
"De drie collega's die in 1967 samen met mijn vader in de Cotswolds waren, zijn alle drie in bizarre omstandigheden om het leven gekomen in het voorjaar van 1969."
De baas keek Casper geschrokken aan.
"Vertel?"
Casper schraapte zijn keel.
"Voor zover ik kon ontdekken, is de eerste aangereden door een auto toen hij na een avondje kaarten in zijn stamcafé naar huis reed."
"Een ongeluk", probeerde de baas.

"Neen," antwoordde Casper, "hij woonde op amper honderd meter van zijn stamcafé en moest zelfs de straat niet oversteken. Trouwens, ongevallen met fietsen waren in die periode eerder uitzondering dan regel."
De baas knikte opnieuw.
"De dader heeft vluchtmisdrijf gepleegd en is nooit gevonden", ging Casper verder. "De tweede is, net als onze koning Albert I, in Marche-les-Dames van de rots gevallen en was op slag dood."
"Bergbeklimmers vallen af en toe", antwoordde de baas.
"De man had ooit een werkongeval gehad, mankte en was helemaal niet sportief," zei Casper, "laat staan dat hij zou gaan bergbeklimmen."
"Hoe heeft men dat ongeval dan afgehandeld?"
"Het rapport over dit incident heeft het over een depressieve bui na een misgelopen relatie", antwoordde Casper.
"Dat zou toch kunnen?"
"Jack," zei Casper terwijl hij hem recht in de ogen keek, "ik was een kleine jongen in die periode en ik heb weinig of geen depressieve mensen gezien toen. Wat ik me herinner, was een leven van feesten en fuiven. Mijn ouders zijn in 1966, toen ik vier was, van Sint-Genesius-Rode naar Essenbeek verhuisd. Wij woonden er in een klein rijhuisje en aan de overkant van de straat woonde een vrijgezel die nog niet wist of hij homo of hetero was, en ernaast een hippiekoppel uit Amsterdam. Wil jij weten hoe vaak mijn zus en ik 's nachts wakker werden van luide muziek en straatlawaai?"
De baas keek Casper aan en deed teken dat hij mocht doorgaan met zijn verhaal.
"Mijn zus en ik slopen dan naar de slaapkamer van onze ouders aan de straatkant en konden het feestgewoel zien. Mijn ouders, de buren van ernaast, het hippiekoppel en de vrijgezel hielden midden in de week feestjes tot in de late uurtjes. Depressie, liefdesverdriet en al dat andere gedoe waren toen niet aan de orde."
"Dus..."
"Dus," ging Casper verder, "het is bijna onmogelijk dat die manke collega van mijn pa in een depressieve bui geprobeerd heeft om over zijn liefdesverdriet te komen door een berg te gaan beklimmen in Marche-les-Dames."

"Oké," zei de baas, "ik geloof je. En de derde?"
"De derde is verongelukt met de auto."
"Een ongeluk dus."
"Neen," antwoordde Casper, "mijn vader was met die dame op reportage. Ze waren op weg naar een vernissage van een bekende kunstenares. De vrouwelijke collega ging het interview doen en mijn vader het beeld en de klank. Plots werkten de remmen van de auto niet meer. De auto is uit de bocht gegaan en overkop. De vrouw overleefde het ongeluk niet en mijn vader kwam er met de schrik van af. Ik heb hem achteraf één keer tegen mijn moeder horen zeggen dat er volgens hem aan de remmen geprutst was. De schrik in mijn moeders ogen maakte dat hij er nooit meer over gepraat heeft, maar ik ben het nooit vergeten."
De baas slaakte een zucht en keek Casper aan.
"Een eigenaardig verhaal", vatte hij samen.
"Er is nog meer", zei Casper opnieuw. "Ik zal je de documentaire laten zien."

## BRUSSEL_ SAINT-PIERRE_ WALKER EN WILLIAM

"Meneer!" hoorde Walker William fulmineren. "Ik garandeer u dat ik me goed voel!"
"Maar, meneer," antwoordde de arts, "ik heb vernomen dat u alleen woont en u mag de komende 24 uur nog niet steunen op dat been. Beeldt u zich in dat u daar thuis in uw bed ligt en dat er iets is…"
"Wat zou er kunnen zijn?" hoorde Walker William achter de deur vragen.
De arts slaakte een zucht. Walker klopte zachtjes op de deur.
"Nu niet!" riep William. "Ik heb hier te maken met een dokter die mij niet begrijpt!"
Walker kon het niet laten, duwde de deur zachtjes open en stak zijn hoofd naar binnen.
"Jij?" vroeg William zacht.
Hij keek naar de dokter en zei dat hij hen alleen moest laten.
"Maar, meneer…"
"Straks", onderbrak William hem. "Kom straks maar even terug. Ik heb

met deze man nog een eitje te pellen. Zet alvast maar een bed voor hem klaar."
"Meneer," zei de arts, "uw bloeddruk."
"Mijn bloeddruk zal wel weer zakken zodra ik klaar ben met deze kerel", sneerde William.
De arts stond op en liep naar buiten. Hij wilde meteen zijn vader bellen, maar botste plots op hem in de gang.
"Pa..."
"Het komt wel goed, zoon," zei Jeanke, "blijf voor alle zekerheid gewoon even in de buurt."

"William..."
William legde zijn armen gekruist over zijn borst en sloot zijn ogen.
"*Klapt teige ma gat, want maane kop doo zie*", zei hij.[130]
"William," begon Walker opnieuw, "ik heb gehoord dat je naar huis wil en ik ben gekomen om je op te halen."
William deed zijn ogen weer open en keek Walker doordringend aan.
"*Watte?*"
Walker knikte.
"*Wette gaa wel wagge gedoen et? Woe edde gezeite? Komt een bekke ketter dak aa een voenk op a bakkes kan geive!*"[131]
Walker pakte een stoel en ging naast Williams bed zitten.
"*Bon,*" zei hij, "*ik wil meijaa ne ki klappe.*"[132]
William slaakte een diepe zucht en liet de defensieve pose met zijn armen gekruist zakken.
"Goed," antwoordde William, "ik luister."
In de gang slaakten Mike, Jeanke en de arts een zucht van verlichting.
"*Ze goen klappe*", zei Jeanke zacht.[133]
Mike knikte.

---

130 "Laat me met rust", zei hij.

131 "Weet je wel wat je gedaan hebt? Waar heb je gezeten? Kom eens wat dichterbij, zodat ik een klap op je gezicht kan geven."

132 "Goed," zei hij, "ik wil even met je praten."

133 "Ze gaan praten", zei Jeanke zacht.

Een uur later kwam Walker naar buiten en zag Mike, Jeanke en twee POSA-jongens in de gang zitten.
"Alles oké?" vroeg Mike gespannen.
Walker knikte en vroeg waar de dokter was.

"Bon," zei William op ernstige toon toen de dokter terug in de kamer was, "ik heb begrepen dat er een aantal verpleegsters de wanhoop nabij zijn omdat ik vandaag al zou vertrekken."
De dokter keek hem niet-begrijpend aan, maar Walker knipoogde quasi onzichtbaar als teken dat hij het spel moest meespelen.
"Euh…", antwoordde de arts, "ja… euh… 't is te zeggen… de nachtverpleegsters hebben laten weten dat ze het werk zullen neerleggen mocht jij vertrekken zonder dat zij afscheid kunnen nemen hebben."
"Bon," zei William opnieuw met uitgestreken gezicht, "dat kan ik het ziekenhuis en de andere patiënten niet aandoen. Ik zal wel nog even blijven."
De arts liep even later opgelucht de kamer uit.
"*Zeg pa,*" zei hij, "*da es nogal een klet.*"[134]
"*Eh bain, mon fils,*" antwoordde Jeanke, "*g'et nog ni alles gezeen.*"[135]

## BRUSSEL_ DE OCR_ BILLY EN ODILE

"Loop je nog even mee naar de OCR?" vroeg Billy aan Odile toen hij na het bezoek aan het museum de BMW R1250GS in de ondergrondse parking stalde.
Odile wilde net antwoorden toen haar gsm een kort geluidje produceerde.

> [Nanna]
> Stand van zaken?

"Als je het niet erg vindt, zou ik liever morgenvroeg de IMREC-room induiken", antwoordde Odile. "Ik voel me nu een beetje moe."
Billy zei dat het oké was, omdat hij ook van plan was om het niet te laat

---

134 "Zeg pa," zei hij, "dat is nogal een speciale vent."
135 "Ja, jongen," antwoordde Jeanke, "maar je hebt nog niet alles gezien."

te maken vandaag.

Een paar minuten later liep Billy de OCR in met de twee fototoestellen en zag dat Willy net aan het afsluiten was. Hij glimlachte even en liep de IMREC-room in. Hij haalde de geheugenkaartjes uit de fototoestellen, stopte ze in de IMREC-console en begon de foto's op te laden.
Na de rondleiding door Britt hadden ze allebei nog een aantal foto's van de buitenkant van het museum, de triomfboog en de andere delen van het Jubelpark genomen.
Billy zag de foto's van Odile in sneltempo een voor een op het scherm verschijnen en moest toegeven dat ze een zeker talent voor fotografie had.
Hij liep tussendoor om een kop koffie en zag dat Willy bijna weg was.
"Is Mae al naar huis?"
Willy knikte. Hij vertelde dat Annette terug bij Walker was en dat Mae, nadat ze Annette gedropt had in de Loksumstraat, vanavond zijn favoriete pasta ging maken, maar dat ze daarvoor nog via de delicatessenzaak 'Belli e Buoni' moest.
"Hola," lachte Billy, "onze nep-Italiaan uit New York heeft streken."
"Dat is dus wel de beste Italiaanse traiteur die ik ken in Brussel", zei Willy ernstig.
"Waar is die gelegen?" vroeg Billy.
"In de Galerie du Cinquantenaire", antwoordde Willy.
"Ah," zei Billy, "daar kom ik net vandaan."
Willy stond op, schakelde de communicatie op zijn gsm door en zei dat hij naar huis ging.
"Ik vertrek ook zo meteen", zei Billy. "Nog even het IMREC-algoritme opstarten zodat ik morgenvroeg samen met Odile de resultaten kan bekijken."
"Niet blijven plakken," lachte Willy, "want je wil je vrouwtje niet kwaad maken, toch?"
Billy schudde zijn hoofd.
"Waar is de baas?"
"Die is deze namiddag halsoverkop vertrokken naar Casper Uytendaele."
Billy liep de IMREC-room in, zette zich voor de beeldschermen en zag dat alle foto's al ingeladen waren.

"Ik weet niet hoe de baas het in orde gekregen heeft," mompelde Billy, "maar deel uitmaken van de testomgeving met deze nieuwe technologie is super. Misschien toch nog heel even algoritme #1 opstarten", mompelde hij.

Een uur later zag hij een eerste resultaat en geloofde niet wat hij zag. Hij besloot de tweede reeks toch ook nog op te starten.
"Julie zal het wel begrijpen", mompelde hij.

Anderhalf uur later zoemde zijn telefoon en hij zag dat Julie hem opbelde.
"Waar zit jij?"
"Ik ben nog even iets aan het afwerken in de OCR", antwoordde hij.
"Jij ging toch koken vanavond?"
Hij herinnerde zich plots dat hij dat bij zijn vertrek beloofd had.
"Juist…", zei hij.
"Je bent dat helemaal vergeten…", begreep Julie teleurgesteld.
"Kan ik het goedmaken met een portie verse fettuccine, gerookte zalm, zongedroogde tomaatjes en de beste olijfolie die er bestaat?"
"Je krijgt 45 minuten tijd," antwoordde Julie gespeeld boos, "anders moet je maar in de OCR blijven slapen!"

## HERNE_ LEENSTRAAT_ CASPER EN DE BAAS

Casper nam een projector voor 16mm-film en haalde drie filmspoelen tevoorschijn.
"Kan je die dingen niet laten digitaliseren?" vroeg de baas.
"Dat kan ik zeker," antwoordde Casper, "maar ik wil ze eerst met jou eens grondig bekijken voor ik ze aan iemand anders geef."
De baas bekeek de filmspoelen en zag dat er op elke spoel een etiket geplakt was.
"Volgens mij was jouw vader wel degelijk bezig met een reportage over de hippiebeweging", zei de baas terwijl hij Casper wenkte.
"Verdomme," zei Casper, "dat had ik nog niet gezien."
Casper las 'Bath', 'Woodstock' en 'Broadway' op de etiketten.
"Misschien heb je wel gelijk en is mijn verbeelding op hol geslagen."

"Laten we naar de film over Bath kijken", zei de baas. "Hij is daar overleden en jij gaat er elk jaar heen. Die twee andere filmspoelen gaan waarschijnlijk wel over al dat hippiegedoe aan de overkant van de Atlantische Oceaan. Daar kan ik je genoeg over vertellen."
Casper knikte en stak de filmspoel op de projector. Hij zette het toestel aan en wilde het licht in de kamer meteen uitdoen, maar het duurde even voor de projector warmliep.
"En wij klagen al als we een paar seconden moeten wachten voor er iets op het scherm van onze laptop of telefoon verschijnt", lachte de baas terwijl ze wachtten.
"Oké", zei Casper toen een lichtstraal door de lens een felverlichte rechthoek op de witte muur tevoorschijn toverde.
Hij draaide een van de grote, zwarte knoppen naar links en beide spoelen begonnen quasi synchroon te draaien. De 16mm-film begon te spelen. De witte rechthoek op de muur werd eerst zwart, daarna verschenen er allerlei krassen die alle richtingen uit gingen en ten slotte kregen ze beelden te zien.
De baas zat gedurende twaalf minuten met zo goed als ingehouden adem te kijken. Toen de film afgelopen was, keken ze elkaar aan en was alleen het ratelende geluid van de 16mm-projector te horen.
Casper stond op en deed het licht weer aan. Daarna draaide hij de start/stopknop naar rechts en keek naar de achterste filmspoel, die nog even doordraaide.
"Zal ik even terugspoelen zodat we hem nog eens kunnen bekijken?"
De baas knikte. Casper spoelde de film terug op de voorste filmspoel en zette alles weer klaar voor de tweede voorstelling.
"Hier gaan we", zei hij terwijl hij het licht doofde.

Een kwartier later liepen ze terug naar de living en keken elkaar met bezorgde blik aan.
"Dat was helemaal geen reportage om ooit op televisie uit te zenden", reageerde Casper als eerste.
"Ben je zeker dat jouw vader een gewone cameraman was voor de BRT?"
Casper keek de baas met dwaze blik aan.
"Als ik die film bekijk," ging de baas verder, "dan kan ik me niet van de

indruk ontdoen dat jouw vader betrokken was bij een grootse, internationale operatie."
"Zoals?"
"Ik weet het niet", antwoordde de baas. "Wat is er in 1967 gebeurd?"
"Geen idee."
Casper zweeg verder, hij was in gedachten verzonken.
"Heb je nog meer?"
"Ah ja," antwoordde Casper, "die twee andere filmspoelen."
"Dat bedoelde ik niet," gromde de baas, "ik heb het over andere informatie."
Casper knikte en hij pakte een grote doos met allerlei documenten, notitieboekjes en fotoboeken.
"Dit heb ik allemaal gevonden bij Eliza, de vorige eigenares van het Stratton House Hotel", zei hij.
"Ik denk dat we daar eens in moeten grasduinen", zei de baas.
"Nu?"
"Waarom niet?" antwoordde de baas. "Ik ben hier nu toch."

Casper stelde voor om terug naar de kelder te gaan, omdat ze daar alles konden uitpakken en eventueel op de magnetische glassboards hangen.
"Oké," zei de baas, "ik denk dat het beter is als we dit voorlopig met ons twee even doen en daarna beslissen hoe we dit verder aanpakken."
"Hoe we dit verder aanpakken?" vroeg Casper.
"Casper," antwoordde de baas, "het is toch duidelijk dat we hier nog niet het laatste van gezien hebben?"
"Zullen we dan nu maar overschakelen op koffie?"
De baas keek op zijn uurwerk en zag dat het al laat geworden was.
"Hou het maar op thee," antwoordde hij, "het is al laat."

De baas opende intussen de doos en nam er een paar spullen uit.
"Wat is dit?" mompelde hij terwijl hij een map uit de doos nam met de logo's van de NASA en de CIA erop.
Casper kwam terug met de thee en zag de map liggen.
"Verdrag inzake de beginselen waaraan de activiteiten van de Staten zijn onderworpen bij het onderzoek en gebruik van de kosmische ruimte, met

inbegrip van de maan en andere hemellichamen", las de baas hardop.[136]
"Wat?" vroeg Casper.
"Dat is het Ruimteverdrag van 1967."
Casper keek hem stomverbaasd aan.
"Dat is de grondwet van het ruimterecht", verklaarde de baas.

## BRUSSEL_ OUD KORENHUIS_ BILLY EN JULIE

Tweeënveertig minuten later kwam Billy de woonkamer in met een portie fettuccine met gerookte zalm, zongedroogde tomaatjes en een pizza quattro stagioni.
"Ik ging net de beveiligingsgrendel aan de binnenkant van de deur dichtdoen en de deur op slot draaien", zei Julie met boze blik.
"Sorry," zei Billy, "ik was de tijd uit het oog verloren omdat ik net iets interessants ontdekt had..."
"... en waardoor je zo meteen na het eten nog even teruggaat naar de OCR, zeker?"
Hij keek haar aan als een betrapte schooljongen, maar ontkende niet.
"Als je maar niet met de een of andere del op stap gaat", waarschuwde ze dreigend.
"Maar...", probeerde hij tegen te sputteren.
Ze schoot in de lach en zei dat haar hormonen waarschijnlijk nog niet helemaal weer in balans waren.
"Komt wel goed, schat," antwoordde hij met een glimlach om de lippen, "neem je tijd."
"Geef mij maar de pizza!"
Julie's wraak was zoet, want zij hield zowel van pizza als van fettuccine met zalm, terwijl Billy het niet zo voor pasta met zalm had. Billy at slechts een deel van de portie en sloofde zich daarna uit om de tafel af te ruimen.
"Kom," zei ze, "laat dat nu maar en vertrek naar de OCR."
"Echt?"
"Natuurlijk," lachte ze, "je loopt er als een opgefokte kip bij die gaat ontploffen als ze niet snel haar ei kan leggen."

136 Opgemaakt te Londen, Moskou en Washington op 27 januari 1967.

"Het is..."
"... belangrijk en dringend", vulde ze aan.
"Ik denk van wel", reageerde hij.
"Hé, detective," fluisterde ze terwijl ze haar armen rond zijn nek sloeg en haar hoofd op zijn schouder legde, "maak het niet te laat, want misschien heb ik straks nog een verrassing voor jou."
"Zal ik thuisblijven?" vroeg hij.
"Neen, neen," lachte Julie, "ik zei 'straks', niet nu. Ga nu maar gauw."
Billy draaide zich om en vertrok terug naar de OCR.

Toen hij terug in de OCR kwam, zag hij dat er nog licht brandde in de keuken. Hij liep erheen en botste zowaar op Odile, die met een kop koffie terug liep naar de IMREC-room.
"Wat doe jij hier?!" vroeg hij geschrokken.
"Ach," antwoordde Odile, "nadat ik me opgefrist en iets gegeten had, verveelde ik me en ben dan maar teruggekomen naar hier om de foto's al te bekijken."
"En?"
"Tja," antwoordde ze, "ik weet het eigenlijk niet goed."
"Wat bedoel je?" vroeg hij. "Ik ben teruggekomen omdat ik daarstraks snel al algoritme #1 en #2 opgestart heb en ik denk dat ik iets ontdekt heb."
"Echt?"
"Maar ja", zei Billy terwijl hij zich omdraaide en naar de IMREC-room liep.

Een halfuur later zat hij met zijn handen in het haar.
"Ik begrijp er niets van", zei hij. "Er ontbreken heel wat foto's en alle info van algoritme #1 en #2 is verdwenen. Ik kan zelfs de algoritmes niet meer activeren."
"Ik heb enkel de geheugenkaartjes uit de fototoestellen gehaald en een poging gedaan om de foto's op te laden", zei Odile terwijl ze haar hand voor haar mond sloeg. "Neen, ik heb toch niets stoms gedaan, hè?"
Billy keek haar aangeslagen aan.
"Er zit niets anders op dan de boel af te sluiten en naar huis te gaan, want

we kunnen hier niets meer doen", zei hij.
"Sorry als ik een stommiteit uitgehaald heb", verontschuldigde Odile zich.
"Geeft niet", antwoordde hij rustig. "Trouwens, we zijn ten eerste niet zeker of jij wel een fout gemaakt hebt en ten tweede weet ik helemaal niet zeker of we echt iets hadden kunnen doen met wat ik ontdekt had."
"Zouden we morgen met de overgebleven foto's een poging kunnen doen?"

## HERNE_ LEENSTRAAT_ CASPER EN DE BAAS

De baas had de map met de logo's opengeklapt en las het document diagonaal.
"Kijk," zei hij, "er staan een paar notities in de kantlijn."
"Dat is mijn vaders handschrift", reageerde Casper verbaasd.

> Het ruimterecht wordt gedomineerd door een zeer liberale gedachte:
>
> Artikel I, tweede lid: de ruimte mag in beginsel door elke Staat in alle vrijheid gebruikt worden.
>
> De belangrijkste spelers in dit verhaal zijn de Verenigde Staten van Amerika, de Russen en de Engelsen.
>
> Allemaal goed en wel, maar ik ben ervan overtuigd dat we binnen de kortste keren een discussie krijgen over wat het luchtruim van een land is en waar de 'ruimte' begint.

"Wauw," zei de baas een paar uur later toen de zes meter lange muur in

glassboard helemaal volhing met foto's, brieven, kattebelletjes en nota's gemaakt met whiteboardmarkers en in verschillende kleuren.
"Volgens mij was jouw pa…"
"… betrokken bij het Apollo 11-programma", vervolledigde Casper.
De baas wreef over zijn kin en zei dat er een heleboel vragen nog onbeantwoord waren.
"Zeg dat wel", beaamde Casper terwijl hij naar het Nespressotoestel liep en toch maar een kop koffie nam.
"Als ik alle documenten hier zo zie hangen," zei de baas, "dan ben ik ervan overtuigd dat jouw vader niet zomaar in Bath was, maar een duidelijke missie had."
Casper knikte.
"Een missie die iets te maken had met het Apollo 11-programma..."
"De eerste man op de maan", filosofeerde Casper.
"Dat is het," zei de baas, "de maanlanding in 1969."
"Wat bedoel je?"
"Wel," redeneerde de baas, "je weet dat er heel wat theorieën zijn over het feit of de maanlanding al dan niet echt gebeurd is."
"Wil je nu zeggen dat…"
"Ik beweer op dit moment nog helemaal niets," zei de baas, "maar wat ik wel weet, is dat jouw vader twee jaar voor de maanlanding een film gemaakt heeft in Bath die lijkt op een handleiding voor het opbouwen van een operationeel centrum."
Casper staarde hem met open mond aan. De baas pakte een whiteboardstift en liep naar een van de glassboards.

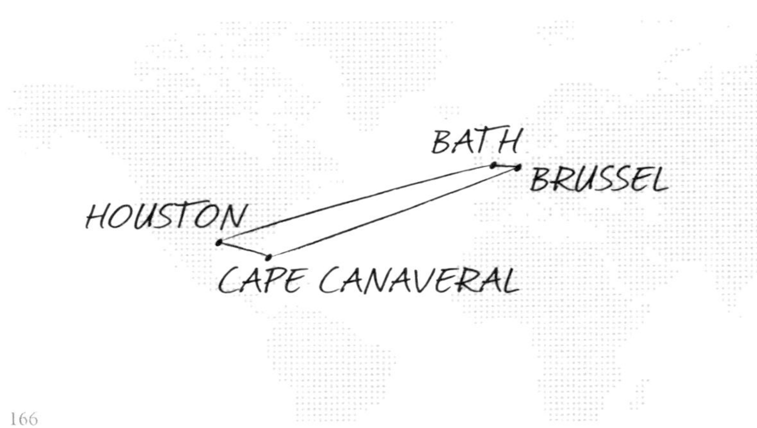

"Wat teken je?"
"Apollo 11 is vertrokken vanuit Cape Canaveral in Florida," legde de baas uit, "dat is iets wat we zeker weten."
Casper knikte.
"Het commando- en communicatiecentrum was in Houston..."
"... maar wat is er dan in Brussel en Bath gebeurd?" vroeg Casper.
"Laten we alle nota's nog eens overlopen", zei de baas terwijl hij langs het meterslange glassboard liep.
"Oké," zei Casper, "even recapituleren."

Mijn vader:

- ✓ cameraman voor de BRT
- ✓ gaat in 1967 naar Bath en maakt er een bizarre film die op een documentaire of handleiding lijkt
- ✓ is in 1969 (tijdens de maanlanding) in Bath en sterft er

"Ik denk dat we een actieplan moeten uitwerken", zei de baas.
"Naar de OCR?"
"Neen, nog niet," antwoordde de baas, "laten we eerst even met ons tweeën een blauwdruk maken."
Casper keek hem met een frons aan.
"Heb je een probleem?"
"Jou ontgaat ook niets, hè."
"Vertel", zei Casper.
De baas vertelde Casper over hoe het misgelopen was tussen Walker en Annette en wat William intussen uitgespookt had.
"Oeps," reageerde Casper, "dat is een delicate situatie. Hoe ga je dat oplossen?"
De baas zei dat hij het nog niet wist en vroeg of Casper hem goede raad kon geven.

“Goede raad?” kreunde Casper bijna. “Ik ben zelf wanhopig op zoek naar iets wat ik niet begrijp.”
De baas knikte.
“Laten we dan maar even een poging wagen om die blauwdruk te maken”, besloot hij.

## BRUSSEL_ DE OCR_ BILLY EN ODILE

Billy en Odile verlieten de OCR en liepen elk een andere kant uit in de Rue Blaes. Billy nam zijn telefoon en belde Willy.
“Kan je nu meteen naar de OCR komen?”
Hij verbrak de verbinding en kwam half uit de donkere portiek, vanwaar hij de ingang van de OCR in de gaten kon houden.

Willy zat net aan tafel en zag Mae met de heerlijk dampende schotel pasta uit de keuken komen toen zijn telefoon overging. Hij wilde de oproep beantwoorden, maar de verbinding was meteen weer verbroken. Amper een paar seconden later kwam er een bericht van zijn voicemail en hij beluisterde de boodschap.
“Het is niet waar, hè”, zei Mae toen ze zijn gezicht zag.
“Het was Billy,” antwoordde hij, “ik bel hem snel even terug.”
Willy wilde net bellen toen hij nog een bericht kreeg.

> [Billy]
> Code rood

“Verdomme,” reageerde Willy, “code rood.”
“Dan moet je meteen vertrekken”, antwoordde Mae met de pastaschotel in haar handen.
Willy stond op en keek Mae met treurige blik aan.
“Komaan,” zei Mae begrijpend, “het is toch niet de eerste keer dat er een crisissituatie is en dat je je eten later opnieuw moet opwarmen?”

Willy liep snel door de Rue Blaes in de richting van de OCR toen hij een bekend geluid hoorde, vertraagde en voorzichtig rondkeek.

"Willy," fluisterde Billy, "kom even hier."
Willy zag Billy in de halfduistere portiek staan en liep tot bij hem.
"Wat is er aan de hand?"
"Odile is niet koosjer", antwoordde Billy.
"Is ze in de OCR?"
"We zijn daarnet samen vertrokken en ik ben hier op de uitkijk blijven staan om te zien of ze zou terugkomen", zei Billy.
Willy pakte zijn gsm en opende de beveiligingsapp.
"De OCR is leeg", zei hij nadat hij snel de beelden van alle camera's bekeken had.
"Ben je zeker?"
Willy knikte.
"Zijn dit realtimebeelden?"
"Billy," gromde Willy, "vertel me nu gewoon wat er volgens jou aan de hand is."
"Laten we dan eerst maar naar binnen gaan", zei Billy net op het moment dat de baas kwam aangereden.

## BRUSSEL_ RUE BLAES_ ODILE

Toen Odile teruggekeerd was naar haar appartement op een kleine honderd meter van de OCR, vatte ze zodanig post bij het raam dat ze de straat in de gaten kon houden zonder zelf gezien te worden.
"Zozo", klonk het plots achter haar.
Ze trok haar pistool uit de heupholster, draaide zich met een ruk om en keek recht in de staalblauwe ogen van haar baas.
"Nanna", zei ze geschrokken, "wat doe jij hier?"
"We moeten praten", antwoordde de man met modieus geknipte zwarte haren en ringbaardje.
"Alles verloopt toch volgens plan?" vroeg Odile terwijl ze haar pistool wegstak.
"Ga zitten."
"Maar..."
"Ga zitten", herhaalde de man met dwingende stem.
Ze ging zitten. Op dat moment voelde ze dat er nog iemand in de ruimte

aanwezig was. Ze wilde zich omdraaien, maar een andere stem gebood haar voor zich uit te blijven kijken.
“Dus volgens jou verloopt alles volgens plan?” vroeg de man.
Odile keek hem met grote ogen aan.
“Er verloopt helemaal niets volgens plan!”
Odile wilde iets zeggen, maar hij hief zijn hand op.
“Waarom heb je Enoema Elisj en Nippur nog niet ontmoet?”
“Omdat het juiste moment nog niet gekomen is”, antwoordde ze.
“Denk je?”
Ze keek de man strak aan, maar voelde toch een zekere twijfel opkomen.
“Denk je dat jij dat kan beslissen?” vroeg de man met zachte, maar dwingende stem.
Odile wilde antwoorden dat ze in het verleden altijd de juiste beslissingen genomen had op het terrein. Maar ze besefte net op tijd dat haar laatste operatie bijna faliekant afgelopen was en dat de reden waarom ze naar The Vandiesel Company gekomen was slechts een halve leugen was. Ze boog het hoofd.
“Bon,” zei de man, “Enoema Elisj en Nippur nemen over, maar jij blijft gewoon je ding doen bij die bende.”
“Wat bedoel je?” vroeg ze zacht.
“Ik bedoel wat ik zeg en ik zeg wat ik bedoel,” antwoordde hij, “Enoema Elisj en Nippur gaan de zaak van het museum overnemen tot we hebben wat we willen.”
“Maar mijn foto’s…”
“Bedoel je jouw geknoei?” sneerde de man.
Odile keek hem niet-begrijpend aan.
“Ik heb de relevante foto’s gewist en ik heb de algoritmes gesaboteerd met een virus”, antwoordde Odile.
“O neen,” antwoordde de man, “er is niets gewist. Het systeem was blijkbaar extra goed beveiligd. Ze zijn dus niets kwijt, ze hebben alleen maar een beetje tijd verloren.”
“Maar…”
De man hief zijn hand weer op.
“Jij gaat morgenvroeg gewoon naar de OCR en je doet alsof er niets aan de hand is.”

Odile knikte. De man stond op en legde zijn hand op haar schouder.
"Je wil toch aan boord blijven en in de geschiedenis van ons vaderland herinnerd worden als diegene die mee het grootste internationale complot van de twintigste eeuw ontmaskerde?"
Odile keek hem met angst in de ogen aan en knikte.
"Prima", zei hij terwijl hij zonder omkijken Odiles appartement verliet.

## BRUSSEL_ ZIEKENHUIS SAINT-PIERRE_ WALKER EN WILLIAM

"Ik zal vanaf hier wel stappen", gromde William de volgende morgen toen Walker hem in een rolstoel naar buiten wilde rijden.
"Ik denk dat dat geen goed idee is", probeerde Walker.
"Dat zal ik zelf wel bepalen", antwoordde William nors terwijl hij probeerde op te staan.
Walker hield zich klaar om hem op te vangen als hij zou vallen.
"Bij nader inzien moet ik zeggen dat je gelijk hebt," zei William ernstig, "het zal me toch niet lukken om te stappen."
Walker besloot wijselijk niet te reageren en reed de rolstoel tot bij de Mercedes Vito die hij van Mike geleend had. Hij hielp William in de auto en bracht de rolstoel weer naar binnen.
"Naar de OCR", beval William.
"Mag jij werken van de dokter?"
William schudde zijn hoofd en keek zijn vriend met een glimlach om de lippen aan.
"Wat is er?" vroeg Walker.
"Thuis zit ik toch maar alleen."
"Het is je geraden", gromde Walker.
"De dokter zei dat ik van geluk mag spreken dat mijn bovenbeen niet gebroken is", zei William.
Walker knikte.
"Ik zal wel even immobiel zijn", ging William verder.
Walker knikte opnieuw.
"Zou jij…"
"William," antwoordde Walker, "het is goed. Ik ben er voor je."

"Ik heb wel een verwonding van de tweede graad", zei William. "Ik..."
"William," onderbrak Walker hem, "ik heb je begrepen. Maar je weet toch dat je Annette daar kan tegenkomen?"
"Daar had ik even niet bij stilgestaan. Weet je of ze daar nu is?"
"Ik bel even naar de OCR, dan weten we het meteen", besloot Walker terwijl hij via de carkit het nummer koos.
"Billy? Ik kom eraan met William. Is Annette daar?"
"Walker, breng William naar huis of neem hem mee naar jouw loft, maar het is niet het moment om nu met een gehandicapte naar de OCR te komen."
"Wat?!" riep William. "Ik, gehandicapt? Ik zal je..."
"Oeps", lachte Billy, "ik wist niet dat je kon meeluisteren. Sorry, William, het was niet zo bedoeld."
"Je hebt het toch maar even mooi gezegd", gromde William.
Walker keek hem aan en maakte een nonchalant gebaar.
"Billy," zei hij, "wat is er aan de hand?"
"Ik kan nu niet veel zeggen," antwoordde Billy, "maar er is iets niet oké met de Française."
"Voelt ze zich niet goed?" vroeg Walker gespeeld bezorgd.
"Ik moet ophangen", zei Billy en hij verbrak de verbinding.
"Hij zou weleens gelijk kunnen hebben", zei Walker tegen William. "Ik weet niet wat of hoe, maar volgens mij is er stront aan de knikker met die Française."
William keek zijn vriend aan en knikte. Op dat moment belde de baas.
"Walker," vroeg de baas, "heb je William al opgepikt?"
"Ja," gromde William, "en ik krijg meteen te horen dat ik niet naar de OCR mag komen."
"William...", zei de baas met een zucht.
William gromde wat en en trok een pruillip zoals een klein kind.
"Walker," besliste de baas, "verzamel iedereen in jouw loft. Ik kom samen met Billy ook naar daar."
Walker wilde nog iets vragen, maar de baas had de verbinding al verbroken. William keek Walker ernstig aan.
"Maak je maar geen zorgen", zei Walker. "Wij hebben het uitgepraat en je zal Annette toch eens onder ogen moeten komen."

William besefte dat Walker het bij het rechte eind had.
"Ik weet niet hoe ik naar boven ga geraken," probeerde William toch nog even, "ik heb namelijk gescheurd spierweefsel."
"Ik draag je wel tot in de lift", lachte Walker.
William besefte dat hij er niet onderuit zou komen.

## BRUSSEL_ DE OCR_ BILLY, DE BAAS EN WILLY

Billy briefte de baas over wat er gisteravond gebeurd was.
"En toen je binnenkwam, was Odile hier?"
"Ja, ze moet hier al een tijdje rondgelopen hebben, volgens mij."
"Daar is op zich toch niets mis mee?" reageerde de baas. "Iedereen mag om op het even welk moment naar de OCR komen."
"Helemaal mee eens," antwoordde Billy, "maar ze deed heel vreemd en heeft zogezegd per ongeluk de meeste foto's gewist door ze te willen opladen."
"Wij hebben toch een back-upsysteem?" reageerde Willy.
"Daar is mee geprutst", gromde Billy.
"Zeker?" vroeg de baas.
Billy knike.
"Dat kan niet", reageerde Willy zelfverzekerd.
Billy stond op en slaakte een zucht.
"Iemand heeft geprobeerd algoritme #1 en #2 te wissen," zei hij, "maar dat is slechts ten dele gelukt."
"Hoezo, ten dele gelukt?" vroeg de baas.
"Volgens wat ik gisteravond snel kunnen bekijken heb, staan ze er nog, maar zijn ze onbruikbaar", antwoordde Billy.
"Willy, kan jij de boel even checken?" beval de baas.
Willy knikte en ging aan de slag.

"Kom," zei de baas tegen Billy, "wij lopen even naar de keuken. Dan kan hij rustig alles nakijken."
"Wacht eens even," zei Willy al meteen, "er is duidelijk met de camerabeelden geknoeid."

De baas draaide zich om en liep naar Willy.
"Zie je wel?" siste Billy.
"Billy," wees de baas hem terecht, "voorlopig wijst niets erop dat Odile iets met die camerabeelden te maken heeft."
"Ah neen, zeker," reageerde Billy, "ik heb haar gisteravond zo goed als op heterdaad betrapt."
"Ik geef toe dat het verdacht is, en Walker vertelde me ook al dat ze zich vreemd gedroeg toen ze samen in het museum waren", antwoordde de baas. "Maar zolang we geen tastbaar bewijs hebben, moeten we heel voorzichtig zijn met die beschuldigingen."
"Ik vraag me trouwens af waarom ze met die foto's van het museum zou knoeien…", ging Billy gewoon verder in zijn gedachtegang.
"Als ze al met de foto's geknoeid heeft, hè Billy, áls!" verduidelijkte de baas nog even.
"Ik kan het nu nog niet bewijzen, maar je zal me nog gelijk geven, let op mijn woorden", zei Billy zelfzeker.
"Als het zover is, zal ik zeker de nodige stappen ondernemen, maar tot dan wil ik dat je uiterst voorzichtig bent en normaal doet tegen haar. Zal dat lukken?"
"Normaal…", herhaalde Billy met een bedenkelijk gezicht.
"Kom, zet het even uit je hoofd", zei de baas met een knipoog. "We gaan samen naar het appartement van Walker en Annette voor een interne briefing."
"Toch zonder Odile dan?" vroeg Billy.
"Daarom heet het ook een 'interne' briefing en doen we het ook op een externe locatie", antwoordde de baas. "Willy, kom jij straks ook als je meer nieuws hebt over die camerabeelden?"
"Mmm", was het enige geluid dat hij als antwoord kreeg.
"Prima, tot straks!"

## BRUSSEL_ LOKSUMSTRAAT_ WALKER, ANNETTE EN WILLIAM

William steunde op de krukken en voelde de pijn in zijn been, maar was vooral zenuwachtig voor de confrontatie met Annette toen Walker de deur opende.

"Aha, jullie zijn er al! De baas heeft me laten weten dat jullie onderweg waren!" riep Annette vanuit de keuken toen William en Walker binnenkwamen.

"Zou ik toch niet...", probeerde William, maar Annette stond plots in de hal.

"Hoi, William," zei ze terwijl ze Walker een kus gaf.

"Ik... euh..."

Walker pakte Annettes hand en legde ze samen met de zijne op die van William. Hij haalde diep adem en keek hen allebei een voor een strak aan.

"Ik," begon hij, "de grootste ezel van het land, stel voor dat we het hele gedoe achter ons laten en weer de draad van vriendschap en collegaliteit opnemen."

William knikte. Annette maakte haar hand los en gaf William een knuffel.

"Dank je wel dat je me komen halen bent in Amsterdam," zei ze, "maar vooral voor het feit dat je je als een gentleman gedragen hebt toen ik bij jou mocht verblijven."

Walker keek hen allebei verbluft aan. Hij vond geen woorden.

"Walker," zei ze, "haal een fles water voor onze vriend terwijl ik voor het eten zorg."

"Water?!" riep William oprecht verbaasd.

"Wat is er eigenlijk aan de hand met die Française?" vroeg William terwijl ze genoten van een heerlijke spaghetti bolognese.

"Overheerlijk", gromde Walker.

Annette legde haar hand op zijn been onder de tafel en kneep er even in. William pakte zijn glas, walste de wijn en nam een slok zoals echte kenners dat doen om toch maar te kunnen volhouden dat hij het niet gemerkt had.

"Ik weet het niet", antwoordde Annette.

"Misschien zullen we dadelijk meer weten, want de baas en Billy komen

naar hier voor een briefing", zei Walker.
"Waarom hier?" vroeg Annette verbaasd.
"Dat kunnen we hen meteen zelf vragen, ze zijn daar", zei Walker terwijl hij opstond om de deur te gaan openmaken.

Toen iedereen een plaats gevonden had aan de keukentafel van Walker en Annette, nam de baas het woord.
"We hebben als team een moeilijke periode achter de rug. Annette is een tijdje weg geweest, Walker heeft het zwaar gehad, William is net terug uit het ziekenhuis. Ik ben blij dat iedereen intussen weer met elkaar praat en dat de plooien gladgestreken zijn."
"Hé, waarom is Odile hier niet?" vroeg Walker zich plots af.
"Wel, dat is precies een van de redenen waarom we hier samen zijn", antwoordde de baas.
"Ze is niet te vertrouwen", zei Billy vlakaf.
"Zo sterk zou ik het nu niet uitdrukken, maar er zijn inderdaad vragen gerezen bij bepaalde acties waar zij bij betrokken was", legde de baas uit en hij vertelde over de vermoedens die ze hadden.
Intussen kwam Willy binnen.
"Ah, Willy, al meer nieuws over de camerabeelden van de OCR?"
Willy schraapte zijn keel en vertelde dat hij, sinds heel het gedoe met de brexit, een deal gesloten had met de Nederlanders voor het opzetten van een parallel technologisch circuit.
"Waarom met de Nederlanders?"
"Omdat ik de Fransen altijd veel te fancy vind met al hun blabla die ze over je heen gooien…"
"En de Nederlanders niet?" vroeg Billy.
"De Nederlanders kunnen de boel oplossen," antwoordde Willy onverstoorbaar, "maar het zal wel ongeveer vierentwintig uur duren."
"Wat kunnen ze doen?" vroeg de baas.
"Kort samengevat," antwoordde Willy, "kunnen ze onze systemen opnieuw in de staat herstellen van voor de sabotage…"
"Zie je wel: sabotage!" riep Billy.
"Rustig," zei de baas, "laat onze expert nu maar eens uitleggen en aantonen dat het allemaal goed komt."

"De Nederlanders hebben vierentwintig uur nodig om de val volledig op te bouwen voor diegenen die ons dit gelapt hebben en ons tegelijkertijd weer operationeel te krijgen."
"Met alle foto's die Odile en ik in het museum gemaakt hebben?"
Willy knikte bevestigend.
"En met de algoritmes die weer functioneren?"
Willy knikte opnieuw.
"Verdomde Fransen", sneerde Billy.
"Wauw," zei Willy, "ga je nu niet wat snel door de bocht?"
"Odile heeft dit toch gedaan?" brieste Billy.
"Ja," antwoordde de baas, "dat zou kunnen, maar we weten niet echt voor wie ze werkt."
Billy knikte.
"Dan moeten we creatief uit de hoek komen om haar uit de OCR weg te houden", stelde William.
De baas stond op en keek de anderen strak aan.
"Ik bel naar Casper."
"Waarom naar hem?" vroeg Annette achterdochtig.

## BRUSSEL_ OUD KORENHUIS_ JULIE EN MAE

Mae had een alarmerend berichtje ontvangen van Julie. Ze moest er meteen naartoe. Hoewel ze onderweg was naar het appartement van Walker en Annette voor de interne briefing, twijfelde ze geen seconde om haar plannen aan te passen. Ze was net aan het Vossenplein opgestapt op bus 48, die ook in de richting van het appartement van Billy en Julie reed.

Tien minuten later duwde ze op de bovenste bel bij de voordeur naast 'La Brasserie de Bruxelles'. Ze wachtte, maar er kwam niemand opendoen. Ze kreeg wel een berichtje:

> [Julie]
> Mae, ben jij dat?

[Mae]
Ja, ik sta aan de deur. Kom je openmaken?

[Julie]
Kom maar via de trap achter de toiletten in de brasserie.
Kijk goed of je niet achtervolgd wordt.

Mae werd nu pas echt ongerust. Wat was er aan de hand met Julie?
Mae stapte de brasserie binnen, zei goeiedag en liep meteen door naar de wc's achteraan. Daar bleef ze even staan tot er niemand meer in de toiletruimte was. Ze stapte de trap op en zag dat de deur van het appartement openstond. Ze klopte aan.
"Julie, ben je hier?" vroeg ze voorzichtig toen ze de woonkamer binnenstapte.
Ze zag haar meteen zitten in de zetel, als een hoopje miserie.
"Wat is er gebeurd? Is er iets met Dagne?"
"O, Mae, ik ben zo blij dat jij hier bent", was het enige wat Julie kon uitbrengen.
Ze nam Mae stevig vast en begon te huilen. Mae legde haar armen om Julie heen en probeerde haar te troosten en te kalmeren.
"Vertel eens, waardoor ben je zo van streek?"
Julie nam haar smartphone van de salontafel.
"Dit heb ik vanmorgen ontvangen", snikte ze en ze liet zien wat er op het schermpje stond.

[Anoniem]
Zorg dat je man zijn missie stopt, anders komen we jullie sterretje halen.

Mae moest even slikken. Ze begreep meteen waarom Julie zo in paniek was. Haar dochtertje werd bedreigd!
"Waar is Billy mee bezig?"
"Ik heb geen idee, ik dacht dat jij dat zou weten", antwoordde Julie snikkend.

Mae overliep in gedachten snel wanneer ze Billy voor het laatst gezien had.
"Gisteravond kwam hij later thuis dan afgesproken", vertelde Julie nu rustiger. "Hij zou koken, maar zelfs daarvoor had hij geen tijd. Hij had iets interessants ontdekt, zei hij. Hij is dan meteen na het eten teruggegaan naar de OCR."
"Weet je ook wat hij ontdekt had?" vroeg Mae.
"Neen, daar wou hij nog niets over zeggen. Of beter, daar had hij geen tijd voor."
"Waar is hij nu?"
"Briefing bij Annette en Walker, denk ik."
Mae knikte, want de baas had haar inderdaad gezegd dat hij samen met Billy naar daar zou gaan.
"Weet hij al iets van dit bericht?" vroeg ze bezorgd.
"O neen, ik durfde niet", zei Julie. "Ik heb schrik dat hij domme dingen gaat doen als hij het zou weten."
"We zullen toch de baas op de hoogte moeten brengen, vrees ik."
Mae nam Julie nog eens stevig vast.
"Je hoeft niet bang te zijn. Ik blijf hier, er zal jullie niets overkomen."

## BRUSSEL_ LOKSUMSTRAAT_ THE VANDIESEL COMPANY

De baas keek Annette aan en bedacht plots dat de anderen nog niet helemaal op de hoogte waren van de zaak van Casper.
"Jullie weten dat we vroeger soms samenwerkten met de beveiligingsfirma van Casper Uytendaele", begon hij. "Ik vermoed dat hij nog wel contacten heeft die ons verder kunnen helpen met het geval 'Odile'."
"Prima, bel hem dan maar", zei William, die intussen al in de comfortabele schommelstoel was gaan zitten wegens de trekkende pijn in zijn been.
"Dat zal ik dadelijk doen, maar er is nog iets", ging de baas verder.
"Heeft het iets te maken met dat fotoalbum dat hij mee had toen hij bij ons in de OCR was?" vroeg Willy.
"Inderdaad", bevestigde de baas. "Casper is naar ons toe gekomen met een oud fotoalbum van zijn ouders. Het is namelijk zo dat zijn vader

vijftig jaar geleden gestorven is, maar de precieze omstandigheden heeft hij nooit gekend."

"Lossen wij nu ook al *cold cases* op?" vroeg Walker geamuseerd.

"Het is net iets complexer dan dat", antwoordde de baas serieus. "Ik ben gisteren bij hem geweest om oude documenten en films te bekijken. We zijn er de hele nacht mee bezig geweest en ik kan je verzekeren dat het een vette kluif is."

"Een hele nacht samen films bekijken... en het is geen lelijke man... Dat zal je wel leuk gevonden hebben", plaagde Annette hem.

De baas wist niet hoe hij moest reageren en glimlachte alleen even.

"Wat hebben jullie dan gevonden in die oude documenten?" vroeg Willy om het ongemakkelijke moment te doorbreken.

"Wel, het is nog niet helemaal duidelijk, maar hoewel Casper dacht dat zijn vader als cameraman voor de toenmalige BRT een gewone natuurreportage gaan filmen was in Bath, blijkt het om heel andere beelden te gaan", lichtte de baas toe. "Op de film die wij bekeken hebben, lijkt het eerder op een instructievideo voor een commandocentrum."

"En die documenten, gingen die daar ook over?" vroeg Billy.

"Neen, dat waren kopies van geclassificeerde documenten van de NASA en de CIA..."

Iedereen keek de baas zwijgend aan.

"Dus," probeerde William, "een cameraman van de BRT heeft een film gemaakt over een soort commandocentrum en heeft geheime documenten in zijn bezit van de NASA?"

"Dat heb je mooi samengevat, William", zei de baas. "Maar er is dus nog werk aan de winkel. Ik bel eerst naar Casper."

De baas nam zijn telefoon.

"Kunnen wij nog even langskomen?"

"Moet dat nu echt nog vanavond?" vroeg Casper.

"Ja, dat moet", antwoordde de baas op strakke toon.

"Wie gaat er de OCR in de gaten houden?" vroeg Billy.

"De Nederlanders", antwoordde Willy. "Het eerste stuk van de surveillance hebben ze intussen al klaar. We kunnen gewoon doen alsof alles zijn gewone gang gaat en dan zien we wel of Odile nog een paar streken

probeert uit te halen."
"Maar de foto's en de algoritmes..."
"Billy," zei de baas, "er zit niets anders op dan nog even geduld te oefenen."
"Jaja, ik heb het begrepen", zuchtte Billy.
"Prima. Willy, Billy en ik rijden nu naar Casper", kondigde de baas aan.
"We houden jullie op de hoogte."

Terwijl ze naar Herne reden, wilde Billy Julie nog eens bellen, maar Willy zei dat Mae bij haar was voor een gezellige avond samen.
"Laat ze nu maar genieten van hun *ladies' night*", zei hij.

## BRUSSEL_ LOKSUMSTRAAT_ WALKER, ANNETTE EN WILLIAM

"Ik...", begon Walker, maar Annette wees naar William en legde haar rechterwijsvinger op haar lippen.
Walker draaide zijn hoofd opzij en zag William indommelen in de schommelstoel. Hij stond op, pakte een klein kussen en schoof het voorzichtig onder Williams hoofd. Annette keek gespannen toe en had alle moeite van de wereld om niet in de lach te schieten toen William met gesloten ogen gromde maar niet wakker werd.

Anderhalf uur later was William weggezonken in een diepe slaap en snurkte er zodanig op los dat Walker en Annette alle moeite van de wereld hadden om ernstig te blijven.
"Pfff...", zei Walker, "ik denk niet dat het een goed idee is om hem nu nog wakker te maken."
"Neen," zei Annette, "laat hem maar in de schommelstoel slapen."
Walker trok een bedenkelijk gezicht.
"Wat is er?" vroeg Annette.
"Ik durf hem eigenlijk niet goed alleen te laten", zei hij.
"Je hebt gelijk," antwoordde Annette, "het is het best dat jij hier in de sofa slaapt."
Walker keek haar droevig aan. Hij zat letterlijk tussen twee vuren, want enerzijds wilde hij zijn vriend niet aan zijn lot overlaten, maar anderzijds

had hij Annette zo erg gemist. Ze stond op, pakte zijn hand en trok hem zachtjes overeind.
"Maar", zei hij, "ik dacht..."
"Jaja," antwoordde Annette, "dat is ook zo, maar eerst gaan wij in alle stilte en met de deur open toch even..."
"Annette," begon Walker toen ze in de slaapkamer waren, "ik heb je..."
"Ssst," zei Annette, "ik heb gezegd in alle stilte. Het vuurwerk houden we nog even achter de hand tot we helemaal alleen zijn."

Een halfuur later lag Walker op zijn rug en drukte Annette zich heerlijk tegen hem aan. Plots kneep ze zachtjes in zijn zij.
"Was ik in slaap gevallen?" schrok hij.
"Bijna," lachte ze, "maar nu moet jij naar de sofa."
Hij keek haar weer met die droevige blik aan.
"Lieve schat," zei ze, "maak je nu toch geen zorgen meer. Het is gewoon belangrijk dat je in de buurt bent als William vannacht wakker zou worden in die schommelstoel. Je zou toch niet willen dat hij zich nog eens bezeert?"
Walker knikte, stond op en wilde naar de living lopen.
"Zou je geen boxershort aantrekken?" fluisterde ze.
Snel trok hij iets aan, pakte een eenpersoonsdonsdeken uit de kast en gaf haar een kus voor hij naar de living liep.

De volgende ochtend schoot William rond vijf uur wakker en slaakte een diepe zucht, waardoor Walker met een ruk overeind kwam.
"Alles oké?" vroeg hij.
William keek hem verdwaasd aan.
"Heb ik nu de hele nacht in deze schommelstoel geslapen?"
"Ja," antwoordde Walker, "je was al snel ingedommeld en we wilden je niet meer wakker maken."
"En waarom slaap jij hier op de bank?" vroeg William. "Toch geen..."
"Neen," lachte Walker, "Annette zei dat ik je niet alleen mocht laten vannacht."
William knikte.
"Zal ik je een kop koffie halen?"

"Neen," antwoordde William, "maar je kan wel iets anders voor me doen."
"O ja?"
"Help me nu eerst even naar het toilet en kruip dan gewoon nog even bij haar in bed", zei hij. "Ik overleef het wel in die schommelstoel."
Walker schoot in de lach en hielp zijn vriend overeind.

## HERNE_ LEENSTRAAT_ BILLY, DE BAAS EN WILLY

Een uur later reed de baas met Billy en Willy op de achterbank via de zijkant van Caspers oude hoeve naar de parkeerplaatsen bij de oude schuur. De baas parkeerde de wagen naast de spiksplinternieuwe SQ8 van Casper. Willy bekeek de grote SUV met bewondering en wilde de baas vragen of dat geen koopje zou zijn voor de Company, maar hij kende eigenlijk het antwoord al, dus zweeg hij wijselijk.

Casper liet hen binnen en vroeg wat er nu zo dringend was.
"Wel," antwoordde de baas, "ik zal beginnen met de conclusie om daarna te eindigen met het begin."
Casper krabde even in zijn dunner wordende haarbos en trok een bedenkelijk gezicht.
"Jack," antwoordde hij, "als je zo begint, dan zou ik durven te denken dat je gedronken hebt…"
"Casper," ging de baas verder, "zou jij het zien zitten om morgenvroeg terug naar Bath te gaan, samen met Billy en Odile?"
De anderen keken hem niet-begrijpend aan.
"Kunnen we naar beneden?" vroeg de baas.
Casper knikte en nam hen mee naar de kelderverdieping, waar hij en de baas de vorige nacht een echte *situation room* opgebouwd hadden. Billy liep langs de glassboardmuur en bestudeerde aandachtig de foto's, papieren nota's en de notities die ze erbij geplaatst hadden. Daarna ging hij aan de tafel zitten in het midden van de ruimte. Willy keek de anderen met vragende ogen aan.
"Ik kan nu wel een whisky gebruiken", zei Billy.
Casper knikte en haalde een fles Convalmore van 36 jaar oud uit een van

de antieke kasten in de aanpalende ruimte.
"Dit is een fles die ik voor speciale omstandigheden bewaard heb", zei hij plechtig terwijl hij de vier glazen meer dan halfvol schonk.
Billy knikte, nam een slok en zei dat hij zich kon inbeelden dat Casper zich waarschijnlijk wel een andere speciale omstandigheid voorgesteld had dan deze.
"Inderdaad," knikte Casper, "maar het is nu zo."
Hij dronk nu zelf ook een grote slok van het uitzonderlijke goedje.
"Dus," zei hij in een poging om weer tot de kern van de zaak te komen, "morgenvroeg vertrekken Billy, Odile en ik terug naar Bath."
De baas knikte.
"We moeten Odile zo ver mogelijk van de OCR weghouden", verklaarde de baas.
"Een mol?" begreep Casper meteen.
Willy knikte en zei er meteen ook bij dat ze nog niet wisten voor wie ze werkte.
"Volgens mij voor de Fransen", stelde Billy meteen.
De baas had moeite om dat te geloven, maar gaf uiteindelijk toe dat ze geen enkele piste mochten uitsluiten.
"En wat als ze in Bath ook zaken probeert te manipuleren?" vroeg Casper.
"Dat is een risico dat we moeten nemen", antwoordde de baas terwijl hij naar de glassboardmuur keek.
"Denk je dat er in Bath nog iets te ontdekken valt?" vroeg Billy aan Casper.
"Ik weet het echt niet," antwoordde die, "maar feit is wel dat mijn vader in 1967 een bizarre film gemaakt heeft in Bath die in geen enkel archief terug te vinden is en dat hij in 1969 tijdens de nacht van de maanlanding in mysterieuze omstandigheden overleden is in datzelfde Bath."
"Kunnen we die film even bekijken?" vroeg Billy.
Willy zat er intussen maar stilletjes bij, hopend dat de Nederlanders alles in orde zouden krijgen zoals ze beloofd hadden.
"Alles rustig in de OCR", zei hij, maar hij werd door de anderen genegeerd.

"Wauw," zei Billy een kwartier later terwijl zijn ogen weer moesten

wennen aan het licht in de ruimte, “ik denk dat we inderdaad niet alleen naar Bath gaan om Odile ver weg van de OCR te houden.”
De baas knikte. Op dat moment ging zijn telefoon over. Het was Mike met de boodschap dat er opnieuw iemand soepel als een panter en gekleed in een zwart kostuum in verdachte omstandigheden bij het Koninklijk Museum voor Kunst en Geschiedenis gezien was.
“Opnieuw een inbraak?” vroeg Billy nadat de baas de informatie gedeeld had.
“Poging tot…”
“Dan moeten we daarheen”, zei Billy.
“Rustig,” zei de baas, “Walker, Annette en William zitten in de Loksumstraat en ik wil ze daar nog even houden. Onder de radar en uit het zicht van Odile. Mae zit bij Julie, en wij zitten hier. Hoe lossen we dat op?”
“Er zijn nog altijd de Bonsaiman en de Hoed”, stelde Billy voor.
“Goed plan, ik zal ze allebei bellen”, zei de baas opgelucht.

## BRUSSEL_ OUD KORENHUIS_ JULIE EN MAE

Mae had net Dagne, het dochtertje van Billy en Julie, in haar bedje gelegd. De kleine meid was doodop, want Julie had haar de hele avond in haar armen gehouden. Dagne viel dus meteen in slaap, maar Mae bleef nog even bij haar. Ze checkte rustig de hele babykamer, zette de babyfoon met infraroodcamera aan en genoot van de rustige ademhaling van de baby. Na haar eigen miskraam had ze stilaan de idee losgelaten om ooit zelf nog moeder te worden. Dat was een heel lastige beslissing geweest en op momenten als dit twijfelde ze daar soms nog wel aan. Maar als ze dan dacht aan wat Julie nu moest doormaken, had ze er ook wel vrede mee. De risico’s waarmee Willy en zij bijna dagelijks te maken kregen, zouden de zorg voor een kind extra bemoeilijken en ze wist niet of ze dat wel zou aankunnen.

Een halfuur later sloot ze zachtjes de deur van de babykamer en sloop terug naar de woonkamer, waar Julie nog altijd in de zetel lag.
“Je dochter slaapt. Rust jij nu ook maar wat”, fluisterde ze.

"Dat kan ik niet," antwoordde Julie, "ik lig te piekeren."
"Waarover?"
"Of ik iets tegen Billy zou zeggen over dat dreigberichtje."
"Ik denk wel dat hij dat moet weten. Niet dat hij dan meteen zal stoppen waarmee hij bezig is, zo kennen we hem wel, maar hij weet dan tenminste dat hij op zijn hoede moet zijn."
"Op zijn hoede? Mae, Billy is de liefste schat van de hele wereld, maar als iemand zijn vrouw en zijn kind bedreigt, is hij niet gewoon 'op zijn hoede', hoor", reageerde Julie nu heftig.
"Waar heb je dan precies schrik voor?"
"Dat hij gaat ontploffen, dat hij ijskoud terug in zijn oude rol van commando gaat kruipen en dan wil ik er niet bij zijn", raasde Julie door.
"Kortom, dat hij het nog erger zal maken", vatte Mae samen.
"Juist", gaf Julie toe.
"Zal ik anders even naar Willy bellen om te vragen hoe hij dit zou aanpakken?"
"Dat mag. Zou hij bereikbaar zijn?"
Mae was niet op de hoogte van de ontwikkelingen in de zaak op dit moment. Op goed geluk probeerde ze het nummer van de OCR.
"Hij zit niet op zijn stoel blijkbaar. Het zou natuurlijk kunnen dat die briefing bij Walker en Annette nog bezig is", veronderstelde ze.
"Weet je wat?" vroeg Julie. "Laten we gewoon wachten tot Billy thuiskomt. Het heeft geen zin om de mannen nu via de telefoon te alarmeren. Ik praat straks wel met hem."
"Filmpje opzetten dan?" vroeg Mae vrolijk.
"Ja, maar geen thriller, hè", grapte Julie.

## HERNE_ LEENSTRAAT_ BILLY, DE BAAS, WILLY EN CASPER

"Oké," zei Willy, "maar ik wil het toch ook nog even over de foto's hebben."
"Juist," zei Casper, "die oude foto's van mijn vader…"
"En de foto's die Odile en ik in het Koninklijk Museum voor Kunst en Geschiedenis genomen hebben."
"Juist", zei Willy. "Het goede nieuws is dat de locaties waar die twee

fotoreeksen genomen zijn, overeenkomen."
"Waarom heb je zo lang gewacht om dat te vertellen?" vroeg Casper.
"Omdat jullie erger zijn dan een bende uitgelaten dames tijdens een theenamiddag", antwoordde Willy. "Ik kreeg er geen speld tussen."
"De foto's van mijn vader werden dus ook in het Koninklijk Museum voor Kunst en Geschiedenis genomen?" vroeg Casper verbaasd.
"Ongeveer de helft van die foto's", zei Willy.
"Welke ruimtes in het museum?" vroeg Billy.
"De atoomschuilkelder, de stockageruimtes en het moulageatelier", antwoordde Willy.
"Dus," recapituleerde Billy, "jouw algoritmes hebben de helft van de foto's van Caspers vader kunnen matchen met alle foto's die Odile en ik genomen hebben in het Koninklijk Museum voor Kunst en Geschiedenis?"
"Dat wijst erop dat Jan-Pieter Uytendaele, Caspers vader dus, ook in de kelders van het Koninklijk Museum voor Kunst en Geschiedenis geweest is", vulde Willy aan.
"Maar waarom? Wat had hij daar te zoeken? En had dat dan iets te maken met de film die hij gemaakt heeft in Bath?"
"Schenk ons nog maar eens bij", zei de baas tegen Casper.

## BRUSSEL_ DE OCR_ CASPER, BILLY EN ODILE

De volgende ochtend stond Billy om acht uur in de OCR.
"Klaar om te vertrekken?" vroeg hij toen Odile kwam binnengewaaid.
"Vertrekken?" vroeg Odile enigszins verward.
De baas kwam uit de keuken en riep hen allebei bij zich aan de grote tafel in het midden van de OCR.
"We hebben in het kader van een dossier voor een vriend van mij oude foto's geanalyseerd", legde hij uit. "Daarin hebben we nu een paar gevoelige zaken ontdekt die verder uitgezocht zouden moeten worden."
"Via IMREC?" vroeg Odile.
De baas knikte, maar ging er bewust niet verder op in.
"We hebben aanwijzingen dat er in Bath meer te vinden is, dus jullie vertrekken zo dadelijk samen met die vriend voor een paar dagen naar daar."

Odile keek geschrokken naar Billy.
"Ik zal jullie straks wel over de telefoon briefen," ging de baas verder, "maar nu moeten jullie naar Duinkerke om de ferry te halen. Willy heeft alles voor jullie gereserveerd."
"Ik moet wel een paar persoonlijke spullen gaan oppikken", zei Odile.
"Je reistas staat toch klaar?" vroeg de baas.
Odile knikte.
"Ik ben over tien minuten terug", zei ze terwijl ze de OCR verliet.

> [Odile]
> Nanna, heb je al meer info? Ik moet nu naar
> Bath vertrekken.
> Odile

Amper tien minuten later stond Odile terug in de OCR met haar reistas.
"Ik ben klaar", zei ze zo luchtig mogelijk terwijl ze haar gsm checkte.
"Is er een probleem?" vroeg Willy nonchalant.
"Ik checkte gewoon even de status van mijn batterij", antwoordde ze.

Vijf uur later hadden ze Dover al een heel eind achter zich gelaten met de wagen. "Hoelang nog?" vroeg Odile vanop de achterbank.
Casper schoot in de lach en keek Billy aan.
"Wat is er mis met die vraag?" vroeg ze.
Casper legde uit dat hij moest terugdenken aan de kinderen van zijn zus die tijdens lange autoritten om het halfuur vroegen hoelang het nog rijden was. Odile trok een beteuterd gezicht en keek weer naar haar gsm.

> [Odile]
> Nanna, heb je al nieuws?
> Odile

Even later zoemde haar gsm.

[Nanna]
Niets binnengekregen vanuit Brussel. Ben je zeker dat je dat programma opgeladen hebt?
Nanna

"We logeren vanavond in het Lansdown Grove Hotel", zei Billy, "en gaan morgenvroeg naar Eliza."
"Wie is Eliza?" vroeg Odile.
"Eliza is de vroegere eigenares van het Stratton House Hotel in Cirencester, waar mijn vader twee keer gelogeerd heeft," antwoordde Casper, "in 1967 en 1969."
"Welke gevoelige zaken hebben jullie dan ontdekt?" probeerde ze.
"Straks," zei Casper, "in het hotel."
"Ik dacht dat de baas ons zou briefen terwijl we onderweg waren", zei Odile kortaf.
Casper keek Billy vragend aan.
"Juist," zei Billy met gespeelde onschuld, "de baas ging ons onderweg opbellen."
"Waarom bel je hem zelf niet?" vroeg Odile.

[Nanna]
Het lijkt erop dat ze iets gevonden hebben, maar kunnen geen linken leggen. Daarom zijn jullie naar Bath. Jij moet ze daar dus stoppen. Wacht op instructies.
N

## BRUSSEL_ DE OCR_ WILLY EN DE BAAS

"Willy," zei de baas, "kan je de Bonsaiman en de Hoed even opbellen en hen vragen of ze kunnen langskomen?"
Willy liep naar de keuken en wenkte de baas. Hij nam een stuk keukenrol en begon erop te schrijven.

Ga met hen een hapje eten,

ergens waar veel toeristen komen. Misschien heeft Odile wel een luistervink achtergelaten.

Ik heb Mike gevraagd om een vogelvanger te sturen.

De baas pakte meteen zijn jas en liep de OCR uit.
"*Mak ne ki belle?*" vroeg hij toen hij 'In den Blauwen Lemmen' binnenstapte.[137]
Een van de stamgasten die permanent aan de toog plakte, keek de baas verbaasd aan.
"*Alors ça,*" zei hij tegen blonde Jeanine, "*woe gomme notoe as deij zwette uuk Brussels beginne te klappe?*"[138]
Blonde Jeanine gaf de man een draai om zijn oren en zei dat racisme niet thuishoorde in haar café. De man wilde argumenteren dat hij helemaal geen racist was, maar begreep dat hij beter zijn mond hield. De baas deed alsof hij het niet gehoord had.
"*Es aave gsm kapot?*"[139]
"*Court-circuit in maanen telefon*", antwoordde de baas.[140]
Blonde Jeanine liet hem binnen in de achterkamer en wees hem waar de vaste telefoon stond.

Een uur later zaten de Hoed en de baas in ''T Kelderke' op de Grote Markt.
"Geef mij maar een martini," zei de Hoed, "daar heb ik nu eens trek in."
De baas nam spuitwater en keek voorzichtig om zich heen.
Op dat moment ging de deur open en werd de ruimte gevuld door een man van om en bij de twee meter. Hij keek rustig rond en kreeg een brede

137 "Mag ik eens bellen?" vroeg hij toen hij 'In den Blauwen Lemmen' binnenstapte.

138 "Amai,' zei hij tegen blonde Jeanine, "waar gaat het naartoe als die zwarten ook Brussels beginnen te praten?"

139 "Is je gsm stuk?"

140 "Kortsluiting in mijn telefoon", antwoordde de baas.

glimlach om de lippen toen hij de baas en de Hoed zag zitten.
"Voor mij een Leffe", zei hij tegen de ober terwijl hij naar hun tafel liep.
De Hoed keek Sam, aka de Bonsaiman, lachend aan, pakte zijn martini en nam een slok.
"Kon je weer niet wachten op mij?"
"Wachten is nooit een van mijn sterke kanten geweest, hè Sam", lachte de Hoed.
"Alles oké, Jack?" vroeg Sam aan de baas.
De baas knikte bevestigend en nipte even van zijn spuitwater.
"Niet dus", zei de Hoed.
"Wat is de speciale gelegenheid?" vroeg de Hoed.
De baas keek hem vragend aan.
"Tja," legde de Hoed uit, "als je niets te vieren hebt, zou je ons toch gewoon in de OCR uitgenodigd hebben in plaats van hier?"
"Geen reden tot feesten," antwoordde de baas, "het is eerder een veiligheidsmaatregel."
"Dan stel ik voor dat we een hapje eten en dan naar mijn winkel in de Ravensteinstraat gaan, daar kunnen we rustig praten", zei de Hoed terwijl hij een familieportie stoofvlees voor vijf bestelde.
"Waarom bestel jij voor vijf?" vroeg de baas.
"Omdat ik erbij ben", lachte de Bonsaiman.
"Is Annette al terug?" vroeg de Hoed met gespeelde onschuld terwijl de ober het stoofvlees op hun borden schepte.

## BATH_ LANSDOWN GROVE HOTEL _ CASPER, BILLY EN ODILE

"Ik ga me even opfrissen en zie jullie over een uur in de bar voor het aperitief", zei Casper nadat ze ingecheckt hadden.
"En de baas?"
"De baas is in Brussel", antwoordde Casper onnozel.
Odile keek hem strak aan.
"Hij ging ons toch via de telefoon briefen?" snauwde ze bijna net op het moment dat haar gsm weer zoemde.

[Nanna]
Heb je al informatie?
N

Ze kreeg een bijna onzichtbare zenuwtrek aan de linkerkant van haar mond terwijl ze haar gsm zo nonchalant mogelijk wegstak in haar broekzak.
"Mist iemand je?" lachte Casper.
Odile knikte en greep de uitweg dankbaar aan.
"Ja," antwoordde ze zacht, "het is niet gemakkelijk als je van de ene dag op de andere moet vertrekken uit je vertrouwde milieu."
Casper knikte en zei dat hij het begreep. Billy bekeek het schouwspel vanop een afstand en vond dat Casper het prima deed.
Zelf bleef hij liever wat uit haar buurt. Toen Julie hem gisteravond vertelde over het anonieme bericht dat ze ontvangen had, had hij meteen aan Odile moeten denken. Leuk snoetje en een vlotte babbel, maar hij vertrouwde haar voor geen haar. Hij had haar hoogstwaarschijnlijk toch betrapt die avond, in de OCR, hij was er zeker van. Dat had hij ook tegen Julie en Mae gezegd. Zij hadden dat te voorbarig gevonden, net zoals de baas gisteren, maar hij was zeker van zijn stuk. En nu hij wist dat Odile zijn vrouw en zijn dochtertje bedreigd had, was hij dus dubbel op zijn hoede.

Ze liepen naar de lift en Odile kon het niet laten om toch nog een vraag te stellen over de briefing van de baas.
"Ik neem heus mijn gsm niet mee onder de douche", lachte Casper.
"Odile," zei Billy, "wil jij de baas een berichtje sturen?"
"Ik?"
"Ja," antwoordde Billy, "mijn gsm zit ergens onder in mijn tas. Vraag hem of hij ons over een uur kan bellen."
"Vraag hem of hij jou kan bellen", zei Casper.
"Waarom?" vroeg Odile plots kortaf.
"Omdat jij toch continu met je gsm in je handen rondloopt," lachte Casper, "en ik behoor nu eenmaal tot die generatie die haar gsm graag eens op de kamer laat liggen."

Odile keek hem boos aan. Hij beantwoordde die blik met dezelfde glimlach.

In haar kamer nam Odile haar gsm en tikte een bericht in.

[Odile]
Heeft iemand Jack Winters opgebeld?

[Nanna]
Negatief

Odile stak haar gsm in haar broekzak, deed de deur van haar kamer open en liep naar de lift.
"Hoe laat belt de baas?" vroeg Billy.
Odile schrok zichtbaar en moest toegeven dat ze de baas geen bericht gestuurd had.
"Tja," zei Casper, "en ik heb mijn gsm op de kamer laten liggen. Hij ligt aan de baxter."
"Aan de wat?" vroeg Odile.
"Grapje," antwoordde Casper, "hij ligt op te laden."
"Zal ik hem dan nu opbellen?" vroeg ze.
Casper knikte, maar Billy schudde zijn hoofd.
"Neen hoor, kom," zei Billy, "ik heb een meetingroom gereserveerd, zodat we met de baas kunnen skypen."

## BRUSSEL_ THE HOUSE_ DE BAAS, DE BONSAIMAN EN DE HOED

"Oké," zei de Hoed terwijl hij hen meenam naar de eerste verdieping boven de winkelruimte, "vertel eens waarom je ons nodig hebt."
De baas begon met het verhaal over de spanning tussen Walker en William.
"Dus," zei de Bonsaiman, "William is Annette gaan oppikken in Amsterdam en ze is bij hem blijven logeren?"
"Dat was niet de bedoeling", mompelde de Hoed.

“Wat zei je?” vroeg de baas.
“Niets, niets”, loog de Hoed.
“En Walker is dat te weten gekomen?” vroeg de Bonsaiman.
“Mike denkt van wel”, antwoordde de baas.
“Wat heeft Mike daar nu weer mee te maken?”
De baas vertelde dat zowel Walker als William bij Mike te rade gegaan waren. Hij zei ook dat Walker intussen weer opgedoken was en dat hij William gaan ophalen was in het ziekenhuis.
“William in het ziekenhuis?” schrok de Bonsaiman. “Heeft iemand hem water laten drinken?”
De Hoed schoot in de lach en zelfs de baas kon een glimlach niet onderdrukken.
“William is op klaarlichte dag in elkaar geslagen,” zei de baas, “vlak bij het kantoor van Mike.”
“Waar is William nu?”
“Hij logeert bij Walker en Annette.”
De Hoed nam net een slok van zijn koffie en verslikte zich zo erg dat de Bonsaiman hem te hulp moest schieten.
“Gaat het?”
“Jaja,” antwoordde de Hoed, “ik sta gewoon even perplex van al die menselijke drama’s daar bij jullie.”
“Oké,” zei de Bonsaiman, “en wat kunnen wij nu voor jou doen?”
De baas legde uit dat hij Annette enkele weken geleden vervangen had door een Parisienne die voor de DCRI gewerkt had, maar die in Parijs even uit beeld moest verdwijnen.
De Bonsaiman wilde vragen of het een knappe dame was, maar zag aan het gezicht van de baas dat dit niet het juiste moment was voor zulke grapjes.
“Ik heb haar eerst met Walker op pad gestuurd,” ging de baas verder, “maar dat was geen succes. Ondertussen zijn er een paar rare dingen gebeurd en ze beginnen steeds meer in de richting van Odile te wijzen, al zie ik nog geen rode draad.”
De Hoed en de Bonsaiman knikten.
“Een medewerkster van het Koninklijk Museum voor Kunst en Geschiedenis heeft een paar dagen geleden een ladder tegen de muur

van het museum zien staan", bleef de baas vertellen. "Een gepensioneerde para die als vrijwilliger in het legermuseum meedraait, beweert dat hij een persoon in een zwart pak van de ladder naar beneden heeft zien lopen. Lenig als een zwarte panter."

De Hoed en de Bonsaiman keken de baas aan zonder iets te zeggen.

"Mike en zijn mannen hebben hetzelfde verhaal opgetekend bij een dakloze die daar ook rondhing."

"Oké," zei de Bonsaiman, "maar als ik het goed begrijp, is zoiets toch een zaak voor de politie?"

De baas slaakte een diepe zucht.

"Mike heeft onze hulp ingeroepen omdat de directrice een vriendin van hem is en hij wilde haar behoeden voor negatieve publiciteit."

De Hoed stond op, pakte een fles Anis Chinchón met 74 procent alcohol en schonk drie kleine glaasjes vol.

"Ik denk dat we dit straks nodig zullen hebben om alles rustig te verteren", zei hij.

"Gisteren is er een tweede melding geweest van een persoon die probeerde in te breken in het museum. De getuigen spraken opnieuw van een persoon in een zwart kostuum en lenig als een panter", zei de baas.

## BATH_ HET OUDERLINGENTEHUIS_ CASPER, BILLY EN ODILE

"Jan-Pieter," lachte Eliza toen ze Casper de kamer zag binnenkomen, "ben je mee geweest naar Stonehenge of ben je naar Sally geweest?"

"Stonehenge", antwoordde Casper.

"Ik geloof je niet", kirde Eliza terwijl ze haar zakdoek tot een bolletje verfrommelde.

"Toch wel," lachte Casper, "ik ben de hele nacht in Stonehenge geweest en we hebben gezongen en gedanst tot we erbij neervielen."

"Je bent gisteren je notaboekje in de lobby vergeten", zei Eliza met een blos op de wangen. "Ik moet toegeven dat ik zo nieuwsgierig was dat ik geprobeerd heb om iets te lezen, maar het is onverstaanbaar voor mij."

Casper keek haar glimlachend aan en vroeg of ze hem het notaboekje wilde teruggeven. Ze knikte. Ze stond op, liep naar haar bed en stak haar

hand onder haar hoofdkussen.
"Hier," zei ze, "ik had het netjes voor je opgeborgen."
Casper herkende het notaboekje als een van de notaboekjes van zijn vader. Hij knikte, omarmde haar en gaf haar een kus op de wang.
"Jij, deugniet," zei ze terwijl ze haar zakdoek opentrok en meteen weer tot een bolletje verfrommelde.
Op dat moment kwam Eliza's zoon samen met een van de verpleegsters naar binnen.
"Waar heb jij weer gezeten vannacht?" vroeg Eliza met strenge blik toen haar zoon binnenkwam.
Haar zoon legde zijn arm om de verpleegster, stelde haar voor als zijn verloofde en vertelde dat hij bij haar was blijven overnachten omdat het laat geworden was.
"Ik hoop dat hij zich gedragen heeft", zei Eliza ernstig terwijl ze de jongedame recht in de ogen keek.
"Hij is een echte gentleman", fluisterde de verpleegster in Eliza's oor. "We wachten tot we getrouwd zijn om… je weet wel."
Eliza antwoordde gniffelend dat zij dat niet gedaan had, maar dat dat hun geheimpje moest blijven. De verpleegster knikte.
"Dit toneeltje moet ik elke keer weer spelen", zuchtte Eliza's zoon. "Soms vind ik het grappig, maar meestal geeft het me toch een wrang gevoel."
Casper knikte. De verpleegster zag dat Casper het notaboekje in zijn handen had en ze keek Eliza plots streng aan.
"Zou je hem niet meteen alle boekjes geven?"
Eliza kromp een beetje in mekaar, boog het hoofd en mompelde blozend een sorry.
"Wat is er aan de hand?" vroeg Casper.
"Ze heeft er nog vier identieke onder haar matras verstopt", knipoogde de verpleegster.
Casper keek Eliza glimlachend aan, ging bij haar op het bed zitten en legde zijn arm om haar schouder.
"Jij, kleine deugniet," zei hij, "je ging ze me een voor een teruggeven, maar nu heeft het kamermeisje je per ongeluk verraden."
"Jan-Pieter," antwoordde Eliza, "het is een braaf kind, maar ik kan er niets mee aanvangen in het hotel."

"Dat had ik meteen gezien", antwoordde Casper.
"Ik heb de boekjes hier onderaan in de kast verstopt," zei Eliza terwijl ze haar hoofd in de richting van de verpleegster draaide, "want ik wilde niet dat zij ze zou vinden."
De verpleegster en Eliza's zoon knikten naar Casper. Eliza stond op en zei dat ze hem de boekjes meteen zou geven.
"Zal ik je even helpen?" vroeg hij.
"Jan-Pieter," lachte Eliza, "ik denk dat een van je voorvaderen een Engelsman geweest moet zijn. Je bent een echte gentleman."
Een halfuur later liepen Casper, Billy en Odile het ouderlingentehuis uit.
"Niet te geloven... dat zij die boekjes al die jaren bijgehouden heeft. Ik brand van nieuwsgierigheid", zei Casper.
Billy keek hem lachend aan. Odile wilde eraan toevoegen dat zij ook razend nieuwsgierig was, maar hield zich op de vlakte.

## BRUSSEL_ THE HOUSE_ DE BAAS, DE BONSAIMAN EN DE HOED

"Heeft er dan effectief een inbraak plaatsgevonden in het KMKG?" wou de Hoed weten.
"Dat weten we uiteindelijk nog steeds niet", antwoordde de baas.
"Wat weet je dan wel?" vroeg de Bonsaiman.
"De directrice beweert dat er geen inbraak geweest is en houdt ook vol dat er niets gestolen is, maar ik blijf het een vreemde zaak vinden."
De Hoed wreef door zijn baard en schonk zich nog een Anis Chinchón in. De Bonsaiman schoof zijn glas spontaan in de richting van de fles. De baas schudde van neen toen de Hoed vroeg of hij ook nog een slokje wilde.
"Maar", merkte de Bonsaiman op, "je zei daarnet dat je Odile van iets verdenkt."
De baas vertelde hen wat ze intussen te weten gekomen waren over de link tussen de foto's van Caspers vader en die van Billy.
"Kijk," stelde de Hoed voor, "ik kan als kunstkenner naar het museum gaan en hier en daar wat vragen stellen. Het personeel heeft wel vaker te maken met fanatieke professoren, gepensioneerden die plots de

geschiedenis induiken, omdat ze denken dat ze de vondst van de eeuw gaan doen en rare kwieten die daar gewoon veel te lang rondhangen omdat ze niets anders te doen hebben."
"Tot welke categorie behoor jij?" vroeg de Bonsaiman lachend.
De Hoed wilde antwoorden dat hij in geen van die categorieën viel, maar hield het gewoon op het feit dat de Bonsaiman geen drank meer kreeg als hij nog van die domme vragen stelde.
De Bonsaiman stak gewoon zijn glas naar voren en de Hoed vulde het weer bij. De baas zei dat hij geen meer hoefde.
"Oké," zei de Bonsaiman, "plan van aanpak?"

Op dat moment ging de baas zijn telefoon over.
"Willy?"
"De vogelvangers zijn net vertrokken..."
"En?" vroeg de baas.
"Ze hebben twee hebbedingetjes van Franse makelij gevonden", zei Willy.
De Bonsaiman had gehoord wat Willy net verteld had en vroeg of hij hem even kon spreken.
"Willy," zei hij toen hij de iPhone van de baas vasthad, "wat is er met die devices gebeurd?"
Willy vertelde hem dat de mannen ze in een dik pak watten gerold hadden en ze daarna samen met een ruisgenerator in een metalen blik gestoken hadden.
"Prima," zei de Bonsaiman, "dan kom ik zo meteen even langs, want ik heb voor Defensie net nieuw speelgoed gekocht dat in dit geval van pas kan komen."
"Oké," zei Willy, "kom maar af."
"Kom," zei de baas, "haal die dop nog maar eens van die fles."
De Hoed keek de baas met een pijnlijke grimas aan, maar schonk de glazen toch nog eens vol.
"Als je dit mysterie mee helpt oplossen," zei de baas, "dan zorg ik er persoonlijk voor dat je een kist whisky krijgt waarvoor de meeste Schotten een moord zouden plegen."
De Bonsaiman schoot in de lach. Hij pakte zijn glas, dronk het in één keer leeg en zei dat hij er in dat geval nog wel eentje lustte.

Een uurtje later zaten de Bonsaiman, de Hoed en de baas bij Willy in de OCR.
"Ik stel voor dat je iedereen naar hier haalt", zei Willy.
"Maar William...", begon de baas.
"William zal mij wel assisteren."
Even later arriveerden Walker, Annette, William en Mae.
"Julie is in de veilige handen van twee POSA-teams," zei Mae, "een van hen is Billy's loopmaatje en ..."
De baas trok een grimas, want hij was een beetje bang voor wat er nu zou komen.
"... hij heeft gezworen dat er niemand in de buurt van Julie en de baby zal komen."
"Oké," zei de baas, "hoog tijd dat we aan de slag gaan, want er gebeuren rare dingen vlak onder onze neus."

Ze spraken af dat de Bonsaiman met de baas in de OCR zou blijven om samen met Willy de afluisterapparatuur onschadelijk te maken.
"Geef me een uurtje om mijn agenda te herschikken", zei de Hoed.
De baas knikte.

## BATH_ LANSDOWN GROVE HOTEL_ CASPER, BILLY EN ODILE

"Zullen we samen bekijken wat er precies in die boekjes staat van de oude dame?" stelde Odile voor toen Casper de SQ8 voor het hotel parkeerde.
"Als je het niet erg vindt," antwoordde Casper, "zou ik dat graag even in alle rust op mijn kamer doen. Het gaat hier over mijn vader..."
"Volledig akkoord", zei Billy. "Ik ga trouwens Julie even opbellen. Ik stel voor dat we elkaar over een uur in de bar treffen."
Casper zei dat het goed was, nam de vijf notaboekjes en stapte uit. Odile knikte, maar het stond op haar gezicht te lezen dat ze dit niet oké vond.
"Komaan, Odile," zei Billy, "geef Casper nu toch even wat privacy. Zijn vader is hier in Bath overleden en misschien..."
"Oké," antwoordde Odile, "het is goed. Ik ga me even douchen."

Casper liep de trap op. Toen hij in de gang op de eerste verdieping kwam, had hij het gevoel dat hij niet alleen was. Het was net hetzelfde gevoel als in zijn tijd bij de Special Forces, net voor de actie begon. Hij bleef staan, hield zijn adem even in en scande de omgeving.
Plots zag hij achteraan in de gang een persoon in zeven haasten uit een kamer komen gelopen en wegvluchten via de branddeur. Instinctief kwam hij in beweging. Hij liep langs de muur verder tot bij de openstaande deur waaruit de persoon buitengekomen was en kwam tot de vaststelling dat het zijn kamerdeur was die openstond.
Hij draaide zich behoedzaam om zijn as, pakte het kleine survivalmes uit zijn broekzak en maakte het met één klik open. Hij ging naast de deurstijl staan, hield zijn adem opnieuw in en luisterde aandachtig. Drie seconden later glipte hij door de deuropening zijn kamer in en zag dat zijn bagage doorzocht was. Hij legde de notaboekjes naast de televisie en liep behoedzaam naar de openstaande deur van de badkamer.
"Niemand", gromde hij.
Hij pakte de hoorn van het telefoontoestel en vormde het nummer van Billy's kamer.
"Ik luister", zei Billy.
"Billy," zei Casper snel, "kan je ongemerkt naar mijn kamer komen?"
"Ik kom eraan", antwoordde die.
"Ik laat de deur op een kier," zei Casper snel, "maar kuch even tweemaal kort voor je ze openmaakt."
"Oké."
Amper een minuut later hoorde Casper iemand tweemaal kort kuchen voor de deur opengeduwd werd.
"Kom binnen en doe maar toe."
"Wat is hier gebeurd?"
"Iemand heeft mijn spullen doorzocht", antwoordde Casper.
"Oké," zei Billy, "blijf jij hier op je kamer en laat mij maar even begaan."
"Wat ga je doen?"
"Ik had een voorgevoel dat er zoiets zou gebeuren en heb een paar speeltjes geïnstalleerd om dat te bewijzen", lachte Billy.
"Ik word te oud voor dit gedoe", zei Casper. "Vroeger zou ik dat ook gedaan hebben…"

"Neen," reageerde Billy, "je zit er te diep in met heel dat gedoe met Eliza, die je voor je vader aanziet."
Casper knikte.
"Geef me een tiental minuten en ik ben terug met resultaten."
Ze spraken een nieuwe code af voor de terugkeer van Billy.
"Sluit de deur goed en laat niemand binnen", zei Billy met een glimlach om de lippen toen hij aanstalten maakte om de kamer te verlaten. "Zeker geen meisjes op de kamer."
"Neen, pa", gromde Casper terwijl hij Billy uitliet en de deur zorgvuldig afsloot.
Hij pakte de vijf notaboekjes en liep ermee naar de sofa.

## BRUSSEL_ DE OCR_ THE VANDIESEL COMPANY

"Zo," zei de baas terwijl hij zijn schema afwerkte op het smartboard, "Casper, Billy en Odile zitten in Bath. William blijft in de OCR om op Willy te letten."
"Ik zal me eerst even bezighouden met die twee hebbedingetjes", zei de Bonsaiman, "en daarna wil ik wel nog even de IMREC-room in."
"Prima", zei de baas. "De Hoed gaat naar het museum voor een babbel met de directrice en Walker en Annette onderzoeken die melding van die nieuwe poging tot inbraak."
"Kan ik dan terug naar Julie?" vroeg Mae voorzichtig.
"Neen," antwoordde de baas, "jij blijft hier stand-by met mij."

De Bonsaiman ging aan de slag met de afluisterapparatuur en kwam ook al snel tot de vaststelling dat ze van Franse makelij was.
"Typisch voor de DCRI", zei hij.
"Godver...", vloekte de baas.
"Rustig," zei William, "Odile is met Billy en Casper in Bath. Ik zal hen op de hoogte brengen, zodat ze weten waar ze aan toe zijn."
De baas knikte, maar schoot in de lach toen hij Willy een zuur gezicht zag trekken.
"Oeps," reageerde William, "ik was even vergeten dat er in de OCR een strikte hiërarchie heerst. Dat moet door die slag op mijn been komen."

"Als de baas er niet is," zei Mae plots met uitgestreken gezicht, "dan ben ik..."
"Het is goed," zei Willy, "ik heb het begrepen."
"Sorry," zei William, "ik wilde me alleen maar nuttig maken."
"*No worries*," zei Willy, "ik zou graag hebben dat jullie nu allemaal vertrekken, zodat William en ik rustig kunnen werken en de zaak onder controle houden."
De Hoed floot zachtjes, stond op en zei dat hij nog heel veel werk had.
"Ik zou nu even de IMREC-room willen bekijken", zei de Bonsaiman.
"Oké," zei Willy, "we gaan dat meteen doen."
Hij draaide zich naar William en zei dat hij de controle over de OCR officieel aan hem overdroeg. Iedereen schoot in de lach toen Willy de deur van de IMREC-room al dichtgetrokken had.
"Annette," zei Walker, "ik stel voor dat wij even bij Mike langsgaan in verband met die nieuwe melding."
"Dat lijkt me een goed idee", zei ze.

Even later zaten Mae en de baas alleen in de OCR.
"Alles oké?" vroeg de baas.
"Ja," zei Mae, "ik weet dat Julie in goede handen is, maar ik kan het niet loslaten."
De baas knikte.
"Oké," zei hij, "ga maar terug, maar zorg ervoor dat ik je kan oppikken indien nodig."
Mae gaf hem een klinkende zoen op de wang en zei dat hij een schat was. Hij wilde haar nog naroepen dat ze de jongens van de POSA-teams niet het vuur aan de schenen moest leggen, maar ze was al weg.

## BRUSSEL_ RUE BLAES_ DE HOED

De Hoed liep de Rue Blaes uit in de richting van de Zavel toen hij plots besliste om niet naar zijn kantoor in de Ravensteinstraat te gaan, maar wel naar het Koninklijk Museum voor Kunst en Geschiedenis.
Hij nam zijn telefoon, opende de Uber-app en bestelde een rit naar het Jubelpark.

Een kwartier later kocht hij een kaartje bij de ingang van het museum, liep naar binnen en ging eerst een koffie drinken. Hij nam de museumgids bij de hand en vouwde die open.

"Mmm," knikte hij goedkeurend, "de schatkamer wil ik graag zien en de oude munten in de andere zaal lijken mij ook de moeite waard."

Hij dronk zijn koffie op en liep naar de infobalie in het atrium, waar hij naar de directrice van het museum vroeg.

"*Voe waddest?*" vroeg de man achter de balie in authentiek Brussels.[141]

De Hoed keek de man gecharmeerd aan, want nergens anders ter wereld had hij dit al meegemaakt. Ook een museum van wereldklasse moest zich in deze moeilijke tijden behelpen met vrijwilligers, en in Brussel waren dat '*Brusseleirs*'.

"Ik zou graag de directrice spreken," zei de Hoed vriendelijk, "omdat ik met haar een aantal stukken uit de collectie wil bekijken."

De vrijwilliger keek hem vragend aan en had waarschijnlijk niet alles begrepen van wat hij net gezegd had.

"*Je viens pour la directrice*," herhaalde de Hoed, "*k vin da e skuun mokke.*"[142]

"*Monsieur a un bon goût*", mompelde de vrijwilliger terwijl hij Alexandra's nummer vormde.[143]

"*Il faut attendre ici,*" zei de man nadat hij de hoorn weer op het toestel gelegd had, "*Britt komda oele.*"[144]

Een paar minuten later kwam een knappe jongedame met fikse tred aangestapt. De vrijwilliger bij de balie knikte quasi onzichtbaar naar de Hoed en ze kwam recht op hem af. Hij werd zowaar een beetje bang, want sterke vrouwen maakten altijd indruk op hem.

"Meneer..."

"Noem me maar de Hoed," zei hij terwijl hij zijn hoed als een volleerde gentleman afnam en haar met een klein buiginkje begroette.

---

141 "Wat wil je?" vroeg de man achter de balie in authentiek Brussels.

142 "Ik kom voor de directrice," herhaalde de Hoed, "ik vind haar wel knap."

143 "Mijnheer heeft een goede smaak", mompelde de vrijwilliger terwijl hij Alexandra's nummer vormde.

144 "U mag hier even wachten," zei de man nadat hij de hoorn weer op het toestel gelegd had, "Britt komt u halen."

"Welkom, meneer de Hoed", zei Britt lachend. "Kom… ik neem u mee naar het kantoor van Alexandra."
Ze nam de Hoed mee door een paar gangen en via enkele trappen naar een souterrain waar hij eerst even in de antichambre bij de secretaris van de directrice moest wachten. Hij keek rustig rond en zag dat het bureau van de secretaris de sfeer van het museum helemaal uitademde.
"Ik wou dat ik ook zo'n bureau had", zei de Hoed.
De secretaris wilde antwoorden, maar de telefoon ging over en die kreeg voorrang.
"Wat?" zei de man.
"Ik wou…", herbegon de Hoed.
De secretaris deed teken dat hij moest zwijgen.
"Oké," zei de secretaris, "ik verwittig Alexandra meteen. Zorg ervoor dat ze nergens aankomen."
De secretaris stond op en liep Alexandra's bureau in zonder kloppen. Hij trok de deur met een luide klap dicht.
De Hoed bedacht dat het geen goed idee geweest was om hier zomaar binnen te vallen bij de directrice van het Koninklijk Museum voor Kunst en Geschiedenis en wilde net vertrekken toen de deur van haar bureau weer openging.
De Hoed zag een aantrekkelijke vrouw in een strak mantelpak. Hij wilde zijn hoed afnemen om haar te groeten, maar kreeg de kans niet.
"Als je iets met mij wil bespreken," zei ze terwijl ze hem voorbijliep, "moet je nu meelopen met mij, want er is weer iets mis in de stockageruimte en ze krijgen het daar niet opgelost zonder mij."
De Hoed knikte en liep met haar mee.
"Het is hier altijd hetzelfde", gromde ze terwijl ze de trap met flinke tred opliep. "Allee… ik bedoel, soms staan de dingen hier eens op hun kop."
"Dat geloof ik graag", hijgde de Hoed terwijl hij Alexandra probeerde bij te houden.
"Nu staat daar een Franse verhuisfirma bij de stockage en niemand weet van iets."
De Hoed knikte en vroeg wat ze kwamen ophalen.
"Ach," antwoordde ze, "ze beweren dat ze artefacten moeten ophalen die hier gemaakt werden aan het eind van de zestiger jaren. Wij hebben hier

geen kunstwerken of waardevolle stukken uit die periode. Laat staan dat ze hier gemaakt werden."
De Hoed zei dat ze misschien wel iets over het hoofd zag.
"Hmm...", lachte Alexandra, "je zou weleens gelijk kunnen hebben. Wist je dat er hier in de periode 1967-69 een kolonie hippies in ons moulage-atelier gewerkt heeft?"
De Hoed keek haar vragend aan.
"In die periode was het voor het museum leuk om artiesten onderdak te geven, hen beelden te laten maken in ruil voor kost en inwoon en ze tegelijkertijd de vrijheid te geven om replica's te maken van wat ik de 'Stonehenge-stenen en -brokken' noem."

## BATH_ LANSDOWN GROVE HOTEL_ CASPER, BILLY EN ODILE

Casper nam het notitieboekje dat Eliza vanonder haar hoofdkussen gehaald had en sloeg het open.

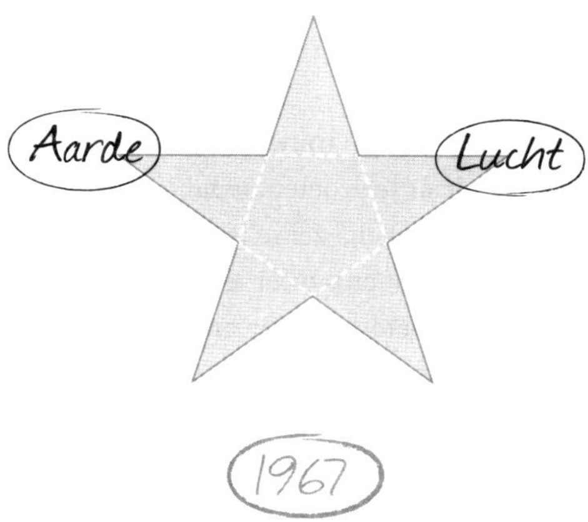


"Wat is dit?"
Hij nam het tweede notaboekje en deed het ook open.

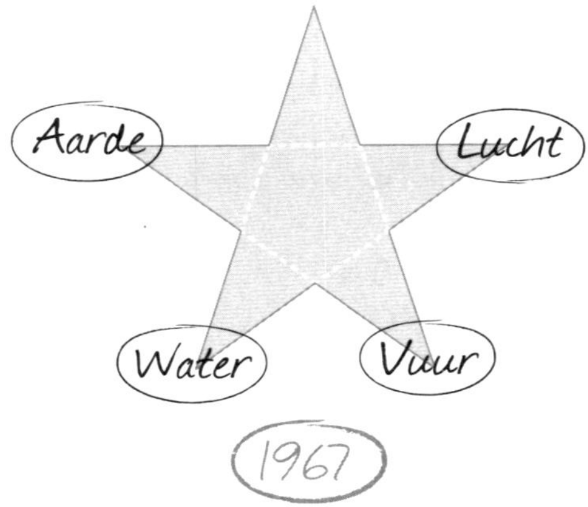


“Verdorie,” zei Casper, “wat is dat allemaal?”
Hij nam de vijf boekjes. Hij sloeg ze een voor een open en kwam tot de conclusie dat er een volgorde in zat. Hij besloot om toch bij het begin te beginnen en las wat er in het eerste boekje stond.

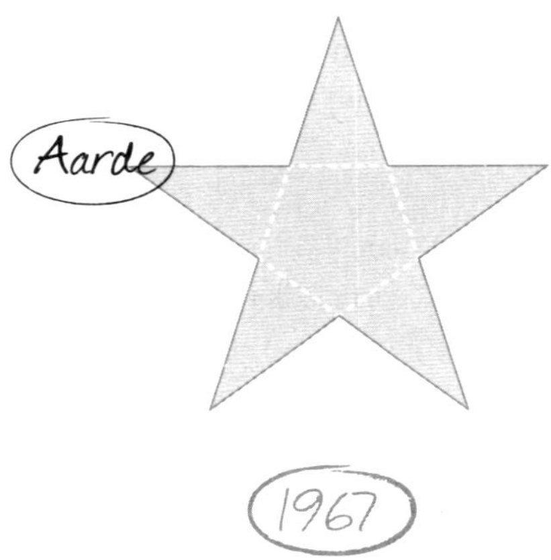

*Woensdag, 11 januari 1967*

*Ik ben vanmorgen heel vroeg naar Flagey gereden om alles klaar te zetten voor de opnames. Het is vandaag de eerste woensdag na de kerstvakantie en ik heb Casper beloofd dat ik vandaag een halve dag verlof zal nemen om mee te gaan naar zijn eerste voetbaltraining.*

Casper dacht terug aan die eerste training in de kou, maar kon zich niet herinneren dat zijn vader erbij geweest was.

Zijn gepeins werd onderbroken door een zacht geklop op de deur. Hij schoot overeind en wilde de deur met een ruk openmaken, maar herinnerde zich nog net op tijd wat hij met Billy afgesproken had.

"Wat is er?" vroeg Casper toen Billy in zijn kamer stond.

"Odile", zei Billy.

"Ben je zeker?"

Billy keek Casper ongelukkig aan.

"Oké," reageerde Casper snel, "sorry… ik twijfel niet aan je capaciteiten… ik was gewoon…"

"Geen probleem", lachte Billy. "Ik bedoel… Hoe zal ik het zeggen? Eigenlijk wel een probleem."

"Inderdaad," antwoordde Casper, "we zitten met een probleem. Hoe pakken we dit aan?"

"Ik stel voor dat ik Julie een berichtje stuur", begon Billy. "We hebben namelijk onze eigen code ontwikkeld om toch te kunnen communiceren als we mogelijk afgeluisterd worden."

"Net als mijn vader en ik destijds", herinnerde Casper zich plots.

## BRUSSEL_ DE FEDERALE POLITIE_ MIKE EN ZIJN TEAM

"*Jeanke, Mille, au secours*!" riep Mike toen hij Walker en Annette zag binnenwandelen.[145]
De twee agenten kwamen uit hun bureau en zagen wat er gebeurde.
"*Ze kommen em kapot moeke*", zei Jeanke terwijl hij in de lach schoot.[146]
"*Bon*," zei de Mille, "*waijlle moete vertrekke*."[147]
"Kom eens hier, stoute jongens", wenkte Annette hen terwijl ze Jeanke en de Mille vastpakte en hen elk een zoen op de wang gaf.
"*Peut-être moete me tog ni zuu rap vertrekke*", zei Jeanke.[148]
"*Spoeijdaale dagge weg zet*", beval Mike.[149]
"Wel, wel...", zei hij daarna tegen Walker en Annette toen hij hen meenam naar zijn kantoor, "dat ik dat nog mag meemaken."
"Ik... euh... wij willen je even bedanken", zei Walker.
Mike gromde wat en wist even met zichzelf geen blijf.

"Bon," zei hij, "kan ik jullie ergens mee helpen?"
"Welja," antwoordde Annette, "we kregen te horen dat er een nieuwe melding van een inbraak in het Koninklijk Museum voor Kunst en Geschiedenis geweest is."
"Nu ja," antwoordde Mike, "een echte melding was het niet."
"Hoezo?" vroeg Walker.
"Een van de medewerkers van het museum meent dus weer die inbreker met het zwarte kostuum gezien te hebben," zei Mike, "maar Alexandra wil geen officiële klacht indienen."
"Mike," zei Walker, "je kan vrijuit praten tegen ons."
Mike slaakte een diepe zucht.
"Kijk," begon hij, "Alexandra is een goede vriendin en ze heeft het niet gemakkelijk."
"Wat bedoel je?" zei Annette.

---

145 "Jeanke, Mille, help!" riep Mike toen hij Walker en Annette zag binnenwandelen.
146 "Ze komen hem vermoorden", zei Jeanke terwijl hij in de lach schoot.
147 "Goed," zei de Mille, "wij moeten vertrekken."
148 "Misschien moeten we bij nader inzien toch niet meteen vertrekken", zei Jeanke.
149 "Vertrek maar snel", beval Mike.

"Het is niet evident om zo'n groot museum te runnen," antwoordde Mike, "en de laatste tijd maakt ze nogal wat rare dingen mee."
"Vertel", zei Walker. "Het hele verhaal graag… En ingeval je het al vergeten zou zijn: wij staan bij jou in het krijt."
Mike vertelde dat er inderdaad wel sporen van braak waren, maar dat Alexandra als de dood was voor negatieve publiciteit.
"Terecht", vond Annette.
"Misschien wel, maar ik vraag me af of er niet toch nog een andere reden is voor die achterdocht van Alexandra", vertelde Mike.
"Ja, de baas zei er al iets over", herinnerde Walker zich.
"Daarom heeft de baas ook aan de Hoed gevraagd om eens poolshoogte te gaan nemen", ging Mike verder. "Hij is er blijkbaar meteen naartoe gegaan. En maar goed dat hij daar is. Hij belde me net."
"Wat is er aan de hand?" vroeg Annette nieuwsgierig.
Mike vertelde wat de Hoed vernomen had over de Franse verhuisfirma en de groep hippies die in een verborgen ruimte achter het moulageatelier gratis mocht wonen en hun ding doen.
"Neprotsen en monolieten maken", gokte Annette.
Mike knikte.
"Wat hebben ze met die dingen gedaan?"
"Weet ik veel," antwoordde Mike, "maar blijkbaar is er iemand die daar nu plots veel interesse in heeft."
"Heeft de Hoed die persoon al kunnen identificeren?"
"Neen," zie Mike, "dat was niet zo eenvoudig. De directrice van het museum heeft de mannen van die verhuisfirma meteen weer weggestuurd. Die zijn zelfs niet binnen geweest. De Hoed vroeg wel of er iemand van de Company beschikbaar was om hem te komen assisteren."
Annette stond op en keek Mike strak aan.
"Wij zullen wel gaan", zei ze beslist.
"Dat zal moeilijk gaan," antwoordde Walker, "want ik ben al met Odile langs geweest, ze kennen me daar."
"Geen probleem," zei ze tegen Walker, "dan ga ik alleen undercover met jou als mijn back-up."
Walker zei dat het goed was voor hem, maar hij vroeg zich af waar de angel zat, want hij wist dat de belangeloze welwillendheid van Annette

niet oneindig zou blijven duren.

### BATH_ LANSDOWN GROVE HOTEL_ CASPER, BILLY EN ODILE

Billy stuurde Julie een berichtje in de code die alleen zij kon ontcijferen.
“En nu even afwachten”, zei Billy.
Casper knikte.
“Mag ik het tweede notaboekje even lenen?” vroeg Billy.

Vrijdag, 27 januari 1967

Londen. Roger Mertens heeft me eergisteren laten oppikken in Flagey. Ik moet, samen met een geluidsman die ik nog nooit gezien heb op de BRT, een reportage maken over de ondertekening van het Ruimteverdrag, hier in Londen vandaag.

Vreemd genoeg is er geen reporter meegereisd en de ondertekening heeft eigenlijk al plaatsgevonden, maar nu wordt het verdrag opengesteld voor iedereen.

Ik zie hier allerlei rare snuiters en heb het gevoel dat er meer spionnen dan cameramannen rondlopen.

*Het zou natuurlijk ook kunnen dat heel wat cameramannen spionnen zijn, maar ik alvast niet.*

*Ik had nog nooit met een Caravelle gevlogen, maar deze ervaring was helemaal speciaal omdat we het vliegtuig helemaal voor ons alleen hadden. Het stond in het midden van het tarmac en we zijn er met een busje via de militaire luchthaven van Melsbroek naartoe gebracht.*

"Wat is dat allemaal?" mompelde Billy.
"Wat?" vroeg Casper.
"Jouw vader is eind januari 1967 opgepikt door de Staatsveiligheid om een reportage te maken over de ondertekening en openstelling van het Ruimteverdrag."
"Vreemd, niet?" antwoordde Casper.
"Hoe zouden we snel te weten kunnen komen wie er op 27 januari 1967 nog in Londen aanwezig was?" vroeg Billy zich luidop af.
"Zullen we vragen aan Willy om dat voor ons uit te zoeken?" stelde Casper voor.
"Ja, doe maar. Bel jij hem?" vroeg Billy.
"Prima, ik doe het meteen", antwoordde Casper.
Billy nam zijn gsm en stuurde Julie nog een berichtje in code.

## BRUSSEL_ DE OCR_ THE VANDIESEL COMPANY

"Alles nog in orde?" mompelde Willy quasi onhoorbaar als een volleerde buikspreker toen Walker en Annette de OCR in liepen.
"Ik heb je wel gehoord", lachte Annette terwijl ze langs Willy liep.

"Willy," zei de baas, "stop nu maar met die onzin of ik stuur je voor drie weken naar de Antwerpse Zoo om de apen te voederen."
Iedereen schoot in de lach.
"De Hoed heeft Mike getipt over een nieuw incident bij het KMKG", zei Walker.
"Waarom?" begon Willy.
"Omdat ik hem gevraagd had om Mike op de hoogte te houden van de gebeurtenissen in het museum", antwoordde de baas.
"Wat is er dan vandaag gebeurd?" vroeg William.
Annette vertelde wat de Hoed aan Mike gerapporteerd had.
"Bel de Hoed en controleer even waar hij zit", zei de baas.
William nam de telefoon. Daarop stond Willy meteen op en liep met een boos gezicht naar de keuken.
"Ik denk dat je hier toch even een briefing zal moeten geven over de verdeling van de taken," adviseerde Walker aan de baas, "want Willy moet precies nog een beetje wennen aan de nieuwe situatie."
De baas knikte.
"De Hoed zit in 'Le Midi 50'", zei William amper een minuut later.
Walker, Annette en de baas keken hem vragend aan.
"Het restaurant van het museum", legde William uit.
"Oké," zei de baas, "Walker en Annette, naar het museum."

"Bon," zei Annette, "zoals afgesproken, stel ik me voor als zijn assistente en jij blijft nog even onzichtbaar."
Walker knikte.
"Maar..."
"Jaja," reageerde Annette snel terwijl ze zijn hand nam en die tussen haar borsten schoof waar het microfoontje aangebracht was, "we blijven permanent in contact via het oortje en vooral via dit."
"Mmmm...", lachte Walker, "dat zie ik helemaal zitten."
Annette keek hem boos aan, maar bij het zien van zijn guitige blik schoot ze zelf ook in de lach.
"Zal ik de Hoed misschien ook even tonen waar het microfoontje zit?" vroeg ze zeemzoet.
Hij besefte dat ze hem schaakmat gezet had en koos voor wat hij zelf 'een

strategische stilte' noemde.
Annette stapte uit de auto en liep met opzet overdreven heupwiegend de trap op. Walker probeerde het te negeren, maar dat lukte niet echt. Een zweem van jaloezie overviel hem.

Op hetzelfde moment vertrok de Franse verhuiswagen onverrichter zake uit het Jubelpark. Walker schrok op van de hoge snelheid waarmee de vrachtwagen voorbijreed. Hij hief zijn hoofd op en keek de chauffeur recht in de ogen.

## BATH_ LANSDOWN GROVE HOTEL_ CASPER, BILLY EN ODILE

Een uur later ontving Billy een bericht van Julie op zijn gsm.
"Oké," zei Billy tegen Casper, "laten we even een wandeling maken."
"En Odile?"
"We kunnen zo meteen samen met haar een slaatje gaan eten in het restaurant", stelde Billy voor. "Geef me dan een kwartier de tijd en ik garandeer je dat we na de lunch minimaal voor een paar uur van haar verlost zullen zijn."
"Wil ik weten wat je van plan bent?"
"Laten we zeggen dat je je rol beter zal kunnen spelen als je vooraf niet op de hoogte bent."
Casper knikte.
"Hou jij Odile even aan de praat? Dan kan ik een kwartiertje verdwijnen."
Nadat Billy vertrokken was, pakte Casper zijn telefoon en belde Odile met de vraag of ze even naar zijn kamer kon komen.

"Ongelooflijk," zei hij terwijl hij Odile de vier notaboekjes toonde, "mijn vader was een hippie."
"Had je geen vijf notaboekjes gekregen?" vroeg Odile.
"Neen," loog Casper met uitgestreken gezicht, "vier."
Hij toonde haar de eerste bladzijde van het eerste boekje.
"Kijk."

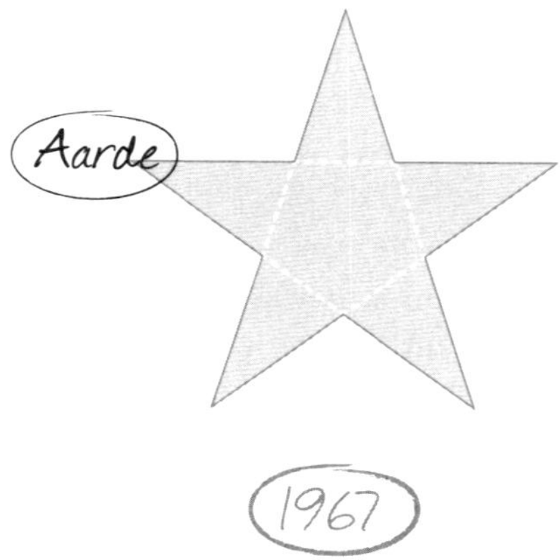


"Wat is dat allemaal?" vroeg Odile.
Casper toonde haar ook de andere boekjes en legde het vierde boekje met de kaft open op tafel.

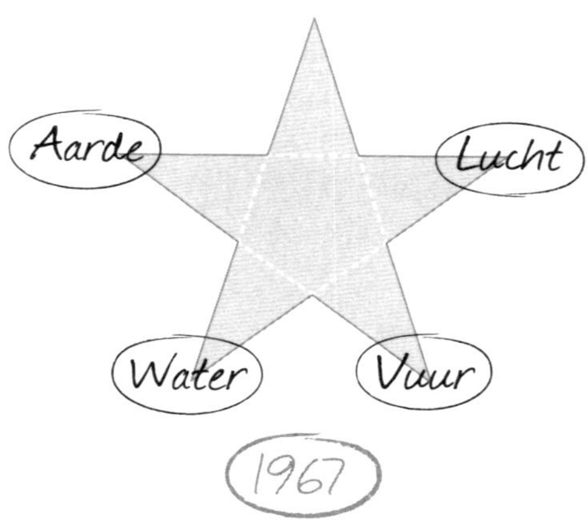


"En wat staat erin?"
"Het eerste boekje gaat over de aarde", zei Casper.
Odile keek hem vragend aan.
"Luister," zei Casper, "ik zal een stukje voorlezen. Het wordt meteen duidelijk dat mijn vader heel goede wiet rookte met de andere hippies."
Odile keek hem misprijzend aan.

20 februari 1967

Aarde is vrouwelijk (yin) en staat voor de winter, de nacht en de duisternis. De zon is niet zichtbaar. Aarde hoort bij de laatste levensfase en staat voor ouderdom, dood, maar ook wedergeboorte en vruchtbaarheid.

Aarde staat voor stabiliteit en zekerheid maar ook voor voorzichtigheid en angst...

"Wat een onzin", sneerde Odile.
Casper keek haar geschokt aan en zei dat hij het op prijs zou stellen als ze wat meer respect zou tonen.
Hij nam het derde boekje en begon weer voor te lezen.

2 maart 1967

Vuur kan helen maar ook vernietigen. Vuur levert energie, hartstocht en passie. Je kan vuur gebruiken bij het ontwikkelen van visie maar ook bij avontuur en uitdaging. Vuur laat zien waar je ambities naartoe gaan, waar je passie ligt maar ook je kracht en je valkuilen. Vuur gaat over groei, verlangen en idealisme.

Vuur is het element van de wil, het doorzettingsvermogen, de levenskracht, daadkracht en actie...

Odile stond op en zei dat ze met die onzin geen stap vooruitkwamen. Casper deed alsof hij daardoor in het diepst van zijn ziel geraakt was en keek haar ijskoud aan. Op dat moment klopte Billy op de kamerdeur. Odile liep naar haar kamer en voelde de gsm in haar broekzak trillen.

[Nanna]
Enoema Elisj en Nippur zijn net vertrokken uit het museum. Geen succes. Meld je asap.

[Odile]
Dat kan niet. Ik heb foto's genomen van de artefacten en valse transportpapieren opgemaakt. Moet ik dan alles zelf doen?

Odile wachtte nog even op antwoord, maar het schermpje bleef donker.

## BRUSSEL_ KMKG_ DE HOED, ALEXANDRA, BRITT EN ANNETTE

"Ah," zei de Hoed toen Annette binnenkwam, "daar is mijn assistente."
Annette speelde haar rol voortreffelijk en begroette de anderen in haar moedertaal, het Amsterdams.
"Annette," zei de Hoed, "als het voor mevrouw de directrice oké is, zou ik voorstellen dat jij met Britt even naar de artefacten gaat..."
"Jaja," zei Alexandra, "het is goed... gaan jullie maar een kijkje nemen op het laadperron."
"Maar...", begon Britt.
Alexandra draaide zich om en wuifde Britts poging om nog iets te zeggen weg. De Hoed wilde Alexandra nog even spreken, maar kreeg te horen dat hij later nog mocht langskomen in haar kantoor.
"Dan loop ik maar even met hen mee", gromde hij.
Britt zette haar gebruikelijke tred in. Annette had helemaal geen probleem om haar te volgen, maar de Hoed moest toch even een versnelling hoger schakelen.
"Moeten jullie nu echt zo snel stappen?" hijgde hij.

Britt keek glimlachend om en vertraagde haar pas.
"Vertel," zei de Hoed toen ze even later door een van de gangen van de stockageruimtes liepen, "gebeurt dat vaak?"
"Wat?" vroeg Britt.
"Wel," hijgde de Hoed nog steeds, "dat een verhuis- of transportfirma artefacten komt ophalen zonder dat iemand op de hoogte is."
"Gelukkig niet", lachte Britt toen ze bij de laadkaai van het museum aankwamen.
"Hé!" riep Britt naar een van de klusjesmannen van het museum. "Waar is die verhuisfirma naartoe?"
"Ze moesten nog naar het Amerikaans Theater", antwoordde de man.
"Naar het Amerikaans Theater? Dat is toch gesloten?"
De man haalde zijn schouders op.
"Het is al goed", zei Britt terwijl ze zich omdraaide en Annette en de Hoed wenkte.
"Waar gaan we heen?" vroeg Annette.
"Mijnheer de Hoed heeft toch gevraagd om de artefacten te kunnen zien die in de kelder staan? We gaan dus een kijkje nemen in de atoomschuilkelder", antwoordde Britt. "Daar staan alle artefacten... euhm... werkstukken die de hippies voor zichzelf mochten maken."
Annette en de Hoed dachten allebei aan de informatie die ze in de OCR gekregen hadden aan de hand van de foto's die Billy en Odile hier genomen hadden. Ze keken elkaar veelbetekend aan.
"Eén ding moeten jullie me wel beloven," zei Britt terwijl ze stopte en zich bruusk omdraaide zodat de Hoed pal tegen haar aanliep, "geen woord hierover tegen Alexandra."
Annette keek Britt vragend aan.
"Waarom?"
"Alexandra is van mening dat het bestaan van die atoomschuilkelder negatieve publiciteit is voor het museum."
De Hoed knikte.

"Wat is dat hier allemaal?" mompelde de Hoed vol verbazing terwijl Britt hen rondleidde in de gigantische atoomschuilkelder.
"Dit dateert natuurlijk allemaal uit de jaren rond de maanlanding", lachte

Britt terwijl ze er meteen aan toevoegde dat ze een levendige fantasie had. "Ze hebben duidelijk daar hun inspiratie gehaald."
De Hoed keek naar een volledige maquette van het heelal die zeer gedetailleerd uitgewerkt was.
"Denk je dat die Franse verhuisfirma dit wou komen ophalen?" vroeg hij aan Britt.
"Ik heb geen idee wat ze precies kwamen doen, maar met die verschillende inbraakpogingen van de laatste week is Alexandra erg op haar hoede."
De Hoed bekeek de opstelling in de verschillende ruimtes aandachtig.
"Als je 't mij vraagt...", zei hij zo plechtig mogelijk om als een echte kunstkenner over te komen.
"Jaaaaaaaa," zei Annette lachend terwijl ze Britt vastpakte en zich samen met haar omdraaide in de richting van de Hoed, "wij vragen het jou!"
"Wel... euh...", stotterde de Hoed plots, "als je 't mij vraagt, is dit een overblijfsel van een stiekeme hobby van iemand die in 1969 voor het museum werkte."
"Tiens," zei Britt, "zo had ik het nog niet bekeken."
De Hoed knipoogde naar Annette.
"En dit zijn de artefacten van de hippies", zei Britt even later toen ze in de achterste ruimte van het moulageatelier stonden.
De Hoed pakte zijn gsm en nam snel enkele foto's.

## BATH_ LANSDOWN GROVE HOTEL_ CASPER, BILLY EN ODILE

"Goed nieuws!" verzon Billy. "Het zou weleens kunnen dat er zich een atoomschuilkelder onder de kathedraal van Bath bevindt."
"Wat?!" riep Odile.
"Kom," zei Billy, "ik heb een slaatje besteld bij de chef en vertel alles tijdens het eten. Ik scheur van de honger."
"Goed idee," gromde Casper, "ik ook."
"Voor mij...", begon Odile terwijl ze aan een tafeltje gingen zitten.
"Sorry," zei Billy, "maar ik ben zo vrij geweest om al te bestellen."
"Ook goed," zei Odile, "als er maar geen vet vlees in zit."

“Wees gerust”, lachte Billy.

Een paar minuten later werden de slaatjes geserveerd. Casper bestelde een Carlsberg.
“Waarschijnlijk de beste keuze van de dag”, lachte de kelner.
Billy sloot zich bij Casper aan en Odile nam een glas witte wijn.
“Vertel”, zei Odile tussen twee happen door.
Billy verzon een verhaal over een oude pastoor die hij daarnet tegen het lijf gelopen was bij de Romeinse baden.
“Dat is interessant”, zei Casper met gespeelde verbazing.
Odile ademde plots heel zwaar en begon ongecoördineerd heen en weer te schuiven op haar stoel.
“Alles oké?” vroeg Billy.
Odile knikte, maar kreeg plots hevige krampen.
“Ik… euh…”
Billy stond op en de kelner kwam ook meteen helpen.
Odile wilde opstaan, maar kromp in elkaar en viel op de grond.
“Bel een ziekenwagen!” riep Billy.
Odile begon te braken en klaagde dat ze niets meer kon zien.
“Blijf rustig liggen,” raadde Billy haar aan, “er komt zo meteen een ziekenwagen.”
“Ik…”
“Rustig,” suste Billy, “rustig, probeer gewoon rustig te ademen.”

“Jij…”, probeerde Odile.
“Ssst…”, reageerde Billy terwijl hij zijn hand op haar voorhoofd legde.
Odile draaide haar hoofd naar links en opende haar mond opnieuw.
“Hij…”
“Rustig,” zei Billy opnieuw, “rustig, probeer gewoon rustig te ademen.”
Op dat moment kwamen twee ambulanciers het restaurant van het Lansdown Grove Hotel binnen.
“Wat is er aan de hand?” vroeg een van de mannen.
“We zaten een slaatje te eten en plots is ze onwel geworden”, legde Billy uit.
De andere ambulancier liep naar buiten en kwam terug met een brancard.
Ze legden Odile er voorzichtig op en droegen haar naar de ziekenwagen.

Billy, Casper en de kelner liepen mee naar buiten. Net voor de brancard met Odile erop in de ambulance geschoven werd, maakte de kelner Odiles armen en benen met plastic binders vast.
"Wat…"
"Ik denk dat ik best maar even meega", zei de kelner terwijl hij mee in de ambulance stapte en de achterdeur dichttrok.

## BRUSSEL_ KMKG_ DE HOED, WALKER EN ANNETTE

"Kan ik jullie nog een koffie aanbieden?" vroeg Britt vriendelijk terwijl ze vanuit het moulageatelier terugliepen naar het museum.
De Hoed antwoordde dat het voor hem oké was en Walker fluisterde vanuit de auto in Annettes oor dat ze erop moest toezien dat de Hoed ook een koffie dronk.
"Dus," zei Annette met een glimlach om de lippen toen ze het restaurant van het KMKG in liepen, "drie koffies."
"Weet je," zei de Hoed, "ik weet niet of koffie wel ideaal is voor mijn maag…"
"Water dan?" vroeg Annette.
"Ja," zei Britt, "als je last hebt van je maag, dan kan je best alleen water drinken."
De Hoed begreep dat hij deze discussie niet zou winnen en ging akkoord met water. Walker schoot in de lach in de auto en genoot in eenzaamheid van die kleine overwinning.

"Ah," zei Alexandra toen ze het restaurant binnenkwam, "hier zijn jullie."
"Had je me dringend nodig?" vroeg Britt.
Alexandra wilde antwoorden, maar de Hoed kwam net met de twee koffies en het flesje water aangelopen.
"Wil jij ook iets om te drinken?" vroeg hij als een volleerde gentleman.
"Ik neem dit flesje water wel", antwoordde ze.
De Hoed knikte. Hij draaide zich om, liep terug naar de kassa en keerde terug met een grote pint in de handen.
"Dat is niet goed voor je maag", lachte Britt.

"Wat is er aan de hand?" vroeg Walker via het oortje.
Annette kon niet antwoorden en wreef even over haar boezem zodat Walker extra veel geruis te horen kreeg.

"Ik hoop dat die mannen van de zogezegde verhuisfirma niet meer terugkomen", zei Alexandra. "Ik heb die papieren eens bekeken… pure vervalsingen."
"Hoezo?" vroeg de Hoed.
"Ach," antwoordde Alexandra, "je zou eens moeten weten hoe vaak we te maken krijgen met malafide personen die ons dingen proberen te ontfutselen."
"Maar deze heren waren dan toch wel goed georganiseerd en zeer stoutmoedig", zei de Hoed, "om zomaar met een vrachtwagen te komen aanrijden."
Alexandra knikte.

Annette verwijderde zich even van de anderen, pakte haar gsm en deed alsof ze belde.
"Walker," zei ze, "wij gaan afscheid nemen van Britt en Alexandra. Volgens mij zit de timing en sfeer goed om even binnen te waaien om een vertrouwelijke babbel te doen met Alexandra."
"Oké," zei Walker, "zal ik doen."
"Ik keer met de Hoed terug naar de OCR en zie je daar wel."
Walker zei dat het goed was.

Hij stapte uit, sloot de wagen af en liep de trappen op, waar hij de Hoed en Annette kruiste. De Hoed keek als het ware met een geheimzinnig glimlachje door hem heen en zei tegen Annette dat het prima weer was om nog een terrasje te doen.
"Dat hij het maar alleen doet", gromde Walker in zijn microfoontje.
"Heerlijk weertje om een terrasje te doen, inderdaad," antwoordde Annette, "maar ik heb besloten om vanavond voor Walker te koken en hem daarna eens lekker te verwennen… dus, je zal ander gezelschap moeten zoeken."
De Hoed keek Annette ontgoocheld aan, maar zei dat hij blij was dat alles

weer goed was tussen hen.
Walker daarentegen liep het museum in met een brede smile om de lippen.

## BRUSSEL_ DE OCR_ THE VANDIESEL COMPANY

"Bon," zei Annette terwijl ze ongegeneerd haar blouse omhoogtrok om het microfoontje vanonder haar beha te halen, "dit mag terug in de trukendoos van Willy."
Willy, William en de Hoed zaten haar met open mond aan te kijken toen de Bonsaiman uit de IMREC-room kwam en in de lach schoot bij het zien van dit tafereel.
"Wat is er zo grappig?" vroeg Annette.
"Kleine jongens die voor het eerst echte borsten zien", lachte de Bonsaiman terwijl hij naar de drie mannen achter haar wees.
Ze draaide zich naar de drie mannen en wilde hen boos aankijken, maar die richtten hun blik plots alle drie om naar een van de grote computerschermen.

"Mike," zei Willy dankbaar toen de telefoon overging, "hoe gaat het met jou?"
"Willy," begon Mike, "is er iemand beschikbaar om even een kijkje te gaan nemen bij het Amerikaans Theater?"
"Euh… ja."
"De Hoed heeft me getipt over die Franse mannen met die verhuiswagen. Ik heb net bevestiging gekregen dat die daar een aantal items willen oppikken, maar dat kot staat al jaren leeg. Kunnen jullie eens tot daar rijden?"
"De Hoed en de Bonsaiman gaan er meteen naartoe", besliste Willy.
"Misschien is het beter dat ik met de Hoed ga," zei Annette, "want ik heb een vermoeden dat de Bonsaiman nog niet klaar is in de IMREC-room."
Willy knikte.
"William!" riep Annette terwijl ze de OCR uit liep. "Kan jij ons begeleiden?"
"Wilco."

Willy keek William aan en wilde een opmerking maken, maar besefte dat ze nog een paar weken met elkaar opgescheept zouden zitten in de OCR en beet op zijn tong.

Annette pakte de sleutels van de A8 van de baas en startte de motor.
"Mag jij wel…?"
"Ik vraag wel vergiffenis achteraf", lachte Annette terwijl ze de garage uit reed.
De Hoed grinnikte even later toen hij op de Willebroekkaai de vaste snelheidscamera zag flitsen.
"Ik denk dat dat nodig zal zijn."
"Verdomme," gromde Annette, "altijd hetzelfde liedje. Als je gehaast bent, zetten ze die camera's aan."

De Bonsaiman kwam met bezorgde blik uit de IMREC-room.
"Wat is er?" vroeg de baas.
"Ik denk dat jij even met de premier moet gaan praten", antwoordde de Bonsaiman.
"Ik?"
"Kijk," zei de Bonsaiman, "ik heb alle foto's van Casper, Billy, Odile en de Hoed vergeleken met onze database en ik heb een paar keer een rode pop-up gekregen."
"Wat betekent dat?"
"Dat je informatie wil bekijken waarvoor een speciale toelating nodig is", zei de Bonsaiman.
"Hebben wij die dan niet?"
"Niet voor alles, blijkbaar", antwoordde de Bonsaiman.
"Dat wil zeggen dat we hier op het domein van de Staatsveiligheid komen."
De Bonsaiman knikte.
"Staatsgeheimen."
"Kan jij Willy vertellen wat je gezien hebt?"
De Bonsaiman knikte opnieuw en zei dat ze daarmee geen meter vooruit zouden komen.
"Ik trek snel een ander hemd aan en wij gaan naar de premier", besliste

de baas.

Amper een minuut later kwam de baas met boze blik terug de OCR in gelopen. Willy wilde vragen wat er aan de hand was, maar hij kreeg de kans niet.
"Heb jij Annette gezegd dat ze de A8 mocht nemen om naar het Amerikaans Theater te rijden?"
"Ai," lachte William, "en jouw pas gestreken hemden hangen daar nog in."

## BRUSSEL_ OUD KORENHUIS_ JULIE EN MAE

"Ik ben benieuwd hoe het met Billy gaat intussen", zei Julie toen ze de *clotted cream* op tafel zette voor Mae haar neus.
"Denk je dat we hem kunnen helpen hebben door onze contacten bij MI6 aan te spreken?" vroeg Mae.
Ze vroeg zich intussen af wat er nu zo speciaal was aan een paar verse broodjes, wat slagroom en homemade aardbeienconfituur. Julie was er sinds gisteren mee bezig geweest en had haar beloofd dat ze nog nooit zoiets lekkers geproefd zou hebben.
"Ik weet het niet," antwoordde Julie, "ik heb sindsdien niets meer van hem gehoord."
"Maak je je zorgen?"
"Als er écht iets ernstigs gebeurd was, zouden ze me toch wel al gebeld hebben, hè", zei Julie dapper. "Kom, we kunnen beginnen aan onze *high tea with scones*."
"Je zal het me toch moeten voordoen, vrees ik", gaf Mae schuchter toe. "Ik heb geen idee wat de bedoeling hiervan is."
"Kijk," zei Julie moederlijk, "je neemt een scone en je snijdt hem voorzichtig door."
Mae deed exact na wat Julie deed.
"Wist je dat Billy al een hele tijd denkt dat Odile een mol is?" vroeg Julie terwijl ze de confituur op haar scone schepte.
"Wat?!"
"Hij heeft me dat subtiel in een van zijn gecodeerde sms'jes doorgegeven", knikte Julie.

Mae zweeg even en proefde snel van de versgemaakte aardbeienconfituur voor ze er ook wat van nam.
"Dat zou wel verklaren waarom er zoveel zaken fout liepen de laatste tijd...", bedacht ze dan. "Die foto's van het museum die plots gewist waren, William die in elkaar geslagen werd..."
"... die dreig-sms naar mij", vulde Julie aan.
Ze keken elkaar aan.
"En Billy en Casper zitten nu samen met haar in Bath?" vroeg Mae.
"Waarschijnlijk om haar weg te houden uit Brussel", veronderstelde Julie.
Plots hoorden ze het geluidje van een binnenkomende sms op Julies gsm. Ze schrokken even, maar Julie bleef rustig en bekeek het bericht.

> [Billy]
> Mol is uitgeschakeld. Thanks for your help,
> love <3

Julie slaakte een zucht van opluchting. Vooral omdat ze nu wist dat alles goed was met Billy, maar ook omdat ze nu zelf ook veilig was.
"Hij had dus weer gelijk, hè, mijn Billy", lachte ze.
"Maar zonder onze hulp zou het hem toch niet gelukt zijn om zo snel te handelen, hè", knipoogde Mae terug.
"Pfiew, ik voel me meteen tien kilogram lichter", zuchtte Julie die echt een zware last van haar schouders voelde vallen.
"Dan is het nu hoog tijd om ons vol te proppen met jouw hele Engelse traditie hier", lachte Mae.
Julie wou net van haar gevulde scone met verse jam en *clotted cream* bijten toen er nog een sms binnenkwam. Ze las hem meteen.

> [Anoniem]
> Nu is hij te ver gegaan. Jullie sterretje gaat
> eraan!

## BATH_ LANSDOWN GROVE HOTEL_ CASPER EN BILLY

"Oké," zei Billy terwijl ze terug naar binnen liepen nadat de ziekenwagen vertrokken was, "nu hebben we even wat tijd en vrijheid om aan de slag te gaan."
Casper wilde vragen hoe hij dit schouwspel in zo'n korte tijd had weten te regelen, maar besloot om die vraag te parkeren tot ze meer tijd hadden.
"Wat stel je voor?" vroeg Casper.
"Dat we naar Bath Abbey gaan."
"Naar de kathedraal?"
Billy knikte.
"Wat hoop je daar te vinden?"
"Waarom heb jij dat vijfde boekje niet aan Odile getoond?" kaatste Billy de vraag terug.
"Omdat je weleens gelijk zou kunnen hebben dat ze een mol is", antwoordde Casper.
"Kom op met die informatie", zei Billy.
"Hoelang zal Odile buiten strijd blijven?"
"Als de *Aethusa cynapium*[150] en de bessen van de *Viscum album* hun werk naar behoren doen, zal ze zeker tot morgenvroeg buiten strijd zijn", antwoordde Billy.
"Maar die kelner…"
"Die kelner is een MI6-agent," verklaarde Billy, "net als de ambulanciers. Allemaal geregeld via Julie."
Casper glimlachte even.
"Volgens mijn informatie heeft Odile op dit moment last van irritatie in mond en keel, misselijkheid, braken, diarree, gezichts- en evenwichtsstoornissen."
"Wie is de kok bij jullie thuis?" vroeg Casper lachend.

"Ik weet zeker dat het Odile was die jouw kamer overhoopgehaald heeft," zei Billy, "maar ik weet niet of ze alleen handelt en wat haar doel is."
"Dan moeten we goed op onze hoede blijven", besloot Casper.

150 *Aethusa cynapium* = hondspeterselie; *Viscum album* = maretak

Toen ze weer in Caspers kamer stonden, nam hij het vijfde boekje, sloeg het open en toonde Billy de tekening.

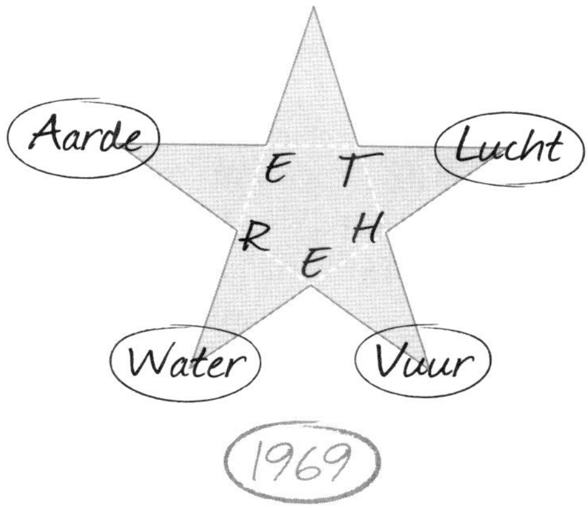


"Wauw," zei Billy, "wat is dat allemaal?"
"Dit is het vijfde dagboek van mijn vader", antwoordde Casper.
Ze legden alle notaboekjes van Caspers vader nog eens naast elkaar en kwamen tot een aantal verrassende vaststellingen.

"Oké," zei Billy, "de eerste vier dagboeken zijn van 1967 en lijken op het eerste gezicht over de vier elementen te gaan."
"Juist," bevestigde Casper, "aarde, lucht, water en vuur."
"Het was natuurlijk de periode van de hippies, en het spiritualisme vierde toen hoogtij," zei Billy, "maar we kunnen ons afvragen of er nog iets anders achter zit."
"Iets anders?"
"Iets groters", antwoordde Billy.
"Denk je dat mijn vader een spion was?"
"Ik weet het niet," zei Billy, "maar mijn gevoel zegt me dat er meer is."
"Dus…?"
"Laten we naar Bath Abbey lopen om een kijkje te nemen", antwoordde Billy.

Toen ze het hotel verlieten, stond er een echtpaar op de parking nogal luid te discussiëren over het feit dat ze nog geen lunch gehad hadden. Casper en Billy keken mekaar glimlachend aan en vervolgden hun weg. Toen ze uit het zicht verdwenen waren, nam de vrouw een walkietalkie uit haar handtas en rapporteerde dat de twee targets net vertrokken waren zonder hun babysit.

## BRUSSEL_ KMKG_ WALKER, ALEXANDRA EN BRITT

Walker zag Alexandra en Britt in het atrium en wilde meteen doorlopen, maar dat lukte niet, omdat de securityman hem tegenhield.
"Kan ik even met Alexandra spreken, alstublieft?" vroeg Walker beleefd.
"Wie?" vroeg de man.
"Daar...", wees Walker, "Alexandra, de directrice."
"Wacht hier," zei de man van de security terwijl hij snel naar het midden van het atrium tot bij Alexandra liep.
Ze draaide zich om, herkende Walker en deed teken dat het oké was.
"Ik zie je straks wel", zei ze tegen Britt terwijl ze naar Walker liep met de bedoeling hem zo snel mogelijk weer buiten te krijgen.
"Meneer..."
"... Vanderstappen," antwoordde Walker, "Jacques Vanderstappen, maar iedereen noemt me 'Walker'."
"Ik had verwacht dat uw voornaam dan Johnnie zou zijn", lachte Alexandra.
Walker knikte en wilde antwoorden dat die grap ouder was dan de meeste artefacten in dit museum, maar glimlachte vriendelijk.
"Kan ik u even spreken?"
"Dat bent u al aan het doen", antwoordde Alexandra scherp.
"Onder vier ogen", zei Walker zonder verpinken. "Mike is een goede vriend en hij heeft me gestuurd om u te helpen."
Alexandra ontdooide zichtbaar en zei dat ze wel even naar de stockageruimte konden lopen.
"Wat kan ik voor u doen?" vroeg ze toen ze in de grote gang liepen waar ook de ingang van de atoomschuilkelder zich bevond.
"Het gaat erom wat ik voor u kan doen", antwoordde Walker.
Alexandra stopte abrupt en keek Walker recht in de ogen.

"Mike heeft me gevraagd om in alle discretie met u aan de slag te gaan om de eerste inbraak en de andere pogingen tot inbraak op te lossen."
"Dat is zo lief van hem", zuchtte Alexandra. "Het lijkt inderdaad maar niet op te houden."
"Wat wilden die mannen van de Franse verhuisfirma hier komen ophalen?"
"Artefacten die hier al staan sinds 1969", antwoordde ze. "Als je die dingen bekijkt, dan kan je niet anders dan in de lach schieten."
"Hoezo?"
"Het zijn gewoon brokstukken gemaakt uit karton en papier-maché," zei ze, "een soort rotslandschap."
"Is een van die hippies later misschien een beroemde kunstenaar geworden?"
Ze schudde haar hoofd.
"Zijn die brokstukken altijd hier in het museum gebleven?"
"Weet je," antwoordde ze, "toen ik hier in 1984 aan de slag ging, werkte de oude conciërge hier zijn laatste dagen af. Het was een bijzondere, maar vooral ondergewaardeerde man."
Ze laste een pauze in en keek onrustig rond.
"Je hebt Mikes woord en dat van mij ook. We gaan je helpen dit mysterie op te lossen, maar dan moet je me wel alles vertellen."
"Kom," zei Alexandra, "we lopen even naar de kelder. Daar zitten geen luistervinken."

"Bon," zei ze toen ze in de eerste ruimte van de atoomschuilkelder stonden, "onze conciërge heeft me ooit verteld dat de hippies al die brokstukken in opdracht van de Staatsveiligheid gemaakt hebben en dat hier in de schuilkelder een fotograaf-cameraman gedurende weken opgesloten gezeten heeft."
Walker knikte.
"Hij vertelde me ook dat al die brokstukken twee weken voor de maanlanding weggehaald werden en de dag erna allemaal terug in de geheime ruimte achteraan lagen."
"Wie heeft ze weggehaald?"
"Volgens de conciërge waren dat dus de mannen van de Staatsveiligheid",

antwoordde ze.
"En die fotograaf-cameraman?"
"Die zat hier opgesloten," antwoordde ze terwijl ze opnieuw rondkeek om te zien of er echt niemand ergens verscholen zat, "maar werd, vanaf het moment dat de brokstukken weggehaald waren, elke morgen opgehaald en 's avonds teruggebracht."
"En daarna?"
"Die man is hier voor de laatste keer vertrokken op 19 juli 1969 en is daarna nooit meer gezien, volgens de conciërge", zei Alexandra.
"Kende de conciërge ook zijn naam?" vroeg Walker.
"Niet dat ik weet," antwoordde Alexandra terwijl ze naar de doorgang naar de tweede ruimte liep en Walker wenkte om te komen kijken, "maar volgens onze conciërge heeft hij hier zijn initialen in de deurstijl gekerfd."
Walker bekeek de deurstijl, maar kon de letters niet lezen.
"Hier", zei Alexandra terwijl ze de flitslamp op haar gsm als een zaklamp liet branden.
"JPU", mompelde Walker en nam er snel een foto van.

## BRUSSEL_ DE OCR_ THE VANDIESEL COMPANY

"Bon", zei de baas toen hij de iPad nam en Mindmapper opende om zijn gedachten in een schema te zetten.
Hij schreef in grote letters 'KMKG' in het midden van het scherm.
"Wauw," lachte William, "dat is pas verhelderend!"
De baas keek hem boos aan. Willy en de Bonsaiman schoten in de lach.
"Blijf maar bij de les," gromde de baas, "want straks moet jij hier de show runnen."
William keek Willy geschrokken aan, maar die knikte heel ernstig bevestigend, want hij had de hint van de baas duidelijk begrepen.
"Onze eerste spilfiguur in dit verhaal is de directrice."
"*Right*," zei William, "en ze is goed bevriend met Mike."
"Diefstal, poging tot diefstal en Britt", gromde William.
De baas keek hem vragend aan.
"Als ik dan toch de show moet runnen," mompelde William zachtjes, "dan mag ik ook dicteren."

“Dat hebben we allemaal gehoord”, zei Willy doodernstig.
De baas reageerde niet en vulde het schema verder aan.

Walker kwam de OCR binnen en ging aan de grote tafel zitten. De baas keek hem even aan, maar Walker deed teken dat hij mocht doorgaan waarmee hij bezig was.
“Dank je wel,” gromde de baas, “het wordt hier steeds beter. Nu krijg ik al toestemming van mijn team om te…”
“Ga nu gewoon door met de opbouw van je schema,” bromde Willy, “je maakt ons nieuwsgierig.”
“Breng me dan maar een kop koffie.”
De Bonsaiman sprong op en salueerde formeel.
“Toch iemand die weet dat hij respect moet tonen voor zijn baas”, zei de baas goedkeurend.
William en Willy hadden even moeite om in te schatten of de baas dat meende of niet, maar Walker schoot in de lach.
“Laat me nu even mijn gedachten ordenen,” zei de baas, “zodat jullie daarna kunnen aanvullen waar nodig.”

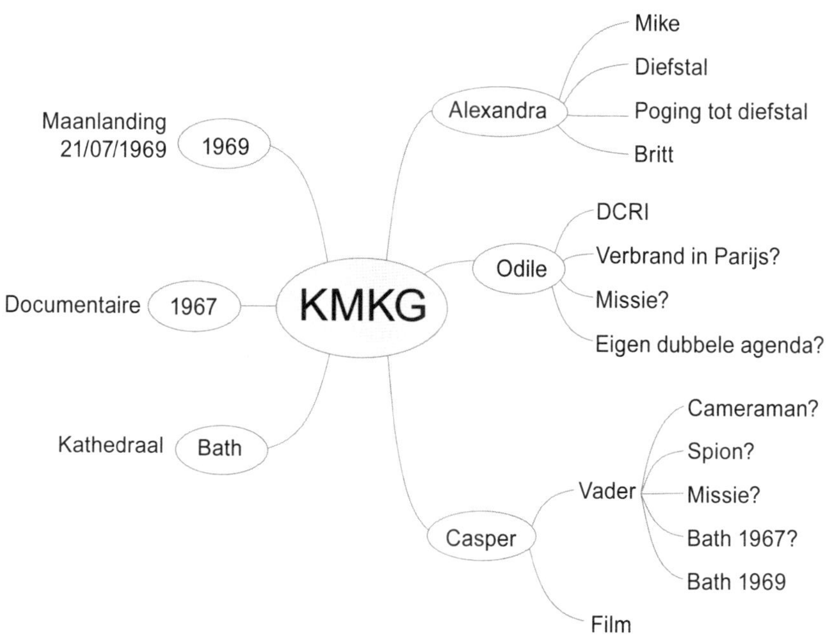

## BRUSSEL_ OUD KORENHUIS_ JULIE EN MAE

Julie stond als versteend met haar gsm nog in de hand na die laatste sms. Mae begreep niet waarom en stond daarom op om te gaan kijken wat er aan de hand was. Ze las het bericht.
"Huh?" was het enige wat ze kon uitbrengen.
De bedreiging leek nu pas door te dringen bij Julie.
"Ik moet Billy bellen," zei ze plots gehaast, "ik moet hem horen, ik moet weten wat er aan de hand is."
"Zou je dat wel doen?" vroeg Mae rustig, in een poging om haar wat te kalmeren.
"Hij moet toch weten wat die *bitch* ons hier aandoet, zeker?!" snauwde Julie.
Ze besefte onmiddellijk dat ze wat te fel gereageerd had.
"Sorry", zei ze zacht.
"Je hoeft je niet te verontschuldigen, ik begrijp je heel goed", suste Mae.
"Ik snap het gewoon niet", ging Julie verder. "Eerst schrijft Billy dat hij haar kunnen uitschakelen heeft, en dan..."
"Blijkbaar is het dan toch niet gelukt", veronderstelde Mae.
"En nu is het nog erger", snikte Julie. "We hebben het alleen maar erger gemaakt."
Mae zat met haar handen in het haar. Ze wilde Julie en de baby beschermen, maar vreesde dat, als er echt een fysieke bedreiging zou komen, ze niet sterk genoeg zou zijn. En wat dan?
"Zou jij voor mij een ticket willen boeken naar Swansea?" vroeg Julie terwijl ze Mae met betraande ogen aankeek.
"Wil je naar je moeder in Engeland?"
Julie knikte en ze keek naar het wiegje waarin haar dochtertje lag te slapen.
"En ik neem haar mee", zei ze vastbesloten.
"Prima, ik zal straks een vlucht voor twee boeken", antwoordde Mae.
"Voor Dagne heb ik geen ticket nodig, hè, gekkie", reageerde Julie.
"Dacht je dat ik jou met die kleine meid alleen zou laten vertrekken?"
"Meen je dat? Ga je met ons mee?" vroeg Julie verbaasd.
"Als ik mag", lachte Mae.

Plots ging Julie's telefoon over. Julie herkende meteen het nummer van de uitbater van de brasserie op de benedenverdieping. Ze luisterde zwijgend naar wat hij zei en legde dan haar gsm neer. Mae keek haar vragend aan. "Er is daarjuist een vent in zwarte kledij in de brasserie naar mij komen vragen..."
Meteen keek ze weer naar haar gsm, want er kwam een bericht binnen. Mae zag meteen aan Julies gezicht dat het geen goed nieuws was. Maar nog voor Julie kon zeggen wat er precies instond, hoorden ze gestommel aan de voordeur. Ze schrokken allebei op en keken elkaar strak aan. Zonder een woord te zeggen, wisten ze wat ze moesten doen.
Julie deed haar draagdoek aan, nam haar slapende dochtertje zachtjes op en bond haar zo dicht als ze kon tegen haar lichaam. Mae verzamelde intussen vliegensvlug alle nodige spullen en stak ze in een grote rugzak. Ze waren hier geen seconde meer veilig.

## BATH_ LANSDOWN GROVE HOTEL_ CASPER EN BILLY

Casper las verder in het eerste notaboekje, terwijl Billy nog een tweede bericht stuurde naar Julie.

Vrijdag 13 januari 1967

Vrijdag de dertiende. Ik ben nooit bijgelovig geweest, maar vandaag moest ik toch even slikken.

Ik was druk bezig met de telex die net binnengekomen was over de voorbereiding van Apollo 1, toen ik plots Roger Mertens in een zwart pak zag staan. Het was meer dan vijf jaar geleden, bij onze gezamenlijke afzwaai in Lüdenscheid, dat ik nog iets van hem gehoord had.

Hij was vergezeld van een andere man, ook in een zwart pak.

"Jan-Pieter," zei hij, "meekomen. Nu!"

Ik ben toen rustig opgestaan en heb geantwoord dat we niet meer in het leger zaten, maar dat stond hem blijkbaar niet aan.

Roger maakte de knoop van zijn kostuumvest los en trok ze een beetje opzij, zodat ik een legitimatiebewijs kon zien en een pistool in een heupholster.

"Wat..."

"Geen vragen stellen," had hij op ijzige toon gezegd, "gewoon meekomen en doen wat ik zeg."

"Verdomme," mompelde Casper, "wat is dat allemaal?"
Hij bladerde verder door het boek en bekeek allerlei aantekeningen, tot een specifieke passage zijn aandacht trok.

Vrijdag 27 januari 1967

Vandaag is Apollo 1 in brand gevlogen nog voor de raket kon opstijgen. De drie astronauten zijn omgekomen.

*Nog voor we ook maar iets binnen gekregen hadden via de telex, stond Roger Mertens er weer en moest ik mee.*

*Ik heb vandaag vernomen dat hij voor de Staatsveiligheid werkt en dat ze nauw samenwerken met de Amerikanen... tegen de Russen.*

*Ik moet in mei voor minimum een maand naar Engeland om een bijzondere reportage te maken.*

*Hij heeft me gezegd dat ik binnenkort de nodige instructies zal krijgen.*

*Toen ik vroeg wie ik bij de BRT om toestemming moest vragen, kreeg ik te horen dat het allemaal al geregeld was.*

“En?” vroeg Billy.
“Heel bizar,” antwoordde Casper, “mijn vader is in 1967, met medeweten van de toenmalige BRT, gerekruteerd door de Staatsveiligheid om in Engeland die reportage te gaan maken.”

## BRUSSEL_ DE OCR_ THE VANDIESEL COMPANY

“Dat is een hele boterham”, zei Walker terwijl hij het schema van de baas bekeek.
“Kijk,” begon de Bonsaiman, “we weten nu dat er effectief één inbraak en meerdere pogingen tot inbraak in het KMKG geweest zijn.”

Iedereen knikte.
"Maar we weten niet met zekerheid of er iets gestolen is", ging de Bonsaiman verder.
"Jawel," reageerde Walker, "uit mijn gesprek met Alexandra weet ik dat er niets gestolen werd."
"Dan", zei de Bonsaiman, "is er iets met die hippies en het KMKG in de periode 1967-1969."
Iedereen knikte opnieuw.
"Er valt mij nu plots een interessant detail op", zei Walker.
"En dat is?" vroeg de Bonsaiman.
"Toen ik me daarstraks als vertrouwenspersoon van Mike bij Alexandra aanmeldde, nam ze me mee naar de atoomschuilkelder", vertelde Walker. "Daar vertelde ze over een fotograaf-cameraman van de vroegere BRT die er in 1969 een tijd lang ondergebracht werd door de Staatsveiligheid voor de uitvoering van een geheime missie."
"Oké", zei de baas terwijl hij naar de Bonsaiman keek omdat de link met de Staatsveiligheid ook hier naar boven kwam.
"Wacht," onderbrak Walker, "er is meer."
"Vertel," zei de baas, "ik wacht wel even."
Willy kreeg zowaar een binnenpretje, maar hield het voor zichzelf.
"Alexandra toonde me de plek waar, naar horen zeggen, de fotograaf-cameraman zijn initialen in de deurstijl gekerfd had", zei Walker terwijl hij opstond, naar de iPad liep en 'JPU' opschreef.
"Wat?!" riep de baas.
"Inderdaad," antwoordde Walker, "de man die in de atoomschuilkelder ondergebracht werd, heeft als initialen 'JPU'."
"Jan-Pieter Uytendaele", mompelde de baas.
"De vader van Casper", begreep William.
"Dus," zei de Bonsaiman, "Caspers vader was betrokken bij een operatie van de Staatsveiligheid in de periode 1967-1969. De foto's die Billy en Odile genomen hebben in de kelders van het museum, tonen een dergelijke set-up en komen overeen met foto's van de NASA..."
De Bonsaiman zweeg plots.
"Wat is er?" vroeg de baas.
"Dit is gewoon even luidop denken," ging de Bonsaiman verder, "maar

iedereen weet toch dat er tal van complottheorieën bestaan over Apollo 11?"
"Yep," zei William, "sommigen zeggen dat de maanlanding nooit plaatsgevonden heeft en dat alles in scène gezet was door de Amerikanen."
"In scène gezet...", mompelde de Bonsaiman.
"Wacht eens even," zei de baas, "de Staatsveiligheid, een fotograaf-cameraman, een setting van het zonnestelsel in de atoomschuilkelder van het KMKG..."
Iedereen zweeg even en alle blikken waren op de baas gericht.
"De maanlanding heeft echt plaatsgevonden op 21 juli 1969", zei de Bonsaiman plots.
"Hoe weet je dat zo zeker?" vroeg Walker.
"Tussen 11 en 15 juli 2009 maakte de onbemande Amerikaanse maanverkenner Lunar Reconnaissance Orbiter (LRO) foto's van de landingsplaatsen en daarop zijn de restanten van Apollo 11 en 14 duidelijk te zien."
"Wie geeft ons de zekerheid dat de beelden van de maanverkenner in 2009 echt zijn?" vroeg Walker.
De Bonsaiman knikte en gaf toe dat hij daar niet garant kon voor staan.
"Dus...", begon Walker, maar William onderbrak hem.
"Wat is er dan tussen 1967 en 1969 in het KMKG gebeurd onder de vleugels van de Staatsveiligheid?" vroeg William.
"Ik denk dat we dat maar eens moeten uitzoeken", antwoordde de baas terwijl hij opstond.
"Volgens mij is dat schema nog lang niet volledig", concludeerde William.

## BRUSSEL_ HET AMERIKAANS THEATER_ ANNETTE EN DE HOED

"Bel Mike", zei Annette luidop toen ze samen met de Hoed onderweg was naar het Amerikaans Theater.
De Hoed stak zijn hand in zijn broekzak om zijn gsm eruit te halen terwijl de display van de A8 het nummer van Mike toonde en meteen belde.
"Wat gebeurt er?" vroeg de Hoed geschrokken. "Je vroeg me net om Mike te bellen en nu doet die auto het?"
"Ja," lachte ze, "sorry, ik heb Siri net gevraagd om Mike op te bellen."

"Siri?" vroeg hij oprecht verbaasd. "Wie is Siri? Wij zitten toch maar met z'n tweeën in de auto?"
"Siri is de intelligente assistent van Apple", legde Annette uit. "Je weet wel: spraaktechnologie, artificiële intelligentie..."
"Ik moet van al die rommel niets weten", zei de Hoed. "Het is al erg genoeg dat ik dat ding hier altijd op zak moet hebben."
"Aha," lachte Annette, "een oldskool rebel die graag nog eens onder de radar duikt."
"Als je 't maar weet", lachte de Hoed terwijl hij door zijn baard wreef.

Een paar minuten later draaiden ze de Dikkelindenlaan op en zagen ze het Amerikaans Theater al staan.
"Mike," zei Annette, "we zijn bijna bij het Amerikaans Theater. Heb je een statusupdate voor ons?"
"Momentje," antwoordde Mike, "ik heb de conciërge op een andere lijn."
"Bel de OCR", zei Annette.
De Hoed bleef rustig voor zich uit kijken.
"Hé," zei Annette terwijl ze de Hoed een por gaf, "dat was tegen jou."
"Maar," sputterde de Hoed tegen, "hoe moet ik dat nu weten? Daarnet was je tegen Ziggy aan het praten."
"Siri, niet Ziggy", antwoordde Annette. "Bel nu snel naar Willy."
"Oké," zei Mike, "de conciërge bevestigt me net dat de verhuismannen afdruipen. Normaal gezien zou je een grijze vrachtwagen met gesloten laadbak het terrein van het Amerikaans Theater moeten zien verlaten."
"Yep," bevestigde Annette, "ik zie net een grijze vrachtwagen met het opschrift 'Déménagements Critiques et Récréatifs Internationaux'."
"D-C-R-I", mompelde de Hoed.
"DCRI", herhaalde Annette.
"Wat zeg je?!" schreeuwde Mike bijna.
"Déménagements Critiques et Récréatifs...", begon Annette.
"Neen," onderbak Mike, "die afkorting."
"DCRI."
"Verdomme, Annette", vloekte Mike.
"Wat heb ik nu weer verkeerd ge..."
"Niets," zei Mike snel, "je hebt helemaal niets verkeerds gedaan.

Integendeel. DCRI is de afkorting van de benaming van de Franse geheime dienst."
De Hoed was intussen in contact met de OCR en gaf de informatie die hij uit het gesprek tussen Mike en Annette opving meteen aan Willy door.
"Erachteraan!" beval Mike.
"Ben ik al mee bezig", antwoordde Annette.
"Voorzichtig, hè," zei Mike terwijl hij eraan toevoegde dat hij de OCR mee in het gesprek ging betrekken.
"Maar ik ben al met de OCR aan het bellen", zei de Hoed verontwaardigd.
"Inhaken en Annette ondersteunen!" zei Mike streng.

Tien seconden later zat Willy mee in het gesprek met Mike en Annette.
"Oké," zei Willy, "ik heb je op de radar via het *track & trace*-systeem dat in de wagen zit."
"Het lijkt erop dat jullie naar de Brusselse Ring rijden", zei Willy.
"Klopt", zei Annette.
"Walker en ik komen eraan om jullie de nodige back-up te geven", zei de baas.
"En ik?" vroeg de Bonsaiman die ook wel naar actie snakte.
"Oké," zei de baas, "ga jij met Walker, want ik denk dat ik toch niet zal kunnen wachten op mijn pas gestreken hemden om naar de premier te gaan."

## ZAVENTEM_ LUCHTHAVEN_ JULIE EN MAE

Het vliegtuigje was net opgestegen. Mae liet haar hoofd rusten tegen de hoofdsteun van haar zetel. Ze besefte dat het heel nipt geweest was. Muisstil waren ze via het slaapkamerraam van Billy en Julie naar buiten geklommen. Zij was zelf eerst gegaan en had Julie daarna zo goed mogelijk geholpen. Gelukkig was de afstand tot het platdak van de derde verdieping niet zo hoog geweest, waardoor ze veilig via de brandtrap beneden geraakt waren. De kleine Dagne die tegen het bovenlichaam van Julie lag te slapen, had er amper iets van gemerkt. Even later, toen ze met Mae's auto vertrokken waren, hadden ze Willy opgebeld met het dringende verzoek om het privévliegtuig van de Company te laten klaarmaken voor een vlucht naar Swansea Airport. Ze had hem de duidelijke opdracht gegeven om er verder tegen niemand iets over te zeggen.

Nu vlogen ze dus rechtstreeks en in minder dan twee uur naar Julies moeder. Daar zouden ze wel met rust gelaten worden en zou Julie tenminste toch weer eens wat kunnen slapen.
"Weet je moeder waarom we zo plots op bezoek komen?" vroeg Mae aan Julie.
"Ze kent de details niet, maar ze weet wat voor job ik heb en weet dat ze niet te veel vragen hoeft te stellen", fluisterde Julie die Dagne net melk gegeven had en haar nu in haar armen wiegde.
"Soms is het lastig als je moeder niet om de hoek woont, maar af en toe heeft het ook zijn voordelen", lachte Mae zachtjes.

Na de landing konden ze meteen instappen in de kleine, maar comfortabele auto van Julies moeder, die hen stond op te wachten. Blij, maar ook wat ongerust door het onaangekondigde bezoek nam ze haar dochter en kleindochter stevig in de armen. Ook Mae kreeg een knuffel en een welgemeend '*thank you*', met een knipoog erachteraan.

De volgende ochtend nam Julies moeder de zorg voor Dagne op zich, zodat Julie lekker kon uitslapen. Het waren slopende dagen geweest en gisteravond was ze dan ook meteen in haar bed gekropen. Bijna twaalf uur later kwam ze naar beneden en was ze duidelijk uitgerust.
"Hé Mae, weet je intussen al waar die pest-sms'en vandaan kwamen?"
Mae glimlachte.
"Je kent mij al goed, hè", zei ze.
Mae was inderdaad al een tijdje wakker en wou absoluut achter de stalker aangaan die Julie en Dagne zo bedreigd had. Het had haar wat tijd en moeite gekost, maar uiteindelijk had ze het gsm-nummer en de mastgegevens van de anonieme berichten kunnen traceren.
"En?" vroeg Julie zenuwachtig.
"De berichten werden verstuurd vanuit Bath", antwoordde Mae.
"Ze is daar dus nog."
"Gisteren wel, dus we kunnen veronderstellen dat dat nu ook nog zo is",

zei Mae.
"Hoe ver is het rijden…", vroeg Julie.
"Nog geen twee uur", antwoordde haar moeder ongevraagd toen ze de keuken binnenkwam.
"Als we snel iets eten en dan vertrekken, zijn we er tegen de middag", besliste Julie.
"Ben je zeker?" vroeg Mae verbaasd. "En Dagne dan?"
"Ik denk dat oma het niet erg zou vinden om…"
"Jullie moesten al weg zijn!" antwoordde haar moeder.

Nadat ze iets gegeten hadden, vertrokken Julie en Mae met de wagen van Julies moeder richting Bath. Omdat Mae deze morgen de dreig-gsm al uitgepeild had, zag ze dat het huidige signaal uit het Royal United Hospital kwam. Ze had het adres ingetikt in de gps en ze waren meteen weggereden.
"Wil je Billy laten weten dat we hier zijn?" vroeg Mae even later.
"Ik wil hem niet nog meer ongerust maken", antwoordde Julie twijfelend. "We moeten haar stoppen, Mae, voor ze nog meer schade aanricht."
Mae knikte en stond versteld van Julies vechtlust.
"Ze heeft je echt wel geraakt, hè?" vroeg ze.
"Ze heeft mijn kind bedreigd. Een onschuldig, weerloos kind. Als je dat doet, ben je slecht en daar heb ik geen medelijden mee", antwoordde Julie.
"Wat wil je dan doen?" vroeg Mae. "Als we haar zouden vinden, bedoel ik."
"Wat ik zou doen? Ik zou, ik zou…"
Julie kookte bijna van woede, maar een echt plan had ze nog niet. Mae begreep dat zij hier dus het hoofd koel zou moeten houden en ervoor zorgen dat er geen ongelukken zouden gebeuren.

## BATH_ LANSDOWN GROVE HOTEL_ CASPER EN BILLY

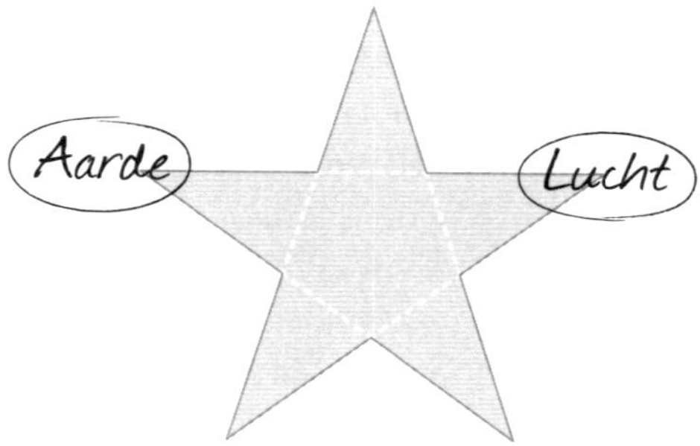


1967

"Zozo," mompelde Casper, "het tweede boekje..."
"Wat zeg je?" vroeg Billy.

Zaterdag 1 april 1967

Toen ik deze morgen binnenkwam om de verslaggeving voor het weekend op te stellen, was ik een beetje op mijn hoede... de datum... weet je wel... Er zijn altijd een paar flauwe grappenmakers die het niet kunnen laten...

Ik zag het bericht over de inhuldiging van de nieuwe luchthaven van Amsterdam (Schiphol) en las dat er heel wat belangrijke personen en filmsterren uitgenodigd waren.

Casper las dat zijn vader genoteerd had dat de idee om van Schiphol een 'wereldluchthaven' te maken dateerde van 8 oktober 1945. Een rijkscommissie onder leiding van professor Zwiers was met een plan voor de vervanging van de bestaande luchthaven gekomen, maar dat was destijds afgeschoten. Publieke Werken had een alternatief voorgesteld en met heel veel politiek gelobby was dit ontwerp aanvaard.

*Altijd hetzelfde met die Hollanders...*
*veel wind, veel lucht... pfff...*

Hij bladerde een beetje verder.

*23 april 1967*

*Het gaat niet goed met de Russen... De eerste vlucht van de Sojoez-raket is niet goed afgelopen. De parachute is niet opengegaan en de capsule is te pletter geslagen.*

*Ik vraag me af of die kosmonaut getrouwd was en kinderen had. Als ik zoiets lees of hoor, moet ik altijd aan Casper denken. Ik ben zo vaak van huis en hij is nog zo klein.*

*Allez, ik mag weer eens bezoek van Roger Mertens verwachten.*

"Hé Billy," zei Casper, "is er nog nieuws over Odile?"
"Ze is nog steeds misselijk", lachte Billy.
"Prima, houden zo," gromde Casper.
"Ik stel voor dat je je literatuur even aan de kant legt, zodat we naar de stad kunnen."

"Wat denk je daar te vinden?" vroeg Casper.
"Ik weet het niet," lachte Billy, "gewoon een luchtje scheppen."
Casper pakte de notaboekjes van zijn vader en liep ermee naar de safe.
"Weet je wat?" zei hij "Ik neem boekje nummer vijf mee… dat intrigeert me en wie weet heb ik wel een beetje tijd om erin te lezen op een rustig bankje…"
Billy schudde meewarig zijn hoofd en mompelde iets over mannen van een zekere leeftijd.

## BRUSSEL_ DE BRUSSELSE RING_ THE VANDIESEL COMPANY

"Richting Groot-Bijgaarden", zei Annette, die nog steeds samen met de Hoed de verhuiswagen achtervolgde.
"Oké," antwoordde Walker vanuit de SQ5 met de Bonsaiman naast zich, "we komen eraan."
"Ik stuur intussen een patrouille naar het Amerikaans Theater", zei Mike.
"Prima", zei Willy terwijl hij een paar instructies voor William op een post-it krabbelde.
"Ik dacht dat we volledig digitaal gegaan waren?" gromde die terwijl hij voorover leunde om zijn koffie te pakken.
Willy deed alsof hij het niet gehoord had en hield zijn aandacht op het scherm gericht.
"En?" vroeg hij.
"Komt in orde", zei William.
"Sorry," zei Willy, "het was niet tegen jou, maar tegen Annette."

Walker joeg intussen de SQ5 over de Tentoonstellingslaan in Jette en zag in zijn achteruitkijkspiegel de flits van een van de vaste camera's bij het kruispunt met de Rivierendreef.
"Verdomme," vloekte Walker, "ik heb mijn haar niet gekamd en net nu nemen jouw mannen foto's."
"Geen probleem," lachte Mike, "ik zorg er wel voor dat die niet op het net geraken."
De Bonsaiman moest even glimlachen.

"Miljaar," zei Walker toen ze ter hoogte van de abdij van Dielegem waren en hij de blauwe zwaailichten van een patrouillewagen van de lokale politie in zijn achteruitkijkspiegel zag.
"Wat?" vroeg Mike.
"De lokale van Jette zit achter ons aan met de blauwe zwaailichten in volle actie."
"Stop even en blijf rustig," zei Mike, "ik regel dat meteen."
Walker vloekte een paar keer binnensmonds, maar zette de SQ5 toch rustig aan de kant en hield gespannen zijn handen op het stuur.
"*Alors*," vroeg een van de agenten die tot bij de SQ5 gelopen was, "*on est pressé?*"[151]
Walker wilde net antwoorden toen de agent een oproep via de walkie-talkie kreeg over een SQ5 op de Tentoonstellingslaan die dringend door het verkeer geëscorteerd moest worden.
"*Bon*," zei de agent, "*assek et goe verstoen, es da voejaale.*"[152]
Walker keek de man met een schaapachtige glimlach aan en knikte.
"*Kzal mo ni vroege voe wa dattes, je suppose?*" zei de agent.[153]
Walker schudde zijn hoofd. De agent draaide zich om, liep terug naar de politieauto en vloekte eens hartsgrondig terwijl hij instapte.
De Volvo XC60 met felblauwe bestickering positioneerde zich voor de SQ5 en vertrok. Walker volgde de auto van de lokale politie en werd zo door het verkeer geloodst tot bij de Brusselse Ring.

"We nemen de afslag Groot-Bijgaarden", rapporteerde Annette terwijl ze de bocht relatief snel inging met de A8.
"En dan?" vroeg de Bonsaiman.
"We gaan naar links," antwoordde ze, "richting station Dilbeek."
"Nog even en we zijn er", zei Walker terwijl hij de SQ5 tegen hoge snelheid over het verkeersknooppunt van Groot-Bijgaarden jaagde.
"Ze nemen de eerste straat naar links", zei Annette plots.
"Dat is een doodlopende straat", merkte Willy op.

---

151 "Awel," vroeg een van de agenten die tot bij de SQ5 gelopen was, "ben je gehaast?"
152 "Goed," zei de agent, "als ik het goed begrijp, is dat voor jullie."
153 "Ik zal maar niet vragen waarvoor, zeker?" zei de agent.

"Wat is daar te vinden?" vroeg de Bonsaiman.
"Shurgard," antwoordde Willy, "verhuur van stockageruimte."
"Zorg ervoor dat je niet opgemerkt wordt", zei Walker tegen Annette.
"Geen probleem," antwoordde Annette, "ik ben een rustig en onopvallend meisje."
De Hoed trok een pijnlijke grimas en hield zich stevig vast aan het handvat boven het raam, want Annette spaarde de A8 van de baas niet. De Bonsaiman had alle moeite van de wereld om niet in de lach te schieten toen hij Annettes antwoord hoorde. Gelukkig voor hem moest Walker zijn aandacht op de weg gericht houden.
"Ze rijden het terrein van Shurgard op," zei Annette, "ik parkeer me in de straat die ermee evenwijdig loopt."

## BATH_ LANSDOWN GROVE HOTEL_ CASPER EN BILLY

"Kom," zei Billy, "ik heb wel zin om eens met die nieuwe Audi te rijden."
"Prima", lachte Casper terwijl hij om de auto heen liep en aan de passagierzijde instapte.
"De sleutel?" vroeg Billy.
"Keyless," antwoordde Casper, "daar is de start/stop-knop."
Billy kreeg een blos op de wangen en drukte de startknop in terwijl Casper lachend iets mompelde over jonge kerels.
"Heb jij een escorte geregeld?" vroeg Casper toen ze amper een paar honderd meter op Lansdown Road gereden hadden.
"Neen," zei Billy, "de interventie van MI6 was enkel om Odile op te pikken zonder dat iemand argwaan kreeg."
"Zou het kunnen dat de baas dit voor ons geregeld heeft?"
"Dat moet ik even checken", antwoordde Billy.
"Oké," zei Casper, "ga aan het volgende kruispunt rechtsaf, Julian Road op, en rij dan naar de tempel van Minerva. Daar zullen we een eindje wandelen en kunnen we de achterhoede checken."
Billy knikte.
"Je bent goed voorbereid", zei hij.
"Eens Special Forces, altijd..."
Billy glimlachte en moest aan zijn vader denken, die net hetzelfde zou

zeggen.
"... en met de jaren komt de ervaring", voegde Casper er lachend aan toe.

Billy parkeerde de SQ8 bij de ingang van de tempel van Minerva en stapte uit. Casper stapte even later ook uit, liep rond de auto en trapte eens tegen elke band terwijl hij de omgeving volledig scande.
"Onze vrienden staan om de hoek geparkeerd", mompelde hij tegen Billy terwijl ze naar het kleine gebouw liepen waar een huwelijksfeest aan de gang was.
Ze wandelden om het gebouw heen en zagen twee vuilniscontainers tegen een grote struik staan.
"Laten we even uit het zicht verdwijnen en kijken wat er gebeurt", stelde Casper voor.
"Toch niet...?"
"Neen," lachte Casper, "we duiken de struiken in en maken een binnenwaarts omtrekkende beweging."

Even later zaten ze goed verscholen en konden ze de auto van hun achtervolgers zien en stelden vast dat de chauffeur nog in de auto zat.
"Voor zover ik kunnen zien heb daarnet zijn ze maar met twee", zei Casper.
Billy knikte. Casper gaf hem plots een korte tik en wees naar het kleine gebouw. Ze zagen een man zenuwachtig rondlopen.
"Ik heb de indruk dat hij de omgeving niet zo goed kent", fluisterde Casper.
"Pakken we hem?" vroeg Billy.
Casper knikte.
"Jij of ik?"
"Ik zal voor de afleiding zorgen, dan kan jij hem pakken", antwoordde Casper terwijl hij in beweging kwam.

Even later stond Casper terug bij de vuilniscontainers en maakte net genoeg geluid om door de man gehoord te worden. Billy zag dat de man een pistool trok en in Caspers richting liep.
"Verdomme," zei Billy terwijl hij als een quarterback uit zijn schuilplaats

kwam en meteen een centrale positie opeiste door recht op de man af te gaan, "daar hadden we nu even niet op gerekend."
De man zag Billy een fractie van een seconde te laat komen aanstormen, werd voluit in de borstkas getroffen en zakte meteen als een pudding in mekaar.
"Wauw," zei Casper, "respect, maat."

## BATH_ ROYAL UNITED HOSPITAL_ JULIE EN MAE

Tegen de middag reden Julie en Mae parking één van het ziekenhuis even buiten Bath op. Mae had intussen bedacht hoe ze het konden aanpakken en had dat idee aan Julie voorgelegd. Toen ze uitstapten, wisten ze dus allebei goed wat hen te doen stond. Zonder nog iets tegen elkaar te zeggen maar met een betekenisvolle blik namen ze afscheid en liepen ze ieder een andere kant op.

Mae had zwarte kleren aan, had haar identificatiebadge opgespeld en droeg de rugzak die ze vanuit het appartement van Julie meegenomen had over haar schouder. De zenuwen gierden door haar keel toen ze de hoofdingang binnenstapte. Aan het onthaal meldde ze zich aan als werknemer van een technisch installatiebedrijf voor het onderhoud van het intercomsysteem. De receptioniste keek haar wantrouwig aan.
"Mijn baas heeft deze morgen een e-mail gestuurd om dit onderhoud aan te kondigen. Hebt u die niet gekregen?" vroeg Mae gespeeld verbaasd.
De vrouw achter het loket bekeek haar even goed en dook dan achter haar computerscherm. Mae bleef uiterlijk kalm, maar voelde haar hartslag in haar keel kloppen.
"Ja, het is juist wat u zegt", bevestigde de receptioniste. "U mag doorlopen naar blok A, route 62."
Mae bedankte de vrouw vriendelijk, nam haar rugzak weer op en vertrok meteen. Gelukkig was de e-mail die Julie onderweg snel nog verstuurd had goed aangekomen, dacht ze bij zichzelf.

Intussen was Julie binnengegaan via ingang 8, waar ze bijna meteen een verpleegster tegen het lijf gelopen was. Ze had haar verteld dat ze een arts

in opleiding was en dat dit haar eerste dag in het ziekenhuis was. De jonge verpleegster had geknikt en haar meteen de omkleedruimte getoond. Julie had net een witte jas aangetrokken en een mondmasker opgezet, toen er nog anderen binnenkwamen in de kleedkamer. Snel stopte ze haar eigen spullen in een locker en ging zo onopvallend mogelijk naar buiten. De jonge verpleegster die haar daarstraks geholpen had, liep nog in de gang en vroeg aan Julie of ze alles gevonden had.
"Geen probleem," lachte Julie, "heel erg bedankt voor je hulp."
"Waar moet je nu naartoe?"
"Ik zou patiënte Delarivière moeten zien", antwoordde Julie serieus.
"We zullen even in de computer opzoeken op welke kamer je dan moet zijn", zei de verpleegster behulpzaam.
Julie liep opgelucht achter haar aan.

Mae kwam aan bij de balie van de polikliniek en vroeg waar ze het intercomsysteem kon vinden. Een van de medewerkers verwees haar naar een apart lokaaltje achter de balie. Ze bedankte hem vriendelijk, stapte naar binnen en sloot de deur. Toen haar gsm trilde, wist ze dat haar plannetje aan het werken was. Ze opende het bericht dat ze ontvangen had.

[Julie]
Kamer 81

Mae ging meteen aan de slag aan het controlepaneel. Het systeem was vergelijkbaar met dat in de OCR, dus zou ze er wel mee moeten kunnen werken. Even dacht ze aan Willy. Als hij zou weten wat zij hier nu zat te doen, zou hij het meteen van haar willen overnemen. Maar nu zou ze het zelf moeten doen en het ging haar lukken ook.
Ze nam haar gsm erbij, opende haar Spotify-lijst en selecteerde de juiste song.

Julie stond in de gang niet ver van kamer 81. Ze zorgde ervoor dat ze bezig was, zodat ze niet te veel zou opvallen. Maar zodra het rode lampje boven de deur van de kamer zou gaan branden, moest ze er wel als eerste bij zijn. Ze voelde haar handen trillen. Het was al lang geleden dat ze nog zoveel stress gehad had, maar ze genoot er enorm van om weer midden in de actie te zitten. Nu pas voelde ze hoeveel ze het werk bij The Vandiesel Company gemist had.

[Mae]
On air

Julie zag het bericht binnenkomen en wachtte nog even af. Meteen daarna floepte het rode lampje boven de deur aan. Showtime, dacht ze vrolijk bij zichzelf.

## DILBEEK_ SHURGARD_ WALKER EN DE BONSAIMAN

Een paar minuten later parkeerden Walker en de Bonsaiman de SQ5 achter de A8 van Annette en de Hoed aan Breedveld. De Bonsaiman stapte uit en wandelde door de straat tot op het punt waar hij de in- en uitgang van het Shurgard-complex kon zien. Hij had draadloze oortjes in en had ook ingebeld op de lijn met Walker, Annette en de OCR.
“De poort is dicht op dit moment”, zei hij zachtjes.
“Annette,” zei Willy die nog steeds aan de lijn was, “ik stel voor dat jij met de wagen op de hoek van de Rietlaan en de Emile de Blutslaan parkeert, zodat je ongemerkt kan volgen als die Franse mannen vertrekken.”
“Als ze maar geen bluts in mijn auto rijdt”, gromde de baas.
In de OCR keken Willy en William de baas geamuseerd aan, maar draaiden hun hoofden snel terug in de richting van de computerschermen toen hun blikken de zijne kruisten.
“Ik denk dat Annette echt vergiffenis zal moeten vragen”, schreef William op de post-it die hij Willy toeschoof.

De Bonsaiman wandelde rustig heen en weer terwijl hij de grote poort van de Shurgard-opslagplaats nauwlettend in de gaten hield.
“De poort gaat open”, zei hij zachtjes toen hij plots het oranje flikkerlicht zag flikkeren.
“Iedereen stand-by”, zei Willy.
De baas had de melding gehoord en kwam bij William en Willy staan.

Willy probeerde ongemerkt de post-it van William te verfrommelen, maar het klevende deel deed perfect zijn werk, waardoor de post-it bleef liggen waar hij lag.
"Ach," zei de baas, "het zijn tenslotte maar hemden. Stel je voor dat iemand met mijn post-its zou gaan lopen."
"Ja," antwoordde William ernstig, "dat zou pas problemen geven."
"Wat is dat daar allemaal?" vroeg Annette.
"De baas zegt dat je zijn hemden opnieuw zal moeten strijken als blijkt dat jouw rijgedrag voor kreukels en vouwen in zijn hemden gezorgd heeft", antwoordde William.
Walker wilde nog zeggen dat Annette niet kon strijken, maar zweeg wijselijk.
"De vrachtwagen komt naar buiten gereden", rapporteerde de Bonsaiman.
Net als piloten die aan hun checklist beginnen en letterlijk de knop van grappig en joviaal naar ernstig en geconcentreerd switchen, was iedereen plots bij de zaak.
"Ze rijden nu naar de buitenste gate", zei de Bonsaiman.
"Instappen", beval Walker hem.
De Bonsaiman stapte in en trok de deur dicht terwijl Walker de auto snel draaide.
"Annette," zei de Bonsaiman, "ze verlaten nu het Shurgard-terrein."
"Begrepen", zei ze terwijl ze de Hoed een por gaf.
"Wat?" schrok die.
"Wakker worden, ouwe", lachte ze.
Iedereen kreeg een glimlach om de lippen, maar de focus lag nu op de vrachtwagen die net de Shurgard-opslagplaats verlaten had.
"Target is zonet de Robert Dansaertlaan opgereden", zei Annette.
"Annette," zei Walker, "ik neem de eerste ronde. Blijf een eindje achter mij."
"Oké", zei Annette.
"Ze nemen de Ring niet", zei Willy toen hij zag dat zowel de SQ5 als de A8 de Brusselse Ring kruisten en in de richting van Sint-Agatha-Berchem reden.
"Waar rijdt die vrachtwagen in hemelsnaam naartoe?" vroeg de baas zich luidop af.

"William," zei Willy, "hou jij de voertuigen in de gaten? Ik ga even een paar dingen proberen uit te zoeken."
William bevestigde dat hij dat zou doen, maar keek toch stiekem even naar de baas omdat hij niet wilde falen in de OCR.
"Ik zal even bij jou komen zitten," zei de baas die heel even een zweem van onzekerheid in Williams ogen meende te zien, "vier ogen zien meer dan twee."
William knikte.

## BATH_ DE TEMPEL VAN MINERVA_ CASPER EN BILLY

"Wat nu?" vroeg Billy.
"Neem hem in brandweergreep over je schouder en kom tevoorschijn zodra ik in positie ben om zijn kompaan aan te pakken als die uit de auto stapt", zei Casper.
Billy knikte, boog zich over de man en doorzocht snel zijn zakken. Hij stak het pistool in zijn achterzak.
"Niets", zei hij terwijl Casper al verdwenen was.
Billy deed wat Casper gezegd had en liep met de man op zijn schouder om het gebouw heen zodat hij meteen zichtbaar zou zijn voor de man in de auto. Casper zat ineengedoken op een paar meter van die auto klaar om in actie te komen als de man zou uitstappen.
Toen de chauffeur Billy met zijn kompaan over zijn schouders tevoorschijn zag komen, reageerde die helemaal niet zoals verwacht.
Hij startte de auto en ging er als een pijl vandoor.
"Verdomme," vloekte Casper toen hij tot bij Billy gelopen was, "dat ging helemaal niet zoals voorzien."
"Ik bel de OCR", besliste Billy.
"Is dat wel verstandig?"
Billy knikte, pakte zijn telefoon en belde de OCR. Hij vertelde wat ze zonet meegemaakt hadden en vroeg of Willy ervoor kon zorgen dat de jongen van MI6 de bewusteloze man kwam oppikken.
"Enig idee voor wie hij werkt?" vroeg de baas.
"Geen idee," antwoordde Billy, "maar mijn buikgevoel zegt me dat hij bij Odile hoort."

"Is er nog nieuws over haar?" vroeg Casper.
"Ze is nog steeds in het ziekenhuis", antwoordde Willy.
"Houden zo", gromde Billy.

Een kwartier later kwam een grote, zwarte stationwagen van een begrafenisondernemer aangereden. Billy's telefoon ging over en hij kreeg van Willy te horen dat de taxi voor hun gast er was.
"Hij is ondertussen bij bewustzijn, maar zwijgt als vermoord", zei Billy.
"Geen probleem," antwoordde Willy, "de jongens van MI6 nemen hem van jullie over en zullen hem wel door de molen halen."
"Perfect", antwoordde Casper, "dan kunnen wij eindelijk onze uitstap naar Bath verderzetten."

Casper parkeerde de SQ8 bij Broad Street Car Park en sloot de auto zorgvuldig af.
"Ik heb er dorst van gekregen", lachte hij.
"Laten we nu eerst even naar de Romeinse baden gaan kijken", antwoordde Billy, "die zijn amper 400 meter van hier. Ik ben er zeker van dat er daar ook een leuke bar met terras is."
"Oké", antwoordde Casper met een gespeelde zucht.
"Welwel," zei Billy toen ze op het plein voor de Romeinse baden en de kathedraal van Bath stonden, "kijk eens aan."
"Wat?" vroeg Casper.
"Aarde en lucht."
"Wat?" vroeg Casper opnieuw.
"Het eerste notaboekje van jouw vader gaat toch over het element aarde?"
Casper knikte.
"Het tweede notaboekje gaat over het element lucht, toch?"
"Inderdaad", antwoordde Casper.
"Welnu," wees Billy, "kijk eens daar."
"Waar?" vroeg Casper.
"Daar", zei Billy terwijl hij naar de toren van de kathedraal van Bath wees.
"Waar daar?"
"De toren van de kathedraal," antwoordde Billy, "die rijst op tot hoog in de lucht."

Casper knikte.
"En wat is dat daar?"
"Wat?" vroeg Billy.
"Kijk," zei Casper, "aan beide kanten van de toren zijn dezelfde sculpturen te zien."
Billy keek naar de toren en draaide zich daarna lachend naar Casper.
"Kijk eens goed," sprak Billy, "wat zie je?"
"Ik zie aan beide kanten een sportraam waar figuren aanhangen."
Billy schoot in de lach en zei dat Casper volgens hem niet echt katholiek opgevoed was.
"De Jakobsladder", legde Billy uit.
"Wat bedoel je?" vroeg Casper.
"De Jakobsladder is in het boek Genesis het symbool van de verbinding tussen hemel en aarde. Het is de ladder langswaar de engelen vanuit de hemel naar aarde kunnen afdalen en terugkeren."
"Wat heeft dat met het element 'lucht' uit mijn vaders notaboekje te maken?" vroeg Casper.

## BRUSSEL_ DE OCR_ THE VANDIESEL COMPANY

"Kijk eens aan," zei Willy na amper een paar minuten, "die Franse onderkruipers zijn wel heel zelfzeker."
"Hoezo?" vroeg de baas.
Willy maakte een afdruk van de gegevens die hij online in het kadastraal register gevonden had en gaf die aan de baas.
"Mmm, allemaal geregistreerd op naam van de SPRL Déménagements Critiques Récréatifs Internationaux", zei de baas. "Kan je die adressen even uitzetten in Google Maps?"
"Oké," zei Willy, "geef het eerste adres maar."
"Groot-Bijgaardenstraat 579 te Sint-Agatha-Berchem", dicteerde de baas.
"Nummer 2?"
"Baron Albert d'Huartlaan 234 te Kraainem."
"Nummer 3?"
"Steenweg naar Alsemberg 900 te Huizingen."
"Oké," zei de baas, "wat zegt dat?"

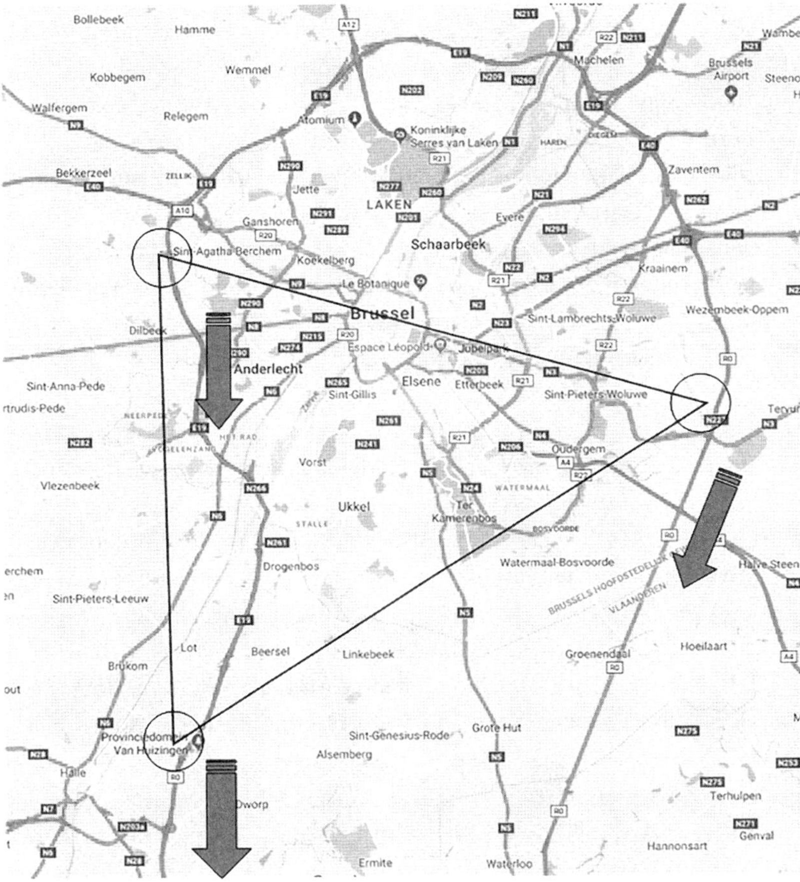


"Een safehouse aan de westrand van Brussel," stelde de baas vast, "één aan de oostkant en één in het zuiden. Allemaal vlak bij een autosnelweg richting Parijs."

"Juist", zei William.

"Ik heb het gevoel dat die Fransmannen ons een loer willen draaien."

"Oké," zei Walker vanuit de auto, "genoeg gepalaverd daar in de OCR."

William, Willy en de baas schrokken even, want door hun focus op de info van Willy waren ze even helemaal vergeten dat de lijn met de twee teams op het terrein nog openstond.

“Dank aan Willy voor het vinden van de adressen en bij deze de bevestiging dat de vrachtwagen nu binnenrijdt in de Groot-Bijgaardenstraat 579 in Sint-Agatha-Berchem”, deelde Walker mee.
“Oké,” zei Willy, “ik stel voor dat jullie je daar strategisch opstellen, want ik kan me niet voorstellen dat die mannen daar lang zullen blijven.”
“Dat denk ik ook niet,” vulde Annette aan, “dit is hier een logistiek gebouw. Ik vermoed dat ze de vrachtwagen zullen parkeren en met een ander voertuig vertrekken.”
Annettes woorden waren nog niet koud of een zwarte BMW met de twee mannen erin kwam naar buiten gereden.
“Bingo!” zei Annette.

## BATH_ ROYAL UNITED HOSPITAL_ JULIE EN MAE

“Dag mevrouw, hoe kan ik u helpen?” zei Julie beleefd toen ze kamer 81 binnenging.
“Dokter,” zei de patiënte zonder ook maar even op te kijken van haar iPad, “ik wil niet dat er nog ongevraagd muziek afgespeeld wordt door de intercom. Ik vind dat bijzonder storend.”
Julie liep naar het bed en keek eerst naar het naamkaartje dat aan het voeteneind bevestigd was.
“Excuseer, mevrouw…”, begon ze terwijl ze de naam las, “Delarivière, dat zal zeker een vergissing geweest zijn. Normaal wordt er hier geen muziek gespeeld door de intercom.”
“Dat kan goed zijn, maar nu was dat wel zo en dat verstoort mijn rust”, snauwde Odile.
Julie zei dat ze het zou laten nakijken en verliet dan de kamer.
Toen ze weer buiten stond, moest ze even bekomen. Dat was dus de vrouw die Billy opgelicht had en hun dochtertje bedreigd had. Wat een arrogant mens, dacht ze bij zichzelf. Ze was nu nog meer gemotiveerd om door te gaan met hun plan en stuurde meteen een bericht naar Mae.

> [Julie]
> #1 = OK

In het lokaaltje met het intercomsysteem zat Mae gespannen te wachten op meer nieuws. Toen ze van Julie de bevestiging kreeg dat hun plan gesmeerd liep, sprong ze bijna van haar stoel van blijdschap. Maar ze hield zich in, want ze waren er nog niet. Ze liet het vervolg van 'Somebody's Watching Me' van Rockwell spelen en drukte de knoppen in om het nummer rechtstreeks in kamer 81 te laten horen.
Deze keer zou ze de intercom net iets langer laten openstaan.

Niet veel later zag Julie het rode lampje weer aangaan. Ze haalde even diep adem en ging dan weer naar binnen.
"Dokter!" riep Odile kwaad boven de muziek uit. "Ik dacht begrepen te hebben dat u er iets aan zou doen, maar die herrie blijft hier maar uit de muur komen. Dat kan toch niet!"
"Rustig maar, rustig," reageerde Julie, "wanneer hebt u die muziek gehoord, mevrouw?"
"Nu, op dit moment, wanneer anders?!" baste Odile.
"Nu?" vroeg Julie bloedserieus. "Bent u zeker? Ik hoor helemaal niets."
Op dat moment stopte de muziek en was het stil in de kamer.
"Nu is het gedaan", zei Odile zacht.
"Ik zal aan de verpleegster vragen om uw bloeddruk nog eens te meten, want volgens mij is die wat aan de hoge kant", antwoordde Julie. "Rust nu maar wat, mevrouw, dat zal u goed doen."
Ze liep weer naar buiten en sloot de deur. Ze stond versteld van zichtzelf dat ze zo rustig gebleven was. Ze wou meteen aan Mae laten weten dat ze op schema zaten.

> [Julie]
> #2= OK

Mae voelde dat ze niet meer te lang in het lokaaltje kon blijven. Ze was dan ook opgelucht toen het volgende berichtje kwam.
"Tijd voor de finale", zei ze tegen zichzelf en drukte de knoppen nog een laatste keer in.

Julie kon in de gang al precies voorspellen wanneer het lampje weer zou

gaan branden boven de deur, dus hield ze zich al klaar. Een seconde nadat Odile op het knopje geduwd had, stond Julie al in haar kamer.
"Afin, dokter, houden jullie ervan om de patiënten te treiteren?!" schreeuwde Odile nu.
"Hoort u weer muziek, mevrouw?" vroeg Julie professioneel.
"U niet misschien?!" riep Odile.
"Neen, maar dat is niet erg, mevrouw," antwoordde Julie, "ik heb ook niet meegemaakt wat u meegemaakt hebt."
Odile zweeg, terwijl het nummer luid door de kamer schalde.

"Hebt u nog lang werk, mevrouw?" vroeg een van de verplegers die zijn hoofd even binnenstak. "Ik zou een dringende oproep moeten doen via de intercom."
Mae schrok zich een ongeluk, maar probeerde dat niet te laten merken. Snel liet ze de muziek stoppen en zette de intercom uit.
"Ik was nog een paar dingen aan het testen," antwoordde ze, "maar alles blijkt te werken. Ik ruim hier op en dan laat ik u."
De man knikte en bleef staan. Mae kon niet anders dan meteen haar spullen pakken en vertrekken.

Net toen de muziek plots gestopt was, kwam de jonge verpleegster binnen in kamer 81.
"Kan ik u helpen, dokter?" vroeg ze.
"Zou je hier even bloeddruk willen meten?" antwoordde Julie. "Mevrouw windt zich nogal snel op."
Odiles ogen flitsten in Julies richting en ze keken haar ijskoud aan, maar het bleef stil.
Nadat de verpleegster het resultaat van de bloeddrukmeting op de fiche genoteerd had, nam Julie de verpleegster even apart.
"Ik denk dat mevrouw beter naar een andere afdeling zou gaan", zei Julie tegen haar, maar wel luid genoeg zodat Odile het kon horen.
"Waarom?" vroeg de verpleegster.
"Mevrouw hoort dingen die er niet zijn… begrijp je?"
"A ja, naar psychiatrie, dus", zei de jonge verpleegster wat luider.
"Ja, kan jij dat regelen?" vroeg Julie.

"Is dat niet iets wat u zelf moet doen, dokter?"
Op dat moment kreeg Julie telefoon. Ze zag dat het Mae was.
"Ik heb een dringende oproep. Zorg jij ervoor dat mevrouw zo snel mogelijk overgebracht kan worden? Dank je wel!"
Julie verliet snel de kamer en nam op.
"Ik zit in de auto. Kom je?" vroeg Mae kort.
"Ik ben er zo meteen", antwoordde Julie terwijl ze al onderweg was naar de kleedkamer.

Toen Julie in de auto gestapt was, drukte Mae meteen het gaspedaal in en reed weg van de parking.
"En?" vroeg Mae nieuwsgierig.
"Top!" riep Julie. "Ze is rijp voor de psychiatrie!"
Ze schoten allebei in de lach en konden eindelijk weer opgelucht ademhalen.
"Naar huis?" vroeg Mae.
"Naar huis", antwoordde Julie blij. "Ik denk dat ik nog een tijdje bij mijn moeder blijf logeren, maar dat betekent niet dat jij ook moet blijven, hè."
Mae knikte en zei dat ze inderdaad een terugvlucht zou regelen voor zichzelf.

## BATH_ THE RAVEN_ CASPER EN BILLY

"Wat bazelde je daarnet?" vroeg Casper terwijl ze de pub 'The Raven' in liepen.
"Geef me dat notaboekje even", antwoordde Billy.
"Dit is het enige notaboekje van 1969," zei Casper, "de andere zijn allemaal van twee jaar voordien."
"Maar ze vormen een reeks", vulde Billy aan.
Casper knikte.

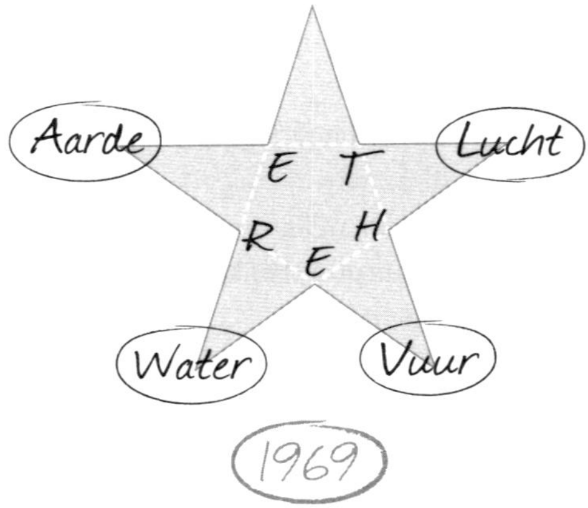


"Bizar," zei Billy nadat hij een slok van zijn bier genomen had, "hier staan de vier elementen en dan plots in 1969 staan daar de letters van 'there' geschreven in die omgekeerde vijfhoek."
Casper pakte het boekje over en bekeek de tekening op de eerste bladzijde.
"Ik begrijp het niet goed," zei hij, "jij had het daarnet over de Jakobsladder, maar de bovenste punt van deze ster heeft geen benaming gekregen."
Billy bekeek de tekening nog eens en wreef over zijn kin. Hij pakte zijn telefoon, nam er een foto van en stuurde die door naar de OCR met de vraag of Willy er even kon naar kijken.

Amper een paar minuten ging Billy's telefoon over.
"Willy?"
"Neen," gromde de stem aan de andere kant van de lijn, "het is William."
"Wat kan ik voor jou betekenen?"
"Niets," gromde William, "maar ik mogelijk wel voor jou."
Billy keek Casper veelbetekenend aan en vroeg William of hij over een paar minuten mocht terugbellen.
"Kom," zei Billy, "we lopen even naar de auto, want William heeft ons blijkbaar iets te vertellen."

Tien minuten later belde Billy de OCR voor de tweede keer.

“Met de enige echte William Vandiesel”, klonk het in de SQ8.
“William,” zei Billy, “vertel.”
“Bon...”
“William,” zei Casper, “we hebben niet veel tijd. Zo meteen moeten we Odile weer gaan ophalen.”
“Oké,” zei William, “ik heb die tekening eens bekeken en volgens mij moeten jullie ergens onder de grond kijken.”
“Wat bazel je daar?” mompelde Billy.
“Bazelen, bazelen”, gromde William.
“William,” zei Casper snel, “ik had ook al aan zoiets gedacht, maar zonder eigenijk te weten waarom.”
“Ah,” antwoordde William, “eindelijk iemand van mijn niveau om mee te praten.”
Billy draaide met zijn ogen en Casper schoot bijna in de lach.
“De vijfhoek is naar beneden gericht en als je de letters in uurwijzerzin snel na elkaar leest, dan heb je ‘there’.”
Billy wilde zeggen dat hij dat ook al gezien had, maar Casper hief zijn hand op.
“William,” zei hij, “je bent geweldig, maar ik heb toch nog een vraagje.”
“Juist,” antwoordde William, “je wil me nu vragen waar je in de aarde moet gaan kijken.
“Helemaal juist”, zei Billy respectvol.
Casper keek hem met meewarige blik aan. Er viel een stilte.
“William, ben je er nog?” vroeg Billy.
“Jazeker,” antwoordde William, “stel je vraag maar.”
“Maar...”
“Stel je vraag en ze zal beantwoord worden”, zei William doodernstig.
“Waar moeten we in de aarde gaan kijken?” vroeg Billy terwijl hij Casper aankeek.
“Heeft de kathedraal van Bath een kelder?” antwoordde William.
“Dank je wel,” repliceerde Billy, “daar kunnen we mee vooruit. We houden je op de hoogte en ik ben er zeker van dat we je inzichten nog nodig zullen hebben.”
“Ik ben bij Willy in de OCR en via de elektronische weg beschikbaar voor jullie”, antwoordde William ernstig.

Billy verbrak de verbinding en Casper schoot in de lach.
"Speelt die graag de helderziende?"
"Je mag daar niet mee lachen," antwoordde Billy, "want ik heb met William al dingen meegemaakt die niet zomaar te verklaren zijn."

## BRUSSEL_ DE OCR_ DE BAAS EN DE PREMIER

De baas pakte zijn telefoon en koos het nummer van de secretaris van de premier.
"Jack," zei de secretaris, "ik schakel je meteen door naar de premier."
"Mijnheer de eerste min…"
"Komaan, Jack," zei de premier, "stop met die onzin. Of ben je mijn voornaam vergeten?"
"Neen," antwoordde de baas, "maar het protocol…"
"Bon," lachte de premier, "waar kan ik je mee helpen?"
"Mag ik even langskomen?" vroeg de baas, waarna hij uitlegde dat het over een gevoelige zaak ging.
"Momentje," antwoordde de premier, "ik kijk het even na met mijn secretaris, want je weet dat ik meestal geleefd word, hè."
"Prima", zei de baas.
"Bon," zei de premier, "ik moet over anderhalf uur bij de federale zijn, vlak naast het Justitiepaleis. Misschien kan ik even binnenspringen bij jullie?"
"Perfect", antwoordde de baas.
"Zeg dat Annette er niet is", gromde Willy.
"Zeg Willy dat ik dat gehoord heb", lachte de premier.

Drieëntwintig minuten later kwam de premier, vergezeld van een bodyguard en zijn secretaris, de OCR in.
"Ik hoop dat jullie tenminste goede koffie hebben als ik het zonder Annette moet stellen", lachte de premier naar Willy.
"Dat heb ik gehoord", zei Annette over de open communicatielijn vanuit de A8.
"Ik ook", gromde Walker vanuit de SQ5.
"Hoe zeggen ze dat nu ook weer?" lachte de premier. "Zwijgen is goud en spreken is zilver?"

"Dat zeg ik ook altijd", zei de Hoed vanuit de A8, "maar het belangrijkste is toch dat mensen investeren in die edele metalen."
De premier glimlachte even en keerde zich naar de baas.
"Bon," zei de baas, "alle gekheid op een stokje. Ik heb je gecontacteerd omdat we een bizarre pop-up krijgen als we bepaalde informatie opzoeken via ons nieuwe IMREC-systeem."
"En dat is?" vroeg de premier.
Willy nam de premier mee naar de IMREC-room en liet het algoritme nog eens lopen zoals de Bonsaiman dat gedaan had.

Amper twee minuten later kwam de premier uit de IMREC-room. Hij keek de baas recht in de ogen en zei dat ze meteen naar de Wetstraat 16 moesten. De premier gaf zijn secretaris de opdracht om de meeting bij de federale te verplaatsen, gaf de baas een teken hem te volgen en liep naar buiten.

## BRUSSEL_ DE BRUSSELSE RING_ THE VANDIESEL COMPANY

"De BMW vertrekt in de richting van de Brusselse Ring", rapporteerde Walker.
"Oké," antwoordde William, "zorg ervoor dat je hem niet uit het oog verliest."
"Komt in orde", bromde Walker terwijl hij het gaspedaal van de SQ5 induwde.
"Annette?"
"Ja, ik luister."
"Oké," zei Walker, "ik volg de BMW om te zien waar hij naartoe gaat. Zodra we twee kilometer op weg zijn, neem jij over."
"Prima," bevestigde Annette, "zal ik doen."

Even later zag Walker de BMW de Brusselse Ring in de richting van Halle oprijden.
"Hij rijdt waarschijnlijk naar het safehouse in Huizingen", antwoordde William.

"Ik stel voor dat ik jullie even inhaal voordat we de afrit Anderlecht bereiken, zodat ik me even aan de kant kan zetten bij het Total-tankstation in Beersel", zei Annette.
"Oké", zei Walker.

Een paar seconden later schoot de A8 tegen veel te hoge snelheid de SQ5 en de BMW voorbij.
"Ze geniet er blijkbaar van", lachte de Bonsaiman.
Walker knikte, maar hield zijn ogen op de BMW gericht.
"Verdomme," vloekte hij amper een minuut later, "hij neemt de afslag Lennik/ Erasmus."
"Verdomme", echode Annette.
"Annette," zei Walker, "wat is de eerste afslag die je kan nemen?"
"Drogenbos," antwoordde Annette, "want ik ben net Anderlecht Industrie voorbij."
"Oké", zei Walker, "doen."
Walker en de Bonsaiman zagen de BMW bij de grote rotonde aan het Erasmusziekenhuis de Lenniksebaan oprijden.
"Waar gaat die naartoe?" vroeg de Bonsaiman.
"Ik zoek even op wat er daar allemaal in de buurt is", kwam William tussen.
De BMW vertraagde tot 70 kilometer per uur en hield zich netjes aan de snelheidslimiet.

Even later reed hij de leveranciersingang van brouwerij Lindemans in en Walker meldde dat aan de OCR.
"Ah," zei William, "die gaat gewoon een bak geuze halen bij Lindemans."
"Een bak geuze bij Lindemans?" herhaalde Walker.
"Dat zou ik ook doen als ik de nacht in een saai safehouse zou moeten doorbrengen", antwoordde William.
Walker en de Bonsaiman keken elkaar met bedenkelijke blik aan.
"William…", zei Walker.
"Oké," zei William, "laten we om een bak geuze wedden. Ik ben er zeker van dat ik gelijk heb. Onze vrienden met de BMW zetten over enkele minuten hun weg gewoon verder richting Huizingen."

"Ik weet het niet...", antwoordde Walker.
"Ik ben er zeker van", beweerde William.
"Heren," zei Annette over de open lijn, "ik ben aan het eind van de afrit Drogenbos. Wat doe ik?"
"Ga maar naar het Total-tankstation en hou je aan het oorspronkelijke plan," zei William, "je zal zien dat ik gelijk heb."
Walker parkeerde de SQ5 bij het deel van de brouwerij met de grote koperen brouwketels. Van daaruit kon hij alle aankomende en vertrekkende voertuigen zien.

Zes minuten later vertrok de BMW bij de laadkaai met twee bakken Oude Gueuze Cuvée René, een bak GingerGueuze en een bak Kriek.
"Verdomme!" riep Walker toen hij de BMW terug de Lenniksebaan zag oprijden in de richting van het Erasmusziekenhuis. "Hij heeft gelijk."
"En hij heeft een bak geuze gewonnen", echode William.

## BATH_ SQ8_ CASPER EN BILLY

Billy pakte het vijfde boekje nog eens en doorbladerde het rustig.
"Hé", zei hij plots, "wat is dit?"
"Wat?" vroeg Casper.
Billy gaf het notaboekje aan Casper.
"Verdomme," zei Casper, "hier zijn twee bladzijden aan elkaar geplakt."
Casper hield de aan elkaar geplakte bladzijden tegen het licht.
"Volgens mij staat er iets belangrijks op", zei hij.
"Ik stel voor dat we teruggaan naar het hotel en daar proberen om de bladzijden rustig los te maken zonder al te veel schade aan te richten."

Even later waren ze weer onderweg met de SQ8.
"Volgens mij zijn we nog niet verlost van onze schaduwen", zei Casper.
"Hoe laat?" vroeg Billy.[154]

---

154 Bij militaire operaties wordt op het terrein vaak een plaatsbepaling aangegeven door middel van het uur. Het target bevindt zich dan vaak op de positie van de kleine wijzer van een uurwerk. 'Drie uur' wil zeggen dat het target zich rechts van jou bevindt.

Casper schudde zijn hoofd en zei dat het zijn zesde zintuig was dat dat aangaf.
"Dan zullen we goed uit onze doppen kijken", mompelde Billy terwijl hij het notaboekje weer opensloeg.

20 juli 1969

Ik ben net aangekomen in het Stratton House Hotel in Cirencester. Het is zo fijn om Eliza terug te zien.

Ze noemt me nog steeds een Don Juan en ik speel het spelletje met haar mee. Morgen moet ik naar Bath om het pakket af te leveren.

"Weet jij dat je vader op 20 juli 1969 aangekomen is in het Str..."
"Stratton House Hotel in Cirencester", vulde Casper aan. "Ja, daar ben ik van op de hoogte, maar ik weet eigenlijk niet wat hij daar ging doen."
"Aha," zei Billy, "hij moest een pakket gaan afleveren in Bath."
"Wat voor pakket en waar of bij wie in Bath?"
"Dat weet ik nog niet," antwoordde Billy, "maar ik lees verder."

Een paar minuten later parkeerde Casper de SQ8 bij het Lansdown Grove Hotel.
"Kom je mee naar mijn kamer?" vroeg Billy.
"Doe je me nu een oneerbaar voorstel?"
"Als soldaat heb ik veel dingen moeten doen, maar nu ga je toch een brug te ver", antwoordde Billy ernstig.
"Oké," lachte Casper, "dan denk ik dat ik even met William moet overleggen."

"Heren," zei de receptioniste terwijl ze Casper een briefje overhandigde, "ik heb een dringende boodschap voor jullie."
"Wat is dat?" vroeg Billy.

"Het is een bericht van Odile," mompelde Casper, "ze is al terug naar het vasteland."
"Wat?"
"Hier," zei Casper terwijl hij Billy het briefje gaf, "lees zelf maar."
"Mevrouw is in de loop van de voormiddag met haar vriend langs geweest om haar spullen op te pikken", zei de receptioniste toen Billy vroeg hoe laat Odile aangekomen was.

Even later stelden Billy en Casper vast dat hun kamer volledig doorzocht en overhoopgehaald was.
"Is er bij jou iets gestolen?" vroeg Casper.
Billy keek nogmaals rond in zijn kamer en zei dat hij op het eerste gezicht niets miste.
"Zouden we dit melden aan de receptioniste?"
"Neen," antwoordde Billy, "we melden het aan de OCR."

## BRUSSEL_ DE WARANDE_ DE BAAS EN DE PREMIER

De premier nam zijn telefoon en drukte op een van de sneltoetsen.
"Katja," zei hij zonder verdere plichtplegingen, "heb je een zaaltje beschikbaar in De Warande waar ik met een paar topmensen in alle discretie kan vergaderen?"
Katja zei dat het over een halfuur vrij was.
"Prima," zei de premier, "ik ben er over een halfuur met de eerste gast. De anderen zullen later aankomen. Ik neem de dienstingang."
"Eerst nog even naar de 16", zei de premier tegen zijn chauffeur.
"Maak het je gemakkelijk", zei de premier tegen de baas. "Ik moet snel een telefoontje doen en dan gaan we naar De Warande."
De baas knikte. De premier verliet de ruimte en wees nog eens extra naar de tafel waarop een koffiekan en kopjes stonden. De baas had amper een slok van zijn kop koffie genomen toen de premier al terug binnenkwam.
"Oké," zei de premier, "we vertrekken."
De baas liep achter de premier aan en stapte opnieuw achteraan in.
"Moeten we echt de auto nemen voor dat korte stukje?" vroeg de baas.

“Het gaat om discretie”, antwoordde de premier.

Nog geen minuut later stopte het dienstvoertuig van de premier voor de Zinnerstraat. De Belgische militairen, de privé- en Amerikaanse bewakingsagenten maakten de doorgang vrij zodat de auto tot bij de dienstingang van De Warande kon rijden.
“Goedemiddag heren,” zei een knappe vrouw met blonde haren die strak naar achter gekamd waren, “volgt u mij maar.”
De premier knikte even en volgde toen zonder aarzelen via de dienstingang naar de kelderverdieping.
“Pas op,” zei Katja, “de derde trede van deze trap staat steeds onder water. Dat is een van de vele mysteries van dit huis en ik kan het aantal vakmannen niet meer tellen die geprobeerd hebben die op te lossen.”
De baas glimlachte even en volgde hen naar beneden. Ze liepen door de keuken en namen meteen een andere gang, zodat ze even later terug op de begane vloer stonden, in een afgeschermde vergaderzaal achter de receptiebalie, zonder dat iemand hen zien binnenkomen had.
De baas zag de Amerikaanse ambassadeur net een koekje in zijn mond steken.
“Ze zijn overheerlijk”, lachte hij terwijl hij de premier en de baas de hand schudde.
De premier knikte. Katja wenste de heren een prettige vergadering en zei dat ze ter beschikking bleef.
“Dank je wel,” zei de premier, “ik geef wel een seintje als we iets nodig hebben.”
“Prima,” zei de ambassadeur toen Katja de ruimte verlaten had, “laten we meteen ter zake komen.”
De baas knikte. Hij kende de ambassadeur als een drukbezet man en iemand die, ondanks hun gemeenschappelijke achtergrond bij de CIA, zelfs voor hem moeilijk bereikbaar bleef. De premier vertelde de ambassadeur wat hij wist en gaf toen het woord aan de baas.

“*Right*,” reageerde de ambassadeur op wat de baas net verteld had, “het museum, het Amerikaans Theater, de hippies, de Belgische cameraman die in Bath overleden is …”

De baas voelde intuïtief aan dat de ambassadeur veel meer wist.
"En nu kom je me vertellen dat er sinds een tijdje rare dingen gebeuren," zei de ambassadeur, "zowel hier in Brussel als in Bath. Waarom ben ik hier niet eerder van op de hoogte gebracht?"
De baas antwoordde dat hij de premier meteen ingelicht had vanaf het moment dat hij dat noodzakelijk geacht had. De ambassadeur slaakte een zucht en zei dat dit een van de momenten was waarvan hij gehoopt had dat het zich nooit zou voordoen.
De premier zag dat de baas het stilaan op zijn heupen kreeg en besloot diplomatisch tussen te komen voordat de twee Amerikanen elkaar in de haren zouden vliegen.

## BATH_ SQ8_ CASPER EN BILLY

"Laten we even proberen om deze bladzijden van elkaar los te maken zonder dat we de tekst beschadigen", zei Billy.
"Denk je dat het gaat lukken?" vroeg Casper terwijl Billy een ouderwets scheermesje uit zijn toiletzak haalde.
"Mijn beste Casper," antwoordde Billy, "jij bent toch ex-Special Forces?"
Casper knikte.
"Welnu," ging Billy verder, "dan weet je toch wat voor een veelzijdig en effectief wapen een scheermesje is?"
"Maak die bladzijden nu maar gauw los", gromde Casper.
"Weet je," lachte Billy, "haal jij een koffie voor ons in de bar, dan kan ik hier in alle rust even aan de slag."
Casper begreep de boodschap, draaide zich om en liep Billy's kamer uit.
"Deur sluiten!" riep Billy zonder op te kijken toen hij geen klik van het slot hoorde.
"Jaaaaa, paaaaa."
Billy glimlachte even, hoorde de deur in het slot vallen en boog zich opnieuw over het notaboekje.

20 juli 1969

Ik heb tot nu toe de beste apparatuur ter beschikking gekregen om te fotograferen en filmen. Roger Mertens heeft woord gehouden. Hij heeft me net laten weten dat er een Volvo 164 klaarstaat op de parking van de Agricultural University van Cirencester. Met een beetje goede wil en verbeelding kan die Volvo de vergelijking doorstaan met een AMC Ambassador SST. Hij heeft gemerkt dat ik gefascineerd ben door die auto.

"Zozo," mompelde Billy, "Caspers vader werd in België opgepikt door een man in zwart maatpak die reed met een AMC Ambassador SST. Dat moet ik even doorgeven aan William en Willy. Misschien kunnen ze daar wel iets mee."

Ik ben even tot aan de universiteit van Cirencester gewandeld. Ik heb een beetje moeten zoeken, maar uiteindelijk heb ik de Volvo zien staan op de parking van de universiteit.

Er liep wat volk heen en weer, waardoor ik niet heb kunnen controleren of de *sleutel ook effectief achter het signalisatiebord in de natuurstenen muur zit, maar ik ga ervan uit dat ook dat in orde zal zijn.*

*Vanavond, na zonsondergang, ga ik de Volvo ophalen om ermee naar Bath te rijden en het pakket af te geven. Ik zal blij zijn als alles achter de rug is.*

Plots werd er op de deur geklopt, waardoor Billy terug in het heden terechtkwam.

"Ja?"

"Komaan," zei Casper, "doe nu maar gewoon open. Ik ben het met twee koffies."

Billy opende de deur en liet Casper binnen.

"En?"

"Het is me nog niet gelukt om de bladzijden los te maken," antwoordde Billy, "ik was nog aan het lezen."

"En?" vroeg Casper opnieuw.

"Het lijkt er inderdaad op dat jouw vader in een of andere spionagebusiness terechtgekomen was."

Casper ging zitten, bracht zijn handen naar zijn gezicht en wreef de vermoeidheid uit zijn ogen.

"Dus," zei Casper, "we hebben een vermoeden dat mijn vader betrokken was bij een complot, samenzwering of geheime operatie die waarschijnlijk iets met Apollo 11 te maken had, maar we weten nog steeds niet wat."

## HUIZINGEN_ HET SAFEHOUSE_ THE VANDIESEL COMPANY

Een kwartier later nam de BMW de afslag Sint-Genesius-Rode/ Huizingen op de E19 en reed de openstaande schuurpoort van een oude boerderij op de hoek van de Alsembergsesteenweg en de Devillerstraat in.
“Ze zitten in het safehouse”, zei Walker.
“Oké,” antwoordde Willy, “dan bel ik Mike met de vraag of ze een surveillanceteam kunnen sturen, zodat jullie daar niet de hele nacht in de auto hoeven te blijven zitten.”
“Vraag Mike om er wat haast achter te zetten,” gromde de Bonsaiman, “ik heb honger.”
“Ja,” lachte Walker, “en als hij honger heeft, is hij niet te genieten.”
“Gewoon even voor de volledigheid,” zei Annette plots, “wij staan hier wortel te schieten op de parking van het Total-tankstation in Beersel.”
“Ik stel voor dat jullie terugkeren naar het Amerikaans Theater om een babbel te doen met de conciërge”, zei William.
Willy knikte en zei dat het goed was.
“En Willy zegt dat het goed is”, voegde William er ongedwongen aan toe.
Annette en de Hoed schoten in de lach, maar toen William Willy aankeek, kreeg hij een boze blik over zich heen.
“Heb ik iets verkeerds gezegd?” vroeg hij.
Willy legde hem uit dat ze naast elkaar zaten in de OCR op basis van gelijkwaardigheid en dat hij zulke boodschappen niet moest doorgeven aan de teams op het terrein. William knikte.
“Maar ik blijf wel de eindverantwoordelijke”, voegde Willy er toch nog even fijntjes aan toe.
“Zou je even een koffie voor me willen halen?” vroeg William. “Mijn been doet nog heel veel pijn en ik mag er nog niet te veel op steunen.”
Willy begreep dat hij in zijn eigen valkuil geduikeld was, stond op en liep om een kop koffie.

Even later meldde Walker dat het surveillanceteam aangekomen was.
“Keer maar terug naar de OCR,” gromde Willy, “je weet nooit wat er nog staat te gebeuren.”
“Eerst even een hapje eten”, gromde de Bonsaiman.

"Oké," antwoordde Walker, "waar wil je heen?"
"'De Eekhoorn'," zei de Bonsaiman, "ik heb trek in ribbetjes."
"Kunnen jullie mij even komen oppikken?" probeerde William fijntjes.
Iedereen schoot in de lach en Willy sloot af met de boodschap dat ze bereikbaar moesten blijven.
"Kunnen Annette en ik ook mee? We zijn hier nu toch in Beersel", mompelde de Hoed.
"Oké," zei Willy, "ga maar mee. Ik heb even gecheckt en 'De Eekhoorn' is niet zover van het safehouse waar die twee mannen zitten. Het is misschien zelfs niet slecht om even in de buurt te blijven."
De Hoed kreeg een glimlach tot achter zijn oren.
"Ja," zei William in een poging om het verhaal compleet te maken, "en we weten perfect waar die conciërge van het Amerikaans Theater woont."
Iedereen schoot in de lach, maar Willy was de enige die de pruillip van William zag.
"Nog een koffietje?" vroeg hij.

Een uur en voor de Bonsaiman twee porties ribbetjes later liepen Walker, Annette, de Bonsaiman en de Hoed naar buiten.
"Bon," zei Annette, "wij gaan dan nu even naar het Amerikaans Theater."
"Oké," antwoordde Walker, "wij bellen de OCR om te horen wat wij nu het best doen."
Maar Walker was nog niet uitgesproken toen ze plots twee doffe ploffen vlakbij hoorden.
"Op de grond!" schreeuwde de Bonsaiman. "We worden beschoten!"

## BATH_ LANSDOWN GROVE HOTEL_ CASPER EN BILLY

Billy nam het scheermesje en ging aan de slag om de twee bladzijden los te maken.
"Lukt het?" vroeg Casper.
Billy slaakte een zucht, draaide zich om en vroeg of Casper zich ging blijven aanstellen als een oude, zagerige vent.
"Goed," zei Casper, "ik heb het begrepen. Ik ga een douche nemen en ben ten laatste over een halfuur terug."

"Oké", antwoordde Billy.
Casper stond op en liep naar de deur.
"Hé Casper, sorry voor die opmerking," zei Billy, "maar ik moet me echt kunnen concentreren om die bladzijden niet te beschadigen."
"Ik weet het," antwoordde Casper, "het is alleen dat..."
Billy stond op liep naar Casper, legde zijn hand op zijn schouder en zei dat hij hem begreep.
"Heb jij ook het gevoel dat we hier niet alleen zijn?" fluisterde Billy.
Casper knikte.

Even later zat Billy terug aan het bureau in zijn kamer, pakte het scheermesje en ging weer aan de slag.
"Welwel," mompelde hij, "onze Jan-Pieter was echt wel een geniale kerel."
De twee bladzijden waren aan de randen tegen elkaar geplakt, maar binnenin zaten er nog een paar bladzijden die zorgvuldig kleiner gesneden waren.

20 juli 1969

Het is nu bijna middernacht en ik sta geparkeerd in de buurt van de kathedraal van Bath. De sleutel van de Volvo zat netjes achter het metalen bord dat in de muur van de parking ingewerkt is. De Volvo is een fantastische auto en ik ben benieuwd wat het verschil met de AMC Ambassador SST zal zijn.

De contactpersoon is nog steeds niet opgedaagd. Ik heb het pakket opengemaakt, want ik wilde weten of Roger Mertens er nog iets anders ingestoken *had dan de film die ik in het Amerikaans Theater gemaakt heb.*

*Er zit niets anders in het pakket, alleen de film.*

*Ik heb het gevoel dat ik in de gaten gehouden word, maar zie niets of niemand.*

*Ik weet niet goed wat ik nu moet doen. Moet ik nog even wachten of rij ik terug naar het hotel om Roger op te bellen?*

"Wel godver...", zei Billy terwijl hij zich omdraaide en heel even de klink van de antieke deur zag bewegen.
Hij nam het boekje, stak het op zak en ging achter de kast staan, zodat hij niet gezien kon worden als er iemand binnenkwam. Hij hoorde een droge klik, hield zijn adem in en voelde dat de luchtstroom in de kamer veranderde. Hij was er zeker van dat iemand stiekem naar binnen sloop. Hij maakte zich klaar om uit te halen toen hij plots een doffe klap hoorde, een zucht, een zwaardere bons en Caspers stem die vroeg waar hij zat. Billy kwam voorzichtig vanachter de kast en zag een man met getaande huid op de grond liggen.
"Ik wilde daarnet mijn kamer binnengaan toen ik op de trap een paar fluisterende stemmen hoorde waarvan mijn nekharen overeind kwamen", zuchtte Casper.
"Fluisterende stemmen," vroeg Billy, "ik zie hier maar één persoon. Met hoeveel zijn ze?"
"Geen idee," antwoordde Casper, "maar deze jongen kwam alleen naar boven en begon aan jouw deur te prutsen."
"Met de auto vertrekken is dus geen optie."
Casper schudde zijn hoofd.

"Bel de OCR," zei Billy, "ik immobiliseer deze jongen wel even zodat MI6 hem kan komen oppikken."
Casper belde de OCR en gaf de informatie door.

"Je hebt dus nog niet kunnen douchen", lachte Billy terwijl ze door de ondergrondse gang liepen die de keuken met het oude koetshuis verbond.
Casper schudde zijn hoofd.
"Vertel me liever hoe we hier weggeraken", gromde hij.

## HUIZINGEN_ DE EEKHOORN_ THE VANDIESEL COMPANY

Walker, de Hoed en Annette lagen op de grond naast de A8 van de baas. De Bonsaiman was achter de SQ5 weggedoken en probeerde van daaruit te ontdekken waar de schutter zich bevond.
Plots weerklonk er weer een doffe plof boven hun hoofd en meteen daarna verbrijzelden twee kogels de voorlichten van de SQ5.
"Walker," fluisterde de Bonsaiman, "geef me de sleutel van de SQ5. Ik zal de schutter afleiden, zodat jullie met de auto van de baas kunnen vertrekken.
"Maar..."
"Geen gemaar," siste de Bonsaiman, "iemand wil ons dood."
Walker pakte de sleutel van de SQ5 en schoof hem over de grond naar hem toe.
"Hou jullie klaar", zei hij.
Hij kroop behendig langs achter om de SQ5 heen en kwam langzaam overeind toen hij bij het bestuurdersportier gekomen was.
"Nu", zei de Bonsaiman terwijl hij de deur van de auto opentrok, erin sprong en meteen op de startknop duwde. Hij duwde de claxon helemaal in, zette de vier richtingaanwijzers aan en kwam rechtop zitten.
Walker, Annette en de Hoed waren zo snel als ze konden in de auto van de baas gesprongen en samen stoven ze ervandoor.
De Bonsaiman zag een man naar een klaarstaande pick-uptruck lopen. Hij deed zijn veiligheidsgordel om, trok de versnellingspook van de SQ5 in de drive-stand en gaf plankgas. De SQ5 schoot als een pijl vooruit in

de richting van de auto waarin een man wegdook.
De chauffeur van de pick-uptruck zag de Bonsaiman op zich afkomen en gaf ook plankgas. De Bonsaiman zag de grote pick-uptruck met opzichtige bullbars recht op zich afkomen, besefte meteen dat dat een ongelijke strijd zou worden en gaf een ruk aan het stuur, waardoor de auto abrupt van richting veranderde.
De pick-uptruck miste hem op een haar na. De chauffeur ging voluit in de remmen om niet in de beek te belanden, wat de Bonsaiman de kans gaf om te ontsnappen in de richting van de Alsembergsesteenweg.
Op dat moment ging zijn telefoon over.
"Alles onder controle?" vroeg William.
"Niet echt," antwoordde de Bonsaiman, "we zijn net beschoten toen we 'De Eekhoorn' verlieten, maar Walker, Annette en de Hoed zijn kunnen ontkomen met de A8."
"En jij?" vroeg William.
"Alles onder controle nu," antwoordde de Bonsaiman, "misschien moeten jullie even proberen snel wat informatie te verzamelen via IMREC."
"Euh... Willy," mompelde William met lichte blos op de wangen, "zou jij even kunnen overnemen, want de Bonsaiman wil iets weten over REC..."
"Zeg het maar", zei Willy terwijl hij met de blik van een overwinnaar van William overnam.
De Bonsaiman herhaalde wat hij net tegen William gezegd had en hoorde hem hartsgrondig vloeken.
"William," vroeg Willy, "neem jij het vanaf hier over? Want ik moet nu meteen naar de IMREC-room."
"Oké," probeerde William op een zo luchtig mogelijke toon te antwoorden.
"Verbind de Bonsaiman door naar de IMREC-room."
"Hoe moet ik dat in hemelsnaam doen?" wanhoopte William.
Toen hoorde hij plots Walker.
"Druk gewoon op de oranje toets en vorm het nummer 46732", zei Walker.
"Hoe..."
"William," drong Walker aan, "doe dat nu gewoon. Het is dringend. Ik leg je dat later nog weleens uit."

William drukte op de oranje toets, tikte het nummer dat Walker hem zonet gedicteerd had in en verbond de Bonsaiman door met de IMREC-room.

## BRUSSEL_ DE WARANDE_ DE BAAS, DE PREMIER EN DE AMERIKAANSE AMBASSADEUR

De Amerikaanse ambassadeur pakte zijn telefoon en koos een nummer dat de baas en de premier niet konden zien.
"Dmitri, het is bijna volle maan en de wolven verzamelen zich in het bos."
Het bleef heel even stil aan de andere kant van de lijn.
"Waar en wanneer?"
"Nu meteen in het wolvenhol", zei de ambassadeur, "ik laat je oppikken door iemand van The Vandiesel Company."
De ambassadeur keek de baas vragend aan.
"Mae Sato," zei de baas, "ze kan hem met onze S600 Guard oppikken."
"Te opvallend," zei de Amerikaanse ambassadeur, "zeg haar dat ze een van onze auto's kan gebruiken."
"Yuri komt mee", meldde Dmitri, de Russische ambassadeur.
"Ik ben hier alleen", reageerde de Amerikaanse ambassadeur.
"Ronald, Yuri komt mee," herhaalde Dmitri, "je zal het wel begrijpen zodra ik daar ben."
"Moet ik me zorgen maken?" vroeg Ronald.
"Jij niet," antwoordde Dmitri, "maar ik wel en daarom komt Yuri mee."
"Ik breng Katja op de hoogte", zei Ronald.
"Zeg haar dat ik de leveranciersingang wel neem."
"Oké," zei Ronald toen hij de verbinding met de Russische ambassadeur verbroken had, "bel Mae en zeg haar dat ze de auto kan ophalen in de Maria-Louiza Square 13 om Dmitri en Yuri op te halen."
De baas begreep nog altijd niet goed waarom de Russissche ambassadeur halsoverkop naar daar moest komen, maar hij nam zijn telefoon, belde Mae en gaf haar de instructies die hij zonet gekregen had.

"Oké," zei de Amerikaanse ambassadeur, "de volgende stap."
De baas en de premier keken hem niet-begrijpend aan.

"We moeten nog een derde partij naar hier halen."
"Vertel", zei de premier die nu besefte dat ook hij slechts een deel van het verhaal kende.
"Om dit feestje helemaal compleet te maken, hebben we naast Ivan[155] ook nog Tommy[156] nodig", legde Ronald uit.
De baas wilde een opmerking maken over het feit dat er al genoeg miserie was met de Brexit-saga, maar zweeg wijselijk.
"Prima," antwoordde de premier, "wat moet, moet."
"Jullie zijn hiermee begonnen", zei de Amerikaanse ambassadeur.
"Even niet akkoord," antwoordde de baas, "als ik het goed begrijp, zijn jullie er lang geleden mee begonnen en worden wij er nu willens nillens in betrokken."
"Zo zou je het ook kunnen stellen", lachte Ronald.

Een uur later reed een donkergrijze Cadillac CTS de Zinnerstraat in en stopte bij de leveranciersingang van De Warande. Katja stond discreet achter het muurtje en verwelkomde de Russische ambassadeur en zijn begeleider.
"Mmm", zei Katja toen ze de omvang van de begeleider met lange leren jas zag.
"Maak je maar geen zorgen," zei de ambassadeur toen ze de trap af liepen, "Yuri geraakt er heus wel doorheen."
Katja liep voorop en bracht de Russische ambassadeur en zijn begeleider via dezelfde weg discreet naar de afgeschermde vergaderzaal achter de receptiebalie.
Dmitri vroeg of hij nog snel even het sanitair kon gebruiken voor hij aan de vergadering begon.
Katja knikte, riep een van haar assistentes met de vraag om beide heren naar het sanitaire blok te begeleiden.
"Zou u een man kunnen meesturen?" vroeg Dmitri.
Katja wilde vragen waarom dat nodig was, maar slikte haar vraag in en knikte. Amper 30 seconden later stond een mannelijke assistent bij Katja,

155 Ivan = generieke bijnaam (soms ook scheldnaam) voor de Russen
156 Tommy = generieke bijnaam (soms ook scheldnaam) voor de Britten

de Russische ambassadeur en diens begeleider. Hij knikte naar beide mannen en nam hen mee naar de toiletten.
De man had in zijn carrière al heel wat meegemaakt, maar wat hij zag toen de begeleider van de Russische ambassadeur plots zijn lange leren jas losknoopte, sloeg hem toch wel even uit het veld.

## BATH_ LANSDOWN GROVE HOTEL_ CASPER EN BILLY

"Kom," zei Billy, "we zullen ons in het koetshuis verborgen houden tot we een seintje krijgen van de OCR dat de mannen van MI6 die vent opgepikt hebben."
"Heb je de pagina's losgekregen?"
Billy knikte.
"En?
"Heb nu even geduld," zei Billy geërgerd, "je lijkt Julie wel."
Casper keek hem lachend aan en zei dat dat een van de redenen was waarom hij nooit getrouwd was.
Billy installeerde zich achter een partij meubelen op de oversteek in het koetshuis, net onder een nieuw aangebracht dakraam. De volle maan gaf voldoende licht om het boekje te bekijken terwijl ze toch onzichtbaar waren voor iemand die via de benedenverdieping binnenkwam.
"Kijk", fluisterde Billy terwijl hij Casper toonde wat hij gevonden had.

"Dat is de kathedraal van Bath", merkte Casper op.

Billy knikte.

"Beide torens zijn gemarkeerd, en de maan ook."

"Bizar", zei Casper.

"Volgens mij helemaal niet zo bizar," antwoordde Billy, "want je hebt nog niet alles gezien."

20 juli 1969

| | | | | | | |
|---|---|---|---|---|---|---|
| 120 | 9 | 100 | 30 | 21 | 75 | 75 |
| 9 | 902 | 903 | 13 | 65 | 903 | 65 |
| 5 | 80 | 903 | 80 | 13 | 9 | 75 |
| 5 | 80 | 30 | 903 | 20 | 9 | 100 |
| 9 | 13 | 65 | 9 | 80 | 903 | 9 |
| 80 | 903 | 13 | 65 | 903 | 140 | 13 |
| 110 | 903 | 50 | 13 | 9 | 100 | 903 |
| 75 | 9 | 110 | 903 | 30 | 9 | 903 |

| | | | | | | |
|---|---|---|---|---|---|---|
| 40 | 13 | 70 | 75 | 901 | 903 | 21 |
| 90 | 903 | 30 | 13 | 110 | 903 | 75 |
| 21 | 75 | 9 | 80 | 110 | 903 | 140 |
| 13 | 110 | 903 | 30 | 9 | 903 | 90 |
| 9 | 100 | 105 | 903 | 20 | 21 | 120 |
| 9 | 80 | 21 | 90 | 903 | 50 | 9 |
| 110 | 903 | 25 | 21 | 75 | 75 | 5 |
| 80 | 30 | 21 | 25 | 9 | 80 | 110 |
| 100 | 1 | 75 | 903 | 13 | 80 | 903 |
| 50 | 21 | 1 | 105 | 110 | 21 | 80 |
| 903 | 110 | 9 | 100 | 125 | 13 | 60 |
| 70 | 903 | 30 | 13 | 9 | 903 | 120 |
| 21 | 70 | 21 | 90 | 903 | 30 | 21 |
| 9 | 80 | 903 | 5 | 70 | 105 | 21 |
| 40 | 903 | 140 | 9 | 903 | 13 | 80 |
| 903 | 25 | 21 | 80 | 110 | 5 | 25 |
| 110 | 903 | 140 | 13 | 60 | 80 | 903 |
| 75 | 9 | 110 | 903 | 30 | 9 | 903 |
| 20 | 9 | 75 | 5 | 80 | 80 | 13 |
| 80 | 45 | 903 | 120 | 5 | 80 | 903 |
| 5 | 90 | 21 | 70 | 70 | 21 | 901 |

Casper trok grote ogen.
“Dat is de code die mijn vader vroeger gebruikte om raadseltjes op te stellen voor mij”, antwoordde Casper.
“Begrijp jij dan wat hier staat?”
Casper knikte en zei dat hij de transcriptietabel weer zou moeten opmaken, maar dat dat wel zou lukken. Billy bladerde verder door het notaboekje en kwam bij de tekening waar de elementen stonden.
“Kijk hier eens,” ging Billy verder, “nu is de tekening helemaal afgewerkt.”

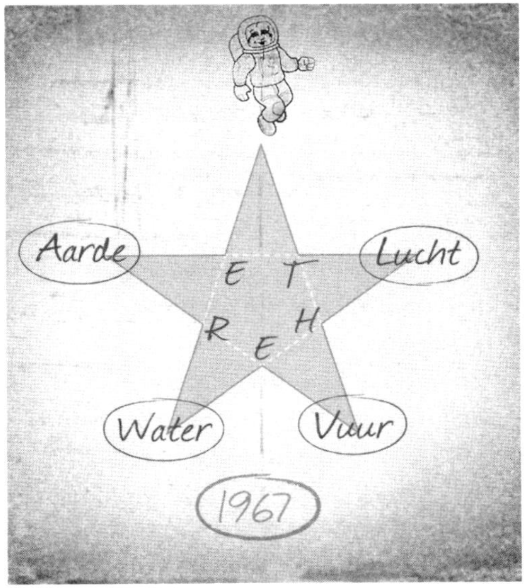


"Maar natuurlijk," begreep Casper, "dit maakt het plaatje volledig. We moeten zo snel mogelijk naar de kathedraal."
"Ik stel voor dat jij de transcriptietabel opmaakt terwijl ik een foto van de twee tekeningen doorstuur naar de OCR."
Casper knikte en ging aan de slag.

## BRUSSEL_ DE OCR_ WILLIAM EN WILLY

De Bonsaiman stond op het kruispunt van de Alsembergsesteenweg met de Oude Vijverweg en keek gespannen in de achteruitkijkspiegel.
"Willy," vroeg hij snel, "kan je opzoeken waar er camera's staan in de buurt van het kruispunt van de Alsembergsesteenweg met de Oude Vijverweg in Dworp?"
"Oké," zei Willy vanuit de IMREC-room, "geef me een ogenblikje."
De Bonsaiman hield intussen nauwlettend de omgeving in de gaten.
"*Nope*," zei Willy, "er staan geen camera's op dat stuk."
"Dus," antwoordde de Bonsaiman, "geen beelden van hun aankomst?"
"Neen," zei Willy, "heb je ze kunnen afschudden?"

"Ik sta nog op de kruising van de steenweg met de straat van 'De Eekhoorn' en ik heb het gevoel dat ze elk moment achter mij kunnen opduiken", antwoordde de Bonsaiman.
"Aha," reageerde Willy, "laat ze dan maar komen."
"Zeg me maar wat ik moet doen", zei de Bonsaiman. "Ik heb in Afghanistan een praktijkopleiding offensief en defensief rijden gekregen."
"Oké", zei Willy, "rij naar links en dan 400 meter tot bij de Ford-garage aan de rechterkant. Vlak na die garage sla je rechtsaf, de Krabbosstraat in. Zorg ervoor dat je achtervolgers je daarheen volgen, want daar staan camera's die ik nu kan overnemen."
"Daar gaan we", zei de Bonsaiman die de grote pick-uptruck met opzichtige bullbars in zijn achteruitkijkspiegel zag opduiken.
"De Krabbosstraat is een slingerende weg die verderop versmalt, door een woonwijk gaat en daarna weer een normale straat wordt", zei Willy. "Je hebt verschillende uitwijkmogelijkheden en volgens mij mag dat met de SQ5 geen probleem zijn."
"Zo denk ik er ook over", bevestigde de Bonsaiman terwijl hij zijn achtervolgers nauwlettend in het oog hield.
Hij leidde zijn achtervolgers precies zoals afgesproken naar de Krabbosstraat.
"Oké," zei Willy, "ik heb de beelden die ik nodig heb en ga ermee aan de slag. Kom maar terug naar de OCR."
"Wilco", antwoordde de Bonsaiman.
Willy maakte snel een afdruk van de foto, maar kwam tot de vaststelling dat die oude gewoonte hem iets had laten doen wat helemaal niet nodig was.
"Verdomme," gromde hij, "het IMREC-algoritme en de metadata van de foto's geven me genoeg informatie om verder te kunnen."

Een paar minuten had hij de informatie die hij nodig had.
"Déménagements Critiques et Récréatifs Internationaux S.P.R.L.," mompelde Willy, "waar heb ik dat nog gehoord of gelezen?"
"Dat is die cover van onze Franse vrienden die in het KMKG en het Amerikaans Theater dingen wilden ophalen met valse papieren!" riep William van in de OCR.

Willy stond op, stak zijn hoofd door het deurgat tussen de OCR en de IMREC-room en vroeg William of hij helderziende was.
"Natuurlijk ben ik helderziende," antwoordde William verbouwereerd, "maar ik hoor ook nog goed en als jij luidop staat te bazelen als een oude, seniele man…"
"Let op je woorden…", gromde Willy.
"Ik denk dat we het best de baas op de hoogte brengen!" riep William.
"Geef me nog even wat tijd om een paar dingen uit te zoeken", antwoordde Willy.
"Volgens mij zijn Walker, Annette, de Hoed en de Bonsaiman op de terugweg naar hier", zei William.
"Bel ze even om zeker te zijn", sneerde Willy die het danig op de heupen kreeg van Williams vragen en opmerkingen.
"Oké," zei William, "zal ik doen."
Op dat moment kwam Mae de OCR binnen en vertelde dat ze net een vip gedropt had bij De Warande.
"Walker, Annette, de Hoed en de Bonsaiman zijn daarnet beschoten toen ze op de parking van 'De Eekhoorn' liepen", vertelde William.
Mae bleef perplex staan en keek hem met grote ogen aan.
"Iedereen is ongedeerd", stelde hij haar snel gerust.

## BRUSSEL_ DE WARANDE_ DE BAAS, DE PREMIER EN DE AMBASSADEURS

Een uur later zaten de baas, de premier van België, de Amerikaanse, de Russische en de Engelse ambassadeur in de afgeschermde vergaderzaal achter de receptiebalie van De Warande.
"Dmitri," zei de Amerikaanse ambassadeur terwijl hij zijn hoofd in de richting van Yuri draaide, "was dat nu echt nodig?"
"Ronald," antwoordde de Russische ambassadeur, "mocht het alleen om jullie gaan, dan was de aanwezigheid van Yuri niet nodig."
"Maar?"
"Maar wat?" reageerde Dmitri kribbig. "Ga je nu domme vragen stellen zoals…"
"… een echte Yank?" vervolledigde Ronald.

“Iemand koffie?” vroeg de baas in een poging om de aandacht van dit pijnlijke moment weg te trekken.
Iedereen knikte behalve Dmitri.

Intussen vertelde de mannelijke assistent die de Russische ambassadeur naar het toilet begeleid had, aan Katja wat hij net meegemaakt had. Voordat de ambassadeur het kleinste kamertje kon binnengaan, moest dat namelijk eerst volledig hygiënisch gereinigd worden, zo vertelde hij. De bodyguard droeg onder die lange, zwarte jas een gordel met allerlei zakken met flesjes, handschoenen en ander materiaal erin. Bij de eerste aanblik leek het wel een bommengordel. De ambassadeur had volgens hem niets aangeraakt. Toen hij gedaan had, had de begeleider de deur met gehandschoende hand opengemaakt. Daarna had hij de handschoenen uitgedaan, had die in de vuilnisbak gegooid en had een nieuw paar aangetrokken. De ambassadeur had dan zijn handen uitgestoken en de begeleider had ze schoongemaakt met verschillende producten en ze daarna ingewreven met een of andere lotion.

Yuri knoopte intussen zijn lange, leren jas opnieuw los. Hij haalde een klein zakflesje wodka uit een van de zakken en gaf het aan Dmitri.
“Vertrouw je ons niet?” vroeg Ronald.
“Grappig dat net jij die vraag stelt”, antwoordde Dmitri.

De baas zag dat hij gebeld werd vanuit de OCR.
“Heren,” zei de baas, “gelieve me even te verontschuldigen, maar mijn mensen in de *Operations Control Room* hebben me nodig.”

## BRUSSEL_ DE OCR_ ANNETTE, WALKER EN DE HOED

“Willy,” zei de baas via de telefoon, “roep iedereen terug naar de OCR. Ik zit in De Warande met…”
“Sorry dat ik je onderbreek,” zei Willy snel, “maar Walker, Annette, de Hoed en de Bonsaiman zijn in Huizingen beschoten door snipers van de DCRI.”

"Wat?!" riep de baas uit.
"Walker, Annette en de Hoed zijn op dit moment op weg naar het Amerikaans Theater en de Bonsaiman probeert de snipers met de SQ5 af te schudden."
"Ben je er zeker van dat het de Fransen zijn?"
"Affirmatief," zei Willy, "ik heb me met IMREC aangesloten op de live-stream van de camera's in de Krabbosstraat. Het voertuig dat de Bonsaiman achtervolgt, is een grote Amerikaanse pick-up met opzichtige bullbars en staat geregistreerd op naam van Déménagements Critiques et Récréatifs Internationaux S.P.R.L. Tot nu toe hebben ze hem nog niet te pakken, maar ik weet niet of hij uit hun handen kan blijven."
"Bel Mike!" beval de baas.

Willy verbrak de verbinding en belde Mike met de vraag om de lokale politie van Halle even de zwaailichten te laten aanzetten en op zoek te laten gaan naar een SQ5 met kapotgeschoten koplampen. Daarna stak hij zijn hoofd door de deuropening van de IMREC-room en gaf William de opdracht om iedereen op te roepen om terug te keren naar de OCR.
"Annette," zei William, "de baas wil dat jullie terugkeren naar de OCR."
"Waarom?" vroeg Annette.
"Dat zal ik zo meteen wel toelichten als jullie er zijn", antwoordde hij.
"Is het niet beter dat eerst toch…?"
"Annette," onderbrak William haar, "terugkeren naar de OCR. Nu."
"De baas heeft zijn pas gestreken hemden dringend nodig", zei de Hoed vanop de achterbank.
Walker schoot in de lach, maar trok zijn gezicht terug in de plooi bij het zien van Annettes blik.
"De Bonsaiman is alleen op weg met de SQ5", zei Annette nog.
"We zijn op de hoogte," antwoordde William, "en we hebben al actie genomen om hem te ondersteunen."

"Bel de baas om hem een korte feedback te geven", zei Willy.
William deed, tot grote verbazing van Willy, netjes wat hem gevraagd werd.
"Ik vraag de Engelse ambassadeur even om bij MI6 te checken,"

antwoordde de baas.
William verbrak de verbinding en beeldde zich in hoe de baas terugkeerde naar zijn protocollaire vergadering met de ambassadeurs en de premier.

Even later belde de Bonsaiman de OCR met de melding dat de grote pick-uptruck de achtervolging opgegeven had toen er plots een aantal politiewagens met flikkerende zwaailichten opgedoken waren.
"Waar ben je nu?" vroeg William terwijl hij Willy een teken gaf dat hij tot bij hem moest komen.
"Ik sta nu aan de kerk van Essenbeek."
"Oké," zei William, "ik ga ervan uit dat je vandaar de weg naar de OCR wel kan vinden?"
De Bonsaiman schoot in de lach en zei dat hij zelfs zijn weg in de woestijn kon vinden zonder gsm, gps of andere elektronische rommel.

## BATH_ LANSDOWN GROVE HOTEL_ CASPER EN BILLY

"Wat bedoelde je daarnet toen je zei dat deze tekening het plaatje volledig maakt?" vroeg Billy.
"Kijk," zei Casper, "de vijfhoek, het pentagon wijst naar beneden. Ik denk dat we William gelijk zullen moeten geven en dat we ondergronds een kijkje zullen moeten nemen."
Billy knikte.
"Maar er is meer," ging Casper verder, "de vijfde punt van de ster wijst naar boven, naar de hemel of beter nog, naar de maan, want er staat een astronaut afgebeeld."
"Ik krijg het gevoel dat we de cirkel stilaan sluiten", antwoordde Billy.
Casper knikte.
"Heb je die foto's al naar William doorgestuurd?"
Billy bevestigde dat hij dat gedaan had.
"Neem je camera even bij de hand en vergroot de foto van de ster eens?" vroeg Casper. "Ik denk dat ik daar iets gezien heb."
"Hoezo?"
"Neem nu gewoon je camera en doe nu even wat ik je vraag", gromde Casper.

Billy pakte de Nikon en toonde de foto van de ster met astronaut op de display.
"Zoom nu even in op het gezicht van de astronaut", zei Casper.
Billy deed wat Casper vroeg.

"Kijk!" riep Casper als een kleine jongen. "Janneke Maan."
Billy schoot in de lach, maar moest Casper wel gelijk geven.
"Mijn vader tekende de maan altijd op die manier toen ik een kleine jongen was en hij me bij volle maan een griezelverhaal vertelde. Laat me nog eens die foto van de elementen rond de ster zien?" vroeg Casper.
"Kijk," zei hij, "onze interpretatie van de letters in de vijfhoek is niet de enige mogelijkheid."
"Wat bedoel je?" vroeg Billy.
"Plato heeft het ontstaan van de wereld en het heelal beschreven. Hij voegde een vijfde element toe, namelijk 'ether'. Het element dat de planeten onder controle houdt", legde Casper uit.[157]

---

157 In Timaeus beschrijft Plato (5e-4e eeuw v.Chr.) het ontstaan van de wereld en het heelal. Hier spelen de vier klassieke elementen ook een belangrijke rol, maar Timaeus – die het verhaal vertelt – voegt daar nog een 'vijfde element' aan toe, en dat bezielt en ordent de levenloze materie, en zorgt er bovendien voor dat de planeten een 'volmaakte' cirkelvormige beweging maken.

"Dus?"

"De verovering van het heelal," zei Casper, "de maanlanding."

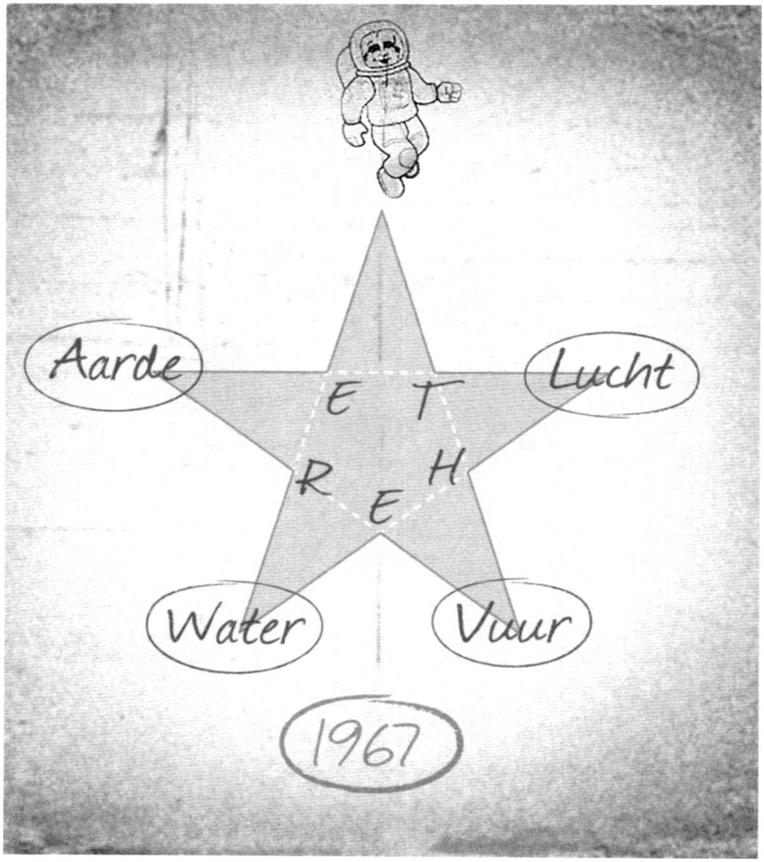

"We zitten blijkbaar op het goede spoor", zei Billy. "Maar stel nu die transcriptietabel gauw op, zodat we naar de kathedraal kunnen. Hopelijk kunnen we daar ook nog een en ander ontdekken."
Een halfuur later legde Casper zijn SignPen neer en slaakte een diepe zucht.
"Ziezo," zei hij, "hiermee zou ik de code moeten kunnen omzetten."

| Klinkers | Letter | Volgorde | Volgorde code papa |
|---|---|---|---|
| * | A | 1 | 5 |
| | B | 2 | 20 |
| | C | 3 | 25 |
| | D | 4 | 30 |
| * | E | 5 | 9 |
| | F | 6 | 40 |
| | G | 7 | 45 |
| | H | 8 | 50 |
| * | I | 9 | 13 |
| | J | 10 | 60 |
| | K | 11 | 65 |
| | L | 12 | 70 |
| | M | 13 | 75 |
| | N | 14 | 80 |
| * | O | 15 | 21 |
| | P | 16 | 90 |
| | Q | 17 | 95 |
| | R | 18 | 100 |
| | S | 19 | 105 |
| | T | 20 | 110 |
| * | U | 21 | 1 |
| | V | 22 | 120 |
| | W | 23 | 125 |
| | X | 24 | 130 |
| | Y | 25 | 135 |
| | Z | 26 | 140 |

20 juli 1969

Verdomme, ik kan niemand bereiken en ik zit hier met die film. Op dit moment zit de pers bovenop het commandocentrum in Houston, terwijl die volop doen alsof ze in contact zijn met de bemanning van Apollo 11.

In realiteit gaat alle communicatie via Bath.

Bill Safire, een van de speechschrijvers van het Witte Huis, heeft een speech geschreven met als titel "In Event of Moon Disaster", maar niemand wil die gebruiken.

Voor de ogen van de wereld (en voor het prestige van de Amerikanen tegenover de Russen) moet de maanlanding lukken.

Er zijn verschillende noodscenario's.

Scenario 1:

Ik heb in het Amerikaans Theater een film gemaakt van de maanlanding. Die film kan getoond worden mocht er ofwel iets mislopen ofwel de communicatie (beeld en klank) niet werken.

Scenario 2:

In het geval dat er geen beelden doorkomen, dan zullen drie dubbelgangers van de astronauten alles perfect naspelen op basis van de gesprekken die het commandocentrum met de astronauten zal voeren. De zogezegde "live-uitzending" zal dan met een kleine vertraging ten opzichte van de echte maanlanding overal ter wereld te zien zijn, maar niemand zal het ooit weten.

Scenario 3:

De maanlanding mislukt, maar de wereld krijgt de film te zien die ik gemaakt heb in het Amerikaans Theater.

De drie dubbelgangers van de astronauten zullen dan de maanlanding spelen volgens het scenario dat geschreven is door een aantal NASA-specialisten.

Ik moet daarom, met een beperkte crew de hele nacht standby zijn in de kelder van de kathedraal

Voor de terugkeer gaat dan het nieuws de wereld ingestuurd worden dat de capsule bij de poging om in de dampkring te komen afgeketst is en voor eeuwig verloren.

Ik weet niet goed hoe ik het verder moet omschrijven, maar straks moet ik aan de slag en ik heb een raar voorgevoel.

Ik heb nu al samengewerkt met mensen van verschillende nationaliteiten in Brussel, maar die wisten niet waar ze mee bezig waren. Die hippies in het museum waren continu stoned en het maakte allemaal niet uit wat ze moesten maken.

De mannen die de rol van astronaut hebben gespeeld in het Amerikaans Theater, kon ik niet goed thuisbrengen. Ze spraken keurig Engels, maar iets gaf me continu het gevoel dat het geen Amerikanen waren.

“We moeten dringend naar de kathedraal”, besloot Billy.
Casper knikte.

## BRUSSEL_ DE WARANDE_ DE BAAS, DE PREMIER EN DE AMBASSADEURS

“Problemen?” vroeg Ronald, de Amerikaanse ambassadeur.
“Niets wat we op dit moment niet onder controle kunnen houden”, antwoordde de baas met een flauw glimlachje.
“Echt?”
“Mijn mensen zijn net beschoten door snipers van de DCRI”, zei de baas.
“De onverteerde affaire van vijftig jaar geleden is een etterende zweer geworden die op uitbarsten staat”, zei Dmitri terwijl hij zijn Amerikaanse collega aankeek.
“Wil iemand nu eindelijk eens uitleggen wat er hier aan de hand is?” vroeg de baas geërgerd.
De Amerikaanse ambassadeur zette zijn diplomatieke glimlach op.

"In 1967 hebben de Verenigde Staten, de Russen en de Britten de leiding genomen bij de opmaak van het Ruimteverdrag…", begon hij.
"Ja, daar heb ik onlangs iets over gelezen", zei de baas.
"Het is een overeenkomst tussen alle landen die regelt wie wat in de ruimte mag doen", verduidelijkte Ronald.
"Ik wist tot voor kort niet eens dat er zo een verdrag bestond", zei de baas.
"De Fransen hebben dat initiatief slechts van aan de zijlijn mogen volgen en hebben dat blijkbaar nooit goed verteerd", zei de Engelse ambassadeur die tot nu toe gezwegen had.
"Het is inmiddels vijftig jaar geleden dat Armstrong als eerste voet op de maan zette…"
"Althans, dat is toch wat jullie de wereld willen laten geloven", vulde de premier aan.
"Ik denk eerlijk gezegd dat wij wel degelijk als eerste in 1969 op de maan geland zijn," zei de baas, "maar ik ben er zeker van dat jullie voorgangers achter de schermen veel meer samengewerkt hebben dan tot nu toe bekend is."
"Denk je?" vroeg de Amerikaanse ambassadeur geniepig.
"Ja," trad de premier hem bij, "dat denk ik ook en ik zou verdomme ook willen weten hoe België daarin betrokken geraakt is."
De Russische ambassadeur schuifelde een beetje heen en weer op zijn stoel en zijn Engelse collega ging strategisch op zoek naar een kopje thee.
Ronald keek zijn Russische collega aan en slaakte een diepe zucht.
"Oké", zei hij dan terwijl hij de baas en de premier strak aankeek, "wat ik jullie nu ga vertellen, is *top secret*."
De baas moest eigenlijk dringend naar het toilet, maar besloot om zo stil mogelijk te blijven zitten om het moment niet te verstoren.
"Wij hebben samengewerkt in 1969", gaf de Amerikaanse ambassadeur toe.
"Is dat *top secret*?" lachte de baas.
De Engelse ambassadeur kwam weer zitten met zijn kopje thee in de hand en keek hem boos aan.
"Ik weet niet goed waar ik moet beginnen", ging Ronald verder.
Dmitri had genoeg van het getreuzel, stond plots op en schraapte zijn keel.

"Staatsgeheim of niet," begon hij, "ik heb van Moskou de toestemming gekregen om onder bepaalde omstandigheden te spreken en naar mijn gevoel zijn die omstandigheden nu aan de orde."
De anderen keken hem verbaasd aan.
"Dus," zei Dmitri, "iedereen kent de legendarische beelden van Armstrong die voet op de maan zet alsook de beelden van de vreugde in de controlroom in Houston."
Iedereen knikte.
"Welnu," ging hij, "wij hebben het controlecentrum voor Apollo 11 geleid. Wij hebben de maanlanding helemaal gecoördineerd."
De baas en de premier keken hem vol ongeloof aan en draaiden daarna hun hoofd naar de Ameriaanse en de Engelse ambassadeur.

## BRUSSEL_ DE FEDERALE POLITIE_ MIKE EN ZIJN TEAM

"William," zei Mike snel, "jullie moeten meteen uitrukken, want ik heb net een paar verontrustende oproepen gekregen."
"Ik luister", zei William.
"Er is een incident met twee gewapende personen in het Koninklijk Museum voor Kunst en Geschiedenis en ik heb een melding van een inbraak in het leegstaande Amerikaans Theater", zei Mike.
"Oké," gromde William, "wat Willy kan, kan ik ook."
"Dat geloof ik graag", zei Mike.
"Maak je geen zorgen," zei William terwijl hij Annette, Walker en de Hoed de OCR zag binnenkomen, "ik doe meteen het nodige en hou je op de hoogte."
"Walker en Annette," zei William meteen, "omdraaien en wegwezen. Er is een incident met twee gewapende personen in het Koninklijk Museum voor Kunst en Geschiedenis en Mike vraagt of wij daar nu naartoe kunnen."
"Oké," zei Walker terwijl hij zijn hand in Annettes zij legde en haar als een galante danspartner de andere richting uit stuurde, "we zijn er meteen weer vandoor."
"Ik blijf wel even bij jou," sprak de Hoed tegen William, "ik heb het niet

zo voor confrontaties met gewapende mensen."
"Ik ook niet," antwoordde Annette net voor ze de OCR verliet, "maar ik moet wel elke nacht bij Walker slapen."
William, de Hoed en Willy, die ondertussen uit de IMREC-room gekomen was, schoten in de lach toen ze Walker Annette verbaasd zagen aankijken.
"Wat..."
"Vertrek nu maar," zei Willy, "ze zal het je onderweg wel uitleggen."

Een paar minuten later schoot de A8, deze keer met Walker aan het stuur, door de Rue Blaes, in de richting van het Jubelpark.
"Dat was maar een grapje, hè", zei Annette.
Walker keek haar glimlachend aan en zei dat het oké was, maar dat hij weer even moest wennen aan de snelheid waarmee ze hem soms pakte.
Annette legde haar hand op zijn bovenbeen en keek hem met een sensuele blik aan.

Een paar minuten later parkeerde Walker de A8 vlak voor de trappen bij de ingang van het Koninklijk Museum voor Kunst en Geschiedenis.
Hij opende de koffer van de A8 en ontgrendelde het geheime opbergvak waar een aantal wapens en kogelwerende vesten in lagen.
"Denk je..."
Walker knikte en zei dat hij geen risico wilde nemen.
"Blijf jij hier," zei hij, "ik ga naar binnen."
Annette draaide als een wervelwind om haar as, gaf Walker eerst een klinkende oorveeg en kuste hem daarna meteen zo fel dat zijn oren er bijna van flapperden.
"Dat zal even niet waar zijn," zei ze nadat ze hem losgelaten had en een kogelwerende vest uit het bergvak genomen had, "je denkt toch niet dat ik jou alleen de vuurlijn in stuur? We gaan er samen voor."
Walker schudde zijn hoofd en legde zijn hand op zijn roodgloeiend oor terwijl hij met zijn andere hand ook een kogelwerende vest pakte.
"Sorry," zei ze terwijl ze hem een zacht kusje op zijn oor gaf, "ik heb mijn temperament niet altijd onder controle."
"Kom," zei hij, "we gaan naar binnen."

"Moet je Alexandra niet opbellen?"
"Laten we eerst even gaan kijken wat er precies aan de hand is."

Op dat moment kwam de Bonsaiman aan in de OCR.
"Wauw," zei hij, "dat heb ik sinds Afghanistan niet meer meegemaakt. Die kerels waren pro's."
"Weet je wat?" zei Willy. "Je mag me er alles over vertellen terwijl we naar het Amerikaans Theater rijden."
De Bonsaiman begreep niet wat hij bedoelde.
"Kom," zei Willy, "we moeten nu meteen vertrekken."
"Maar de SQ5," probeerde de Bonsaiman, "de koplampen…"
"Je bent er toch mee tot hier geraakt, niet?"
De Bonsaiman knikte en volgde Willy naar de uitgang van de OCR.
"William!" riep Willy terwijl ze naar buiten liepen. "Ik draag hierbij de controle…"
"Jaja, ik heb het begrepen", zuchtte William terwijl hij rustig opstond, op zijn krukken naar de keuken huppelde om een kop koffie en besloot niet al te lang meer het immobiele teamlid te spelen. Het terrein daarbuiten was zijn natuurlijke habitat, hier in de OCR bleef hij niet langer dan nodig.

## BATH_ BATH ABBEY_ CASPER EN BILLY

"Zijn we ermee weg?" vroeg Billy.
"Wacht even", antwoordde Casper, "hier staat nog iets interessants."

21 juli 1969

Ik ben vandaag even naar de kathedraal geweest. Het was nu ongeveer twee jaar geleden dat ik er geweest was en alles lijkt nog hetzelfde… alleen, ik weet wel beter.

James Montague ligt er nog steeds
even rustig als in 1967.
"Waar is de ingang?"

"Oké," zei Casper, "ik ben klaar."
"Kom," zei Billy, "we gaan te voet. Het is net geen kilometer lopen van hieruit."

Even later stonden ze op het plein voor de kathedraal van Bath. Casper opende zijn vaders boekje op de pagina met de tekening van de kathedraal.

"Dat lijken twee raketten of lanceertorens", zei Billy terwijl zijn blik verschoof van de tekening in het boekje naar de majestueuze kathedraal voor hen.
"Communicatietorens?" vroeg Casper voorzichtig.
Billy voelde zijn nekharen overeind komen en keek voorzichtig rond,

maar zag niets onrustwekkends.
"Casper," zei hij, "ik denk dat we het best naar binnen gaan…"
Casper begreep de hint en knikte.

Een paar minuten later stonden ze in de middenbeuk van de kathedraal. Vooraan bij het altaar stond een groep bezoekers die blijkbaar een van de hoogtepunten van hun reis naar de Cotswolds beleefde door voor het altaar als koor een paar liederen te zingen. Billy en Casper bleven even staan om te kijken en luisteren, want het klonk magistraal. Maar daardoor zagen ze niet hoe twee duo's strategisch postvatten achteraan in de kathedraal.
"Oké," zei Casper, "terug aan het werk."
Billy knikte en draaide zich net om toen er een foto van hen genomen werd.
"Kom," fluisterde Billy, "we hebben schaduwen."
Ze liepen terug naar de ingang en vroegen aan de balie of iemand hen naar de crypte en de kelders van de kathedraal kon brengen.
"Meneer," zei de dame, "u moet daarvoor een speciale toelating aanvragen."
"Hoelang…", wilde Billy vragen.
"U moet dit formulier invullen," zei de vriendelijke dame terwijl ze hem een papier toeschoof en aan een stuk door bleef praten, "en aan de secretaris van de kerkraad bezorgen. Die zal dat dan bespreken op de volgende bijeenkomst en daarna krijgt u bericht over het feit of uw aanvraag al dan niet goedgekeurd werd. Het goede nieuws is dat ik de secretaris van de kerkraad ben, maar het slechte nieuws is dat de volgende vergadering pas over een maand is."
Billy wist even niet waar hij het had, maar Casper greep snel in.
"Mevrouw," zei hij heel zacht, "we zijn hier op vraag van MI6. Meer mag ik u niet vertellen, want anders zou ik u moeten…"
Casper laste een strategische stilte in en keek de vrouw strak aan.
"Ik kan u wel even laten bellen met ons hoofdkwartier in Brussel en zij zullen u dan meteen doorverbinden met 'The Doughnut'. Ik kan je verzekeren dat er meteen een helikopter opstijgt hierheen…"
De dame trok grote ogen en bracht haar hand voor haar mond.

"U bent van…", begreep ze terwijl ze opstond, "dus u komt voor…"

## BRUSSEL_ DE WARANDE_ DE BAAS, DE PREMIER EN DE AMBASSADEURS

"Wat bedoel je?" vroeg de premier.
"Je moet…"
"Oké," nam Ronald over, "de maanlanding in 1969 werd inderdaad helemaal gecoördineerd door de Russen."
"De Russen in Houston?" vroeg de premier verward.
"Laat me eerst even een stap terugzetten in de geschiedenis," zuchtte Ronald, "op 4 oktober 1957 verbaasde de Sovjetunie de hele wereld door voor het eerst een kunstmaan in een baan om de aarde te brengen. Spoetnik 1 luidde het ruimtevaarttijdperk in en de Russen waren ons te snel af. Amper een maand later ging Spoetnik 2 al de ruimte in met Laika aan boord. De Russen waren ons weer eens te snel af en hadden als eerste een levend wezen in de ruimte gebracht."
"En op 12 april 1961 maakte Joeri Gagarin als eerste mens in de ruimte een ronde om de aarde en landde netjes terug op aarde", mompelde de premier.
De Amerikaanse ambassadeur knikte.
"Dus," begreep de baas, "wij wilden als eersten een man op de maan hebben, maar het risico dat het mislukte, was minstens even groot als de kans op succes. Misschien zelfs groter…"
"Juist," antwoordde Ronald, "en door de Russen de missie te laten leiden, konden we bij een mislukking de schuld op hen steken."
"*Hacking* avant la lettre", mompelde de premier.
De Amerikaanse ambassadeur knikte. Dmitri stond opnieuw op, liep naar Yuri en eiste nog een slok wodka.
"Laten we even teruggaan naar 20 augustus 1968", zei hij dan.
"De Praagse Lente", mompelde de premier.
Dmitri hief zijn hand op als teken dat iedereen moest zwijgen.
"Op 19 augustus 1968 kreeg Leonid Iljitsj Brezjnev, secretaris-generaal van de Communistische Partij van de Sovjet-Unie, de bevestiging dat er vanuit het Westen geen aanval zou komen als hij de volgende dag de

tanks Praag zou laten binnenrollen."
De baas keek Ronald aan, maar die bleef naar de grond staren.
"We hadden er echter niet op gerekend dat we de rekening later gepresenteerd zouden krijgen", ging Dmitri verder.
Hij nam nog een slok wodka.
"Een paar maanden later had er een vreemde bijeenkomst plaats tussen de CIA en de KGB in het Koninklijk Museum voor Kunst en Geschiedenis. Daar werd besloten dat de KGB de maanlanding zou coördineren, omdat de CIA ervan overtuigd was dat de missie zou mislukken. Als de maanlanding zou mislukken, dan konden de Amerikanen de schuld op de Russen steken."
Iedereen knikte.
"De KGB stelde zelf voor om de coördinatie vanuit Moskou te doen", zei Dmitri.
"Wat uiteraard niet aanvaard werd door de CIA", gromde de baas.
De Amerikaanse ambassadeur knikte.
"De CIA stelde dan weer voor om de coördinatie vanuit Washington DC te laten doen," ging Dmitri verder, "maar daar konden wij natuurlijk niet mee akkoord gaan."
"En zo kwamen ze bij ons terecht", viel de Engelse ambassadeur in.
De baas en de premier keken hem aan.
"Ga je me nu vertellen dat de coördinatie van de maanlanding vanuit het Verenigd Koninkrijk gebeurd is?"
De drie ambassadeurs knikten.
"Van waaruit dan?" vroeg de baas.
"Bath", antwoordde de Engelse ambassadeur.

## BRUSSEL_ HET AMERIKAANS THEATER_ WILLY EN DE BONSAIMAN

"Duw maar even op het gaspedaal", zei Willy tegen de Bonsaiman.
"Daag je me nu uit?" vroeg de Bonsaiman en keek hem met een grijns om de lippen aan terwijl hij de SQ5 voortjoeg.
Willy belde nog snel even met Mike om hem te melden dat hij zelf met de Bonsaiman naar het Amerikaans Theater vertrokken was.

"*Il dominatore del fuoco*[158] van de Saigon Dragons is onderweg", zei Willy. "Wat bazel je allemaal?" vroeg de Bonsaiman terwijl hij zijn blik strak op de weg gericht hield en de ene auto na de andere zowel links als rechts voorbijreed.
"Lang geleden", antwoordde Willy, "was ik de vuurmeester van een van de meest beruchte gangs van New York, de Saigon Dragons."
"Was dat voor of na je CIA-tijd?"
"Ervoor en tijdens."
"Undercover", zei de Bonsaiman.
Willy knikte.

Even voor de hoofdingang van het koninklijk paleis sloeg de Bonsaiman rechtsaf, de Witte-acacialaan in.
"Opmerkelijk monument," zei Willy toen ze bij het Louis Steensplein, op amper 250 meter van het Atomium, opnieuw rechts afsloegen, de Dikkelindelaan op.
"Stop hier nu maar even zodat we eerst een kogelwerend vest kunnen aantrekken en een handvuurwapen uit de kofferbak nemen", stelde Willy voor.
De Bonsaiman knikte en parkeerde de auto aan de kant van de weg.
"Maak de koffer maar open."
De Bonsaiman drukte op het knopje in de deur aan de chauffeurskant en stapte toen ook uit.
"Hier," zei Willy terwijl hij de Bonsaiman een kogelwerend vest toegooide, "ik denk dat dit jouw maat wel is."

Even later waren ze weer op weg naar het Amerikaans Theater. Willy had voor de Five-seveN gekozen en de Bonsaiman voor de P90.
"Denk je dat we genoeg vuurkracht hebben, *Dominatore del fuoco*?" vroeg de Bonsaiman grijnzend.
Willy haalde zijn schouders op en keek in de richting van het Amerikaans Theater dat stilaan in zicht kwam.
"Wat is dat?" vroeg de Bonsaiman plots toen ze een ladderwagen van de

---

158 Dominatore del fuoco = vuurmeester

brandweer bij het grote, ronde gebouw zagen staan.
"O," antwoordde Willy luchtig terwijl hij een app opende op zijn gsm, "dat is een kleine logistieke ondersteuning van de Brusselse brandweer."
"En?"
"De conciërge heeft naar de politie gebeld met de melding dat hij een inbreker gezien heeft", zei Willy.
De Bonsaiman knikte.
"Hij heeft de nummerplaat genoteerd en doorgegeven aan de politie."
"Oké," zei de Bonsaiman, "graag de shortcut."
"Ik heb de nummerplaat kunnen traceren als een voertuig dat eigendom is van de firma Déménagements Critiques et Récréatifs Internationaux S.P.R.L."
"Aha," zei de Bonsaiman, "collega's van de mannen die ons daarnet in Huizingen te grazen wilden nemen. Jammer dat ik toen niet wist wat voor speelgoed er in onze kofferbak lag, maar goed… Ik kan nu revanche nemen."
"Bij welke *gang* heb jij gezeten?" vroeg Willy.
"Special Forces," lachte de Bonsaiman.
"Is dat wapen dan wel zwaar genoeg voor jou?" vroeg Willy lachend.
De Bonsaiman parkeerde de auto op iets meer dan honderd meter van het Amerikaans Theater en bekeek de livestream op Willy's telefoon.

## BATH_ BATH ABBEY_ CASPER EN BILLY

De dame aan de receptie in de kathedraal van Bath wenkte haar collega en vroeg haar om even over te nemen. Ze kwam achter de balie vandaan en wenkte Casper en Billy om haar te volgen.
Terwijl ze weer naar voren liepen in de kathedraal, zag Billy het koppel dat nadrukkelijk een foto genomen had vlak bij hen en herkende hen van op de parking van het hotel waar ze logeerden.
"Ik voel me niet goed," hoorde hij de vrouw zeggen, en de vrijwilligster die bij de ingang de tickets scheurde, liet hen naar buiten gaan.
Billy wist dat ze nu naar buiten moesten en niet meer meteen achter hen aan konden komen.
"Wat was dat allemaal?" vroeg Casper.

“Onze schaduwen dachten dat we de kathedraal verlaten hadden via de ingang en kwamen achter ons aan”, antwoordde Billy.
“Juist,” fluisterde Casper, “en het excuus over zich onwel voelen maakt dat ze zich niet meer konden omdraaien en terug binnenkomen.”
“Yep,” antwoordde Billy, “we hebben ze afgeschud.”
“Zijn jullie er klaar voor?” vroeg de dame met een geheimzinnig glimlachje terwijl ze haar hand in haar boezem stak.
“Euh…”, begon Billy.
“Maak je maar geen zorgen,” zei de oudere vrouw terwijl ze een sleutel aan een ketting opdiepte vanuit haar decolleté, “ik ben de bewaakster van het geheim en ben ook in dienst van ‘The Doughnut’.”
Billy knikte quasi onzichtbaar en wisselde een blik van verstandhouding met de dame.
“Kom,” zei ze, “we lopen eerst even door de kathedraal om te zien of de kust veilig is en dan leid ik jullie naar beneden.”
Ze volgden de dame door de kathedraal en keken pro forma, maar toch met enige bewondering naar het kunstwerk met de vlinders in een van de zijbeuken van de kathedraal. Ondertussen keek hun begeleidster rustig als een volleerde spionne rond en zei toen dat ze haar mochten volgen. Geen van hen bemerkte de spiedende blikken van de oude, blinde man en zijn begeleider die op de eerste rij kerkstoelen zaten.

De vrouw ging hen voor naar een biechtstoel in het zijgedeelte naast het altaar, schoof het gordijn een heel klein beetje opzij en stapte erin.
“Kom”, wenkte ze zachtjes.
Billy wist even niet goed wat gedaan, want er was immers geen plaats voor twee personen in dat gedeelte. Maar toen hij haar voor de tweede keer hoorde zeggen dat hij naar binnen moest komen, gleed hij langs het gordijn de biechtstoel in. Zijn verbazing was groot toen hij een geheime, openstaande deur zag met een trap erachter en de vrouw die een paar treden lager stond.
“Casper,” zei hij zachtjes, “kom naar binnen. Snel, nu.”
Casper begreep het ook niet, maar aarzelde geen seconde en vertrouwde op Billy. Zodra hij in de biechtstoel stond, zag hij ook de geheime deur in de achterwand.

Billy wilde vragen waar ze heen gingen terwijl ze de oude, stenen trap afdaalden, maar de vrouw was hem voor.
"Kom," zei ze, "ik neem jullie mee naar een van de sleutellocaties van operatie 'Jakobsladder', die destijds door de Amerikanen, de Russen en de Engelsen opgezet werd."
"En wij dan?" vroeg Casper.
"Wie zijn 'wij'?" vroeg de dame.
"De Belgen."
"O," antwoordde de dame, "meer mag ik u niet vertellen, want anders zou ik u moeten..."
"Oké," zei Casper, "ik heb het begrepen."

## BRUSSEL_ DE WARANDE_ DE BAAS, DE PREMIER EN DE AMBASSADEURS

De baas viel bijna van zijn stoel van verbazing.
"Oké," zei de premier, "maar dan moet je mij toch wel even vertellen hoe wij Belgen daarin verzeild geraakt zijn."
"Ik stel voor dat je de baas van de Staatsveiligheid naar hier laat komen...", zei de Amerikaanse ambassadeur.
"... en vraag hem of hij het dossier van 'operatie Jakobsladder' wil meebrengen", vulde Dmitri aan.
"Prima," zei de baas opgelucht terwijl hij opveerde van zijn stoel, "dan heb ik eindelijk even tijd om een sanitaire stop te maken."

Een halfuur later kwam het hoofd van de Belgische Staatsveiligheid via dezelfde weg de afgeschermde vergaderzaal achter de receptiebalie binnen. Hij begroette de premier, de ambassadeurs en de baas, opende zijn aktentas en haalde er zes mappen uit met de titel 'operatie Jakobsladder'.
Hij gaf er iedereen één en liep toen naar de tafel aan de zijkant om een kop koffie te nemen.
"Oké," vroeg hij, "wat willen jullie weten over dit vijftig jaar oude dossier?"
De Engelse ambassadeur probeerde er nog even omheen te walsen, maar zijn Amerikaanse collega blokte dat meteen af.

"Genoeg bullshit," zei hij, "straks moet die lieve Katja nog een staljongen laten komen om al onze onzin met een mestvork te laten opruimen."
De Russische ambassadeur knikte nadrukkelijk en nam nog een slok van zijn bijna lege zakfles wodka. De Engelse ambassadeur knikte en de baas en de premier keken iedereen gewoon aan, want zij waren die steken onder water helemaal niet gewoon.
"Kijk," zei Ronald, "we hebben net voor jij aankwam aan de heren verteld dat de maanlanding niet vanuit Houston gecoördineerd werd, maar wel vanuit Bath."
De baas van de Belgische Staatsveiligheid knikte en nam een slok van zijn koffie.
"Oké," zei hij, "en wat nog?"
"We hebben in grote lijnen onze rol toegelicht", vertelde de Engelse ambassadeur, "en het is ondertussen ook wel duidelijk dat de Amerikanen voor een dilemma stonden in 1969."
"Dilemma?" vroeg de baas van de Belgische Staatsveiligheid.
"Welja," antwoordde Dmitri in plaats van zijn Engelse collega, "wij hadden in de race om de ruimte een voorsprong..."
"... op de Amerikanen", vulde de baas aan, "en de CIA-top heeft de Russen voor hun kar gespannen vanuit de hypothese dat ze er steeds als winnaar zouden uitkomen."
Iedereen knikte.
"Maar nu, vijftig jaar na de maanlanding, gebeuren er rare dingen die wij niet kunnen plaatsen", ging de baas verder.
"Welke dingen?" vroeg de baas van de Staatsveiligheid met gespeelde onschuld.
"Het is allemaal begonnen bij het Koninklijk Museum voor Kunst en Geschiedenis met een onschuldige inbraak", zei de baas.
"En?" probeerde de baas van de Staatsveiligheid nog.
"Komaan," zei de premier, "stop nu met die onzin. Deze heren spelen open kaart met ons."
"Alleszins tot op zekere hoogte," vervolledigde de baas, "maar in elk geval op een veel volwassenere en openere manier dan jij."
De baas van de Staatsveiligheid keek de baas met strakke blik aan en stond op.

"Blijven, luisteren en vertellen", beval de premier op niet mis te verstane toon.
De baas van de Staatsveiligheid ging weer zitten en slaakte een zucht.
"Vertel ons eens wat de rol van de Belgen in dit verhaal was en bovenal waarom de Fransen zich nu, vijftig jaar later, roeren."
"Zie jij de Fransen ergens opduiken in de lijst projecten in de commerciële ruimtevaart?" vroeg de baas van de Staatsveiligheid.
"Ze hebben toch dat ambitieuze 'Aerospace Valley' in de buurt van Toulouse?" zei de baas.
Iedereen keek hem smalend aan.

## BRUSSEL_ KMKG_ WALKER, ALEXANDRA EN ODILE

De securityman bij de ingang had opdracht gekregen om voorlopig niemand binnen te laten in het museum, maar toen hij Walker en Annette met hun kogelwerende vesten en hun pistolen zag, zette hij intuïtief een stap opzij.
"Waar is Alexandra?" vroeg Walker kort.
"Wie?"
"De directrice", verduidelijkte Walker.
"Die is euh…"
"Oké," zei Annette terwijl ze doorliep, "laat maar zitten."
Walker pakte zijn gsm en belde Alexandra.
"Alexandra," zei Walker toen ze de oproep beantwoordde, "ik ben het, Walker. Ik sta in het atrium. Mike heeft me naar hier gestuurd omdat jullie hier blijkbaar een crisissituatie hebben."
"Momentje," antwoordde Alexandra, "kom naar de shop en ga een kijkje nemen bij de boeken achter de kassa. Ik zit in de grote inloopbergruimte daarachter."
"Oké", zei Walker terwijl hij Annette wenkte.

Even later stonden Walker en Annette bij Alexandra in de grote bergruimte achter de wand met boeken.
"Dit is Annette," zei Walker, "mijn partner."
Alexandra knikte en vond dat ze verdacht veel leek op de assistente van

de kunstkenner die vorige week langs geweest was.
"Wat is er aan de hand?"
"Er zijn hier daarnet een man en een vrouw binnengekomen...," begon Alexandra snikkend, "... ze hebben netjes een ticket gekocht bij de balie en dan bam..."
"Bam wat?" vroeg Annette.
"Ze hebben een van onze medewerksters die net in het Atrium liep met een wapen bedreigd en haar gedwongen om hen naar de atoomschuilkelder te brengen."
"Oké," zei Walker, "breng ons daarheen."
"Je weet toch dat..."
"Alexandra," zei Walker, "je moet ons vertrouwen."
Ze keek Annette recht in de ogen.
"Je kan me vertrouwen," zei Annette en ze wilde eraan toevoegen dat ze op dit moment geen andere keuze had, maar hield dat wijselijk voor zich.
"Ik toon je de ingang van de kelder," stelde Alexandra voor, "maar ik ga niet mee naar beneden."
"Oké," zei Walker, "dat is geen probleem."
Ze kwamen in beweging en Annette ging rustig naast Alexandra lopen.
"Ik kan me voorstellen wat je nu doormaakt," zei Annette, "een van je medewerksters wordt bedreigd en..."
"... ik ben verantwoordelijk", vulde Alexandra aan.
"Kan je me even vertellen hoe die twee personen eruitzien?" vroeg Annette.
"Ze zijn als koppel het museum binnengekomen", zei Alexandra.
"Juist," lachte Annette, "maar vertel me even hoe ze eruitzien."
"De man ziet er gewoontjes uit," begon Alexandra, "hij draagt een sportieve broek, een vest en een wit hemd."
"Annette," zei Walker snel, "ga met Alexandra naar de controlekamer van de beveiliging en bekijk de beelden."
"Zouden we niet beter...?"
"Annette", zei Walker met enig ongeduld in zijn stem.
"Walker," repliceerde Annette, "ik wilde gewoon voorstellen dat we Willy vanuit de IMREC-room de beelden kunnen laten analyseren."
"Juist," zei Walker, "je hebt helemaal gelijk. Zodra hij ingelogd is, kan

hij de opgeslagen beelden zien, maar ons ook begeleiden terwijl hij de livestream van de camera's bekijkt. Sorry."
"Geen probleem", antwoordde Annette terwijl ze een betekenisvolle blik met Alexandra uitwisselde.

## BATH_ BATH ABBEY_ CASPER EN BILLY

Casper en Billy liepen achter de vrouw via een oude wenteltrap naar beneden. Billy had het gevoel dat er geen einde aan de afdaling kwam.
"Deze kelder was oorspronkelijk een geheime vergader- en bergplaats voor de Jakobieten", zei de dame.
Toen ze aan het einde van de trap kwamen, vroeg Billy hoe diep ze nu onder de grond zaten.
"Dat weet ik niet exact," zei de vrouw, "maar wel heel diep en veilig."
"Het principe van een atoomschuilkelder", mompelde Casper.
De vrouw deed alsof ze het niet gehoord had en wenkte hen haar te volgen. Ze liepen door een smalle, lage gang tot ze bij een oude, middeleeuwse deur kwamen met een gigantisch sleutelgat erin.
De vrouw duwde op een van de klinknagels en telde luidop tot zeven. Daarna trok ze haar vinger terug en zagen Billy en Casper hoe een klein, tot dan onzichtbaar, luikje opensprong. Ze diepte weer de sleutel uit haar decolleté op en stak die in het sleutelgat. De middeleeuwse deur draaide langzaam open.
"Kom," zei ze opnieuw terwijl ze zelf als eerste naar binnen stapte, "snel, want er zit een timer op."
Billy en Casper gingen meteen achter haar naar binnen en zagen de deur zachtjes en volledig geruisloos weer dichtgaan. Ze volgden de dame en merkten dat de gang gaandeweg breder en hoger werd.

Even later stonden ze in een grote, hoge ruimte en konden hun ogen niet geloven.
"Dit was het echte commandocentrum voor de Apollo 11-missie", zei de vrouw.
Billy en Casper keken haar sprakeloos aan.
"Wat bedoel je?" vroeg Billy.

"Ik ken niet alle technische details en ook niet de echte reden waarom de Russen en de Amerikanen dit zo opgezet hebben," zei de vrouw, "maar ik weet wel dat wij de faciliteiten aangeboden hebben om dit te doen."
Casper zag dat ze zin had om op de grond te spuwen van boosheid. Billy liep rustig rond in de commandoruimte en zag een kopie, in gereduceerde omvang, van het commandocentrum in Houston.
"Ik kan het nog steeds niet geloven", zei Casper. "De Russen zaten dus hier en hebben van hieruit, met akkoord van de Amerikanen, de hele missie geleid."
De vrouw knikte.
"Waar verbleven die dan?" vroeg Billy.
"In Woodstock en Broadway", lachte ze.
"Komaan, Woodstock en op Broadway", zei Billy. "Nu hou je ons voor de gek. Woodstock is pas bekend geworden een kleine maand na de maanlanding door het uit zijn voegen gebarsten festival en Broadway is al helemaal..."
De vrouw stak haar hand op.
"Mijn lieve jongen," zei ze tegen Billy, "ik denk dat ze je niet alles verteld hebben tijdens je lessen aardrijkskunde en geschiedenis."
Casper schoot zowaar bijna in de lach, maar hij wist zich nog net te bedwingen.
"Broadway en Woodstock zijn dorpen hier in de Cotswolds", sprak ze gewichtig.
Billy knikte en herinnerde zich plots dat hij ooit geleerd had dat in Woodstock het grootste paleis van heel het Verenigd Koninkrijk stond en dat het bovendien geen eigendom van de Britse koninklijke familie was.
"Een *practical joke* van de Russen," zei de vrouw, "als je het mij vraagt."
"En de Belgen?" vroeg Casper opnieuw.
"Ik heb je daarnet toch gezegd dat..."
"Weet je," zei Casper terwijl hij met zijn imposante figuur vlak bij de vrouw ging staan, "als je me had willen doden, dan had je dat intussen al gedaan."
Ze liep een beetje rood aan en zette een stap achteruit.
"Ik weet het eigenlijk niet," gaf ze schoorvoetend toe, "maar wat ik wel weet, is dat er hier in de kerk een Belg overleden is."

Casper stond aan de grond genageld door die mededeling.
"Sommigen zeggen dat hij vermoord werd", fluisterde ze.

## BRUSSEL_ DE WARANDE_ DE BAAS, DE PREMIER EN DE AMBASSADEURS

"Bon," begon de baas van de Staatsveiligheid, "de Fransen waren in het begin en midden van de jaren zestig wel betrokken in de ambitie om de ruimte te veroveren. In 1961 besloot de Franse president de Gaulle om een programma voor de lancering van satellieten op te starten. Ze noemden het 'Diamant'. Dat programma was een succes, waardoor Frankrijk in 1965 haar eerste militaire satelliet A1, Astérix, kon lanceren. Het maakte van Frankrijk de derde wereldmacht in de ruimte. Het was de periode van de Koude Oorlog tussen de Amerikanen en de Russen en dat zorgde voor verwarring. Bovendien namen de Fransen in die periode het initiatief om het Europese Ariane-project te starten. Het maakte Europa onafhankelijk voor het lanceren van haar satellieten en gaf de Fransen een vooraanstaande positie in alles wat met ruimtevaart te maken had."
"En wij konden dat niet hebben", gaf de Amerikaanse ambassadeur toe.
"Wij ook niet", viel zijn Russische collega hem bij.
"Wij keken van aan de zijlijn toe", zei de Engelse ambassadeur.
"Oké," zei de premier, "allemaal goed en wel, maar wat is er dan misgelopen met die Franse ambities?"
"De Parijse studentenrevolte", zei Ronald plots.
Iedereen keek hem aan.
"De Fransen hadden in mei 1968 plots hun handen vol met een studentenopstand in Parijs die overging in een algemene staking in heel Frankrijk met gebeurtenissen die bijna revolutionaire vormen aannamen."
"Een tweede Franse revolutie", zei Dmitri met een slissende s.
"Dus," zei de baas, "de Fransen hadden hun handen vol met die hele opstand. De Russen kwamen twee maanden later in actie in Tsjecho-Slowakije en wij keken toe en berekenden onze kansen om daar voordeel uit te halen… en de Fransen erbuiten te houden."
Iedereen knikte.
"Maar," zei de premier, "even voor de Parijse studentenrevolte hadden wij

hier in België toch de studentenprotesten in Leuven?"
"Dat was een lachertje", zei Dmitri.
Ronald knikte.
"Hoe zijn wij daar dan in verzeild geraakt?"
"Wij waren ooit begonnen met de bouw van een paar atoomschuilkelders…", begon de baas van de Staatsveiligheid.
"… met onze hulp", vulde Ronald aan.
"… en onder het mom van de dreiging vanuit Rusland", lachte Dmitri.
De man werd duidelijk dronken en de anderen vroegen zich af hoelang deze meeting nog op een aanvaardbaar niveau kon blijven doorgaan.
"Voor de Amerikanen de Russen in de tang hadden," zei de baas van de Staatsveiligheid, "spanden zij ons vanaf 1967 voor hun kar."
"Vertel", zei de premier.
"Er waren drie scenario's", begon de Amerikaanse ambassadeur. "Scenario 1 en 3 hielden in dat er vanuit Bath een film over de maanlanding de wereld ingestuurd werd…"
"… die gemaakt was door ons in het Amerikaans Theater", vulde de baas van de Staatsveiligheid aan.
"Ik heb wel een film van Caspers vader gezien over Bath en de Cotswolds," mompelde de baas, "maar dat was geen simulatie van de maanlanding."
Niemand schonk aandacht aan wat hij mompelde.
"En scenario 2?" vroeg de premier.
"Scenario 2 was een live-uitzending vanuit het Amerikaans Theater via de kelders van de kathedraal van Bath", lispelde Dmitri.
"Maar," rondde Ronald af, "iedereen was een beetje winnaar in dit verhaal."
"Inderdaad," zei Dmitri intussen met een dubbele tong, "wij hebben de maanlanding succesvol gecoördineerd en niemand heeft het ooit geweten."
"Behalve dat ene feitje…", gromde de Amerikaanse ambassadeur.

## BRUSSEL_ HET AMERIKAANS THEATER_ WILLY EN DE BONSAIMAN

"William," zei Willy, "verbind je me even door met de conciërge van het Amerikaans Theater?"
"Zijn jullie er bijna?"
De stem van de conciërge klonk angstig.
"Ja," antwoordde Willy, "we zijn er, maar we hebben jouw hulp nodig."
"Ik ga niet naar buiten", zei de man snel.
"Rustig," zei Willy, "dat hoeft ook niet. Je moet ons gewoon begeleiden via de telefoon."
"Met hoeveel zijn jullie?"
"We zijn met meer dan genoeg," stelde Willy de man gerust, "maar we rekenen wel op jou om ons via de telefoon doorheen het gebouw tot bij die kerels te leiden. Ik ga ervan uit dat je het gebouw op je duimpje kent?"
"Natuurlijk", antwoordde de conciërge.
"Ik schakel nu over op de frequentie van ons team," zei Willy terwijl hij de Bonsaiman mee in de oproep gooide via de conferencecall-knop, "zo kan iedereen je horen."
De Bonsaiman stak zijn duim omhoog.
"Oké," zei Willy, "ik krijg net het signaal dat het in orde is."
De conciërge slaakte een zucht van verlichting.
"Rustig," zei Willy, "we zijn getraind om problemen als deze op te lossen."
"Wat moet ik doen?" vroeg de conciërge.
"Vertel ons vlug even hoe die mannen eruitzien."
De conciërge gaf snel een beschrijving van de twee mannen.
"Weet je waar ze zich nu bevinden?"
"Ze zijn de grote studio ingegaan", antwoordde de conciërge.
Georges, de brandweerman in de bak op de uitschoven ladder, zoomde met de camera in op de in- en uitgangen van de grote studio.
"Buitenkant oké", zei hij.
"Hang een blad papier aan de buitenkant van de deur van jouw appartement en doe die daarna op slot", zei Willy.
"Waarom?" vroeg de conciërge.
"Omdat wij nu naar binnen gaan", antwoordde Willy. "En op die manier weten we dat we die deur niet mogen intrappen."

"Oké", reageerde de conciërge snel.
Ze hoorden het geluid van een deur die in het slot gedraaid werd en kregen meteen erna de boodschap dat er een blad op de deur hing.
"Oké", zei Willy, "ga voor alle zekerheid onder de tafel zitten of liggen en kom er niet onderuit voor ik je een sein gegeven heb."
De Bonsaiman keek Willy glimlachend aan en gaf met een teken aan dat hij via de zuidkant zou gaan. Willy stak zijn duim op en liep de andere richting uit.
"Nu ga ik je hulp nodig hebben," fluisterde Willy in het microfoontje.
"Hier team 2," zei de Bonsaiman, "wij hebben zo meteen ook ondersteuning nodig."
"Oké", mompelde de conciërge van onder de tafel.
De Bonsaiman had ooit een doorgedreven oefening tegen terrorisme gedaan in het Amerikaans Theater en herinnerde zich nog perfect de structuur van het gebouw. Hij geraakte zonder problemen tot in de regiekamer. Van daaruit zag hij twee mannen die heel voorzichtig probeerden een deel van de wandbekleding te verwijderen.
"Wat is dat allemaal?" vroeg hij zich af terwijl hij vanuit zijn ooghoek iemand de grote studio in zag sluipen.
"Verdomme, Willy," gromde hij, "verkeerde ingang."
Willy reageerde niet en ging gewoon door.
"Willy," siste de Bonsaiman, "Willy."
Omdat Willy nog steeds niet reageerde, checkte de Bonsaiman zijn telefoon en zag dat hij per ongeluk de mute-knop ingedrukt had. Hij zag dat een van de mannen stopte met het verwijderen van de wandbekleding en zijn hand onder zijn overall stak. Daarop stormde de Bonsaiman met de P90 de grote studio in en vuurde vanuit zijn heup.

## BATH_ BATH ABBEY_ CASPER EN BILLY

"Is dit alles?" vroeg Billy.
De bewaakster van het geheim van de kathedraal van Bath knikte.
"En wat als ik zeg dat ik je niet geloof?" vroeg Casper plots dreigend.
De vrouw keek hem met stoutmoedige blik aan.
"Weet dat als je niet meewerkt, ik je zal moeten..."

De vrouw schrok zo van de ernstige toon in Caspers boodschap dat ze meteen toegaf dat er nog een en ander te zien was en ze hen de volledige rondleiding zou geven.

"Oké," zei Casper toen ze terug in centrale controlekamer zaten, "als u het niet erg vindt, dan zou ik hier graag nog even blijven."
"Gaat het met je?" vroeg Billy bezorgd.
"Het was 20 juli 1969. Ik was de dag voordien zeven jaar geworden en ik was al de hele namiddag druk bezig geweest met het graven van een grote put midden in de tuin. Mama had me al tien keer gezegd dat ik me niet vuil mocht maken. Ze was de hele namiddag druk bezig geweest met het bouwen van een roomsoezentaart om tijdens het grote feest op te eten bij Roger en Mimi", vertelde Casper rustig.
Billy keek hem glimlachend aan.
"Toen mijn moeder me aan het eind van de namiddag uit de tuin kwam halen, keek ze me boos aan. Ze zei me dat ik niet flink geweest was omdat ik helemaal onder het stof zat. Ik herinner me nog exact wat ze zei."
"Vertel", zei Billy.
Casper dook in de rol van zijn moeder en haalde zelfs zijn hoogste stemmetje naar boven:
" -Potverdorie, zei ze, ik had je nog zo gezegd dat je je niet al te vuil mocht maken.
- Jaja, antwoordde ik.
- Kijk nu eens aan, ging ze verder, zo kunnen we niet naar Roger en Mimi om naar de maanlanding te kijken.
- Waarom niet? vroeg ik.
- Omdat je volledig onder het stof zit."

"Ik ben toen opgestaan uit mijn put, heb het stof van mijn kleren geklopt en heb mijn moeder triomfantelijk aangekeken", zei Casper.
"Dat was dus, voor zover ik me herinner, mijn eerste koude douche, letterlijk en figuurlijk."
Casper kon zich de conversatie met zijn moeder exact herinneren:
"- Wat gaan we bij Roger en Mimi doen?, heb ik toen gevraagd.
- We gaan bij hen naar de maanlanding kijken, antwoordde mijn moeder,

die wordt rechtstreeks uitgezonden op televisie.
- Wanneer?
- Deze nacht.
- Mag ik dan de hele nacht opblijven?
Mijn moeder glimlachte gewoon even.
- Ik wou dat papa erbij was, zei ik tegen haar.
- Ik ook.
- Nu gaat hij de maanlanding niet zien.
- Misschien heeft hij vanavond vrij en kan hij ook kijken.
- Wanneer komt hij terug?
- Als hij klaar is met werken.
- Wanneer zal dat zijn?
- Dat weet ik niet, zuchtte mijn moeder, hij zal een dezer dagen weleens bellen of een kaartje sturen.
- Waar is papa eigenlijk naartoe?
- Ik weet het niet, antwoordde mijn moeder.
- Jawel, zei ik, je weet het wel, maar je wil het niet vertellen.
Mijn moeder keek me met droevige ogen aan en stak het washandje nog eens in het koude water.
- Oké, zei ze met droefheid in haar glimlach, hij is naar… Sjakkamakka.
Ik kreeg de kans niet om verbaasd te reageren, want ze bracht het ijskoude washandje naar mijn rug en wreef met grote bewegingen van boven naar onder. Ik bevroor bijna."
Billy schoot in de lach.
"Midden in de nacht maakte mama mij wakker om naar de maanlanding te kijken," ging Casper verder, "en toen ik vroeg wat daar zo speciaal aan was, kreeg ik als antwoord dat het de eerste keer was. Ik begreep er niets van op dat moment. Ik herinner me nog wel de schokkerige zwart-witbeelden op televisie van een man in een wit pak die van een ladder afdaalde en woorden uitsprak die ik niet begreep, en ik weet nog dat ik mijn papa heel hard miste."

## BRUSSEL_ KMKG_ WALKER, ANNETTE EN ALEXANDRA

"Willy," zei Walker, "ik..."
"Het is William", klonk het aan de andere kant van de lijn.
"Geef me snel Willy even door."
"Dat zal moeilijk gaan", antwoordde William.
"Komaan, William, dit is niet het moment..."
"Willy is met de Bonsaiman naar het Amerikaans Theater vertrokken," legde William snel uit, "ze hebben daar inbrekers op dit moment. En als we even snel conclusies mogen trekken, zijn het leden van dezelfde club als diegenen die daar in het KMKG zitten."
"Verdomme", vloekte Walker.
"Kan ik iets doen? De Hoed is hier ook nog", stelde William voor.
"Je zou moeten kunnen inloggen in het IMREC-systeem en de beelden van het beveiligingssysteem van het KMKG overnemen", zei Walker.
"Daar heb ik geen kaas van gegeten," antwoordde William, "sorry."
"Het is wat het is," zuchtte Walker, "toch bedankt."
Walker draaide zich om naar Annette en Alexandra.
"En?"
"Willy is met de Bonsaiman naar het Amerikaans Theater vertrokken omdat ze daar ook bezoek hebben van dezelfde club als hier", zei hij.
"... en William kan dat niet doen", vervolledigde Annette.
"Dus," zei Walker, "er zit niets anders op dan dat jij met Alexandra toch naar de controlekamer van de beveiliging gaat om de beelden te bekijken."
"Walker..."
"Annette," zei Walker, "een van de personeelsleden van het KMKG is in gevaar."
Annette knikte.

Op dat moment ging Walkers telefoon over en hij zag dat het Mae was.
"Mae," zei Walker, "ik zit midden..."
"Walker," zei Mae, "William heeft me net gevraagd om jou uit de nood te helpen en hier ben ik."
Walker sprong bijna een gat in de lucht.
"Oké, Mae," zei hij terwijl hij zijn hand opstak naar Annette en Alexandra,

“kan jij inloggen op de controlekamer van de beveiliging van het KMKG?”
“Daar ben ik al en ik stuur je nu de beelden van de livestream door naar je gsm”, zei ze.
“Mae,” antwoordde Walker, “je bent geweldig, maar stuur die livestream door aan Annettes gsm, alsjeblieft.”
“Komt in orde.”
“Dank je”, lachte Walker. “Kan je de beelden van twee bezoekers, een man en een vrouw, die ongeveer een uur geleden een ticket gekocht hebben, doorsturen?”
“Zijn het deze?”
Walker zag een foto op de display van zijn gsm verschijnen en toonde die aan Alexandra. Ze knikte.
“Ja,” antwoordde Walker, “dat zijn ze.”
“Momentjeeeuuuu…”, zei Mae.
Het volgende moment verscheen er een kort tekstbericht.

> [OCR]
> Hij = Jean-Paul LAMBERT/ DCRI / Afdeling Contraspionage/ vuurwapengevaarlijk
> Zij = Odile Delarivière/ DCRI / Adeling Cybercrime, maar momenteel officieel geschorst/ Experte explosieven en vuurwapengevaarlijk

“Verdomme”, vloekte Walker.

## BATH_ BATH ABBEY_ CASPER EN BILLY

De bewaakster van het geheim van de kathedraal van Bath sloot de deur in de achterwand van de biechtstoel zorgvuldig weer af, nam een klein spuitbusje uit haar jas en spoot ermee over de randen van de deur. Billy zag dat er zich een laagje stof op de deur vormde alsof het geheel in jaren niet afgestoft was.
“Ziezo”, zei de vrouw terwijl ze zich omdraaide en Billy en Casper met opgeheven armen zag staan.

Tegenover hen stonden een blindeman en zijn begeleider, allebei met een pistool op het drietal gericht.
"Steek jij ook maar je handen in de lucht", beval de man met de donkere zonnebril op.
De vrouw keek de twee mannen met grote ogen aan en begon langzaam haar handen omhoog te steken. Toen ze ter hoogte van haar decolleté gekomen was, maakte ze vliegensvlug de sleutel van de ketting los en stak hem in haar mond.
"Verdomme," zei een van de mannen, "de sleutel."
De vrouw slikte een paar keer extreem hard en begon bijzonder zwaar te ademen.
"Snel," zei Casper, "we moeten haar neerleggen, want ze gaat stikken."
De mannen aarzelden en keken elkaar aan. Billy maakte van die korte aarzeling gebruik om de stok van de man met de zonnebril af te pakken en er keihard mee op de knie van de man te slaan. De man zakte op de grond, maar probeerde zijn pistool toch nog op Billy te richten. Dat was echter een ijdele poging, want Billy klopte voor de tweede keer keihard met de witte stok. Deze keer sloeg hij op de handen van de man, waardoor die niets meer kon vasthouden.
Casper boog zich over de vrouw en ving een quasi onzichtbare knipoog van haar kant op. Hierdoor wist hij dat ze oké was en dat hij zich kon bezighouden met de andere man.
Die had een stap achteruitgezet en bekeek het tafereel met grote ogen. Het was duidelijk dat de man met de donkere bril de leiding gehad had en nu als een kreupele op de grond lag te jammeren. Billy had zijn pistool opgeraapt en richtte het zonder aarzelen op de andere man. De blik in zijn ogen toonde geen genade.
"Ik wil je even waarschuwen," zei Casper, "mijn vriend hier heeft een losse vinger en kan niet tot drie tellen. Als ik jou was…"
De man draaide zich abrupt om en liep zigzaggend naar de uitgang van de kathedraal. Casper reageerde meteen, ging achter hem aan en vloerde hem als een professionele rugbyspeler. De man ging met zijn hoofd tegen de grond. Casper hoorde een doffe knak en voelde de man meteen verslappen. Hij legde zijn vinger op de halsslagader en stelde vast dat er geen polsslag meer was.

Hij stond op en liep, met het pistool van de man in zijn hand, terug naar Billy, de bewaakster en de man met de donkere zonnebril.
De man wreef zijn handen over elkaar in een poging om de pijn te laten wegebben, maar dat was slechts een vruchteloze poging. De vrouw die de sleutel ingeslikt had, stond inmiddels weer op en keek Casper glimlachend aan.
"Hoe..."
"Ik heb jaren getraind om zulke situaties te overleven zonder de sleutel te hoeven afgeven", zei ze fier.
Casper knikte bewonderend.
"Ik denk dat we best MI6 verwittigen", zei hij.
"Heb ik al gedaan," antwoordde ze, "ze zijn er zo meteen met een ziekenwagen."
Ze draaide zich om naar de man met de donkere glazen en nam zijn bril van zijn gezicht.
"Misschien wil jij ons wel iets vertellen," zei ze terwijl ze zachtjes vooroverboog naar de man.
Hij draaide zijn hoofd weg, maar botste daarbij tegen de loop van zijn eigen pistool.
"En?" vroeg Billy.
De man staarde recht voor zich uit en zweeg in alle talen.

## BRUSSEL_ HET AMERIKAANS THEATER_ WILLY EN DE BONSAIMAN

De twee mannen die bezig waren met het losmaken van de wandbekleding in het Amerikaans Theater, werden getroffen door een salvo van verschillende kogels uit de P90. De eerste man was op slag dood, de andere zwaargewond.
"Ik denk dat ik je in het vervolg de 'Bulls Eye Man' zal noemen..."
"Sorry," antwoordde de Bonsaiman, "ik probeerde je te verwittigen, maar de technologie wilde niet goed mee."
Willy boog zich over de zwaargewonde man terwijl de Bonsaiman contact opnam met de brandweerman hoog in de lucht.
"Heb je nog iets te melden?" vroeg hij.

Brandweerman Georges bevestigde dat buiten de situatie normaal was. "Oké," zei de Bonsaiman, "zorg jij voor een ambulance en een paar jongens van de federale?"
De brandweerman bevestigde dat hij daar meteen voor zou zorgen.
"Moet ik nog even in de lucht blijven?"
"Heb je hoogtevrees?" lachte de Bonsaiman.
"Oké," antwoordde de brandweerman die de boodschap begrepen had, "ik blijf op post tot de ambulance er is."

Willy probeerde de zwaargewonde man te ondervragen, maar die verloor veel bloed en geraakte al snel buiten bewustzijn. Het duurde net geen tien minuten voor er een ambulance kwam aangereden. Die kreeg instructies van de brandweerman die nog steeds in de bak, hoog in de lucht, van de ladderwagen zat.
Even later kwam een auto van de federale politie aangereden. De politiemannen namen over van Willy en de Bonsaiman.

"Ik stel voor dat we toch even langsgaan bij de conciërge," zei Willy, "want volgens mij zit die nog steeds te bibberen onder zijn keukentafel."
"Goed idee," antwoordde de Bonsaiman, "ik heb trouwens honger gekregen. Misschien heeft hij iets kleins tegen de grote honger."
"Kan jij alleen maar aan eten en drinken denken?" vroeg Willy geërgerd.
"Neen," antwoordde de Bonsaiman ernstig, "ik denk ook vaak aan de meisjes."
Willy wilde nog vragen aan welke meisjes hij dan dacht, maar toen hij het gezicht van de Bonsaiman zag, besefte hij dat die hem in de maling nam.

Toen ze bij de deur van de conciërgerie kwamen, zagen ze dat die op een kier stond.
"Verdomme," zei Willy terwijl hij zijn Five-seveN weer bovenhaalde en de deur zachtjes openduwde.
De Bonsaiman verstevigde zijn greep op de P90 en bleef een paar stappen achter Willy.

Een halve minuut later vloekte Willy de wereld plots bij elkaar. De

Bonsaiman maakte een sprong zodat hij achter Willy in de deuropening tevoorschijn kwam en zag waarom die zo hard vloekte.
De conciërge zat rustig in de zetel te gamen en stak het laatste stuk pizza in zijn mond.
"Wat is dat hier allemaal?!" vroeg Willy verbaasd.
"Tja," zei de conciërge, "zodra jullie vertrokken waren, viel de stress van me af en dan ben ik maar weer beginnen te gamen. Ik zat net in een goede flow en dacht bij mezelf dat het zonde zou zijn om die te laten gaan."
"Ik had het over die pizza", gromde Willy.
"Sorry," antwoordde de conciërge, "dat was de laatste die nog in de diepvriezer zat."
De Bonsaiman schoot in de lach en vroeg zich luidop af wie er nu alleen aan eten dacht.
"Kom," zei Willy terwijl hij de jongeman overeind trok, "jij gaat ons even een rondleiding geven en vertellen wat die mannen hier kwamen doen."
"Dat weet ik toch niet", antwoordde de jonge conciërge.
"Ik denk dat het beter zal zijn voor jouw gezondheid dat je het wel kan vertellen", zei de Bonsaiman terwijl hij naar Willy wees.
De jongeman knikte en maakte zich los uit Willy's handen.
"Ik zal heus niet gaan lopen", zei hij.
"Ik hoop het voor jou", bromde Willy.
"Kijk," zei de jonge conciërge, "de laatste weken heb ik hier bizarre dingen meegemaakt. Ik heb een paar keer het gevoel gehad dat er 's nachts mensen in het gebouw waren, maar ik durfde niet alleen rond te lopen op die momenten."
"Ga door", zei Willy.
"Ik heb ook geen diefstal vastgesteld," ging de jonge conciërge verder, "het staat hier alleen maar vol met oude rommel."
"Waarom waren die mannen hier de wandbekleding aan het verwijderen?" vroeg de Bonsaiman.
De jonge conciërge keek hen plots met grote ogen aan.
"Kom mee," zei hij, "ik weet niet wat het betekent, maar ik zal het jullie laten zien."
Samen liepen ze naar de plaats waar al een deel van de wandbekleding losgemaakt was. Op de muur eronder zagen ze een prachtige

muurschildering. Toen ze de stof nog een stuk verder lostrokken, zagen ze dat het ging om het zicht op de aarde vanop de maan.

## BATH_ BATH ABBEY_ CASPER EN BILLY

Casper wist niet precies hoelang het geduurd had, maar het team van MI6 was er bijzonder snel. De ambulanciers ruimden eerst het lijk op van de man die gaan lopen was en kwamen daarna tot bij de bewaakster van het geheim van de kathedraal.
"Kunnen we u nog met iets van dienst zijn, mevrouw?" vroeg de teamleider met respect in zijn stem.
"Neem deze jongen hier ook maar mee en haal hem gerust even door de molen," zei ze met autoritaire stem, "tot nu toe heeft hij de doofstomme uitgehangen."
"Gelukkig hebben wij een replica van de Tower", glimlachten de mannen terwijl ze de man, die door Billy bijna kreupel geslagen was, op de been hielpen en meteen stevig in de boeien sloegen.
De man gaf geen kik.

"Wie ben jij nu echt?" vroeg Casper toen het MI6-team vertrokken was.
"Ik ben een vrijwilligster die in vertrouwen genomen is door MI6 over het geheim in de kelder", antwoordde de vrouw.
"Ja, en ik ben Sinterklaas", zei Casper.
"En ik de kerstman", vervolledigde Billy.
"Oké," zei de vrouw, "ik veronderstel dat jullie de James Bond-films gezien hebben waar M gespeeld wordt door Judi Dench."
Billy en Casper knikten.
"Welnu," ging ze verder, "de laatste twintig jaar van mijn carrière was ik de echte M."
"Juist," herinnerde Billy zich plots, "jij was die vrouw die bij ons kwam dineren in admiraalsuniform."
De vrouw keek hem recht in de ogen.
"Wat zeg je?"
"Welja," legde Billy uit, "nu herinner ik het me. Jij bent een paar keer bij ons thuis komen dineren toen ik een kleine jongen was."

"Ik ben ooit maar bij één…", en toen zweeg ze even. "Billy?"
Billy knikte.
"Kom hier, jij, kleine deugniet", zei ze terwijl ze Billy een hartelijke knuffel gaf. "Hoe gaat het met je vader?"
"Het gaat goed met hem," antwoordde Billy, "hij is intussen ook met pensioen, maar blijft een actieve vogel."
De vrouw zette een stap achteruit en bekeek Billy van kop tot teen.
"En ik ben de zoon van de Belg die hier in de kerk overleden is", zei Casper plots.
De bewaakster van het geheim keek hem plots met droevige ogen aan.
"Ik heb in de jaren dat ik verantwoordelijk was voor MI6 vaak over jouw vader gehoord", zei ze. "Blijkbaar was hij een uitzonderlijke man en praatte hij continu over zijn kleine jongen."
Casper voelde een krop in zijn keel toen ze dat zei.
"Wat…"
"Ik weet dat hij gerekruteerd was door de Belgische Staatveiligheid", zei ze. "Hij heeft in 1967 alle voorbereidende opzoekingen en inspecties gedaan onder het mom van een documentaire over de Cotswolds."
"Ik herinner me nog dat hij een hele periode weg geweest is", zei Casper.
De vrouw lachte.
"Jouw vader was een lieve man en een levensgenieter," zei ze, "maar altijd trouw aan zijn echtgenote en zoontje."
Billy legde zijn hand op Caspers schouder.
"In 1969 heeft hij de film gemaakt en is ermee op 19 juli naar Engeland gekomen. In de nacht van 21 juli is hij plots hier in de kathedraal overleden. Niemand heeft ooit geweten wat er gebeurd is en tot op heden hebben we de film nog niet gevonden", vertelde de bewaakster.
"Welke film?" vroeg Billy.
"Dat mag ik jullie hier niet vertellen", zei ze.
Casper zette een stap achteruit, ging op de tweede trede van de houten trap van de biechtstoel zitten en legde zijn hoofd in zijn handen. Hij zakte een beetje door en slaakte een zucht. Het hout van de biechtstoel kraakte onder zijn gewicht.
"Wat is dat?" zei Billy plots toen hij een klein briefje in een spleet zag zitten die door Caspers gewichtsverplaatsing plots zichtbaar was geworden.

21 juli 1969

Als niemand weet wie ik ben, dan heb ik een betekenis.

Als iemand weet wat ik ben, kan ik niet meer bestaan.

Wat ben ik?

De ridder draagt zijn kruis.

Imaginatio Semper Patria Nostra.

"Dat is mijn vaders handschrift", zei Casper.
"Wat staat er?" vroeg Billy.
"Rustig," antwoordde Casper, "geef me even de tijd om te bekomen."
Casper las de boodschap en kreeg een glimlach om de lippen.
"En?" vroeg Billy.
Casper las de eerste drie zinnen van de boodschap luidop voor en vroeg Billy of hij het antwoord kende. Billy schudde zijn hoofd.
Daarna vertaalde Casper de boodschap in het Engels voor de bewaakster van het geheim van de kathedraal en vroeg of zij het antwoord kende.
"O ja," zei ze, "dat weet ik."
"Vertel", zei Billy.
"Een geheim", zeiden Casper en de bewaakster van het geheim van de kathedraal tegelijkertijd.
"Staat er nog iets anders op dat briefje?" vroeg Billy.
"Ja", antwoordde Casper. "De ridder draagt zijn kruis."
"De ridder draagt zijn kruis", herhaalde Billy. "Maar ja, natuurlijk… herinner je je nog wat jouw vader in zijn notaboekje geschreven heeft op 21 juli 1969, waarschijnlijk in de loop van de dag?"
"Wat?" vroeg de bewaakster van het geheim van de kathedraal.
"James Montague."
Casper stond op. Hij liep door de kerk naar de graftombe van James Montague en wees plots naar de schouder van de beeltenis van de ridder.
"De ridder draagt zijn kruis", mompelde Casper terwijl hij zijn mes uit

de schede trok.
“Wat ga je doen?” vroeg de bewaakster.
Casper stak het mes tussen de overgang van de schouder en de patch met het rood-witte kruis en wrikte tot de stenen patch loskwam.

## BRUSSEL_ KMKG_ ODILE, HAAR KOMPAAN EN BRITT

Odile en haar kompaan sleurden Britt mee naar beneden in de atoomschuilkelder onder bedreiging van een pistool.
“Als je meewerkt en ons geeft wat we zoeken, zijn we zo weer weg”, zei Odile.
“Wat moet ik je geven?” sneerde Britt die de adrenaline door haar aderen voelde jagen.
“De film,” zei Odile, “we willen de film.”
“Welke film?”
“Je weet best waar ik het over heb”, zei Odile terwijl ze de loop van haar pistool in Britts rug duwde en haar aanmaande verder de trap af te dalen.

Annette keek naar de livestream op haar gsm en zag het drietal de atoomschuilkelder in gaan.
“Ja,” zei Alexandra, “en daar hangen geen camera’s.”
“Is er nog een uitgang?”
Alexandra zweeg.
“Alexandra,” drong Walker aan, “we hebben niet veel tijd.”
“Ja,” zei Alexandra dan, “er is nog een andere uitgang, maar ik denk dat Britt dat niet weet. Het is een geheime deur die zo goed als onzichtbaar is en als ze die toch ontdekken, zullen ze denken dat het gewoon een luchtkoker is waar een volwassen persoon niet doorheen kan.”
“Walker,” zei Annette, “ik denk dat het veiliger is om ons verdekt op te stellen in de buurt van de in- en uitgang van de atoomschuilkelder en even te wachten.”
Walker knikte.
“Hoelang gaan we wachten?” vroeg Alexandra.
“Vijf minuten”, antwoordde Walker.
“Maximum tien,” corrigeerde Annette terwijl ze Walker aankeek, “we

mogen het leven van het personeel niet in gevaar brengen."
Walker knikte.
"Als we straks in actie moeten komen," zei Annette, "dan ga jij achter Odile aan en ik reken wel met haar collega af."
Walker had het eigenlijk anders in gedachten, maar sprak Annette niet tegen, want hij had geen zin in een tweede oorveeg.

Even later kwamen Odile, haar kompaan en Britt terug naar boven. Odile keek stuurs en porde Britt met de loop van haar pistool.
"Naar het moulageatelier", zei Odile. "Als de film hier niet ligt, dan zal hij zeker daar liggen. Weet dat ik hier niet vertrek zonder die film en besef ook dat ik niet zal aarzelen om je neer te schieten als je gekke toeren begint uit te halen."
"Kunnen we vóór hen in het moulageatelier geraken?" vroeg Walker snel. Alexandra knikte, draaide zich om en liep de andere richting uit. Walker en Annette volgden haar.

"De film", zei Odile toen ze het moulageatelier in liepen.
Britt draaide zich plots om en gaf Odile, ondanks het feit dat ze een pistool op haar gericht hield, een klinkende oorveeg. De verrassing bij Odile was zo groot dat ze het pistool liet vallen en over haar pijnlijke oor wreef.
Walker sprong tevoorschijn uit de schuilplaats waar ze postgevat hadden en overmeesterde Odile in een oogwenk. Annette maakte een sprong en belandde vlak bij de collega van Odile. Ze gaf de man een klap met haar pistool, waardoor hij even duizelde. Ze duwde de loop van haar pistool in zijn hals, ter hoogte van zijn adamsappel en duwde net hard genoeg om hem een onaangenaam gevoel te geven.
"Op de grond," siste ze, "en je handen in je nek."
De man deed meteen wat hem gezegd werd en gaf aan dat hij Odile had willen helpen.
"Nu mag je kiezen," zei Walker tegen Odile, "ofwel vertel je me rustig de hele waarheid ofwel zal je mijn duister kantje eens leren kennen en daarna draag ik je over aan Billy."
Odile sloot haar ogen.

"William," zei Annette terwijl ze haar pistool op de collega van Odile gericht hield, "kan je snel een schoonmaakploeg naar het KMKG sturen?"
"Komt in orde", antwoordde William. "Waar zitten jullie op dit moment? Want Mike, Jeanke en de Mille zijn intussen ook aangekomen bij het museum."
"En William?"
"Ja, Annette", zei hij rustig.
"Wil je de anderen ook oproepen? Het is tijd om een eitje te pellen met Odile."

## BRUSSEL_ KMKG_ THE VANDIESEL COMPANY EN ODILE

"Oké," zei Walker toen hij Mike, de Mille en Jeanke zag binnenkomen, "jullie mogen deze meneer alvast meenemen. Ik wil nog even een babbel doen met Odile."
Mike begreep de hint en wenkte Alexandra en Britt met hem mee te lopen terwijl de Mille en Jeanke de man afvoerden.
"Heb jij nog een kop van die heerlijke koffie voor mij?" vroeg Mike.
"Je krijgt er een heerlijke scheut van mijn beste cognac bovenop", lachte Alexandra opgelucht.
"Ik denk dat ik dat ook wel kan gebruiken", zei Britt terwijl ze samen naar Alexandra's bureau liepen.

"Kom," zei Walker tegen Odile terwijl hij een set handboeien uit een zijzak van de kogelwerende vest haalde, "ik ga je behoeden tegen verwondingen."
Odile keek hem niet-begrijpend aan.
"Als je ook maar één verkeerde beweging maakt," zei hij ijskoud, "schiet ik je zonder aarzelen neer en ik denk dat je met geboeide handen twee keer zal nadenken voor je iets probeert."
Odile boog haar hoofd en stak haar handen naar voren.
"Omdraaien en handen op de rug."
Odile wilde iets zeggen, maar Walker plaatste zijn voet gemeen hard op haar knie en duwde haar tegen de grond. Annette wilde reageren, maar

besloot enkel in te grijpen als Walker echt over de schreef zou gaan.

Even later duwde Walker Odile voor zich uit om via de coulissen van het museum uiteindelijk de atoomschuilkelder te bereiken.
"Kijk," zei Walker terwijl Odile stuntelig de brede trap naar de atoomschuilkelder afdaalde, "hier mag je eerst even afkoelen."

Een hele tijd later waren ook Willy, Mae, Julie, William, Billy, Casper en de baas aangekomen in het museum. Samen met Annette en Walker waren ze in de grote ruimte van de atoomschuilkelder rond Odile gaan staan.
"Je spel is uit", zei de baas.
Odile keek hem recht in de ogen en spuwde op zijn schoenen. Casper zette een stap in haar richting, maar de baas stak zijn arm uit om hem te stoppen.
"Je kan maar beter een beetje meewerken, want het ziet er niet zo best uit voor jou."
Odile keek hem minachtend aan.
"Je bent naar mij gekomen onder het mom dat je in Parijs verbrand was en een tijdje uit het zicht moest blijven", zei de baas. "Ik heb Jean-Paul[159] mijn vertrouwen gegeven. Ik heb nu twee mogelijkheden. Ofwel lever ik je uit aan de federale politie en dan ga je de gevangenis in. Ofwel lever ik je uit aan de directeur van de DCRI en dan ziet het er ook niet rooskleurig uit voor jou."
"Er is nog een derde optie", kwam William plots tussen. "Jullie vertrekken allemaal en geven mij een paar minuten voor een *face-to-fist*-confrontatie met deze dame," zei hij, "hier in de kelder."
"William," zei de baas, "rustig."
William stapte hinkend de grote ruimte van de atoomschuilkelder in en keek Odile met ijzige blik aan. Ze kreeg het er heel erg benauwd van.
"Jij hebt me in elkaar geslagen," zei William terwijl hij tot vlak bij Odile gehinkt was, "ik herken je geur, het ritme van je ademhaling en de blik

159 Jean-Paul Lambert: kompaan van Odile die haar geholpen heeft nadat ze in Parijs geschorst was.

in je ogen."
"Is dat zo?" vroeg de baas.
Odile boog haar hoofd, want Williams nabijheid gaf haar een gevoel van onbehagen waar ze geen blijf mee wist.
"Krimp maar in elkaar," zei Billy plots nadat hij naast William was gaan staan, "want jij hebt in de OCR met de foto's en de algoritmes van het IMREC-programma geknoeid."
Hij balde zijn vuist tot ze wit wegtrok.
Odile voelde bij het zien van al die boze blikken wel dat ze verslagen was. Ze wist ook dat ze nu niet meer op haar opdrachtgever, Nanna, hoefde te rekenen. Ze besloot dan maar om open kaart te spelen.
"Mijn vader was, samen met Sergej Koroljov en Wernher von Braun, een van de pioniers van de ruimtevaart", zei ze plots. "Hij heeft het plan bedacht om de Fransen, de Russen en de Amerikanen achter de schermen te laten samenwerken om de Apollo 11-missie te laten slagen."
Iedereen stond perplex en het werd muisstil in de atoomschuilkelder.
"Het is allemaal begonnen toen Von Braun ons in 1945 verraden heeft", zei ze. "We hadden een afspraak met hem en zijn hele team."
"Voor zover ik weet," argumenteerde Billy, "heeft Von Braun zijn team geraadpleegd en heeft de meerderheid voor de Amerikanen gekozen."
Odile keek hem minachtend aan.
"De Russen beseften al in 1967 dat ze het nooit zouden kunnen halen van de Amerikanen in de race om als eerste een man op de maan te zetten. Maar ze hadden wel heel wat kennis en ervaring. Mijn vader schatte dat juist in en stelde het plan voor 'operatie Jakobsladder' op. De Amerikanen en de Russen hebben het plan van mijn vader schaamteloos overgenomen", antwoordde ze. "Ze hebben zelfs geen moeite gedaan om de naam te veranderen!"
De baas zette een stap naar voren, maar Odile zette simultaan een stap achteruit.
"Operatie Jakobsladder," zei ze, "weten jullie wat een jakobsladder is? Het is een ladder die vanop de aarde tot in de hemel reikt en waarlangs de engelen heen en weer kunnen gaan tussen hemel en aarde. Mijn vader had dat symbool gekozen als codenaam voor zijn plan om de Apollo 11-missie te laten slagen. De CIA en de KGB hebben schaamteloos de

handen in mekaar geslagen, de Fransen uitgesloten en de Belgen ingehuurd als klusjesmannen."

Casper voelde plots een enorme woede opkomen en stapte naar voren.
"Mijn vader heeft in de nacht van 21 juli 1969 zelfmoord gepleegd," zei Odile plots zacht, "omdat hij met heel dat hypocriete gedoe niet kon leven. Ik was twee dagen van tevoren net zeven jaar geworden. De maanlanding, de passie van mijn vader, is sindsdien een steeds weerkerende nachtmerrie geweest voor mij."
Billy keek Casper aan en zag vertwijfeling in zijn gezicht.
"Waar is de film?" vroeg Odile aan Casper.
"Wat bedoel je?" vroeg de baas.
"Die film heb ik, hier", antwoordde Casper rustig en hij haalde de drie filmspoelen die hij in Bath gevonden had uit zijn binnenzak.
"In 1967 werd mijn vader naar Bath gestuurd om een reportage te maken... Laten we het maar een analyse of handleiding voor een ultrageheime operatie noemen. In 1969 waren er nog altijd zoveel onbekenden bij het opzetten van de Apollo 11-missie dat er evenveel werk gestoken werd in alternatieven en back-ups om toch maar geen gezichtsverlies te lijden", legde hij uit. "Mijn vader moest in opdracht van de Belgische Staatsveiligheid voor zo'n back-upplan zorgen. Zonder te weten waar hij in verzeild geraakt was, werd hij opgesloten en moest hij een zogezegde maanlanding filmen in het Amerikaans Theater. Die film zou uitgezonden worden ingeval de echte landing niet zou lukken of de uitzending verstoord zou worden."
Odile kookte van woede toen ze dat hoorde.
"Hij heeft dus meegewerkt aan die hele cinema!" riep ze kwaad.
"Hij moest wel", verdedigde Casper zich. "En omdat de Fransen dat absoluut wilden voorkomen, hebben ze eerst zijn collega's omgebracht. Uiteindelijk hebben ze mijn vader opgejaagd en achtervolgd en..."
Casper hield het niet meer. Hij barstte in tranen uit. De hele zoektocht en de spanning van de voorbije dagen werden hem te veel.
"Ze hebben hem vermoord...", snikte hij.
De baas liep tot bij hem en pakte hem vast om hem te troosten.

"En alsof dat nog niet genoeg was, hebben jullie mij en onze dochter bedreigd", zei Julie plots. "Eerst met sms'en en daarna tot aan mijn voordeur."
Billy wist niet wat hij hoorde en zette een stap naar voren in de richting van Odile.
"Jij hebt geprobeerd om mij te vergiftigen", sprak Odile meteen tegen hem. "Als dat geen aanslag op mijn leven was!"

"Stop," zei de baas, "genoeg. Je hebt al meer dan genoeg aangericht. Je frustratie is heel begrijpelijk, Odile, maar je hebt ze op de verkeerde manier, en zeker op de verkeerde mensen uitgewerkt. Het is afgelopen."
"Je dacht misschien dat je ons systeem kon hacken," voegde Willy toch nog toe, "maar dat is je zeker niet gelukt. En door de afluisterapparatuur die je in de OCR geplaatst had, kunnen we je opdrachtgevers ook traceren. Je hangt, Odile. En nu zullen wij je voor de rest van je leven in de gaten houden, let maar op."
Na die woorden draaiden ze zich allemaal om en stapten naar de deur van de kelder. Odile bleef helemaal alleen achter.
Toen ze allemaal naar buiten gegaan waren, klonk er plots muziek door de speaker van de atoomschuilkelder: *"I always feel like... somebody's wachting me..."*

# ACHTERAF

## BRUSSEL_ OUD KORENHUIS_ JULIE, MAE EN BILLY

"Billy," zei Julie, "luister goed, hè. Ik zal het nog eens herhalen. Op dit moment slaapt ze, maar je moet om het halfuur eens gaan kijken of ze niet op haar buik ligt. Als ze wakker is en er wat speeksel op haar pakje zit, dan moet je haar een nieuw aantrekken. Om vier uur moet ze een flesje hebben. Kijk, hier..."

"Julie," antwoordde Billy, "je hebt me alles al drie keer uitgelegd."

"Ja," reageerde ze fel, "maar toch... Ik ben er zeker van dat je iets zal vergeten."

Billy nam de checklist van de tafel en wilde hem voor haar neus houden, maar Mae's blik weerhield hem ervan.

"Ik heb de checklist", zei hij rustig, "en ik zal me daaraan houden."

"Zeker?"

Hij knikte en probeerde extra overtuigingskracht aan zijn lichaamstaal toe te voegen waardoor Mae bijna de slappe lach kreeg.

"Julie, we moeten echt gaan nu."

"Ik weet het," antwoordde ze, "maar ik..."

"Kijk," zei Mae, "ik heb Willy, Walker, William en de baas de opdracht gegeven Billy met rust te laten... wat er ook moge gebeuren."

Julie knikte.

"Kom," zei Mae opnieuw, "Annette wacht op ons."

"Ik ga snel nog even kijken", probeerde Julie.

"O neen," zei Billy, "als je dat doet, zal je haar wakker maken."
Julie stond even in vertwijfeling en keek Billy met grote ogen aan.
"Julie," zei Billy, "als je nu niet maakt dat je weg bent, laat ik meteen al je creditcards blokkeren en dan ga ik met Walker, William en Willy snookeren bij blonde Jeanine."
Mae pakte Julie bij de arm en sleurde haar mee tot bij de deur.
"Hij begrijpt me niet", zei Julie met een pruillip terwijl ze naar beneden liepen.
"Waar bleven jullie zolang?" zei Annette toen ze eindelijk naar buiten kwamen.
"Billy…", begon Julie terwijl Mae Annette discreet een teken gaf dat ze haar moest onderbreken.
"Meiden," zei Annette, "nu gaan wij shoppen, want vanavond is het feest."
"Ja," zuchtte Julie, "maar ik weet niet of…"
"Ssst," zei Annette, "jij gaat vanavond mee naar De Warande. Katja heeft voor alles gezorgd. Dagne kan in haar bureau slapen en een van de meisjes zal babysitten bij de deur."
"Echt?" vroeg Julie.
"Natuurlijk," antwoordde Annette, "ik heb maar een half woord over Dagne moeten zeggen en alles was al geregeld."
Julie keek Annette met een stralende glimlach aan en zei dat ze een schat was.
"Neen," lachte Annette, "ik ben gewoon de boodschapper."
"Dan neem ik een cadeautje meer voor Katja", besliste Julie.
Mae knikte.
"Maar eerst gaan we met en voor jou shoppen", zei Annette.
"Waarmee beginnen we?" vroeg Julie.
"Oké," lachte Annette, "je bent er duidelijk even tussenuit geweest. Als een vrouw een nieuwe outfit nodig heeft, dan beginnen we bij de lingerie."
Julie voelde een blos op haar wangen.
"Maar ik…"
"Trek je er toch niets van aan dat je je buikje nog niet helemaal kwijt bent", lachte Annette.
"Je hebt gelijk," antwoordde Julie, "we gaan ervoor. Maar daarna gaan we toch scones eten, hè?"

“Wat zijn dat?” vroeg Annette nieuwsgierig.
Mae moest hard lachen, maar Julie begon het haar gedetailleerd uit te leggen.

Intussen zat Billy rustig in de sofa en probeerde niet al te veel lawaai te maken toen plots de bel ging.
“Verdomme,” gromde hij, “seffens is Dagne wakker.”
Hij liep naar de parlofoon, nam de hoorn van de haak en hoorde William tegen Walker zeggen dat ze zich gingen voordoen als de babysitters.
“Kom maar binnen,” lachte Billy terwijl hij op de knop drukte om de deur te ontgrendelen, “maar wees stil, want Dagne slaapt.”
Terwijl William, Walker en Willy naar boven kwamen, trilde plots zijn gsm.

> [Mae]
> Bij blonde Jeanine staat geen snookertafel.
> Waag het niet een of andere stommiteit uit te
> halen, want het zal je beste keer niet zijn...

Billy stopte zijn gsm terug in zijn broekzak, maar het ding trilde opnieuw.

> [Mae]
> ... en als Willy, William en Walker langskomen,
> stuur ze dan maar meteen weer weg

Billy trok een pijnlijke grimas terwijl hij de deur openmaakte, want dat zou hem, als het plan niet verliep zoals hij het uitgekiend had, weleens zuur kunnen opbreken.

## BRUSSEL_ DE WARANDE_ THE VANDIESEL COMPANY

Het was even voor zeven uur toen ze allemaal De Warande in liepen. Katja stond hen bij de receptiebalie op te wachten en begroette iedereen hartelijk. De mannen droegen allemaal een smoking en de dames een avondjurk.

“Je ziet er stralend uit”, fluisterde Billy voor de twintigste keer in Julies oor.
“Ze weet het intussen wel”, zei Annette discreet.
Billy kreeg een blos op de wangen.
“Kom,” zei Katja tegen Julie, “wij gaan eerst die kleine spruit naar mijn bureau brengen, zodat jij van de avond kan genieten.”
Julie wilde nog iets zeggen, maar de innemendheid van Katja stelde haar helemaal gerust en ze liep met Dagne mee naar Katja’s kantoor.
“Dit moet Billy zien,” zei Julie toen ze de mooie wieg in Katja’s kantoor zag staan, “zo mooi.”
“Hij heeft…”, begon Katja die zich bijna versprak, “er al foto’s van gezien.”

“Dus,” zei Annette terwijl ze haar arm om die van Walker legde, “jij bent daarstraks met William en Willy gaan babysitten op Dagne terwijl Billy naar hier gekomen is om de wieg te regelen?”
“Hoe…”
“Maakt niet uit,” zei Annette, “wees nu maar gewoon blij dat het allemaal goed gelopen is.”
Walker voelde zijn keel droog worden en had dringend behoefte aan een slok water. Willy en William keken hem niet-begrijpend aan en glimlachten samenzweerderig zonder te weten wat hen mogelijk boven het hoofd hing.
“Jullie mogen allemaal meekomen naar de ruimte hierboven”, nodigde Katja hen uit terwijl ze Julie weer tot bij Billy begeleidde.
“Billy…”, begon Julie.
“Ik weet het,” antwoordde Billy, “maar weet jij dat je er stralend uitziet?”
“Ik zou het zowaar nog gaan geloven”, mompelde ze terwijl ze met vlinders in de buik aan Billy’s arm de trap naar de tweede verdieping op liep.
“Dames en heren,” zei de Hoed daar plechtig, “het is me een waar genoegen en een geweldige eer jullie te mogen verwelkomen in…”
De baas schraapte ostentatief zijn keel.
“Juist,” zei de Hoed die de hint duidelijk begrepen had, “het is me een waar genoegen en geweldige eer onze charmante gastvrouw te mogen voorstellen.”
De hele Company schoot in de lach.
“Sssst…”, deed Julie, “Dagne slaapt hiernaast.”

"Maak je maar geen zorgen," zei Katja terwijl ze Julies hand vastpakte, "de muren zijn heel dik en houden het geluid perfect tegen."
Julie knikte.
Ze namen plaats aan de prachtig gedekte tafel. De Hoed zat rechts van William en Casper en de baas aan de andere kant.
"Dit is Vlaanderens ankerpunt in Brussel", zei de Hoed.
"Maar wel met een internationaal open venster op de wereld", vervolledigde William.
"Ik zal jullie straks een rondleiding geven en de Jeanne d'Arc-zaal tonen", fluisterde Katja in Williams oor.
"Katja gaat ons straks een rondleiding geven", echode William.
Iedereen pakte een glas vast en stak het in de hoogte.
"Bon," zei Katja terwijl ze naar Julie knipoogde, "ik ga even kijken of alles in orde is in mijn bureau."
Op dat moment liepen een paar obers met het voorgerecht de kamer in.

Net voor het dessert geserveerd werd, schraapte de baas nog eens ostentatief zijn keel en stond op.
"Hmm…", begon de baas, "hoe moet ik het zeggen?"
"Gewoon", wilde Walker zeggen, maar Annette kneep in zijn bovenbeen en hij begreep de hint.
Casper zag dat de baas niet uit zijn woorden kwam, stond op en nam het woord.
"Jack en ik nemen even wat vakantie."
"Euh… ja…", zei de baas, "het zijn drukke tijden geweest en ik ben al een hele tijd niet meer in…"
"We gaan op tocht", hielp Casper hem.
"Aha," zei Annette, "en waar gaat de tocht heen?"
"We gaan de Appalachian Trail doen", antwoordde Casper.
"Helemaal?" vroeg Billy.
"Dat is toch de bedoeling", antwoordde de baas.
"Wauw," zei Billy, "dan neem je wel een lange vakantie."
"Dat klopt", mompelde de baas.
"Ken jij dat pad?" vroeg William.
Billy knikte en zei dat hij het ooit als onderdeel van een extra module

binnen zijn commandotraining gedaan had.
"Hoelang...", begon William.
"3.500 kilometer", antwoordde Billy. "Ik heb er indertijd iets meer dan drie maanden over gedaan."

REEDS VERSCHENEN

# HET GEHEIM VAN STOLZENFELS

*Het Geheim van Stolzenfels* is het verhaal van de moord op de voorzitter van de Europese Centrale Bank, een verhaal van samenzwering en geheime verbonden in verschillende landen en van een groep opwindende mannen en vrouwen met soms bovenmenselijke krachten.

Zij vormen samen de Vandiesel Company en ontdekken dat vijf *captains of industry* vanuit het kasteel van Stolzenfels een vermetel plan in gang hebben gezet om de controle over Europa te verwerven. Vanaf dan worden alle mogelijke middelen, ook ijskoud geweld, ingezet om het plan van de samenzweerders te breken. Goed voor een thriller vol actie en avontuur.

# DE FIANDRE BROEDERSCHAP

In Brussel wordt een priester uit zijn appartement op de dertiende verdieping geduwd. Wanneer de katholieke Kerk de zaak in de doofpot probeert te stoppen, besluiten de autoriteiten de Vandiesel Company in te schakelen. Algauw blijkt dat het verleden van de priester in kwestie stinkt als een beerput. Seksueel misbruik, pedofilie en hypocrisie zijn maar een paar sleutelwoorden die deze complexe zaak typeren. Het spoor leidt uiteindelijk tot in het hart van het Vaticaan waar twaalf gezworenen een broederschap vormen dat verschrikkelijke geheimen moet verbergen.

REEDS VERSCHENEN

# DE BONSAI COLLECTIE

Caroline Cool, die vorig jaar nog deel uitmaakte van de Vandiesel Company, heeft het team verlaten om stage te lopen bij een Londens modehuis. Ze wordt samen met haar nieuwe collega Nathalie naar Parijs gestuurd om er de prestigieuze modebeurs "Fame" bij te wonen. Wanneer Nathalie de volgende ochtend vermoord wordt teruggevonden op de bekende halve brug in Avignon met de schetsboeken van twee gerenommeerde topdesigners naast haar, heeft Caroline geen keuze: ze móét de Vandiesel Company inschakelen. In de daaropvolgende dagen wordt er ook een geheimzinnige inbraak gepleegd in een legerkazerne in Saint-Christol d'Albion, dus moet ook die zaak onderzocht worden.

REEDS VERSCHENEN

# DE CHIRUSA HYPERLINK

De Russische en Amerikaanse president ontmoeten elkaar voor het oog van de wereld om te tonen dat alles koek en ei is tussen de beide grootmachten. Op de achtergrond woedt echter een nieuwe Koude Oorlog, waarbij de Russen hun achterstand op het vlak van data- en dreigingsanalyse willen inhalen. Het hoofd van de Russische Veiligheidsdienst gaat in zee met een knappe Chinese spionne. Is dat een goede zet om zijn meesterlijke plan te doen slagen? En is de Chinese verleidster wel te vertrouwen?
Terzelfdertijd stuurt de Huangdi Corporation uit Hangzhou haar directeur internationale ontwikkelingen naar Europa. Maar waarom neemt die zijn intrek in het kasteel van Gaasbeek en vanwaar zijn interesse in de geuze van brouwerij Lindemans?

REEDS VERSCHENEN

# HET CHARLES MYSTERIE

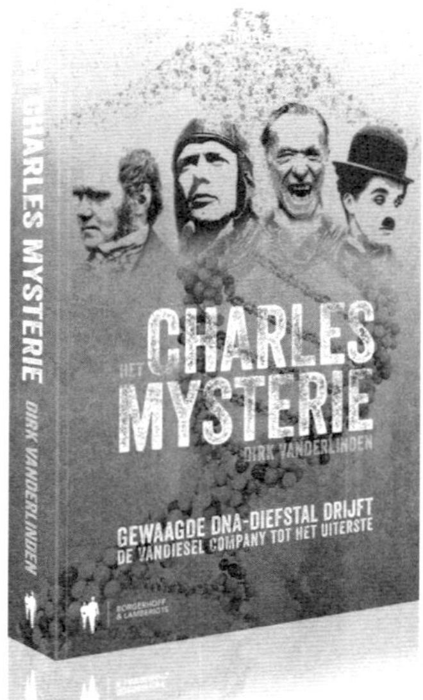


Zakenman Ludwig Bernholt heeft een groots plan: hij wil de grootsheid van Karel de Grote (Charlemagne) evenaren en heeft daarvoor het DNA nodig van enkele grote mannen uit de geschiedenis met de voornaam Charles, van Darwin tot Chaplin, van Lindbergh tot Bukowski.

De Vandiesel Company geraakt erbij betrokken, ontdekt enkele grafschendingen, maar kampt zelf met mysterieuze verdwijningen binnen het team.

Daarnaast maken we kennis met Gillian, Noah, Sacha en Robin. Vier machtige mannen, of zijn het vrijgevochten vrouwen?

De Vandiesel Company zit hen op de hielen… en dan is een foutje snel gemaakt.

# DE ZEVENDE MACHT

In Verona loopt een banale poging om een jongedame te versieren verkeerd af. De twee jonge, Italiaanse macho's moeten onderduiken. De oude Licio zorgt ervoor dat de ene naar Brussel en de andere naar Londen kan. Maar hij beseft niet dat het kwaad al geschied is: er duiken internetbeelden op van het kwalijke voorval. Daarna verschijnen er op YouTube en de sociale media ook andere filmpjes op van een illuster personage, Omèr du Bois d'Orival. Niemand kent deze adellijke jonker. Hij heeft geen verleden, geen strafblad en zelfs geen officiële verblijfplaats. Toch vormt hij een grote bedreiging voor de hoogste macht in ons land. Kan hij gestopt worden?